荣光

何常在 著

中国出版集团 现代出版社

图书在版编目（CIP）数据

荣光 / 何常在著 . -- 北京 : 现代出版社 , 2020.5

ISBN 978-7-5143-8530-4

Ⅰ . ①荣… Ⅱ . ①何… Ⅲ . ①长篇小说—中国—当代

Ⅳ . ① I247.5

中国版本图书馆 CIP 数据核字 (2020) 第 070223 号

荣光

作　　者　何常在
责任编辑　姜　军　王志标
出版发行　现代出版社
地　　址　北京市安定门外安华里 504 号
邮政编辑　100011
电　　话　010-64267325　64245264（传真）
网　　址　www.1980xd.com
电子邮箱　xiandai@vip.sina.com
印　　刷　三河市宏盛印务有限公司
开　　本　787mm × 1092mm　1/16
印　　张　22.5
字　　数　324 千字
版　　次　2020 年 6 月第 1 版　2020 年 6 月第 1 次印刷
书　　号　978-7-5143-8530-4
定　　价　55.00 元

目录

第 一 章 客户转化率 / 001
第 二 章 婚姻合伙公司 / 005
第 三 章 盛年不重来 / 009
第 四 章 岁月不待人 / 013
第 五 章 这不公平 / 017
第 六 章 身体和灵魂只能迁就一个 / 021
第 七 章 以后还有以后的困难 / 025
第 八 章 百折不挠的盛年 / 029
第 九 章 孝敬而不是孝顺 / 033
第 十 章 身材和美貌的变现 / 037
第十一章 婚姻是一场较量 / 041
第十二章 小产品大工业 / 045
第十三章 男人对待女人的方式 / 049
第十四章 真正的平等 / 053
第十五章 说起来也是可悲 / 057
第十六章 谁的新欢不曾是别人的旧爱 / 061
第十七章 风险与机遇并存 / 065
第十八章 美丽是一生的事业 / 069
第十九章 婚姻不能过于计较得失 / 073
第二十章 势均力敌的爱情 / 077
第二十一章 凡事没有绝对 / 081
第二十二章 心比长相好，懂比爱重要 / 085
第二十三章 都缘于不再心甘情愿 / 089

第二十四章　都在努力调整自己的定位　/　093
第二十五章　人生过山车　/　097
第二十六章　旱涝保收的庄家　/　101
第二十七章　婚姻是股份制公司　/　105
第二十八章　配合默契　/　109
第二十九章　各有各的苦恼　/　113
第 三 十 章　爱情也要靠自己争取　/　117
第三十一章　简单得像个孩子　/　121
第三十二章　卢一般的不一般　/　125
第三十三章　老实男人的附加条件　/　129
第三十四章　男人的荣光　/　133
第三十五章　恰逢其时　/　137
第三十六章　恋爱真好　/　141
第三十七章　不幸的好消息　/　145
第三十八章　离婚是无解的方程　/　149
第三十九章　慢慢来，别太快　/　153
第 四 十 章　中了爱情的毒　/　157
第四十一章　三等男人理论　/　161
第四十二章　明白自己想要什么　/　165
第四十三章　价值交换　/　169
第四十四章　惊醒梦中人　/　173
第四十五章　所有表面的风光　/　177
第四十六章　涵养来自底气和筹码　/　181

第四十七章　一个一个解决　/　185
第四十八章　偶遇的背后　/　189
第四十九章　依赖和爱的区别　/　193
第 五 十 章　记住恩惠，洗去怨恨　/　197
第五十一章　如果人生可以重来　/　201
第五十二章　荣光的变局　/　205
第五十三章　你说的都对　/　209
第五十四章　你无法知道对错　/　213
第五十五章　帮他就是害他　/　217
第五十六章　时代进步了，女人更强大　/　221
第五十七章　男人的野心是被眼界带大的　/　225
第五十八章　凭什么　/　229
第五十九章　夫妻之间最好的关系　/　233
第 六 十 章　家庭的平衡点　/　237
第六十一章　把婚姻当支点　/　241
第六十二章　影子公司　/　245
第六十三章　说的和做的是两回事　/　249
第六十四章　鸡肋　/　253
第六十五章　不敢赌未来　/　257
第六十六章　到底谁真谁假　/　261
第六十七章　社会对男人太苛刻　/　265
第六十八章　男人可以成为女人的大后方　/　269
第六十九章　女人联手的破坏力　/　273

第 七 十 章　最顶尖者都是男人　/　277
第七十一章　真正意义上的男女平等　/　281
第七十二章　美丽是女人一生的事业　/　285
第七十三章　悔教夫婿觅封侯　/　289
第七十四章　事业和感情要有分界　/　293
第七十五章　过往的种种迹象　/　297
第七十六章　女人的包容是让眼泪灌溉的　/　301
第七十七章　不同的风景　/　305
第七十八章　以结果为导向　/　309
第七十九章　必须问个清楚　/　313
第 八 十 章　拼了全身的力气　/　317
第八十一章　公司和人品全部破产　/　321
第八十二章　商业意图上的不同步　/　325
第八十三章　突破原则和底线　/　329
第八十四章　大师的崛起之路　/　333
第八十五章　赌徒心理　/　337
第八十六章　一路成长　/　341
第八十七章　另一面人设　/　345
第八十八章　打造属于自己一生的荣光　/　349

第一章　客户转化率

南国的夏天，闷热而潮湿，只要在太阳底下站一片刻，就浑身大汗淋漓，像是刚从水里捞出来的一样。盛年一边擦汗，一边卖力地拦住从身边路过的每一个人。

“健身了解一下，办卡优惠！”

大多数路人对她的推销视而不见，即使有偶尔多看一眼的，也是在她脸上和身上多停留一下。她很清楚，是她的长相和身材比健身广告更有吸引力。

对自己的相貌，盛年很有自信。从高中时代起，她就是班花。上大学后，更是出落得亭亭玉立，犹如一朵出水莲花，被人奉为校花。

对于班花、校花的头衔，盛年虽然心里受用，却并没有当成多大的荣耀。她对自己有清醒的认识，女人再漂亮再出众，最终能否赢得幸福和荣光，还得靠能力和事业。

容貌是天生的，会老；身材可锻炼出来，也会走样；能力不但可以培养，还可以持续提升。

从早上到现在，发了四个多小时的广告传单，累得她腰都直不起来了。她退到路边的树荫下，拿出自带的水壶，喝了一口水。打开手机看了看时间，马上12点了，该吃饭了。

手机桌面上，是一个婴儿的大头照，他甜甜地笑着，嘴角还有口水流出，是盛年的儿子管意，今年刚刚一岁。

盛年欣慰地笑了，再苦再累，只要看到儿子的照片，顿时就有了无尽的动力和必胜的信心。她朝同事乐水招了招手：“乐水，来，帮我一下。”

乐水比盛年小两岁，身为四川人的她，个子娇小，面容姣好。她一身长裙，长发飘飘，和盛年的一身短衣短裤短发的打扮，反差极大。如果说盛年是飒爽英姿的类型，那么乐水就是文静柔美的形象。

“来啦。”乐水收起广告传单，又甜又软的四川普通话中带有一股慵懒散漫的味道，像是有神奇的魔力一样，让人在炎热而干燥的天气中，有一种清凉和舒缓的感觉。

乐水麻利地拧开水瓶盖，倒水，盛年双手捧水，用力拍打在脸上，洗脸。随后又换了盛年倒水，乐水洗脸。二人在路边洗完脸之后，又步行几百米到了一家简陋的饭店，各自要了一碗肠粉，津津有味地吃了起来。

“今天一上午我发了三百多张，估计能有一个办卡的就谢天谢地了。”乐水吃完，动作轻柔地擦了擦嘴巴，又抽出一张纸巾递给盛年，“盛年，如果没有客户办卡，就是没有转化率，我们只拿底薪，挣得太少了，连饭都快吃不上了。”

“还好，广州的房租没有北京、上海高，还能支撑下去。我有娃要养都不担心，你怕什么？”盛年却没有接乐水的纸巾，随手一抹嘴巴，爽朗地一笑，“这种发广告传单的方法太落后、太没有创意了，而且客户转化率极低，就和大海捞针差不多，完全靠碰运气。做事情怎么能靠看不见、摸不着的运气呢？得靠自己。”

“怎么说？”乐水也清楚她们发广告传单收入微薄，但如果有一个客户办卡，就能提成不少。提成才是关键，但问题是，都一样在路边发广告，既没有技术含量，又没有垄断优势，凭什么自己就能比别人的转化率高？

“我们发广告传单有两个月了，少说也发出了上万张广告单子，总共三人办卡，转化率是万分之三。”盛年推开桌子上的碗筷，拿出一张白纸，在上面写写画画，“这个概率就算不是固定的，上下浮动也不会太大。也就是说，除非我们加快发单子的速度，每天比别人多发几百张，一个月也顶多比别人多一两个客户，不划算。在客户转化率太低的情况下，每多获取一个客户，就需要多付出数倍的时间和精力，不是正确的方向。”

乐水若有所思地点了点头：“道理是这么个道理，可是要怎么做才能提高转化率呢？”

“你有没有留意我们两个月下来，转化的三个客户都是什么人？”盛年在白纸上写了一个数字，“第一，都是男人。”

“对，对，三个客户都是男性客户，而且都是三十多岁。”乐水回忆了一下，连连点头，“体形都有些微胖。”

“是的。第二，三十岁以上，微胖。”盛年眯起眼睛，咬了咬笔帽，“第三，穿着比较高端，并且十分注意形象。综合以上三点去精准出击，客户转化率肯定会比现在的大面积撒网好上许多。”

“你太聪明了，盛年。”乐水开心地叫了起来，“我怎么就没想到从现有客户中寻找共性去精准定位呢？你天生比我有市场嗅觉，以后我就跟你干了。”

盛年却没有一丝自豪和开心，而是微微皱眉沉思了一会儿，“如果只是在路口发放广告传单，我们精确定位的群体并不多。你想，能办得起健身卡的多半是成功人士，或者是半成功人士，怎么会骑车上下班？所以我们在路口趁行人等红灯的时候发广告单本身就是不正确的市场行为。”

乐水不说话了，拿过盛年的纸看了一会儿，双手托腮，“也不知道成功和半成功人士主要活动范围是哪里……上下班的时候，他们肯定是开车，但总不能在车流中间发广告吧？太危险了，也容易惹人反感。”

“你再好好想想……”盛年咬着嘴唇，神秘而得意地笑，“管重来虽然说话不中听，喜欢抱怨，总觉得全世界都欠他一个富翁，说什么挖煤的成不了煤老板，搬砖的当不了包工头，但道理是对的。你说我们发多少年广告才能替代崔恒语？”

“十年？二十年？不可能！”乐水会心地笑了，“崔老板人不错，我们不用替代他，追赶上他就可以了。他现在有十几家健身房，在广州有房有车，和我们一样大，却比我们成功多了。人比人，为什么差距这么大？”

“崔老板没上大学，在我们上大学的时候，他已经复员到京城开始创业了——开物业管理公司，去年才来广州，仅一年多时间，就开了十几家健身房，真厉害。人精明，有头脑，又有眼光，还敢想敢干。”盛年收起纸，打了一个响指，“不过现在他是比我们强，谁敢说以后我们不会超过他？哼，走起，我们去精准定位，准确投放。”

“去哪里？”乐水兴奋了。

“暂时保密，跟着我走就行了，又不会卖了你。”

三个小时后，盛年和乐水先乘地铁，又转坐公交车，二人各背了一大包广告传单，累得满头大汗、气喘吁吁地来到了白云区一处高端小区门口。

盛年还好，一身干练打扮的她，除了胳膊和脸上有了几处黑黑的痕迹之外，浑身上下还算整齐。乐水就不同了，她裙子上到处是泥巴不说，长发也不再飘逸，乱成了一团，额头上还有一道轻微的划痕，样子十分狼狈。

乐水丝毫不觉得尴尬，依然一脸兴奋和期待，“都快下班了，我们是不是先踩好点，明天再来？传单太沉了，背了一路，我肩膀肯定红肿了。”

“明天就晚了，今天的事情今天做完。”盛年观察了周围片刻，一指小区门口的保安，“走，过去聊聊。”

“啊，和保安聊什么？”虽然不解，乐水还是吃力地背着传单，和盛年一起来到了保安面前。

这是两个年轻的保安，二十岁出头，英俊的脸上露出英气。二人见盛年和乐水走近，先敬礼，高个保安问道：“请问你们有什么事情吗？”

“你好，柳哥……”盛年眼尖，注意到保安的胸牌上写着名字——柳金，她嘻嘻一笑，“能不能帮个忙，我们的单子先放在这里，等一下再过来拿。”

柳金为难地看了矮个子同事刘快一眼，刘快摇了摇头，“不行。”

“刘哥是佛山人吧？我们是老乡。”盛年听出了刘快的口音，“我也是佛山人，帮帮忙了，就一个小时，好不好吗？”

盛年暗中朝乐水使了一个眼色。

乐水立刻心领神会，从包中拿出一盒烟递了过去，“刘哥抽烟，柳哥抽烟。柳哥是四川人吧？我也是，我成都的，你呢？”

“我广元的……”柳金犹豫一下，接过了烟，“刘哥，都是老乡，又不是什么大不了的事情，与人方便与己方便嘛！”

“我妈说过，太漂亮的女人都会害人。”刘快的目光在盛年和乐水的脸上扫了几下说，“不行，坚决不行！”

乐水微有失望，拉了拉盛年，意思是自己扛着算了。盛年不肯认输，想了一想说：“我们都结婚了，结婚后的漂亮女人，就不会害人了。”

刘快张了张嘴巴，愣了一会儿，没想明白“结婚”和“漂亮女人害人”之间的逻辑关系，不过还是同意了，“行，结婚的女人没问题，放吧。”

一个小时后，天渐渐黑了，绕小区走了一圈的盛年和乐水累得快走不动了，要不是让保安替她们保管传单，她们肯定走不完这个小区。

“一共有一千多户，都是一百三十平方米以上的房子，最大面积超过三百平方米，是一个不折不扣的富人区。”盛年心里有底了，看了看时间，“现在是晚上8点，我们有三个小时的时间。哎呀，还没吃晚饭，要不要紧？”

乐水揉了揉肚子说：“算了，不吃了，干起来！”

第二章　婚姻合伙公司

盛年和乐水站在小区门口，一边陪柳金和刘快说话，一边向出入小区的居民发传单，而且只发中年男性，力争做到精准定位。

盛年还在进一步观察。凡是穿着运动鞋运动裤的男性，她会重点照顾，不只是发一张广告传单，还会多聊几句。

三个小时后，二人筋疲力尽，出入小区的居民也少了许多，单子也基本上发完了。

“你们也不向我们哥儿俩推销，是不是觉得我们保安没钱健身？”刘快有几分不服，“瞧不起我们是吧？”

“不是不是！”盛年连连摆手，“你们的身材本来就很好，青春而健美，不需要健身。基本上可以说，最热衷于健身的是三十岁以上的成家的男性，并且有一定经济实力的。就像美国一样，瘦的都是富人，胖的才是穷人。”

柳金点了点头，“你们都是大学生吧，懂得好多。不过为什么没有三十岁以上的成家的女性健身呢？女人比男人更在意身材呀！”

“是呀，为什么我们不挖掘女性客户群体呢？”柳金的话提醒了乐水，她一脸思索，“盛年，女性群体的消费能力也很强大，为什么我们只针对男性呢？”

“你是不是觉得我忘了女性群体？”盛年翻了几下剩下的传单，“女人和男人不一样，女人的青春和美貌比男人的事业和成功要提前预支，所以往往是女人在最青春的年龄嫁给了一个一无所有的男人。等男人奋斗成功后，事业有成时，男人魅力开始散发，女人却开始衰老了。”

“说得太对了，生活对女人太不公平了。”乐水不开心了。

“女人结婚前，会注重打扮和身材；结婚后，重心全在家庭、丈夫和孩子身上，就算爱美，也没有太多的时间用在身体管理上。你想想看，做饭、洗衣、照顾丈夫和孩子，每天忙得团团转，哪里还有一刻时间属于自己，还健身，别想了。”盛年叹息一声，“我也想发展女性客户，但是……还是算了吧。就像我，孩子才一岁，不就出来工作了？不工作不行，再不工作，就吃不上饭了，我和管重来的婚姻合伙公司，就得破产倒闭了。”

刘快想起了什么，“你们真是大学生吗？大学生怎么会发广告单子？你们肯定骗人。漂亮女人果然都不可靠，骗子！”

盛年和乐水对视一眼，二人一起哈哈大笑。

盛年和乐水，确实都是如假包换的正宗大学毕业生。盛年是广东人，毕业于广州的大学，毕业后就留了下来。而乐水是四川人，在成都上的大学。去年大学毕业后来广州投奔恋爱了三年的男友孙巍。结果到了广州才发现，孙巍已经有了新的女友，并且既不解释也不见面，让人生地不熟的她流落街头。

被偷了钱包不说，晚上一个人在白云山公园准备睡长椅时，还被一个色狼盯上了。当时已经是深夜，周围无人，就算她喊破喉咙也不会有人救她。惊慌失措的乐水强迫自己冷静下来，既没有喊叫也没有求饶，而是十分冷静地告诉对方，她是绝症患者，准备自杀。临死之前，有人陪她一场，也心满意足了。

对方被乐水的镇静吓住了，问乐水得的是什么病，得知是传染病后，吓得落荒而逃。乐水还故意喊他，让他留下来，他片刻之间就跑得没影了。

直到确认对方真的不见了踪影，乐水才无比后怕，大哭了一场。在寂静的夜里，在空无一人的公园，她的哭声在长夜里回荡。

事后她安慰自己，有位作家说过——未曾哭过长夜的人，不足以语人生——经历过了白云山公园长夜哭泣的她，应该有资格谈论人生了吧？

第二天她就离开广州回到了成都。原本想在成都安定下来，后来越想越不服气。她为什么要离开广州？是因为孙巍的抛弃，还是白云山公园的一夜长哭？难道说广州有孙巍就没有她的容身之地？不，她要在广州混出一个样子，就是要让孙巍后悔，让他高看她一眼！

乐水在回成都之后不到半个月，就又回到了广州。如果不是因为孙巍，广州对她来说只是一个遥远的毫不相干的南方城市。但现在，在她决定来广州之后，广州就成了她的梦想之地，成了一个鲜活的符号。

再次回到广州，三天后她就找到了一份行政助理的工作，待遇还不错，公司提供住宿。工作比较清闲，下班也早，平常没事的时候，乐水就琢磨再兼职一份工作，一为多赚钱，二为增长见识。

一天在下班的路上，正好遇到盛年正在发广告传单。她被盛年认真执着的劲头吸引，不由得多聊了几句。这么漂亮且认真的姑娘，怎么会在路边发广告？她应该在吹着冷气的明亮的CBD中心办公才对，而不是顶着烈日、吸着汽车尾气，在尘土飞扬的环境中，从事如此粗笨的工作！

一聊才知道，果然和她猜想的一样，盛年大学毕业后，曾经有过一份不错的工作。生孩子后在家带孩子，丈夫管重来一人上班，压力大增，天天抱怨她不赚钱，并且怨天尤人，认为是时代造就了他们“80后”的悲惨命运，不如“70后”可以在住房货币化的初期买到便宜的房子，又不如“90后”可以继承“60后”父母的房子。

80后是上大学开始收费、毕业后不包分配、工作后房价疯涨的最辛苦的一代！

对管重来的不满，盛年开始时还和他争论一番。每个时代都有抱怨者，也都有成功者。失败者找理由，成功者找方法。“70后”是赶上了低价入手房子的时机，但当时的收入也低。“90后”也不是人人都有有钱的父母，大多数也要靠自己奋斗。

但她没能说服管重来，甚至到了后来，管重来开始借酒消愁。她原本想等孩子上了幼儿园再出来上班，无奈之下，只好请来了父母带孩子，早早就出来工作了。

原以为以她的学历和以前的工作经验，可以很容易找到一份合适的工作。但碰壁几次之后她才明白，女性在求职上比男性更有壁垒。因为大多数公司都担心她带孩子会影响工作，不会全身心地投入工作之中，也很难经常出差，所以尽管她很优秀，但在录用她时都犹豫不决。

如果再多给盛年一段时间，相信以她的能力完全可以找到一家称心如意的公司工作。但是，管重来却每天抱怨不断，声称盛年再不赚钱，他就只能去跳珠江了。无奈之下，盛年只好随便找了一份最容易上手的工作——为荣光健身发放广告传单。

荣光健身的老板崔恒语是一名转业军人，北方人，说话嗓门儿很大，做事雷厉风行，见到盛年第一眼就问：“发广告很苦很累，你能干得了？”

“能！”

“为了防止中途辞职，前三个月只发基本工资，提成三个月后再发，接受不？”

“接受！”

“你一个大学生，为什么要干发广告的活儿？”

“锻炼自己。”

“行，明天上班吧。”

让崔恒语决定留下盛年的最关键因素，不是和盛年的一番交谈，而是盛年应聘时除了一身短衣的干练打扮之外，还拎了一大桶纯净水。

不是一点五升的大桶，而是四升的大桶！和盛年漂亮的长相成巨大的反差，这让崔恒语认定盛年不是一个娇气矫情的姑娘。他还从未见过一个如此漂亮却不注重打扮并且拎了一大桶纯净水出门的女孩，她简直就是另类中的异类。

上班第一个月，盛年虽然业绩最差，却坚持了下来，更是让崔恒语刮目相看。崔恒语曾对其他员工说，盛年坚持不了多久，半个月一小关，一个月一大关。如果盛年真能坚持一个月不走，就给她涨工资；两个月不走，再涨一次。

结果盛年不但坚持了两个月，在一个半月时，还为荣光健身又招来了一名大学生——乐水。乐水很欣赏盛年的认真执着，盛年很佩服乐水的坚强上进，二人迅速成为最好的朋友。

只不过盛年在第二个月时，业绩还是一般。崔恒语虽然认可盛年的吃苦耐劳精神，但并不看好盛年在荣光的发展。他认为荣光既留不住盛年，也不是乐水的久留之地。

荣光并不能提供足够大的舞台让盛年和乐水施展才能，也没有可以供她们不断上升的升职空间。盛年和乐水都是响当当的大学生，二人之所以来荣光打工各有目的，但肯定都不会将荣光当成未来的职场，荣光只是她们的跳板。

乐水也曾私下问过盛年打算在荣光干多久，盛年却没有给她一个准确的答案，只说任何行业都有可能造就伟大的成功，就看是不是可以转换一下思路寻找新的商机了。

“盛年，你觉得今天的转化率能有多少？”回去的路上，乐水打着哈欠，伸了一个懒腰，“今天累死我了，要不是你的带领，我肯定坚持不下来。”

第三章　盛年不重来

盛年像没有听到乐水说话一样，坐在座位上，出神地望向窗外。车窗外，是广州繁华的夜色。一个又一个路灯被甩到车后，一辆又一辆汽车超过了公交车绝尘而去。

汽车的尾灯渐次远去，像一个又一个虚幻的梦境。盛年的眼神有几分迷离，想起了以前，想起了现在，也想到了未来。

以后到底该怎么办呢？现在她和管重来的收入加在一起，刚够勉强度日。孩子在一天天长大，妈妈从老家过来帮她带孩子，一家四口挤在一个两居室的房子里面，不但空间局促，感觉完全没有独立的世界，日子也过得捉襟见肘，让人心烦意乱。

大学时代花前月下的浪漫，到了现实生活中都变成了柴米油盐。果然是贫贱夫妻百事哀，她和管重来经常因为一些琐事而吵架。

其实她不想吵，可是管重来总是挑起事端，一再挑战她的忍耐极限。最主要的是，也不知道为什么管重来步入社会之后变了许多，不再如以前一样积极向上，而是多了抱怨和不满，总觉得世界欠他一个百万富翁，社会欠他一个升职发财的机会。

有时她就忍不住要和管重来理论一番，她最见不得一个人怨天尤人！每个时代都有自己的特色，20世纪七八十年代刚改革开放时，也有许多人抱怨没有赶上机会。等别人都发财了，才发现原来当时机会就在身边，由于自己的失误或者没有眼光而错失了机遇。

机遇在每一个时代都有，不只是“70后”赶上了好时候，在房价不高的时候入手了房子。要知道当时的收入也低，低到现在的“80后”和“90后”的人无法想象！大多数国人的收入也是近些年来才飞速上升，在1998年时广州的人均工资才多少？

而“80后”和“90后”也各有自己的优势和不足，不能认为“70后”赶上的全是好事，不可能一个时代出现的全是好事或者不好。

用管重来的话说——中国有一代人，读小学时，大学不要钱；读大学时，小学不要钱；没到可以工作时，工作是分配的；可以工作时，却要自谋职业。没到能挣钱时，房子是分配的；能挣钱时，发现根本买不起房子。只有爱情就可以结婚时，年龄还小；到了结婚年龄时，婚姻又多了房子和汽车的支出。没有到能进股市时，智力障碍者都挣钱；等能进股市时，自己成了智力障碍者——他最后总结说，他们的不幸是时代造成的，没有反抗的余地。

盛年却不这么认为。照管重来的说法，在1998年下岗大潮中下岗的职工，一辈子没有离开单位，在四五十岁已经不能再适合社会时，却又要被推上社会自谋出路。他们中的有些人甚至已经失去了学习的能力，但他们没有气馁，依然微笑着面对生活，他们中有许多人迎来了人生的重大转折，从一个普通人成长为亿万富翁。

而1998年东南亚金融危机也波及了中国香港和内地，许多行业一片萧条。但在萧条之中，又孕育了互联网兴起的希望。国内几个大型互联网公司，正是诞生于此时！

更让盛年气愤的是，管重来不知道从哪里受到的熏陶，居然怀念以前还没有进行改革开放的年代，说那时候多好，人心纯朴，物价不高，也没有高房价的烦恼，人和人之间的关系非常简单，人心也不复杂，等等。

盛年当即反驳管重来，当时物资缺乏，物价是不高，因为没有东西可买，甚至还要饿肚子。现在物价是高了，但好多人还是有房有车，不但不用饿肚子，还随时可以吃上肉。为什么你看不到现在的物质丰富导致钱不够用，非要和过去比没有东西可卖才导致的低物价？

让盛年生气的不是管重来的牢骚，而是他除了牢骚之外，完全没有上进心。

她经常用一句诗来开导管重来："牢骚太盛防肠断，风物长宜放眼量。"管重来不但不听，还变本加厉地讽刺盛年是自我安慰、自我麻醉。20世纪80年代出生的他们，就是失去了发展的黄金时期，就是失落的一代，以后也不可能有未来，就像美国"垮掉的一代"一样。他还挖苦盛年发广告的工作和扫大街的环卫工人没有区别，问题是环卫工人不用上四年大学，她上了四年大学再去发广告，不但丢人还浪费自己学到的知识。

盛年每次忍不住了，就会和管重来争论一番。她的原意不是想吵架，而是想纠正管重来消极而不正确的三观，但每次都会演变成吵架。因为管重来说不过她，就会进行人身攻击或是谩骂。每次她都会筋疲力尽地想，为什么总有人说女人吵架只想赢，不想讲道理，男人吵架是在讲道理，到了管重来身上就反了过来，他只想赢，不想辩论。

如果不是为了孩子，盛年真不想回家。一想起管重来的嘴脸，她就头疼。上学的时候，管重来是一个很积极向上并且全是正能量的青年，为什么走入社会没几年，也没有经历过重大挫折和失败，他就变成了牢骚满腹的油腻男。

有一次，盛年气极之下吼了管重来：“你天天抱怨发牢骚，觉得社会不公，无非是想满足内心的欲求，想要社会给你金钱、地位和美女！”

管重来眼睛一瞪，愣了半天忽然笑了，“答对了三分之二，美女就免了，有你就足够了！”

盛年哭笑不得！

“到了。”盛年的沉思被乐水打断了，她摇晃盛年的胳膊，“想什么事情这么入神？要不提醒你，就坐过站了。”

盛年和乐水不住在一个小区，不过也不远，只隔了一站地。她起身下车，冲乐水挥了挥手，“明天一早到公司碰面，我有一个新的想法要和你交流一下。”

“明天见。”乐水开心地点了点头，她还以为盛年所说的是关于如何进一步精准定位的问题，却没想到，盛年已经开始进一步为长远考虑了。

盛年的决定是在车上深思后做出的！

到了家门口，盛年放慢了脚步，屋里传来儿子的哭声和母亲的哄劝声，以及管重来不耐烦的吼声。她无力地靠在门口，擦了擦额头上的汗水，心想：为什么管重来除了抱怨、牢骚和不满，就没有从自身寻找原因，而总是把一切都归咎于外部的因素，埋怨社会的不平、领导的不明以及她的不努力？

实际上，她已经竭尽全力了！而他除了牢骚和抱怨之外，从来不去努力和尝试！

开门进去的片刻，盛年换了一副轻松自如的笑容。在母亲和儿子面前，她不能流露出丝毫的疲惫和不堪，她是他们的主心骨和支柱，她不能倒下，也没有资格倒下。

“回来了。”母亲欣喜地迎了过来，将孩子送到盛年的怀中，“孩子想你了，快抱抱他。我去做饭。”

母亲逃似的奔向了厨房，下意识朝卧室里望了一眼，目光复杂而无奈。

卧室里，穿着裤衩和人字拖、光着膀子的管重来，正在满头大汗地打游戏。

“上，快上呀，笨蛋！蠢猪！气死我了！猪队友，垃圾配合！”管重来声嘶力竭地挥舞着手臂狂吼，扭头看了盛年一眼，目光空洞而又毫无表情，只说了一句话就又转身打游戏去了，“快点做饭，我都快饿死了。你一天不见人影，赚到钱没有？”

盛年气不打一处来。她在外面辛苦了一整天，回来后连口热乎饭都吃不上。妈妈帮忙带孩子，还要做饭。管重来却只顾打游戏，连孩子都不抱一下，太过分了！

她怒气冲冲地冲到管重来面前，直接拔下了电脑电源，将孩子放到管重来的怀中，“打游戏能赚钱、能管饱，你就一直打下来。不能的话，麻烦你老人家帮忙带带孩子，我去帮妈做饭，也快一些。”

管重来顿时跳了起来，气急败坏地怒吼：“你干什么盛年！你疯了！我刚打了一半，好不容易快要胜利了，你毁了我人生的全部乐趣，我和你没完。”

“行，怎么个没完法，你说，我等着。”盛年双手叉腰，坦然地站在管重来面前，“是打架还是吵架？是讲道理还是辩论？尽管放马过来。”

管重来梗着脖子愣了片刻，又软了，抱起孩子，“不和你一般见识！赶紧做饭去，我都快饿死了。”

盛年深深地叹息一声。才二十五六岁的管重来现在已经是满目沧桑，一脸世故，头发乱蓬蓬不说，还有了白发，眼窝深陷，全然没有一个年轻人应有的朝气和阳光。但也不是少年老成的成熟和稳重，而是一种颓废和落魄。

盛年去帮母亲做饭，从母亲欲言又止的神情中她猜到了什么，就说：“妈，你想说什么就说吧，我不是一个遇事就逃避的人，既然事情来了，就勇敢地面对，才能想到解决的办法。”

“孩子，让你受屈了。”母亲抹着眼泪，悄悄朝外面看了一眼，“当初妈妈就不喜欢他，觉得他油头粉面，有几分轻浮，不是一个安稳过日子的人，你却非认准了他。现在看看，他什么都不管不顾，孩子不管，油瓶倒了也不扶，就知道打游戏发牢骚，你说你过的是什么日子？！”

第四章　岁月不待人

“妈，我知道管重来现在变得跟以前不一样了。不过我有信心调教好他，只是我需要时间。”盛年抱了抱母亲的肩膀，“就是让妈妈跟着我受委屈了，女儿以后有本事了，一定好好报答你。”

母亲摆了摆手，挤出了一丝笑容，“孩子，妈受点委屈没有什么，你们的日子以后怎么过得心里有数。妈也不多说了，你一定要把握好。人生没有回头路，走错了，就没法再回头了。”

饭后母亲抱着儿子去睡了。管重来又想打游戏，被盛年拉住了，盛年郑重其事地提出要和他好好聊聊。管重来被盛年的严肃认真吓到了，搓了搓手，问：“什么事情这么要紧？”

“我们不能再这么下去了，得想办法解决……”

管重来吓了一跳，“你要离婚？盛年，你是不是外面有人了？”

盛年被气笑了，“你都胡思乱想些什么？我的意思是，我们不能再这么一直打工下去了。不管怎么努力，也很难改变我们目前的困境。我打算创业，希望你能支持我！”

“创业！做什么？钱从哪里来？”管重来冷笑一声，不屑地摇了摇头，“都毕业好几年了，也算是有过经历的人，怎么还这么幼稚！盛年，你能不能正视自己，别总是做一些不切实际的春秋大梦！”

“现在不是需要雄厚资金才能创业的年代了。只要我有好的创意和市场规划，我就能找到资金，招来团队！”盛年信心满满，“但首先你得支持我。”

“哧……”管重来的冷笑变成了讥笑，“让我支持你？我怎么支持？要钱没有，要人也没有，我还有我的工作。拜托，你想创业就自己去干，别拖我下水。至少我的一份工作还能养家糊口，万一你失败了，我们不至于流落街头。”

盛年暗中叹息一声，管重来的态度早在她的意料之中。她多么希望管重来能和她一起拼搏一番，就算失败了，他们还年轻，还有机会从头再来。

盛年内心无比失望，表面上却依然镇静，“我没有要求你出钱出力，只需要你在其他方面支持我就行。比如以后下班早些回家，帮忙照看孩子；少打游戏，多做家务。妈妈一个人又带孩子又做饭，有时真忙不过来……”

“你的意思是让我当家庭妇男？别做梦了，我可是正经八百的大学生！”管重来迫不及待地打断了盛年的话，不耐烦地摆了摆手，“你去创业我不反对，但请你别影响我现在的生活节奏和水准。”

盛年心中闪过浓浓的悲哀。管重来怎么这么无能！她要创业，要让一切变得更好，管重来不但不愿意付出一分心血，还生怕她会拖累他现在的生活。现在的生活只不过是挣扎在生存线上而已，就算再差又能差到哪里去！一个男人，没有一丝拼搏的勇气，他算哪门子男人！

“你怎么变成了这个样子，懦弱、窝囊、不敢冒险，甘愿当鸵鸟！重来，当年在大学里的你，多么意气风发，多么慷慨激昂！我还记得你当年在操场昂首阔步大声吟诵的样子，那么自豪那么高傲，声音也那么洪亮——盛年不重来，一日难再晨。及时当勉励，岁月不待人——我就是被你慷慨激昂吟诵的一瞬间打动的，从此喜欢上了你。”

管重来脸上的戾气慢慢消退了几分，语气也缓和了下来：“当年我还不认识你时，就有人告诉我说有一个叫盛年的女生很漂亮，正好和我的名字合拍。我就偷偷去你班上看了你几次，但没敢去追你，因为你太漂亮太夺目了，我觉得我一点把握也没有。”

“后来怎么又敢了，还偷偷写情书，也不署名？”温柔和柔情浮现在了盛年的脸上。她知道，爱情正在她和管重来之间流淌，正在融化他们之间即将冷却的关系。

“不署名写情书，当然敢写了，反正你又不知道我是谁。就算猜到，大不了不承认就是了。”管重来想起往事，脸色缓和了许多，温情开始在心间弥漫。

“可问题是，你就没有想过，万一我喜欢上了你，却不知道你是谁，岂不是前功尽弃了？再万一我误以为你是别人，对别人有了感情，你不是为他人作了嫁衣？”盛年眨了眨眼睛，俏皮地笑了，“不怕告诉你一个秘密，当时我真的以为情书是另外一个人写的，还去问他了……”

“啊，真的？”虽然已经和盛年结婚，但管重来还是有几分紧张，他不知道当年还有这样的一出意外插曲，“谁呀？你和他发生什么了？”

“刘阵平。”盛年得意地笑了，她的策略奏效了，成功地唤起了管重来对往事的回忆以及对她的珍爱，“你也认识他。”

“对，小个子，有点胖，我想起来了，当时他和你都在文学社。”管重来一拍脑袋，“有一次我见他拿着你的钥匙晃来晃去，心中嫉妒得不行。问他为什么有你的钥匙，他说你们在一起了，你的钥匙经常由他保管。”

“放屁！”盛年气笑了，“我经常丢钥匙，每次丢钥匙都是被他捡到，也是怪了。后来我才发现，我不是忘了拿钥匙，而是每次文学社开会，他总是偷偷藏起我的钥匙，让我误以为钥匙还在包里。所以匿名情书一出现，我就以为是他的恶作剧，就找到他当面质问，他几乎没有丝毫犹豫就承认了。”

“真无耻。”管重来握紧了拳头，他都不知道背后还有这样的波折，“要追女生就光明正大地追求，为什么非要用阴招？小人！伪君子！无耻浑蛋！后来呢，后来你们怎么样了？”

情急之下，管重来一把抓住了盛年的胳膊，就像他现在还没有追到盛年一样。

盛年挣脱了管重来的双手，“要你管？都过去的事情了，不提了。你现在一点也不知道珍惜我。以前发誓要保护我爱护我，现在你只知道打游戏，连儿子都不管。管重来，人生没有重来的机会，不像游戏一样，过不了关可以重新来一遍！”

“我知道了，我错了还不行吗？快说，后来怎么样了？”管重来暗中捏了一把冷汗，原来他差点和盛年失之交臂。

聪明的女人懂得适可而止的道理，并且很会掌握节奏。盛年拢一拢头发，“后来我就问他为什么写情书不署名，他说怕他配不上我，不敢署名。我又问了几个别的问题，他的回答都让我满意，一度我都真的以为他就是情书的作者，直到我想起了一个关键点。”

“什么关键点？”管重来无比着急，“你能不能一口气说完？”

“我就问他最新的一封情书引用了谁的诗句，他答不上来，我就知道他不是情书的作者了。”盛年狡黠地笑了，一拳打在了管重来的肩膀上，“笨蛋，其实我早就猜到是你写的情书了。”

“不可能！在我亲口承认之前，你不可能猜到是我，你当时都不认识我。”管重来连连摇头，“你别骗我，我读书不比你少，不会上当。”

“你错了，重来，我早就知道你了。不仅仅是因为你的名字和我的名字很有缘分地出现在同一句诗里面，还因为你写的文章很动人。你在校报上发表的文章，我一篇不落地全部看过。你的情书和你的文章文笔一样，不但优美，还有个别习惯性用法，我只对比了三封情书和三篇文章，就已经确定是你了。确定是你之后，我还到你们教室观察过你几次……”

盛年是在故意逗管重来，就是要让他紧张，让他珍惜她，也是想激励管重来不再颓废下去，恢复当年上学时的拼搏精神，毕竟岁月不待人。

“什么时候？我怎么不知道？”管重来在大学期间喜欢写作，在校报上发表过不少优美的散文，一度被人称为“校园作家”。

只不过步入社会之后，管重来的作家梦被消磨殆尽，剩下的只有对生活的不满和挣扎。

“在你的第三封情书之后。怎么样，我厉害吧？”盛年在第三封情书时就推测到了作者是管重来，但直到第三十封情书之后，她才接受管重来的求爱，和管重来正式确定了恋爱关系，中间足足经过了半年之久。

管重来在写完第三十封情书后，心里既忐忑不安又充满期待。对自己文笔极度自信的他相信已经打动了盛年，但又怕当面表白时因为紧张而一时结巴被嫌弃，内心充满矛盾。他很清楚他文笔不错但口才一般，就在第三十封情书中下了最后通牒——放学后，希望盛年来操场上找他。如果她能认出他并且愿意接受他，就直接走到他的面前。如果认不出来，或是认出来但不愿接受他，就转身离去。

管重来既怕被盛年当面拒绝，又怕盛年认不出来他就是情书的作者，就刻意准备了一番。他穿了一身汉服，长袖翩翩，在操场上大步而行，并且吟诗一首：“盛年不重来，一日难再晨。及时当勉励，岁月不待人……”

别说盛年了，全校女生都认识了管重来。当然，管重来想要吸引的不是别人的目光，他只希望盛年能出现在面前。

结果让他失望了，盛年并没有出现。他在操场走了三圈，念了十几遍陶渊明的《杂诗》，却无人回应。但当他悻悻地想要离去时，身后却响起了他期待已久的声音……

第五章　这不公平

“人眼最大的缺陷是看外不看内、看前不看后，有时你只需要回头看上一眼，也许就会发现你等待许久的人就在身后。”

管重来回身一看，身后不远处站着笑意嫣然的盛年。

二人热恋之后，盛年没有后悔自己的选择，她没有看错管重来！管重来个子不是很高，长相不是很帅，性格不是很爽朗，方方面面都不是很突出，但他有才华有内涵，平衡在一起，他的综合得分很高。相处久了盛年就发现，管重来非常耐看，越看越有味道，越了解越觉得他幽默有趣，并且有想法、有规划。

盛年欣赏管重来知识渊博有内涵，管重来喜欢盛年的漂亮和勇气，二人互相欣赏，互相鼓励，一毕业就走进了婚姻的殿堂。

但让盛年始料不及的是，管重来一步入社会就接连遭受了重大打击，先是求职失败。他的文学素养和渊博知识在注重理工和技能的公司，毫无出彩之处；他的才华也被当成了书呆子气。一怒之下，他想去高校任教，却又因为只是本科学历而没有被录用。

管重来萌发了考研的念头，但现实又不允许他放弃工作去考研。他没有足够的经济来源支持他继续求学，只好退而求其次，应聘到了一家互联网公司当助理，工作烦琐而没有创意，让他颇为苦闷，觉得自己的才华无处施展，不被重视。

社会是最好也是最残酷的大学，经过几年的磨炼，孩子的出生和工作的不如意，再有不断上涨的房价，让管重来一年比一年绝望。

本来前年时，二人攒了十几万元钱，正好够一套偏远小区的首付，不幸管重来的父亲生病，急需救命钱。盛年没有犹豫就将钱拿去救治老人，老人得救了，房子却没买上。

今年再去看同一地段的同样面积的房子时，首付需要三十万元。而管重来和盛年的收入不但没有上涨，反倒因为盛年生孩子失业而大幅下滑。管重来更是牢骚满腹，觉得社会对他们“80后”太不公平了。“70后赶”上了好时候，能赚钱的时候房价还低。等“80后”开始赚钱时，房价火箭一样上涨，他们的收入又不如已经当上了中层或高管的“70后”高。

等于是说，“70后”一代人不但收入高他们一头，房子买来时也比现在便宜许多。房价上涨的代价却全部要由“80后”来承担，由“80后”接盘，凭什么？

这不公平！

管重来心态逐年失衡，努力无果后开始麻醉自己。先是将QQ签名改成了“何以解忧，唯有暴富”，又通过打游戏认识了一帮朋友，天天以打游戏为乐。不但如此，还觉得盛年发广告的工作完全没有价值，赚不到什么钱又没有上升的空间。

虽然有几分自暴自弃，但管重来安慰自己是不得已而为之，其实在内心深处，他也有一颗想要奋发向上的心。只不过社会太残酷，他又过于感性和情绪化，在过大的生活压力面前，不如盛年坚强的他，没有迎难而上，而是采取了逃避和麻痹自己的做法。

其实管重来也不是没有尝试过改变现状，但由于他过于书生意气的想法和动辄泄气的性格，导致他屡战屡败。

管重来戴一副黑框眼镜，头发乱蓬蓬的，眼睛不大，一笑就眯成了一条缝，给人的第一眼印象是既可爱又有几分滑稽，还有几分友善。实际上，在友善的外表之下，他有一颗争强好胜的心。

只是他脾气过急，遇到事情容易失之于急躁，耐心不足。喜欢文学的他，对社会又想象得过于美好，才遇到几次挫折就完全失去了尝试的勇气。

对于盛年的努力，他有时表面上嘲讽或反对，其实内心是敬佩和支持的。只不过有时他又觉得盛年的做法改变不了现状，所以就算支持，也会时不时地刺激一下盛年，发发牢骚，发泄一下他对社会的不满和怨言。

现在盛年想要创业，虽然他觉得成功的可能性不大，但既然他已经无力改变命运了，寄希望于盛年身上也算是一个不错的选择。

管重来抱住了盛年，“都怪我没用，让你吃苦了，盛年。你创业我不反对，但我只能保证我的工资收入维持家里的开支，尽可能少打游戏，多照顾妈妈和儿子，其他的，就得靠你自己了。”

“足够了，有你在家保证大后方的稳定，我冲锋在前，也就没有后顾之忧了。”

盛年也用力抱住了管重来。她没有注意到的是，门外，妈妈一边笑一边在抹眼泪。

次日一早，盛年早早地就到了公司。等了一会儿，第二个出现的人是崔恒语。

崔恒语作为老板，每天都是第一个来公司，风雨无阻，让员工既爱又怕。爱他的认真敬业，怕他的以身作则。毕竟老板从不迟到，还总是第一个到，别人怎么好意思迟到早退。

对了，崔恒语不但第一个到，还总是最后一个走。

在广州，身高一米七八的崔恒语显得人高马大。他长得并不魁梧，却很有气势，浓眉大眼，圆脸，一头浓密的头发，虽然脖子稍微有点歪，走路的时候却铿锵有力，颇有男人气概。

崔恒语见盛年第一个到来，不由得一笑，“今天怎么这么早，平常你不是还要喂完孩子早饭才能出门吗？”

盛年打开手中拎着的一点五升的农夫山泉矿泉水瓶盖，喝了一口，又擦了一把额头上的汗，说：“今天早点过来，是想和崔总商量一件事情，打个赌。”

“打赌？赌什么？”崔恒语顿时来了兴趣。他对盛年既欣赏又喜欢，欣赏她吃苦耐劳的精神，喜欢她不服输的劲头，也喜欢她的为人。如果不是因为她结婚了，他可能就正式向她求爱了。

崔恒语是苦孩子出身，从小家庭贫穷，有三个姐姐一个哥哥。父母在村里老实巴交，受尽白眼和欺负。哥哥长大后出门做生意，结果失利，欠了一屁股债不说，还不敢回家，被乡亲们嘲笑，这让父母更加抬不起头来。

崔恒语早早地出去当兵，几年后转业，说什么也不肯回老家。他无法忍受父老乡亲的白眼和笑话，发誓非要出人头地不可。他先是通过战友的关系到了北京发展，从物业管理做起，几年时间下来，就做出一家拥有上千人规模的安保公司。

“富贵不归故乡，如衣锦夜行。”在北京混得风生水起，崔恒语回到老家后，受到了县长的隆重接待，县政府诚邀他来家乡投资。等再回到村里，享受乡亲们羡慕的目光，他不免有几分飘飘然。

在几次为村里捐助路灯、修路，引发了许多乡亲的不满之后他才发现，不管他怎么努力怎么表现善意，总会有人对他横挑鼻子竖挑眼。他才知道，人要善良，但也要带着智慧和锋芒。

一是路灯事件。他为村里捐助了路灯，一个路灯放在了两家之间，离东家近西家远，西家就觉得他是故意为之，因为以前他们家和西家吵过架。

修路也是。有一条胡同由于太窄，无法施工，就没有铺设沥青路面，引发了胡同所有村民的愤怒。村民们联合在一起，到崔恒语父母家中，指责崔恒语有意刁难他们。说人不能一有钱就变脸，他们当年是有事没有帮崔恒语，崔恒语现在发达了，得大人有大量，不能小气。

经历不少诸如此类的鸡毛蒜皮的小事之后，崔恒语才明白古人所说的“不患寡而患不均”确实大有道理。恰好此时北京的生意出现了一些变故，广州的战友邀请他来广州发展，他就卖掉了北京的公司，来到了广州，远离了故土。

原本来广州也想从事安保工作，经过一段时间的摸索，发现广州的人文和环境与北京大不相同，他的想法有些“水土不服”，不免有几分后悔当初卖掉北京公司的冲动了。打算离开广州时，发现了健身房的商机，就成立了荣光健身。

从成立到现在有一年多了，发展虽然还不错，但总体来说没有达到崔恒语的预期，开连锁店的速度缓慢，客户的增长也不快。原以为广州人有钱，又注重保养，健身的人一定多。但实际情况却是，广州人由于水土和饮食的原因，普遍比北方人偏瘦，身材保持得也相对不错，很少有大腹便便的中年油腻男人。

胖子的概率低，再加上气候炎热，健身者就不如北方多。好在还是有一些人在身材天然保持不错的同时，追求健美，保证了健身房可以正常运营。

但客户还是低于预期，并且盈利不多，崔恒语就想尽一切办法增加客户，想来想去，只有一个方法切实可行并且投入少——街头发广告传单。

崔恒语深信广告的力量，只是他觉得他错过了好时代。当年人们刚刚富裕起来时，还对广告缺少辨别力和抵抗力，有许多借助广告一夜成名的产品，比如秦池、爱多DVD等，虽然“其兴也勃焉，其亡也忽焉”，但毕竟大赚了一笔。

第六章　身体和灵魂只能迁就一个

当然，崔恒语也有自知之明，以他的能力和实力，不足以成为和标王对标的成功人士。但他如果能赶上电视购物的好时候，也能借机大发其财。

电视购物自20世纪80年代末起步，在90年代盛行一时，进入21世纪后，随着消费者逐渐成熟以及网络购物的兴起，电视购物日渐衰落。但当年无数电视购物创造富翁的神话，还是让他既羡慕又遗憾。

也许好时代一去不复返了，崔恒语最近也是颇为头疼。低薪招聘大量广告人员发放街头广告传单，收效不大，主要是客户转化率太低，每收获一名客户所需要付出的时间和金钱与客户带来的利润持平。他感到了危机。

盛年也能察觉到崔恒语的苦恼。她虽然只是想短期内在公司打工，但也在为公司着想，至少在现阶段她和公司是利益共同体。

“昨天我实际测试了一下关于提高客户转化率的想法，今天我就不外出了，坐在公司等电话，测算转化率。”盛年甜甜地一笑，“如果我今天是公司获客率最高的一个，我希望崔总答应我一件事。”

“什么事，涨工资还是要拿奖金？”崔恒语好奇地一笑，“我很想知道你关于提高客户转化率的想法到底是什么。”

盛年俏皮地摇了摇头，“先不告诉你，等我测试成功了再说。如果失败了，就更不用说了，嘿嘿。”

“要对自己有信心。”崔恒语一拍盛年的肩膀，“我都比你对你自己有信心。说实话，盛年，如果不是因为你已经结婚了……”

“人生没有假设，所以崔总不用说如果。”盛年知道崔恒语对她有感觉，就不让他再继续说下去，“人生的出场顺序很重要，崔总命中的那个人，还没有出现。出现后，你就会发现以前的喜欢都不再重要了。”

崔恒语既喜欢盛年的拼劲，又欣赏她的聪明和原则，笑了笑说："也许吧。也许永远不会出现，也许出现了，却发现时机不对。人生，谁又说得清楚到底是怎么一回事？"

"崔总的感慨很有深度，是失恋了还是恋爱了？"崔恒语话音刚落，乐水推门进来了。

乐水和盛年不同，她是兼职，平常很少在上班时间来公司，有时一周来一次，领了广告单走人，发完了再过来领。

崔恒语微有惊讶之色，"乐水怎么今天过来了？按照平常规律，你应该一周后再来才对……是不是想我了？"

盛年白了崔恒语一眼，"崔总你这就不对了，刚刚对我表白，又转身撩乐水，你专一些，别见异思迁。"

"我的原则是，在不破坏别人家庭的前提下，可以适当不专一。"崔恒语哈哈一笑，"和你们开个玩笑，毕竟你们是我的广告员工中少有的两个大学生，还是少有的两个美女，必须得对你们多加关照才行，要不你们随时会炒了我。"

"不不不，我们不会炒了崔总，也许我们还会和崔总长久合作下去……"盛年神秘地一笑，拖住了乐水的肩膀，"走，乐水，先跟我坐等电话，边等电话边告诉你我的重大设想。"

"好呀，太好了。昨天一晚上没睡好，翻来覆去都在想你到底有什么新的想法要和我说。"乐水本来今天要去公司上班，但却被盛年的话勾起了兴趣。作为公司行政助理的她，不满足于目前每天朝九晚五的现状以及并没有未来的工作，想要做出一番属于自己的事业。

虽然认识盛年的时间不长，但她知道盛年有主意、有见识，既然盛年有了新的想法，肯定不是一般的想法，她就请假专程过来了。

乐水对崔恒语的印象一般，不像盛年很欣赏崔恒语的实干精神，或许和崔恒语喜欢和她开玩笑有关。受过孙巍一次感情伤害之后，她现在没有谈恋爱的心思，对于所有对她有明显意图的异性，都会敬而远之。

尽管乐水也知道，崔恒语对她或许只是有好感，还远远谈不上喜欢，所开玩笑也只是为了调节气氛、拉近关系，并非有意调戏。只是她始终无法说服自己接受异性的玩笑，哪怕是出自善意和对她的欣赏。

如果不是因为崔恒语是老板，她早就拉黑他了。盛年也开导过她，不能因为孙巍是渣男就觉得天下男人都不是好人，女人有时就是太过于感情用事。

道理乐水都懂，只是一遇到事情，就难以调整情绪。

盛年有工位，乐水没有。二人挤在盛年的工位上，等了一上午，只等来了十几个电话，确定办卡的只有一人。乐水有几分沮丧，“盛年，好像效果不太明显，会不会还是我们的方法不对？”

盛年却毫不焦虑，“别急，昨晚发出的广告传单，今天上午有一两个客户办卡就不错了，你还想大家争先恐后呀！你又不是人民币，不可能人人都喜欢你。”

“我还不想当人民币呢，被太多人喜欢也累。”乐水打开手机外卖软件，“中午吃什么？对了，一上午也没提你的想法，是不是想自己单干，不管我了？”

盛年哈哈一笑，“怎么会？我不管干什么都会拉上你。没有你，我一个人很难坚持下去。是时机还没到，下午，下午不管有几个客户，我一定告诉你，好不好？”乐水随便点了几个菜，说：“我做主了，你现在是我的人，所以有什么吃什么。等以后你成功了，我就是你的人，就吃什么有什么。”

“别点外卖了，中午我请客。”崔恒语冒了出来，一脸讨好的笑意，“走，潮汕牛肉火锅。”

乐水不太想去，为难地看了看盛年。盛年不客气地拉起乐水，“心里不想，胃却很诚实，走吧，别委屈了自己的身体。当身体和灵魂只能迁就一个时，先迁就身体。”

“那什么时候可以迁就灵魂？”乐水起身。

“等你成功时。”盛年一拍乐水的后背，“有些道理很粗浅又很无奈，却是现实。”

三个人点了一桌子菜，吃得不亦乐乎。盛年讲了她昨天精准定位发放广告传单，今天坐听电话，就是想亲自验证一下效果。崔恒语听了虽然称赞盛年的想法不错，但对客户转化率并不乐观。

“不是我打击你，盛年，想法很美好，但通常现实很残酷。如果客户转化率提高这么容易的话，荣光早就开了上百家连锁店了。”崔恒语喝了一大杯啤酒。

“难道以前崔总尝试过这个方法？”盛年也知道她的想法不可能前无古人，肯定之前有人有过尝试。

崔恒语摇头说：“没有。”

乐水轻哼一声，“没试过怎么知道不行！崔总以前也想到过这个法子吗？”

“也没想到过。”崔恒语老实地承认，又轻描淡写地笑了笑，“虽然没想到过也没有试过，但我就是觉得不行。根据我的经验判断，盛年的法子太简单，也太没有技术含量。如果有用的话，肯定早就有别人发现并且推广了。”

“未必，你是想当然了。”乐水虽然也觉得盛年的法子不一定有效，但对崔恒语的说法也是嗤之以鼻，“既不去想也不去尝试，别人想到了又做了，你还打击别人的积极性，崔总，你的生意一直没能打开局面的原因在于你的心量太小了。”

“我……”崔恒语被乐水的话噎得够呛，一口酒含在嘴里，腮帮子鼓了起来，气呼呼的样子像是要喷酒，“咳咳，你差点噎死我你知道不？乐水，你的一张嘴呀，真是伶牙俐齿。行，我怕了你还不成吗？”

“扑哧……”乐水被崔恒语滑稽的样子逗笑了，连带对崔恒语的成见也减弱了几分，“如果盛年的法子有用呢？你怎么奖赏她？”

“盛年说要和我打赌，我同意了，但输赢的赌注是什么，她还没说。”崔恒语又抿了一口啤酒，“规矩你们立，我听着呢。”

盛年见时机差不多了，放下了筷子，一脸认真地说：“崔总，我和你说句实话，就算我的法子可行，提高了客户转化率好几个百分点，但是，对公司业绩的整体提升也相当有限。不夸张地说，就算吃下全广州的十分之一的市场份额，荣光也做不大、做不强……”

崔恒语放下了酒杯，脸色有几分不快，“为什么这么说？你已经判了荣光死刑？”

“不不不，崔总你别误会。”盛年见好就收，又及时调换了轻松的语气，“荣光不是做不大、做不强，而是就算做到最大、最强，也达不到崔总的预期，不是崔总的能力原因，而是健身市场终究有限。崔总见过有几家健身公司上市了？”

“我也没想上市呀，我只想做成全广州第一健身房就满足了……”话到嘴边崔恒语又咽了回去，他对盛年和乐水很看重，不仅仅是因为她们的大学生身份，现在大学生也多了去了，但并不是每一个大学生都有眼光、有高度，更不会像盛年和乐水一样又漂亮又能吃苦。

他一开始知道一向不肯和他单独吃饭的盛年和乐水今天很开心地同意一起用午餐，必然是有重大事情要说！

第七章　以后还有以后的困难

盛年见崔恒语脸色变化，知道他心里起伏不定，就趁热打铁地说："崔总现在在广州的生意，还不如之前在北京的大，不是因为崔总对广州水土不服，而是崔总还没有完全适应广州的气候和环境，还没有找准自己的定位。"

"盛年！"

乐水悄悄一拉盛年的衣服，觉得盛年说得过头了，有点没有摆正位置。两个小员工敢对老板指手画脚，告诉老板这不对那不对，如果不是崔恒语脾气好，她们早被开除了。

就算盛年真有什么拿得出手的想法，也得先抛出来才行，而不是非要激怒崔恒语。

其实乐水不知道的是，盛年就是想要刺激崔恒语，看看崔恒语的承受力和底线在哪里，才好让她判断是不是值得和崔恒语说出她关于创业的真实想法。

盛年轻轻一按乐水的胳膊，"乐水，别担心，我有分寸，也相信崔总大人有大量，不会计较太多。"

对于盛年免费奉送的高帽子，崔恒语却之不恭，就戴上了，但并没有受之有愧的觉悟，"盛年，这么着，你也别激我别将我，我是对你们两个人都有好感，也可以说都很喜欢，但我是一个理智的男人，不会被你们的小心思、小伎俩左右，我只看重前景和利益……"

好吧，盛年暗暗咬了咬嘴唇。如果崔恒语是一个轻易就能被她拿下的老板，说明他的水平也一般。越有难度，说明他越有底气和潜力，也显得她越有能力。

"好，既然崔总这么说，我们先干了这一杯。"盛年举起了满满一杯啤酒，"我平常不喝酒，为了崔总，今天第一次破例。"

"行，我作陪。"乐水也倒满了啤酒，"我是盛年坚定的追随者，干杯。"

三人干杯。

盛年放下酒杯，一抹嘴巴上的酒沫，一撸胳膊说：“是这样的，崔总，有时候想一千说一万，不如埋头做一件。崔总觉得我在高档小区的门口精确定位发放广告的做法既不新鲜，又不会有实际效果。好，如果真的有呢？”

“你想要什么？奖金还是……”崔恒语饶有兴趣地看着盛年，他对盛年不服输的劲头越来越欣赏了。

“我只要崔总的一个承诺，或者说一个意向。因为，如果验证我的做法切实可行，我就会提出辞职！”盛年抓住了乐水的手，“乐水，答应我，到时你也一起从你的公司辞职，再和我一起创业。”

乐水蒙了，“什么，你要辞职创业？”如果说盛年要辞职她还可以理解并且接受的话，创业就让她一时转不过弯了，“你想怎么创业？不，你拿什么创业？”

乐水的主业是行政助理，月收入虽然不高，但足够养活自己了。如果辞职，她生存都成困难了，她不敢轻易就下决定。

崔恒语却一脸淡定，毫无惊讶之色，“虽然早就看得出来你们待不久，没想到这么快就要离开荣光了。行，荣光庙小，容不下你们两尊大神。”

“崔总别说风凉话，我话还没说完呢。”盛年看了看时间，“快到下午上班的时间了，走，回公司再说。”

崔恒语要去结账，盛年摆手，“我已经买单了，今天我请客，感谢崔总一直以来对我的照顾。”

崔恒语有几分不满，脸色微微一变，“谁说让你请客了？今天点的都是贵菜，对你来说，大半个月的工资没有了。”

“钱没有了可以再赚，人心散了，就很难再收齐了。”盛年嘿嘿一笑，“一顿饭而已，就算我啃半个月方便面，能得到崔总的一句认可，也知足了。”

崔恒语感慨，盛年挺会来事，也真有魄力。想当年他穷困潦倒时，如果也能有拿出半个月的生活费请人吃饭的勇气，他肯定会比现在更有成就。

盛夏的广州，空气中都似乎有火星在跳动，又有蒸气在弥漫，既热又潮湿。远处的白云山高高耸立，近处的三角梅、椰子树随处点缀。如果是坐在凉爽的车内，有空调又防晒，还会有一丝欣赏美景的心思。如果在大街上步行，汗流浃背，就完全没有美感可言了。

“有车没车差距大，好车差车差距不大，对吧崔总？”乐水摸了摸后座的真皮，啧啧几声，“什么时候我才能拥有一辆属于自己的汽车，我早就拿了驾照，可惜没机会开车。”

“哎呀，刚才我喝太多酒了，不能酒后驾驶。”崔恒语是聪明人，闻弦歌而知雅意，立刻靠边停车，“就辛苦乐水为我们服务一次，没问题吧？”

乐水一副跃跃欲试的表情，又有几分紧张，“我拿了驾照后就没有再摸过车，手生，怕剐蹭了你的车。”

“还没上车，就想车祸，思想不够端正，信心不太足。”崔恒语坐到了副驾驶座，假装批评乐水，“要有信心，也要有胆子，不尝试怎么知道不行？我的车我都不怕，你怕什么？”

乐水乐了，怯生生地问：“如果真的蹭了车，我赔不起的话，可不可以分期还？事先声明，我不以当你女朋友为代价还账。”

崔恒语愣住了，忽然哈哈大笑，说：“你当我是什么人！我再喜欢一个人，也不会做出乘人之危下手的事情。我这么有魅力的男人，只接受主动喜欢我的姑娘。”

盛年也笑了，“行了，别磨蹭了，你赶紧开车。我保证，只要你敢开车上路，就很快会有买车的一天。”

一句话鼓起了乐水的勇气，她坐上了驾驶座，调整了座位，缓慢地起步，结果抬离合过快，熄火了。接连熄火两三次后，她气馁了，一拍方向盘，“不开了，烦死了。”

“不，你必须开。”盛年一脸严肃，板起脸，“既然你有了想开的念头，崔总又给了你机会，你不抓住，下一次有机会就不知道是什么时候了。永远不要把困难放到以后，要当下解决。因为，以后还有以后的困难！”

“轰隆隆……”

一道闪电过后，雷声由远及近传来。午后的广州在夏季多有雷阵雨。明明刚刚晴空万里，转眼间就会乌云密布，眼见下起了雨。

一个豆大的雨点落在了挡风玻璃上，紧接着，雨点如密集的鼓点，狠狠地敲打在车身之上，发出了“咚咚”的声音。

乐水更怕了，“这么大的雨……我看还是算了吧，太危险了。”

“你下来！”盛年急了，下车后猛地拉开了驾驶门，“我来开，磨磨蹭蹭的，真没魄力。”

只片刻，盛年就被淋得全身湿透了。乐水下来，不好意思地吐了吐舌头：“如果是晴天，我一定敢开……可是雨也太大了，视线又不好……”

“别说了，”盛年将乐水拉到了一边，“赶紧上车，看我的，我的老司机！。”

乐水上了后座，有几分尴尬和心虚。她望向窗外，窗外大雨倾盆，雨珠成线，视线所及如雨幕一般。连崔恒语都有几分担心了，他摆了摆手说：“盛年，别逞能，开不了就等雨停了再走。”

“谁也不知道雨什么时候停，如果下一下午呢？”盛年看了看手机，“马上两点了，应该有电话打进来了。不行，我下午一定要完成今天的任务，计算一下客户转化率，好和崔总打赌。”

盛年起动了汽车，缓慢行驶了十几米后，熄火了。她重新起动发动机，“雨刷器怎么开？”

崔恒语大惊，“啊，盛年，你会不会开车？”

“会，早早就会了。”

乐水才想起什么，“不对呀，我不记得你有驾照。”

“我们没有讨论过驾照问题吧？”盛年从后视镜中看了乐水一眼，又在崔恒语的帮助下打开了雨刷器，第二次上路，很快就熟练了，逐渐提速，不多时就开回了公司。

停好车，盛年瘫坐在了座位上，满头大汗，怔了一会儿，她忽然又兴奋地按了几声喇叭，“太好了，我终于上路了！”

“啊！”崔恒语和乐水面面相觑，吓出了一身冷汗。

上楼时，乐水跟在盛年身后，默不作声，心里却翻来覆去地在想，盛年和她一样是新手，雨天就敢上手开车，而且开得比她还好。她先抓住了机会，却白白错过。盛年只不过捡了一个机会，却能牢牢抓住，并且还成功了。和盛年相比，她还是缺少足够的勇气和尝试精神。

崔恒语也想到了同样的问题，之前他就对盛年很是赏识，那是因为盛年的拼劲和不服输的精神，现在又发现了盛年的另一个优点——敢想敢拼敢干！

真是一个了不起的女孩！崔恒语跟在盛年身后，望着盛年生过孩子之后依然窈窕的背影，暗暗叹息一声，摇了摇头，蓦然想起一句他为数不多的记忆深刻的一句诗——不相逢未嫁时。

不过……崔恒语微有几分惊讶盛年的胆子。一个和他同岁的女孩，虽然已经结婚生子，但实际年龄却并不大，只不过结婚较早而已，怎么既没有同龄人的娇气，又没有女孩子的柔弱，反倒像个汉子一样，敢拼敢干还敢赌？

第八章　百折不挠的盛年

就说明了一点，盛年的丈夫应该不是很有担当。崔恒语眯起眼睛，意味深长地笑了。

雨越下越大了，盛年坐在工位上，目不转睛地盯着电话。回来已经半个小时了，一个电话都没有，她有几分忐忑不安，莫非自己的计划失败了？不可能！不应该，也不会呀，如果自己的推测不对的话，都不知道到底要从哪里下手才能打开局面了。

虽说盛年并不想在健身事业上有长远发展，但她的创业思路也和健身行业有莫大的联系，而她的创业念头一旦萌发，就像雨后的春笋一样，迅猛生长，无法压制。

现在她的内心充满了期待。但她创业的想法能不能落地，客户转化率的测试能否成功是关键。

如果不成功，就没有办法说服崔恒语给她投资。没有崔恒语的投资，她的创业之梦就只能是空想。

乐水坐在了盛年旁边，待得久了，外面雷声雨声不断，她有几分瞌睡，在强撑着。

"轰！"

又一声惊雷在头顶炸响，似乎房子都被震得颤抖了，乐水一下子惊跳起来，"不要，不要过来！你要再敢过来，我就对你不客气了……"

"醒醒，乐水，醒醒！"盛年摇醒了乐水，轻轻在她脸上拍了几下，"又做噩梦了？"

乐水擦掉眼角的泪水，"又梦到了孙巍和白云山公园的遭遇……"

知道乐水伤心往事的盛年抱住了乐水的肩膀，"知道你为什么总是过不去孙巍这个坎吗？还不是因为你太软弱太有依赖心理，不够强大！谁说女人一定要比男人差，要男人主外女人主内？女人不但可以生育一个后代，培养一个后代，还可以调教一个丈夫，培养一个优秀的属于自己的男人！"

“道理都懂，遇到小情绪小事情，还是做不好自控。”乐水羞愧地吐了吐舌头，“什么时候能像你一样强大就好了。盛年，你是从小就这么厉害，还是后来才练成的？”

盛年望向窗外，玻璃上雨水连成线，外面依然大雨如注，她微微叹息一声说：“孔子说过一句话——生而知之者，上也；学而知之者，次也；困而学之，又其次也；困而不学，民斯为下矣……”

“什么意思？”崔恒语凑了过来，推过一把转椅坐在了盛年对面，“盛老师讲课，我得听。孔子说，‘学而时习之，不亦乐乎……’”

“你不会连这句话是什么意思都不知道吧？”乐水瞪大了眼睛，难以置信地看了崔恒语一眼，又想起了，“也是，你没上过什么学。意思是——天生就懂得的人最聪明，通过学习而懂得的人次一等，遇到困难才去学习的人又次一等。遇到困难还不学习，就是下等的愚民……应该听明白了吧？”

崔恒语也不生气，笑嘻嘻地说：“明白了，盛年就是第一等，你是第二等，我是第三等，所以我才要向你们学习，争取进入第二等的行列。”

“就你这么笨，可能没机会进入第二等了。”乐水郑重其事地摇了摇头，又笑了，“不好意思，崔总，我是和你开玩笑的，你别介意。”

“我当然不会介意了，我知道自己的问题在哪里。不管你是不是在开玩笑，我是当真话在听，当成对我的鼓励和鞭策。”崔恒语一本正经，又有意挺了挺腰杆，“我要努力做一个不耻下问的人。”

“哈哈……”乐水笑了，“你又用错成语了。”

盛年却没笑，微皱眉头。她自认已经了解崔恒语，但刚才的对话让她意识到，崔恒语比她想象的还要有城府，也更有涵养。一个清楚自己弱点并且善于自嘲的人，一个面对别人不管善意还是恶意的讽刺毫不生气的人，必然是一个了不起的人，已经具备了初步成功的潜质。

盛年惊讶之余，又暗暗窃喜，她没看错崔恒语。

崔恒语看了看手表，“盛年，你也别太着急了。昨天发出的传单，今天不可能有太多的反馈消息，最快也要到明天了。”

“不！”盛年坚决地摇头，“一张广告传单，如果对客户有用的话，会留下，并且很快打来电话。一旦放到一边，就会忘记，然后很有可能就扔进垃圾桶了。两天后，就算想起来也找不到了。今天就是客户转化的黄金二十四小时，过了今天，基本上就可以宣告我的试验失败了。”

“别灰心……”崔恒语想要劝导盛年几句。

盛年一挽袖子，哈哈一笑，“不用担心我，我是百折不挠的盛年，从来不知道灰心是什么。一条路走不通，就会走另一条，总有一条路可以通到罗马不是？”

话刚说完，电话响了，盛年几乎是秒接电话：“您好，荣光健身。是的，我就是盛年，您要办卡是吧？好的好的，我现在就登记您的信息。”

盛年眉飞色舞，初战告捷的样子，像一束春日里的暖阳，跨越了漫长的距离抵达地球，又穿透密密麻麻的树叶，落在斑驳的林间，依然灿烂而温馨，让崔恒语眼睛都看直了。

崔恒语不是没有见过美女，盛年虽然漂亮，但也不至于让他如此目不转睛。他是从未见过一个女孩因为工作上取得的小小成绩而迸发出如此夺目的光芒！盛年的喜悦是发自内心的欢喜，洋溢着前所未有的光彩。

乐水伸手在崔恒语眼前晃了晃，“喂喂喂，崔总，非礼勿视懂不懂？何况盛年已经结婚了，请收回你不怀好意的目光。”

崔恒语推开乐水的手，“别捣乱，乐水，我是在听盛年的好消息，你想哪里去了。你难道不知道，我喜欢的其实是你？”

乐水吓了一跳，“真的假的？要不我们现在就确立恋爱关系？”

以为会吓跑崔恒语，不料崔恒语顺势抓住了乐水的手，“好哇，从现在起，你就是我女朋友了，今晚一起烛光晚餐，庆祝一下。”

乐水输了，挣扎着脱离了崔恒语的掌控，坐到了盛年背后。

盛年放下电话，开心地做了一个胜利的手势，刚要说几句什么，电话又响了。

接下来的两个小时里，像是约好了一样，电话不断，其中有咨询的，有确定办卡的。直到快下班时，电话铃声才慢慢停了下来。

盛年递给崔恒语一张纸，“初步统计，有意向办卡的客户八人，咨询的客户十八人，另外只是随便了解一下的客户十人，总数三十六人。经计算，我的方法使客户转化率提高了十倍以上。现在，我将我的方法无偿转赠给公司，请崔总收下。”

纸上密密麻麻地写满了字，从到什么地方精准发放广告，以及几点到几点之间最为有效，甚至还附带了一张广州市地图，上面标注有离荣光所有健身房最近的高档小区。

“初步估算，这个方法加地图价值三百万元。”盛年嘻嘻一笑，“崔总别担心，我免费赠送，分文不收。”

崔恒语是何许人也，也不客气，当即接下，看了几眼收了起来，“说吧盛年，你赢了我们的打赌，现在是下注的时候了。你开注，我根据你底牌的大小再决定跟不跟。”

“行，崔总是爽快人。”盛年见公司还有一些员工在，朝崔恒语的办公室看了一眼。

崔恒语会意，“到我的办公室谈。”

办公室不大，作为荣光健身数家连锁店的总部，崔恒语的办公室装修风格略显沉闷。深红色的实木家具，古板而风格陈旧的太师椅，以及墙上挂着的牡丹图，还有房屋正中摆放的秋海棠，门口的热带鱼缸，无一处不彰显他传统而守旧的审美，以及朴素而实用的风格。

崔恒语的办公室盛年来过几次，早已见怪不怪了。所谓风格如人格，装修风格透露出崔恒语的为人和行事做派，盛年业已心里有数。

乐水是第一次来，惊呼：“我的天！我还以为走错了地方。崔总，你比我们大不了多少，怎么是这种六十岁以上的老年人风格？是想表现你少年老成，还是想暗示大器晚成？”

崔恒语被逗笑了，“说实话，乐水，从长相上看，盛年应该比你幽默，你像文静的学生。但一开口就露出了你的内心，你比盛年活宝多了。”

乐水掩嘴大笑，“我是穷开心，用活宝来掩盖内心的躁动和不安。盛年不一样，她是事业型女性，天生女强人。”

盛年不笑，径直坐在了沙发上，手指轻轻敲击沙发扶手，“乐水，别闹了，现在聊正事。崔总，你觉得荣光健身按照我的方法去拓展市场，提高客户转化率，多久可以成为广州市最大的健身连锁公司？”

崔恒语不笑了，摸着下巴想了想，“不好说，最快三五年，最晚十几年，也许都没有可能。实际上我现在对于发展成为广州市最大的健身连锁公司已经不抱兴趣了，准备下一步着手从事老本行——安保公司。”

“你还有一个选择，继续从事健身事业，但是要转变思路，专注服务于女性……”盛年起身来到窗前，窗外的雨不知何时已经停了，雨过天晴的黄昏，格外美丽，西天有一片片火烧云，像是刻意编织的美梦，“这么说吧，我打算和乐水一起创业，想要崔总投资三百万元。”

第九章　孝敬而不是孝顺

崔恒语吃了一惊，“三百万不是小数目，以我目前的现金流，拿出来有些困难。你的底牌有点大，我不跟的可能性有百分之九十以上……”

乐水一拉盛年的胳膊，“崔总没有三百万，还是别说了，浪费时间。走，我们再另外想想办法。”

“不，崔总跟牌的可能性还有百分之十，并不是完全没有希望。乐水，我们做事情要先认准一个点和一个人，深挖深耕，不要一遇到困难就气馁，就要绕过去。也许下一个遇到的人，还不如眼前的骨头好啃。”

崔恒语坐在了椅子上，跷起了二郎腿，“我在听，你有一个小时的时间可以说服我，一个小时后下班。说服了我，我们就一边吃饭一边草拟合同；没能说服我，饭局就是送行宴。”

“一言为定。”盛年自信满满，她相信一点，自信的人最美丽，也最能打动人。

其实在上大学之前，盛年一直缺少自信。尽管她从小到大被人夸，不是夸聪明就是夸漂亮，或者是又聪明又漂亮。确实，她长得好看，学习成绩又好，是人人瞩目的中心人物。但是，她的内心却有着深深的自卑，在相当长的一段时间里，她都觉得自己很没用、很无能，也很多余。

自卑的根源在于父母。

盛年是家中的长女，还有一个妹妹和一个弟弟。父母重男轻女，首先是对她失望，妹妹的出生再次让他们大为扫兴，直到弟弟的出生，父母才欣喜若狂，将全部的爱和关怀都投入在弟弟身上，对她和妹妹置之不理。

妹妹盛望和盛年不同，她从小就很叛逆，不听父母的话，不好好上学，文身，烫头，挂一对大耳环，天天跟社会上的小青年混在一起，高中没毕业就辍学了。

父母痛恨妹妹的放纵，更加认为女孩无用，甚至有几次要求盛年只上完高中就去打工，好赚钱养家，供弟弟花销。其实父母的收入不低，足以养活一家人。但由于他们对弟弟的过度宠爱，导致弟弟从小就养成了娇纵的脾气，说一不二，要什么就给买什么。而弟弟偏偏又是一个特别喜欢攀比的人，在小学期间就因为同学的书包比他的好，回家之后大发脾气。

妹妹辍学之后不久，就离开了广州去深圳打工，说是深圳的机会比广州多。深圳没有广州沉闷的环境，更有活力也更适合年轻人。盛年支持妹妹。她正值高考，本想陪妹妹到深圳一趟，却抽不出时间。

妹妹走后不久，就给父母打来了几千元钱，说是她的打工收入。父母就提出，希望盛年不要再考大学，高中毕业后去打工，一样能挣钱。一个女孩子，没必要非要上什么大学。盛年才不会放弃，她学习成绩很好，老师甚至认为她可以考上清华或北大。

但父母不依不饶，非要让盛年放弃高考，还声称就算盛年考上大学，他们也不会出钱供她。家里的钱都要留给弟弟以后上学娶老婆用，从此家里不会再为盛年花一分钱。盛年真不懂事，妹妹比她还小，都已经不需要再花家里的钱，而且还给家里寄钱。

父母几乎是威逼利诱，外加一而再、再而三地打击盛年，说一个女孩子学历越高越不好嫁人，还不如现在就出去工作，说不定还能碰到一个富二代。嫁给一个富二代，就可以为弟弟买房买车了。

盛年被父母打击得几乎完全失去了信心，就在她即将放弃高考的时候，妹妹突然出现在面前。

妹妹告诉她，其实她之所以放纵自己，也是父母的原因。自从有了弟弟后，父母总是话里话外说女儿没用，早晚都会嫁人，上学越久，花家里钱越多，就越赔钱。还不如早早出去工作赚钱，从经济效益的角度来看，投入和产出比更好。如果多上几年班再嫁人，比多上几年大学更能收回一些养大她们的成本。

妹妹是受不了父母迂腐而落后的重男轻女的观念，才开始自暴自弃的。她之所以到深圳打工，是想离家里远一些，她不想见到父母势利的嘴脸。她劝盛年不要和她一样，被父母的短视害了自己的一生。现在她很后悔过早地离开学校，但一切都已经晚了，她已经无法回头。

盛年并不觉得妹妹走得太远，现在回头还来得及。妹妹却拒绝了盛年的好意，说她对自己的人生已经没有了想法，最大的心愿就是尽她所能资助盛年读完大学。至于父母的唠叨和压力，她负责替盛年解决。

也不知道妹妹到底和父母说了些什么，父母不再逼迫盛年放弃高考。但由于盛年情绪的波动，高考成绩还是受到了父母的影响，没能考上清华，留在了广州。

大学四年里，妹妹很少回家，但不时打钱给她，同时还给家里钱。盛年不知道妹妹从事什么工作，但妹妹的收入很高，一年下来光是给她和家里的钱就有二十多万元。父母经常在盛年面前故意盛赞妹妹，说还是妹妹有出息，几年来为家里赚了一套房子。而盛年却花了家里一套房子，一进一出，差了两套房子。如果家里有两套房子，弟弟以后就不愁娶老婆了。

四年间，盛年被父母压制得抬不起头来。她的自信和青春，被父母敲打得七零八落，有一段时间在想：她碎了一地的自尊和信心，恐怕再也无法捡起来了。

实际上管重来并不知道的是，被无数人喜欢并且奉为校花的盛年，大学期间之所以拒绝了许多人的求爱，不是因为她高傲不近人情，而是因为自卑。她生怕她对不起别人的喜欢，因为父母一再要求她必须要找一个有钱人，要找一个对家里有帮助，可以帮弟弟实现人生跨越的富家子弟。

弟弟的学习成绩一般，虽然比妹妹好一些，但想要考上名牌大学，基本上没有可能。父母为了提高弟弟的成绩，不但投入了大量的时间和精力，还有金钱。不管多贵的补习和课外辅导，父母眼睛不眨就会付款。而当盛年提出其实她可以给弟弟补课，可以省钱时，父母却嗤之以鼻，觉得以盛年的聪明不足以教会弟弟知识。

盛年也知道，在重男轻女的父母的眼中，他们不会承认弟弟不如她优秀。如果让她给弟弟补课，等于是间接承认他们对弟弟偏爱的错误，他们才不会接受。但事实却是，弟弟每年花费数万元补课，学习成绩却提升有限。

盛年后来之所以选择管重来，不仅仅是因为他的才气，还有他的执着以及和她很相似的家庭。管重来的父母同样是重男轻女，但由于管重来只有一个弟弟，他们没有机会“轻女”，就轻老大了——对老大管重来感情很是淡薄，对老二非常偏爱。管重来小时候曾经被寄养在外公家里，父母带着弟弟出去旅游，整个寒假，他在外公家里和一条白狗做伴。尽管外公外婆对他很好，但每每想起父母带着弟弟在外地游玩，看天安门、长城、故宫，他就心里隐隐作痛，不明白为什么父母这么不喜欢他……

对于她和管重来的爱情，父母的反对在盛年的意料之中。但她没有屈服，甚至在父母提出要断绝父女关系之时，她依然没有退让。因为她清楚，父母终将老去，在他们眼中，三个孩子她只是其中之一，而在管重来的心中，她却是唯一。和她共度人生、一路风雨的人是管重来而不是父母，她不是不孝，而是不会愚孝。她一向认为，对父母应该是孝敬而不是孝顺。

过于顺从父母，有时不但会委屈自己，也会害了没有见识、过于偏心的父母。

如果不是因为妹妹的意外，盛年不知道她和管重来的事情还要抗争多久才能有一个圆满的结果。她甚至和管重来约好，如果到了大学毕业时父母还不同意他们的婚事，他们就远走高飞，要么去北京，要么去上海。她再也不想在父母的阴影下按照他们的意志生活下去。

妹妹出现在盛年面前时，盛年吓了一跳，几乎没有认出她来。

数月不见的妹妹依然白皙，但却瘦了不少。身高一米六八的她，看上去顶多四十多公斤，风一吹就能刮走的样子。她的瘦不是正常的瘦，眼窝深陷，走路虚浮，脸色发青，双眼无神。盛年不管是从电视还是从身边人的口中都清楚一点，妹妹是染上了毒瘾！

她几乎要发疯了！

妹妹却一脸无所谓的表情，抽了一支烟，吐出一口烟圈，“姐，下辈子一定转世做个男人，当女人太苦太累了，摊上重男轻女的父母，更是命苦。你也别骂我，我知道我是咎由自取，可是我又能怎样？我学习成绩不好，但要是命好，有爱惜自己的父母，我也能早早出国留学，学习我最喜欢的服装设计，现在说不定是一个出色的服装设计师了，怎么会沦落到现在这样的地步？可惜人生没有机会重来。”

第十章　身材和美貌的变现

“小妹，你不要这样，你还年轻，还有的是机会。这样，你现在去高考，去上大学，不管花多少钱，我都供你……”盛年接近崩溃了，才知道这些年来为了这个家、为了她，妹妹付出了怎样的代价。

妹妹无力地摇了摇头，苦笑着说：“晚了，一切都晚了。记得以前总有鸡汤文说，‘人生永远没有太晚的开始’，说这句话的人肯定没有真正体会过什么叫绝望。姐，在我离开人世之前，我求你一件事情。”

“别这么说，小妹，你还年轻，你不会死，你还有许多人生没有经历……”

“别安慰我了，姐，我的身体已经垮了，得了绝症，活不过一个月了。我希望在我死后，你不要再事事顺从父母，走自己的路，哪怕被他们打骂，哪怕他们威胁你要断绝父女关系，也不要怕！我现在算是明白了，我们只能先为自己而活，才有能力为别人活，才能对别人好。在没有能力为自己而活之前，迁就别人哪怕是自己的父母，也是对自己生命的不尊重。”

没有上过大学的妹妹说出如此一番有哲理的话，盛年听了却没有欣喜只有心碎。她知道妹妹说的都是实话，也是用生命换来的惨痛的领悟。

“这些年，我赚的钱全部寄到了家里，告诉父母，要留一半给你上学用，他们一口答应。后来才发现，他们用在你身上的连四分之一都不到。”妹妹猛烈地咳嗽几声，咳出了鲜血，也不擦，嘴唇上是触目惊心的红，“我和他们吵了几次，每次他们都说要补偿你，每次都说了不算数。后来我对他们绝望了，他们从来不问我在外面苦不苦，累不累，只管问我要钱，还一心想让我嫁一个有钱人。我相信他们最后肯定没有兑现对我的承诺，钱都让他们花到弟弟身上了。从来没有见过这么偏心的父母，同样是儿女，为什么在他们的心目中，我们和弟弟的分量就差了这么多？”

“答应我，姐，以后一定要活出自己的模样，不要被父母左右你的人生。还有，我这些年陆续给他们的钱，里面有他们欠你的至少十万元钱，记得冲他们要。是你应得的，为什么不要！”

妹妹临死前，回家一趟，说到了钱的事情，父母虽然嫌弃妹妹人不像人、鬼不像鬼的样子，但还是答应得好好的，保证给盛年该得的那部分。但直到妹妹死去，他们都没有给过盛年一分钱。

妹妹的葬礼简单而寒酸。捧着一罐骨灰，妹妹二十多年的生命轻飘飘的。盛年在一瞬间忽然觉得自己真正长大了，她不再是以前任由父母欺负的小女生，她要自己做主自己的人生，不再服从父母的安排，拒绝父母的摆布！

盛年擦干眼泪，向父母提出了三个要求——第一，她要和管重来在一起，父母反对也没用。第二，小妹给她留下的钱，她不要了，就当是她回报父母的养育之恩。以后，她还要尽她所能孝养父母，但是，她不会再听父母关于她人生之路的任何安排。第三，她不会再管弟弟的任何事情。弟弟被父母纵容得不成样子，妹妹去世，他不但没有流一滴眼泪，没有一丝悲伤，还不耐烦地质问父母，二姐死了，以后谁给他钱花？

这样的弟弟，简直没有人性。盛年忍不住打了他一记耳光！

弟弟向父母哭诉，父亲一怒之下要打盛年，盛年昂首挺胸，毫不示弱，一脸倔强。父亲高高举在半空中的手最终没有落下。

盛年的抗争收到了效果，父母不再干涉她和管重来的婚姻，但她结婚时，父母也没有拿出一分钱的嫁妆。后来有了孩子，她希望母亲过来帮忙一段时间，母亲以各种理由拒绝时，她声称如果母亲不来，她会向母亲索要当年妹妹留下的十万元钱。

母亲无奈之下，才过来帮盛年带孩子。同在广州市，毕竟离得近，照顾起来也方便。

盛年虽然嘴上厉害，其实她还真下不了狠心冲母亲要钱。妹妹用生命换来的钱，就当成妹妹偿还了父母的养育之恩，从此互不相欠。

盛年其实还在暗中给母亲钱，当成母亲为她带孩子的回报。母亲也没推辞就收下了，虽然让她心里有些不舒服，但从体谅母亲辛苦的角度来说也是理所应当的。

妹妹之死是盛年人生中的一个转折点。从此她不再唯唯诺诺，开始敢于反抗父母的无理要求，敢于突破和挑战自我，并且为自己制订了目标——要做一个兼顾家庭和事业的新时代女性，不再局限于家庭和婚姻，也不再因为自己女性的身份而被束缚。

这是一个全新的时代，女性获得了前所未有的机遇，和男性真正站在了同一起跑线上，不管是上学还是就业，又或者是创业。

科学研究发现，女性对颜色的识别能力要比男人更强，能够分辨的声域也比男性广，而且女性对用户体验非常关注。男人关注自己多，女人关注别人多，关注家庭、关注丈夫、关注孩子、关注同事。女性对别人的感受、对别人的体验更加用心，更会沟通，对美有更深的理解，这些都是女性成功的要素。

男性擅长征服，而女性擅长守护。而在未来，人类比拼的已经不再是肌肉和力量，不再是征服，而是智慧和体验，是关注。在体验时代女人会越来越厉害，因为她们更会关注，更懂得别人、理解别人，并且支持和帮助别人。

从此以后，盛年就像脱胎换骨一样获得了新生。她开始奋发，开始规划未来，开始自信满满，相信通过自己的努力就一定能够实现目标。

现在面临着崔恒语的挑战，她一样充满了斗志。

崔恒语只给她一个小时的时间，足够了，如果她不能在半个小时内说服崔恒语，她的计划就是没有商业价值的空想。

盛年沉默了一会儿，起身接了杯水，轻轻抿了一口。看着窗外的黄昏，想起了妹妹去世的时候，也是同样的黄昏时刻，她忽然间有了几分伤感和悲壮。

不知为何，又想起了一句诗："夕阳无限好，只是近黄昏。"由于太过凄美，有人就改为——但得夕阳无限好，何须惆怅近黄昏。妹妹已经离开好几年了，她依然怀念她短暂的一生。虽然说妹妹的悲剧有父母嫌弃的客观原因，但也有她自己自暴自弃的主观因素。人，不管什么时候都不能自己放弃自己，只有自助者才会得到别人的帮助和上天的眷顾。

在崔恒语和乐水期待的目光中，盛年调整了情绪，轻轻笑了笑，"崔总有没有想过这样一个问题，为什么女性在婚后健身的人并不多，不，应该说很少呢？"

崔恒语从事健身行业也有一段时间了，盛年所说的现象他当然也清楚，只是没有深思过，随口说："或许是因为女性结婚后就等于已经完成了对美貌和身材的变现，不再需要继续维护了，而且精力也主要用在了家庭上面……"

乐水不满地说："崔总的意思是，女性的美貌和身材算是一种虚拟资产，只有嫁到了好人家才算具有了实际价值？你是物化女性！钢铁直男！"

崔恒语哈哈大笑，"男人的关心、爱护和陪伴，不也是一种虚拟资产？如果男人没有房子和车子，他对你再好，既不能帮你遮风挡雨，也不能给你一个温暖的家，你会跟着他一辈子？别闹了，人得有现实基础才有资格风花雪月，才有闲情浪漫。哪个女人不想嫁一个好男人？同样，哪个男人不想娶一个好女人？女人想找一个既帅又有钱还忠贞不渝的男人，不一样是物化男人？乐水，做人得公道，说话得凭良心，女人说得做得，男人就说不得做不得？”

“别吵，乐水，现在不是和崔总辩论男女谁对谁错的问题的时候，站在各自的立场上，都对也都错。”盛年有几分不悦，乐水有点不分轻重的性格需要调教，“还有，你要分清场合和重点，现在是说服崔总投资我们的关键时候，不是观点辩论会。”

乐水听出了盛年话里话外的不满，不过她还是坚持她的观点：“我知道你的意思，盛年，但如果我们和崔总的理念不合，三观不一致，就算从商业投资的角度勉强说服了他又能如何？别别扭扭的合作还不如不合作，早晚会因为理念有分歧而失败！”

不等盛年反驳乐水，崔恒语先说话了，他一脸严肃地说：“乐水，你这就不对了，现在是现在，以后是以后。不能过度猜测未来的美好，也不能恶意地推测未来的不好。换句话说，不要高估人性的丑恶，也不要低估人性的善良。再换个角度讲，一个人的立场也会随着时间、地位和眼界的不同而改变，你不要用一成不变的眼光来看待问题，就像你不能用以前的眼光认识现在的前男友一样……”

第十一章　婚姻是一场较量

“不管过多久，不管时代怎么变，孙巍是渣男的事实永远不会改变！”不提孙巍还好，一提他，乐水立时就气炸了。

崔恒语也有几分生气，“孙巍或许是在感情上对不起你，但他未必就是渣男。在感情上，有时对错也分不了那么清楚。在别人眼中，他也许是一个负责任、工作认真、与人为善的好人。”

“他就是渣男，最坏的坏蛋！”乐水越说越气。

“停！”盛年被气笑了，推了乐水一把，“如果你现在平息不了你的怒火，你可以到外面透透气，消消火。”

“我走，不影响你们的谈判。”乐水摔门出去。

“她并不是一个合格的合作伙伴。”乐水走后，崔恒语叹息一声，“盛年，如果说之前我有百分之九十的可能不投资你，现在你要是告诉我说，你创业要和乐水合作，我不投资的可能性是百分之百。现在是二选一，你自己决定还要不要说服我吧。”

“现在先不说乐水是不是我的合作伙伴的问题，先和崔总讨论我的创业方向。”盛年也没想到乐水会突然失控，引发了崔恒语对她的投资信心进一步降低，要说她对乐水没有怨念也是自欺欺人，但事已至此，也只能尽力挽救了，“回到我们刚才的话题上，崔总。女性结婚后，除了主要心思和精力用在家庭上面之外，不健身的另外一个主要原因，不知道你有没有想过一个更深刻的社会问题，不是女人不想继续保持身材，而是被生活所困，被男人所累……”

“看，又怪罪到了男人头上。我记得有一个节目，主持人问一个女人，你愿意让你丈夫体会你生孩子的痛苦吗？你怎么回答，盛年。”崔恒语一脸戏谑的笑容。

盛年歪头想了想：“不愿意。”

“为什么？”

“男人有男人的磨难，女人有女人的痛苦，各自承受应该承受的，不必非要强求对方和自己一样。”

“当时被采访的女人说，她不愿意，因为她的丈夫从来没有让她体会过生活的艰辛。”崔恒语一脸感慨，“男人替女人遮挡生活的风雨，女人为男人安置一个港湾，让男人可以在疲惫时有放松的地方，两个人互补，才是一个完美和谐的家庭。”

“崔总的想法还是基于男强女弱、男主外女主内的传统思想，难道就不能反过来，女人为男人遮挡生活的风雨，男人在后方为女人安置一个港湾？”盛年很不服气崔恒语的传统观念。联想到自己的家庭，她实在想象不出管重来可以为她承受生活的艰辛的画面。再说现在都什么年代了，女人早就和男人站在同一个起跑线上了。

当然，同一个起跑线的是能力而不是生理。在男女生理上，还是有着巨大的不同。尽管就自身来说，盛年除了在体能上自认不如男人之外，在其他方面，不管是智力、学识、见解，还是格局上，她没有觉得女人就比男人差了一等。

但她有时也承认，在婚姻中，男女生理上所包含的社会学和经济学价值，却大有不同。比如女人的颜值和身体在婚恋市场中所暗藏的价值，到三十岁以后就会快速递减。盛年虽然不是医生，也知道一些基本知识，女人的身体衰老周期是七年一次，而男人是八年。也就是说，女人三十五岁时的身体状况相当于男人四十岁时。

结论就是女生要尽量在三十岁前把自己嫁出去，这样才有更高的概率找到各方面条件相对好的对象。越往后拖，选择余地越窄，最后挑成“灭绝师太”“齐天大剩”。哪怕委曲求全，不求上迁婚，也不求平迁婚，只求别太次的女高男低的下迁婚，也不容易。千百年来，向来是高门嫁女低门娶妻。

当然，也不是说所有女人都非要嫁人不可，有两种女性除外：一种是衣食无忧，经济完全独立的。凭借自己本事买房买车，压根儿不需要依靠男人。另一种是个人性取向原因，根本不想要男人。

同龄男女在婚恋市场上的价值高点不同步的道理，盛年也懂。就算一个女人真的找到了一个如意郎君，方方面面都合适，事事如意顺心，但进入家庭生活后，还是会在个人价值上逐渐不同步。作为一个女人，为家庭、丈夫、孩子所隐隐付出的一切，在以后的婚姻战争中，都可能被丈夫耀眼可见的实际上的商业成就所掩盖。没人记得你数十年如一日的操劳，没人将无形的付出折算成回报，更没人为你发纪念奖章并且感谢你的所作所为。

而你的付出成就了你的丈夫，他的成功在外人看来全部是他自己的功劳，和你毫不相干。就算有人体谅你的辛劳，却没有一个公式可以将你的青春、辛苦折算成可以对比或量化的价值，就没有办法衡量你到底为家庭做出了多大的贡献。反倒是男人，房子是他买的，车子是他赚来的，所有有形的、可见的、可衡量的，都是他能力的体现。

崔恒语没有反驳盛年，反倒无所谓地笑了笑，“可以，怎么不可以呢？如果女人真的能这么有担当、有能力，男人就不用冲锋在前打拼了。男人也累呀，谁不想在家里相妻教子、坐享其成？”

“女人在家里操持一切就不累了？”盛年以前以为她是和管重来讲不通道理，现在才知道，觉得女人的付出不重要的并不是管重来一人，而是许多男人的通病，“男人都觉得自己赚钱养家才辛苦、才累，女人在家里打理一切很轻松。好吧，退一万步讲，先不说既要上班又要操持家务的职业女性，只说不用上班在家照顾家人的全职太太，她们应该可以占到婚内女性的三分之一以上。如果她们有足够的时间和精力，她们应该出现在健身房、美容院等地方，但事实却是，在我们的健身房，很少看到她们，能见到的大多是三十岁以内的未婚女性。崔总，你应该可以从中发现一个深刻的社会现象了吧？”

崔恒语不说话了，起身泡了一杯速溶咖啡。了解崔恒语习惯的盛年心中一跳，崔恒语平常喝茶，心情不好时喝白开水，遇到重大问题需要决策时，才会喝咖啡。

原本盛年并没有发现崔恒语喝三种不同饮品的习惯，是乐水有一次注意到了这个细节，以开玩笑的口吻告诉了她。乐水以为崔恒语有时喝茶、有时喝白开水、有时喝咖啡是无意之举，哪个离得近喝哪个。因为对粗枝大叶的崔恒语来说，喝什么都是一个味道。

乐水当成笑话讲给了盛年听。说者无意听者有心，盛年很清楚崔恒语表面上粗枝大叶，其实也有细心的一面，否则他的生意做不大，也不会有今天的成就。细心和特定的生活习惯，是一个成就大事者必备的基础素质之一。

说起来盛年的观察细致也是深受管重来的影响。

管重来喜欢看书，小说、哲学、管理学以及人物传记等诸多类型。他从人物传记中总结出了成功人士的共同点之一就是与众不同的习惯和持之以恒的性格等。他讲得多了，盛年也就记住了不少。后来她学以致用，具体到生活中后，发现也确实如此。她也就对一些类似的书产生了兴趣，自己也看了不少，不知不觉就提升了观察力，培养了善于思索的习惯。

盛年并不认为崔恒语是无意中喝茶、喝白开水、喝咖啡，而是肯定有什么特定的含义。就像有些男人在思索时喜欢抽烟、苦闷时借酒消愁一样，崔恒语对茶、白开水和咖啡的选择，肯定是和他的情绪以及心理活动有关。

经过一段时间的观察和分析，盛年摸出了规律，平常没有什么事情的时候，崔恒语就会喝茶，而且还会精心洗茶、泡茶。而心情不好或是繁忙时，就会喝白开水，因为白开水不需要一系列烦琐的泡制程序，也最省时间。

而遇到比较重要的事情需要考虑和深思时，崔恒语就换上了咖啡——速溶咖啡。他既没有时间和心思去研磨，也没有相应的品味去调配，速溶是最合适的，因为便捷，也因为咖啡可以提神。

现在崔恒语既然泡上了速溶咖啡，说明她的话触动了他的神经。盛年暗暗一喜，却依然保持了克制和镇静，她也拿了一个杯子，泡了一杯速溶咖啡。

“说说你想说的社会的深刻现象是什么……”崔恒语喝了几口咖啡，愣了愣神，注意到盛年手中的咖啡，“你能喝得惯速溶咖啡？我觉得你是一个挺有生活情趣的人，不管是什么事情都会讲究一个情调。”

“我连健身的时间都没有，哪里还有心思讲究情调？生活情趣也是建立在足够的经济基础和时间之上……”盛年喝了一大口，她没有加糖，苦涩的味道让她清醒了几分，“在社会分工和家庭分工中，有许多对女性不公平的地方，造成这种现象的原因不是一朝一夕的事情，而是千百年来社会惯性和生产力落后的原因。”

第十二章　小产品大工业

崔恒语微微皱眉，“有点深了，说白话，方便我一听就懂。”

“简单来说就是以前的女人社会地位不高是因为封建社会的男尊女卑的糟粕思想，还有旧社会生产力低下，在农耕时代男人作为壮劳力才能养家糊口，女人必须依赖男人才能生存。但是现在，科技发达，社会进步，人类已经不再需要从事繁重的体力劳动了，创造价值主要依靠脑力，女性才因此得以和男性站在同一起跑线上。”

崔恒语听懂了，点了点头。盛年接着说：“还有一个方面的原因，“70后”的一代人还没有严格施行计划生育，而“80后”这一代，好多都是独生子女。独生子女让许多人的观念都改变了，生男生女都一样，也都开始舍得给闺女投入教育等资源。”

他忽然眼前一亮，“盛年，你创业的方向是让更多的女性加入健身大军之中？你的想法很不错，女性在对美丽的向往和投入上，比男性的意向更强烈，也更舍得花钱。但问题又回到了刚才的起点，虽然现在女性的地位提高了许多，但大多数家庭还是男主外女主内的模式，女性没有足够的时间和精力出来健身……”

盛年见她的步步为营的策略基本奏效了，崔恒语被她的想法带对了方向，就又多了一分信心，“现状是这样的，崔总，女性健身多数是在婚前，婚后健身很少，我们一时没有办法也没有可能改变。但可以改变的是方向……”

“方向？你的意思是说不是健身？比如说……”崔恒语一口喝完杯中的咖啡，微有兴奋之意，又撕开一包速溶咖啡。

印象中，崔恒语并不是特别喜欢喝咖啡，即使是遇到重大决策时，他也顶多喝一包。现在喝了第二包，说明他的情绪被充分调动起来了。

崔恒语确实兴奋了。他也知道女性消费市场潜力巨大，当年的电视购物，大多是女性观众购买。毫不夸张地说，在消费市场，得女性和孩子者得天下。当然，得老人者也得天下。三个目标消费群体的定位不同，女性偏重美丽和魅力，孩子注重成长和教育，而老人则是健康和养生。

尽管早就对盛年非常看好，但在真正和盛年深入交谈之后崔恒语才发现，他之前还是低估了盛年。盛年比同龄人成熟许多，也许和她生长的家庭有关，又或许得益于她的自强上进。不管是哪一种，他现在比以前任何时候都坚信盛年是一个可以做出一番大事的人。

但坚信归坚信，想要说服他出钱投资盛年，他还得慎重考虑并且权衡利弊。

“比如说可以做一款美体内衣，女人只要穿在身上，不需要专门抽时间来健身房锻炼，不管是做家务还是辅导孩子功课，或者是工作，都可以保持形体的美丽，相信会有许多女人喜欢。就算是在正式的场合，也可以穿，可以起到塑造形体的作用……”盛年终于说出了心中的蓝图，她已经规划了很久，早在大学刚毕业时就有过类似的想法，只不过后来工作、生孩子以及和管重来的分歧等，严重阻挠了她对事业的追求。家庭是女人的束缚一点也不假，尽管从她内心来说，她热爱家庭也喜欢孩子。

生理上的构造让女人必须且只能在某一阶段为家庭所累，好在再累、付出再多，也值得；培育了后代，延续了文明，女人是最大的功臣。盛年并不后悔她的选择，一毕业就结婚，很快就要了孩子，虽然因此失去了很多，但也让她悟出了许多的道理。

在婚姻中，女人虽然比男人受累，但最终的收获也多。总有女性觉得自己付出太多而回报太少，却不知道正是因为女性的伟大，才有了世界的美好。女人的了不起体现在许多方面，比如说男人给个精子她就能生个孩子，养育后代延续人类文明。男人给个房子，女人回报一个温暖的家。男人给一堆食材，就能变出一顿美餐；如果男人什么都没有，但只要给她一个微笑，她就给一颗心。

盛年始终相信，世界的美好就在于女性的包容和伟大，生产与创造。只是许多男人不知道珍惜女人的付出，只觉得自己的工作才有价值，体会不到女人默默奉献的背后所造就的巨大成果。

而女人如果因为不被别人理解而自暴自弃，不再精心打扮，不再收拾自己、管理身材，终究还会被男人嫌弃。盛年从管重来的变化上面明白了一个道理，不是说男人靠不住，而是女人一定要努力提升自己，只有你和男人同步提升，并且拥有足以骄傲的资本后，你才能不被男人觉得没用。

男女之间的不公平在于：原本是男人追求女人，声称为了女人愿意付出一切。一旦追到之后，尤其是结婚生子以后，就不再像以前一样爱若珍宝。这固然与男人将精力转移到事业上有关，也与女人不再注重自身的打扮和继续保持美丽有关。

“你先等等。”崔恒语微露思索之色，“目前市面上有相关的产品吗？”

“有，当然有！”盛年的微笑中带着自信的光芒，“如果倒退十几年，可能还可以独创或是引进一些从未在中国市场上出现的产品。现在不行了，经过十几年的高速发展，现在国内许多行业和产品已经和国际接轨了。有同类产品，并不表明我们再做会没有市场和机会。”

“同类产品有没有做起来？”崔恒语点了点头，腼腆地嘿嘿一笑，“不好意思，没有女朋友的人，不了解女性内衣的结构、功能和市场，你讲讲？”

好吧，盛年咬了咬牙，以一个老师的身份为崔恒语普及了一些内衣知识，听得崔恒语双眼放光之余，又有几分不好意思。

“女人太不容易了。内衣就比男人烦琐了许多，为了保持身材，付出得也多。”崔恒语连连感慨摇头。

“比起古人，不管是中国的古人还是欧洲的，女性在穿衣上面都比现代更保守，也束缚更多。问题是，许多束缚不是为了身材管理，不是为了美丽，而是为了不让女性的魅力展现出来，更不用说近代的缠足了……”盛年见崔恒语第二杯咖啡即将喝完，笑问，“要不要再来一杯咖啡？”

崔恒语并未多想，顺手将杯子递给了盛年，“美体塑形内衣的想法倒是可行，但现在内衣市场已经饱和，而且创新很难，你的所谓的塑形内衣和普通内衣又有什么区别？如何让消费者接受你的理念？”

盛年做过系统的研究，她发现目前市面上的塑形内衣只是束体内衣，只能起到固定体形、约束身材的作用，却无法塑造形体。就像胸罩，可以固定胸部，却没有办法让胸部坚挺。如果有一款内衣，在固定的同时，还可以起到提升和塑造的功能，就可以完美地解决女性在日常生活中没有足够的时间、精力健身的遗憾。

听了盛年的理念，崔恒语含蓄地笑了，“想法很美好，符合人性，谁都想不费力气就可以拥有完美的身材。但问题是，你想要的不仅仅是一款塑形内衣，而是一款高科技产品，以我们目前的科技实力，不可能创造出来一款功能这么高级的塑形内衣。因为这里面涉及制造业、纺织业和布的原材料……”

盛年愣住了，姜还是老的辣。崔恒语虽然是内衣行业的门外汉，但刚才一番话一语中的，说到了问题的关键点，并且其中有几个方面是她从未想到的难题。

是呀，先不提如何打开销路，只说解决科技难题就是一道难关。她原以为塑形内衣只是理念的推广和宣传，让女性接受无论何时何地都要保持形体美丽的理念就够了，却没有深思一款塑形内衣背后所涉及的产业链。

怪不得之前乐水说过，制造业是一个国家强大的基础。比如一款拖把的制造，就涉及塑料行业、不锈钢行业、纺织行业等，世界上没有几个国家可以完整地生产出来一把拖把，小拖把大工业，需要一个庞大的产业链的支撑。

这么一想，盛年意识到自己还是太年轻了，考虑问题不周到，许多事情还没有落到实处就贸然向崔恒语抛出了想法，还是不够成熟、太过冲动了。她神色有几分黯然，歉意地一笑，说："对不起崔总，是我太冒失了，还没有完全想好涉及的产业链和制造难度，就盲目地希望得到你的投资，太不理性了。我觉得很丢人，不说了，谢谢你的耐心和时间。"

盛年朝崔恒语鞠了一躬，转身就走。她内心无比悲凉，既痛恨自己的浅薄，又责怪自己还是经事太少、阅历太浅，只有一个简单的创意就自以为可以创业，才一个回合，就被崔恒语几句话打得七零八落。

还好是崔恒语，如果是其他投资人，恐怕现在已经将她拉进了黑名单！她痛定思痛，决定回去好好学习相关知识，等准备充足后再谋求创业。

第十三章　男人对待女人的方式

“等等！”崔恒语叫住了盛年，“刚才说好了一起吃晚饭的，不是庆功宴而是送行宴。”

盛年没有心情，站在门口想了一会儿，“行吧，做人得说话算话，买卖不成仁义在，吃就吃，谁怕谁。”

崔恒语就喜欢盛年飒爽豪气的性格，哈哈一笑，“得了，叫上乐水，一起吃一个送行宴。你们都是志向远大、能力出众的杰出女性，荣光健身庙太小，容不下你们。但至少可以成为你们的跳板，助你们起飞。”

崔恒语特意订了一个有几分小资情调的餐厅，距离公司不远，他也没开车，和盛年、乐水一起步行过去。

乐水在外面生了一会儿气，坐在台阶上哭了半天，也没人劝她，慢慢地自己气消了。尽管她也觉得自己太激动、太偏激了，但还是认为自己没错，错在孙巍。不管是崔恒语还是盛年，都不该不站在她的立场上支持她。

得知盛年说服崔恒语投资失败，乐水非但没有遗憾，反倒大有庆幸之意。她并不看好盛年和崔恒语的合作，主要是她对崔恒语没太多好印象，总感觉他学识不够、阅历不多、格局不高，不足以成为盛年的投资人。当然，也没资格成为她的合伙人。

“一天请客两次，让崔总如此破费，谢谢！”乐水点了几个爱吃的菜，将菜单交给盛年，“来，点你喜欢的就行，反正是送行宴，以后再想宰崔总就没有机会了。”

盛年却随便点了一个家常菜就将菜单递给了崔恒语，“崔总，虽然我没能说服你，是我的过错。我希望等我研究好了整个产业链以及深度了解行业的前景之后，再和你见面，不求说服你投资，只希望你能看到我的进步，相信我不是一个做事情半途而废的人。”

“我觉得没有必要了……”崔恒语笑盈盈地摆了摆手，“时间不等人，等你认为自己研究清楚了一切并且准备充分时，说不定已经有别人先一步抢占市场了。”

盛年颇有几分沮丧，“好吧，我认了。是我的原因，怪不得别人。来，我敬崔总一杯。”

随后，盛年又敬了乐水一杯，“对不起乐水，我让你失望了。我失败了，没有办法再和你一起创业一起拼搏了，希望以后你可以找到更好的合伙人。如果你不嫌弃，可以继续当我的朋友，万一有一天又有机会时，我们也许还可以再次携手。”

“哎呀盛年，别说得这么悲壮，我们是最好的朋友，永远都不会分开。不管是不是一起创业，你都是我的人生榜样。”乐水抱住了盛年的肩膀，不满地斜了崔恒语一眼，“合伙人要理念相同，投资人也得精挑细选，不要因为在一个投资人面前失利，就觉得输掉了整个世界。不，你只是选错了合作对象而已。”

崔恒语听出来了乐水的冷嘲热讽，并不理会，一脸毫不在意的微笑，一边吃，一边不停地滑手机，在搜索什么。

饭，吃得很沉闷。

“崔总，虽然是你请客，但不说话只顾自己玩手机，就算你是领导，也是很不礼貌的行为。”乐水忍不住了，她见盛年无精打采的样子于心不忍，就又冲崔恒语开炮了，“我不知道你为什么拒绝盛年，好吧，其实我也不想知道。但我还是要对你说，别以为就你一个人有钱，有钱人多的是，其中比你有眼光、有高度的，也多得数不清。”

崔恒语放下筷子和手机，“我刚才搜索了一下关于塑形内衣的资料，在国内虽然有几家在做，但并没有形成规模。最主要的是，没有突出科技感和随时随地可以美体的功能。盛年的创意和他们相比，超前并且有新意。我决定了……投资三百万，成立荣光美体内衣有限公司。”

盛年手一松，筷子掉落在桌子上，“你说什么？崔总，你再说一遍！”

崔恒语哈哈一笑，“好话不说二遍！荣光美体内衣，我持股百分之三十，你持股百分之五十，乐水百分之二十。以后如果再有投资人或是需要给股权奖励的高管进来，我们再平均稀释。”

“崔……崔、崔总！”乐水不敢相信自己的耳朵，“你投资三百万元却不要求控股，而且还要给我百分之二十的股份，你是看上了盛年还是对我有意思？是不是想以荣光公司为幌子拿下我们其中之一？”

崔恒语愣了愣，忽然放声大笑，“你是高估了你自己的身价还是低估了我的为人？我承认，我喜欢你和盛年，但绝对只是正常的喜欢，是好感。我如果想要追求你——

盛年结婚了，不能追——也不会用一个公司来当诱饵，而是会光明正大地向你表白，并且用正当的追求手法。”

乐水还是不信。她以前很愿意相信在社会中有真诚的人愿意无私地帮助她，后来经历多了才发现，为什么只要求别人无私地帮助自己，你又能做到不求回报地帮助别人吗？显然不能！

同样，有些女孩子也不知道是出于天真还是假装，总觉得别人尤其是男人对她的帮助是无私而不求回报的行为。她认识一个叫林池的女孩，是一个有一些粉丝的网红，但影响力并不大，也没有商业变现的渠道，或者说，在商业价值上，并不值得投资。

后来她在网上认识了一个老板，叫于星，二人在网上聊了大半年后，在深圳见了一面。见面后，聊得很是投机。其后不久，于星提出可以投资林池，以她为核心注册一家公司，他出钱和资源帮助林池运营，打造一个林池的个人 IP。他持股百分之三十，林池持投百分之七十。

林池十分开心地接受了。

乐水却劝林池谨慎，因为她很了解林池的商业价值，不足以支撑一家公司。因为林池本身就没有赚到什么钱，还不到商业变现的高度，更不用说于星只见了她几面就要为她投资公司。他所图的多半不是林池的商业价值，而是林池本人。

林池听不进去乐水的话，认为乐水是在嫉妒她。她长得比乐水漂亮，网上知名度高，乐水样样不如她，见有人投资她，就眼红了。乐水见林池要么是高估她自己的商业价值，要么是低估于星的意图和长远布局，也就不说什么了。

乐水见过于星一次。一个三十五岁的男人，长得还算可以，有家有业，算是大多数女生眼中的成功人士，身家数千万元。

后来有一段时间没和林池联系，再见面时，林池消瘦了许多，疲惫而憔悴。原来在公司成立之后，于星打款租下办公地点，并且开始装修。在前期款项到账五十万元时，突然停下，他找林池面谈，提出让林池当他的情人。

林池向乐水转述时，无比气愤。她不但认识于星，还认识他的夫人，甚至和他的夫人关系密切，男人怎么能这样！难道她的才华大过她的身体？

乐水很理智地替林池分析，不出意外的话，从一开始于星想要的就是林池的人，而不是她的所谓才华。如果林池真有才华，早就有文化公司来包装她、运营她，而不是从事建筑行业的外行于星。只是林池高估了自己的能力，或者干脆假装糊涂，不愿意相信于星别有用心。

林池向乐水抱怨，难道世界上就没有一个对她没有想法的好男人来从商业上投资她？乐水虽然很愿意相信奇迹或者说神话，但还是告诉林池，除非她本身真有一定商业价值，否则没有一个男人会做赔本生意。同样，女人也是如此。男人对待女人的方式，其实和女人对待男人的方式并没有本质上的区别。

乐水也相信林池并非对于星完全没有提防之心，只是她心存了幻想，觉得可以不用付出代价就可以拿到于星的投资，欲望和侥幸心理占据了上风。也许林池原本就猜到了于星的真正用意，只是更相信她有足够的可以把控局面的能力，可以和于星过招并且最终赢得胜利。后来果然如乐水猜测的一样，于星被林池拒绝后，开始撤资，并且要求林池退回之前的五十万元。

林池哪有这么多钱，只好东借西借，一时只还了三十多万元。而于星总是以各种理由，每天都提还钱的事情，让她疲于应付，认为人间没有真情在，为什么就没有人真心投资而非要附加条件呢？

实际上乐水之所以从一开始就判断于星另有目的，是于星不管是租下办公地点还是装修，都用自己公司的账号打款，说是要和林池联合成立公司，却在合名后一直没有注册，所有的款项都是由于星自己的公司进出，林池根本就没有一丝自主权。

现在林池骑虎难下，乐水除了安慰她之外，也是无计可施。毕竟乐水也没钱，也不可能劝她从了于星。后来林池又谈了几个投资人，有的明明答应得很好，等真的到了投资阶段，又提出了各种附加条件，让林池尴尬加难堪，又无比恼怒。

第十四章　真正的平等

至于后来林池到底是如何解决问题的，乐水没再关注。她不是不同情林池，而是对自己一直有清醒的认知，要明白自己能给对方带来什么，而不是先期望对方能为自己做些什么。如果自己对对方并没有多大的商业价值，而对方对自己过好的话，就得提防对方是不是对她本人有想法了。

单身的乐水，也不排斥遇到合适的人，可以感情和事业一起合作，但至少也要她对对方有好感才行。现在她对崔恒语就完全没有感觉，所以才当面提出了疑问。

崔恒语的回答让她基本上满意，不过她还是不太放心，又问："好吧，我先相信崔总不会看上我。问题是，为什么你作为投资人，不要最多的股份、不控股呢？盛年，你说崔恒语是不是在放长线钓大鱼？"

"是，你说对了，崔总肯定是在布一个长远的局。"盛年抿嘴一笑，很开心、很意味深长。在崔恒语说出他只占30%的股份时，她心脏不争气地猛烈跳动几下，目光在崔恒语的脸上足足停留了一分钟之久！

一分钟的目不转睛是因为盛年确实被震撼了！

投资分为战略投资和财务投资，财务投资追求的是短期效益，要求周期短、见效快，一年甚至半年就要见到效益。而战略投资看的却是长远，不在乎短期的收益，追求的是长期的持有，看好的是未来的前景。

大凡战略投资，都是具有长远眼光和深远格局的投资人才能做出的决定，毕竟几百万元甚至几千万的投资，三五年内见不到回报，甚至亏损，不是一般人所能具备的勇气。想当年一个战略投资人从美国回国，想要投资百度时，正值互联网第一轮泡沫之时，他彻夜未眠，第二天一早才做出了投资决定。

尽管后来这笔投资为他带来的回报是超过了数百倍的收益，但成功之后回想起当时的决定，他依然心有余悸地说，如果历史重演一次，他可能还是需要再经过一个不眠之夜的思索才会做出如此重大长远的决定。

盛年也知道想要说服崔恒语投资颇有难度，原因就在于她的创业至少在两年之内无法回本，投资也属于战略投资。因此她对崔恒语只抱了百分之三十的希望，尽管她愿意相信崔恒语是一个有长远眼光的人，但还是先入为主地认为，崔恒语不会具备投资两年以上不见效益的公司的魄力！

在说服崔恒语失败后，盛年虽然沮丧，但也可以接受，因为已经有了一定的心理准备。但她万万没有想到的是，崔恒语突然决定投资，并且只持股百分之三十，这让她大吃一惊的同时，又不得不对崔恒语刮目相看。

不仅仅是因为崔恒语的投资决定让盛年震惊，一改她对崔恒语的固有认知，而是崔恒语在敢于做出战略投资决定之上，还有勇于交出公司的控股权的非凡气魄。一瞬间盛年有几分惶恐不安，她之前看错，不，看轻了崔恒语。崔恒语虽然表面上不如她和乐水有学历、有文化，但在实际操作层面，却比她们有胆识和格局！

尽管盛年也理解乐水对崔恒语目的不纯的担心，但她不像乐水的内心戏过多，而是片刻之后就清醒地认识到崔恒语就算对她们有好感，但做出的投资决定，百分之九十五的原因还是基于商业判断。

也就是说，崔恒语其实还是被她说服了，说明他看好塑形内衣的未来。

“什么长远的局？”乐水觉得盛年过于轻信崔恒语了，“盛年，我可有言在先，就算崔总真的投资三百万元，给我百分之二十的股份，我也不会被他感动，更不会上他的当成为他的女朋友。”

“乐水，我得重复一遍崔总刚才说的话，你不是太高估自己的魅力就是太低估崔总的眼光，又或者说，你还是不够了解男人。对一个男人来说，如果一个女人，哪怕是天大的美女，能为他带来商业上的丰厚回报，他就算再喜欢她，也会按下其他方面的念头，只和她合作生意。男人比女人理性多了，并且更看重商业利益。崔总的长远布局，是想让荣光成为一家上市公司，成就崔总人生中第一个商业传奇。”

“知我者，盛年也。”崔恒语故作高深地一笑，“乐水，你别猜来猜去了，我就问你一句话，你干不干？”

“我……”乐水只迟疑了片刻，见盛年气定神闲，她再也无法矜持了，挥了挥手，“这么好的事情智力障碍者才不干。算了，就算以后你对我有意思，追求我，我也可以拒绝，是不是？你有喜欢我的自由，我也有选择你的权利，对吧？”

崔恒语举起酒杯，“今天是一个历史性时刻，祝贺荣光美体正式成立！希望未来有一天，当我们成为市场的第一时，我们可以再回到这里庆祝今天所有人做出的正确决定。”

盛年和乐水举杯，三人的酒杯碰在一起，在清脆的响声中，窗外远处俗称“小蛮腰”的广州电视塔猛然点亮了霓虹灯，照亮了一片夜空。

拖着疲惫的身体回到家中时，已经十点多了。尽管对于广州来说，晚上十点才是夜生活的开始，但不知从何时起，盛年觉得夜晚的喧嚣和繁华早已不再属于她，她只属于家庭、丈夫和孩子。

孩子已经睡下，母亲还没睡。正坐在客厅看电视的她，一见盛年回来就急不可耐地向盛年诉苦，孩子不听话、闹腾，管重来不配合，只知道打游戏、上网聊天，一点儿忙也帮不上。盛年父亲最近老毛病犯了，咳嗽、腰疼，需要她照顾。盛年弟弟大学毕业后的第三份工作又丢了，被公司以经常迟到、早退为由开除了，他在家里闲着没事，希望盛年帮弟弟找一份工作。

刚刚和崔恒语谈妥合作的喜悦瞬间被母亲的唠叨冲刷得荡然无存，她像不认识一样看着母亲苍老的脸庞，心中既心疼又无奈。母亲一辈子没读过什么书，所有的道理和认知都来源上一辈的传承，落后而陈旧，迂腐且愚昧，却又坚信自己的正确。既然重男轻女，养儿防养老，现在儿子如此不争气，她难道从来没有想过是她教育失败的原因？

慈母多败儿！

无奈归无奈，盛年还是劝了母亲一番。母亲不听，非要回去不可。盛年也不好阻拦，母亲再三强调如果她再不回去照顾父亲，父亲就有可能挺不过秋天了，吓得她赶紧同意了。

母亲连忙去收拾东西，一刻也不想停留的样子让盛年心寒。盛年推开卧室的门，见管重来依然在全神贯注地在游戏，心中又是一凉。她在不停地努力向前，一边奔跑一边小心翼翼地生怕摔倒，母亲在后面拖她后腿不说，丈夫既不为她摇旗呐喊，也不和她并肩前行，只是袖手旁观。

女人做事业，真的比男人难了太多，一瞬间盛年甚至都想放弃创业了。算了，还是回家相夫教子好，省得在外面风吹日晒拼搏努力，回到家里还是一团糟，还需要自己收拾，她既要主外又要主内，何苦呢？

但当她看到管重来兴奋地接连敲击键盘时的投入，不由得摇头叹息。她还能怎样？就算她想在家里相夫教子，管重来能挑起家里的大梁吗？显然不能。

推了推管重来的肩膀，盛年连吵架的力气都没有，“妈要回去了，得商量一下带孩子的事情。”

管重来回身看了盛年一眼，眼神中全是迷茫，过了一会儿才回过神，“是盛年呀？你回来了，孩子睡了，你也去睡吧，我再打一会儿游戏，马上就睡。”

盛年虽然生气，却没有关掉电源，而是静静地坐在了管重来的身后，默默地陪他打游戏。差不多打了半个多小时，管重来总算过关了，才注意到盛年还坐在身边，吓了一跳。

“你怎么还不去睡，都这么晚了？”管重来注意到盛年的脸色不太好，关切地抱住了她的肩膀，“累了吧？你别太要强了，有时努力了也未必有结果，要看开一些。”

“努力了未必有结果，但不努力，肯定没有结果。”盛年轻轻推开管重来，“重来，你答应我要成为我的大后方，说话算不算数？”

“当然算数了。和你谈恋爱之后，我答应的事情哪一件没有兑现？”管重来心疼地抱住了盛年的肩膀，“说吧，要我做什么。”

盛年心中一软，对管重来所有的不满刹那间烟消云散了。女人就是心软。她靠在管重来的肩膀上，“妈要回家，我要创业，以后孩子得你带了……”

“妈不帮我们带孩子了？”管重来跳了起来，连连摇头，“我怎么带孩子呀！辞职回家当全职爸爸？我一个大男人……”

话说了一半，他又想起了什么，脸色多云转晴，“要我辞职回家当家庭妇男也没问题，房租和日常开支你得负责，你能保证吗？”

为什么本该是男人承担的一切，非要她来保证？盛年心中闪过一丝悲哀。但转念一想，如果换了是她在家里当全职妈妈，不也一样要求管重来承担所有的开支吗？既然追求男女平等，就应该权利和义务对等。

第十五章　说起来也是可悲

只是她现在还真没有办法保证房租和所有的生活开支，毕竟她还没有和崔恒语最后敲定公司成立后，她和乐水要拿多少钱的工资。崔恒语作为投资人，给了她和乐水足够的股份，她们也应该做出应有的姿态，不要太高的工资。

工资当然也得要，否则没有办法生存。

想了想，盛年咬了咬牙说："行，我保证以后负责家里所有的开销，你也得保证承担起后方保障的重任，不仅要负责带好孩子，还要把家里打理得井井有条，不能乱，不能脏，不能差，能做到吗？"

"能！"管重来有点兴奋，能不用上班赚钱对他来说也是一种解脱，"但我也有一个条件，就是必须允许我打打游戏。毕竟在家里带孩子，有时也挺无聊，孩子睡着了，我总不能什么事情都不做吧？"

"可以，但打游戏不能影响孩子的成长。还有，你也不能只为了带孩子而带孩子。你也可以跟着孩子一起成长，并且还可以学习、提高。你也可以做一些在家里办公就可以赚钱的工作，比如网店、微商或是 PPT 设计什么的……"

"太丢人了，我宁愿只看孩子，反正也没人知道。要是我接活儿，就都知道我是家庭妇男了，以后我还怎么出去混、怎么找工作？"管重来连连摇头，坚决不同意，"我只管在家里带孩子，打打游戏、做做饭、管管家里的事情，其他事情你别勉强我，成不？"

盛年咬了咬嘴唇，想说在家里办公赚钱又有什么可丢人的，但话到嘴边又咽了回去。现在她生怕管重来反悔。只要管重来愿意在家里带孩子保障后方的安定，她就可以安心地迈出创业的关键一步了。

母亲刚收拾好了东西，父亲就到了。跟在父亲身后的还有弟弟盛气。

父亲身材中等，瘦弱而偏黑。他衣着普通，总是一副无精打采的样子。进门后也不换鞋，径直来到母亲面前，轻轻咳嗽一声说：“回吧，家里都乱套了。”

“姐，有没有什么好吃的，我都快要饿死了。”盛气周身上下都是名牌，打扮得也很新潮，和父亲的寒酸、母亲的老土形成鲜明的对比。

盛气不但留了长发，还挂了耳坠，走路一摇三晃，一副不可一世的样子。当初起名字时，盛年就觉得盛气不太好听，“盛气凌人”可不是什么好词。父亲却觉得挺好，他当了一辈子厨师，经常受气，最大的愿望就是在别人面前盛气凌人。

只是愿望无法在自己身上实现，就只能寄托于后代了。有多少父母一生碌碌无为，都想着让儿女出人头地，表面上是对子女的爱护和期待，实际上其中也包含了弥补自己人生遗憾的意味。

只可惜盛气没有如父母所愿能盛气凌人，反倒学会了不可一世的傲气。可问题是，偏偏又没有傲气的资本，既不是富二代，本身又不够优秀，傲气也就变成了自以为是的傲慢。

盛年不止一次告诉父母和弟弟，做人要谦虚低调。别说现在他们是普通得不能再普通的一般人，就是看看现在有成就的企业家和各行各业的成功人士，人前人后都很随和。父母和弟弟却不听盛年的话，认为盛年一个女孩子家什么都不懂，男人就该有傲气和傲骨，就该高人一等，否则就体现不出与众不同的气质。

盛年不是看不起盛气，她是真看不出来盛气有什么与众不同的气质。在最一无所有的年龄却又有最不可一世的脾气，除了用奇装异服来展现自己外在与别人的不同之外，完全没有其他值得炫耀的东西。

说起来也是可悲。

盛气不常来盛年家，有限的几次都是随父母而来。每次来，都会翻腾东西，要么是吃的，要么是用的，要么是钱！前两次管重来没好意思告诉盛年，直到第三次时他才委婉地点了点，说每次盛气过来，家里都会少几百元。

第一次是一百元，第二次是三百元，第三次是五百元。少了五百元的那一次管重来受不了了，才告诉了盛年。因为以他和盛年的收入，五百元是巨款，足够一周的生活开销了。

盛年很清楚盛气从小就有小偷小摸的毛病，一直改不了。每次她骂他，父母都会替他开脱，说他还是一个孩子，长大了就好了。现在长大了，手脚更不干净了。就她所知，除了在她家里偷钱之外，在外面也拿过别人的东西。

不知道今天盛气也一起过来，盛年当即冲里屋喊了一声：“重来，盛气来了，你赶紧收拾一下。”

管重来一听，顿时打了个激灵，赶紧捂住了口袋。还好最近收入大减，而且随着移动支付的兴起，家里基本上不放什么现金了。他才松了一口气，推门出来，迎接岳父和小舅子。

盛气白了管重来一眼，阴阳怪气地笑了笑，“又打游戏？日子过得挺舒服！我姐挣钱养家，下班后再回家带孩子、做饭。你倒好，不赚钱、不顾家、不带孩子，只会打游戏。姐夫，教教我你是怎么做到的？我要向你学习，以后也找一个貌美如花又能赚钱养家的老婆，富婆就更好了。我从小胃不好，妈妈说我最好还是吃软饭。”

“吃软饭也需要资本，不是谁想吃就能吃到的。想吃软饭的多了，最终能吃饱吃香的没几个。”管重来不软不硬地回敬了盛气几句，“听说你又被公司开除了？是打算一辈子啃老了？有骨气、有傲气、有盛气、有脾气的‘四气’青年。”

“过奖了，我还达不到这么高的境界，顶多算是有骨气、有傲气的‘二气’青年。”盛气不以为然地笑了笑，他很看不上管重来，总认为管重来书生气过重，一副书呆子的模样，完全配不上既漂亮又能干的姐姐，“姐夫，最近有什么好玩的东西没有，让我看看。”

说话间，盛气推开管重来就朝里屋走去。

若是以前，管重来非得跟上去不可，但现在他清楚家里每一个角落都没有现金，就嘿嘿一笑说：“你自己随便看吧。别翻我抽屉，没钱。还有书桌、床头柜、沙发后面，都没有钱。你要是能找到就和我说一声，我们平分，谢谢啦！”

盛气假装没听出来是什么意思，头也不回地走进了里屋，“你说的，可不要反悔，见面分一半。”

父亲像一块木头，不动声色地瞄了管重来一眼，目光又落到了盛年身上，“帮你弟弟想着点，有什么合适的工作就拉拉他。你是他亲姐，你不管他谁管他？”

盛年没好气地哼了一声，“以前我想管的时候，你们护着他，说他还小。现在他不成器了，你们又想让我管，晚了！他现在这个样子，别说我不认识什么大人物，就算认识，也不敢介绍他去给人家工作。干不了几天就撂挑子，社会不是他妈，公司也不是他爸。”

“他还是个孩子，你得让着他。”母亲很是不满地瞪了盛年一眼，“你这当姐姐的怎么一点照顾你亲弟弟的心思都没有，心肠怎么这么狠！”

“他一个男孩子，从来没有要靠自己打拼的想法，天天琢磨着怎么投机取巧，再这样下去，下一步就想着坑蒙拐骗了。”盛年对父母的偏爱以及教育子女的方法很不赞成，“要我管也可以，从现在起让他自己去找工作，不管多脏多累的工作，都必须干满三个月，否则不让回家。最好让他去深圳或是更远的北京、上海自己闯荡，现实会教会他怎么做人做事。”

“你是想害死你弟弟吧？”母亲黑了脸，一把推开盛年，“没见过你这么黑心的姐姐！我和你爸还能活几年，只要我们不死，你弟弟就不会受半点委屈。”

盛年气不过，还想告诉父母，过分的溺爱其实是伤害。管重来用力一拉盛年，将她拉到一边，接连使了几个眼色。

盛年话到嘴边又生生咽了回去。也是，就连妹妹的死都没有办法让父母反思，她的话又能有什么分量？父母对子女最大的误解就是他们总觉得被他们养育长大的孩子，永远都是小孩，在智商和人生经验上永远不如他们。并且在孩子们面前，他们永远正确。

“爸、妈，坐，我给你们倒水。”管重来笑脸相迎，向前一步，却被盛建国推开，他一脸严峻，“不用了，我接上你妈就走。重来，你以后别这么没出息了，好好工作，多赚钱，你看你们都多大了还租房子住？刘阿姨的儿子白刚比你还小一岁，去年就买了别墅，接刘阿姨过去享福了。我和你妈什么时候才能住上你们的大房子？”

管重来一脸尴尬，搓了搓手，还没有来得及答话，盛年就挡在了他的身前，将他推到身后。

“爸，刘阿姨帮白刚做成了几笔生意，白刚赚了大钱当然要孝敬父母了。我们只是靠我们自己的双手，能租得起现在的房子也已经不错了。好吧，就算我们赚了大钱买了别墅，也是要先接重来的父母过来住，毕竟他才是管家的儿子，他只是盛家的女婿！你们想住大房子，过上幸福的晚年生活，这是盛气的责任。”

第十六章 谁的新欢不曾是别人的旧爱

“姐，你这意思是以后父母有什么事情，你都撒手不管了是吧？”盛气从里屋出来，翻了一气没翻到一分钱，有几分气愤，啃着管意吃剩下的半个苹果，“你也太不懂事了，比二姐差远了。二姐为了孝敬父母，连命都丢了……”

“啪！”

盛年扬手结结实实打了盛气一个耳光，“盛气，你没有资格说盛望！小妹是怎么死的，又是为什么而死，你和父母心里比谁都清楚！”

母亲有几分不安，拉开了盛气，“行了，别和你姐吵了。盛年你也真是的，打你弟弟下手还这么狠，我都没见过像你这么狠心的姐姐。”

盛气不服气地捂着脸、瞪着眼，气得不行，却又不敢动手，因为管重来握紧了拳头站在了盛年的身边。他愤愤地扔了半个苹果，咬牙切齿地说：“盛年你记住，总有一天我会让你后悔的！呸，烂苹果，臭苹果，真难吃。”

盛年不甘示弱，“妈，狠心也分好几种，有些狠心是以爱的名义，是慢性毒药。有些狠心是表面狠，暗中其实是激励、是帮助……”

“别跟我们扯什么大道理，你懂个啥？”父亲重重地一跺脚，“别以为你上过几天学就了不起了，我吃过的盐比你吃过的饭都多。”

“以后别再跟妈提看孩子的事情，盛年，妈对你很失望。”

临走时，母亲对盛年说了狠话。盛年看着父亲沉默但决绝的脸庞，以及弟弟幸灾乐祸的笑容，只是默默地叹息一声，摇了摇头。

上了出租车，坐在后排中间的盛建国没有回头看一眼盛年，而是拍了拍旁边盛气的肩膀，“儿子，别学你姐，她基本上废了，以后不会有多大出息了，盛家全指望你了。”

盛气回头看了还站在原地的盛年一眼，“姐姐太没眼光了，怎么就挑了一个管重来！又是书呆子又窝囊，还穷得叮当响，扔到大街上当要饭的都不合格！爸、妈，你们等着瞧，总有一天我盛气会出人头地的！”

母亲忧心忡忡，“我听盛年的意思是她想去创业，好像要开办什么公司，她哪里有钱？天天发广告传单也赚不了几个钱，管重来又不知道上进，他们的日子以后该怎么过呀……唉！”

“姐姐要创业？”盛气惊讶得张大了嘴巴，“她拿什么去创业？不会是和二姐一样又去……”

“别瞎说。”盛建国制止了盛气，一脸忧色，“这样，盛气你最近多跟盛年走动，帮她看看孩子，和管重来多聊聊天，看看盛年到底想干什么。要是她真有本事创办公司，你也可以跟着沾光不是？”

出租车司机奇怪地从后视镜里打量非要三个人都挤在后座的一家人，明明前面的副驾驶位还空着。

盛建国注意到了司机异样的目光，脸色一沉说："看什么看？孩子还小，我们和他坐在一起，是保护他。"

司机摸了摸鼻子笑了，“他多大了？我今年二十岁，已经出来工作两年了，赚了两辆出租车，争取明年能赚到第三辆。等有了十辆出租车的时候，我就可以躺着赚钱了。”

一家人面面相觑，都不说话了。

在出租车路过“小蛮腰”时，正在变化色彩的电视塔忽然熄灭了灯光。在猛然变黑的一刹那，一个人影从出租车旁边一闪而过，让盛气眼前一亮。

是一个美丽的身影，像彩虹，像夜空最闪亮的星星。

正是乐水。

乐水住在附近的城中村，她租了一个单间，不大，但布置得很温馨。和盛年分开后，她回到家中看了一会儿书，觉得有些饿了，就出来吃消夜。

吃完消夜，她正准备回家时，一辆出租车从她身边一闪而过，差点撞到她，吓得她脸色苍白，后退了好几步，撞到了一个人身上。

“对不起，对不起！我刚才是为了躲出租车……”乐水连连道歉，忽然愣住了，“怎么是你，孙巍！”

被乐水撞到的人长得很帅，身材不错，个子又高，当街一站，确实像是一座巍峨的高山，不但挺拔，而且洒脱。

很久未见，孙巍还和从前一样英气逼人，乐水微微有些失神，下意识地后退一步。等她注意到孙巍旁边的女孩时，更加慌乱了几分，问："她、她是谁？"

话一出口才意识到自己露怯了，她能是谁？肯定是孙巍的新欢了。

孙巍也没有想到出来吃个消夜会遇到乐水，又一想也就释然了，他本来就住在附近，不是他有意遇到乐水，而是乐水主动过来和他偶遇。

想到此处，孙巍得意地笑了，"乐水，是你呀！你不是回成都了吗，怎么又回广州了？是不是还忘不了我、放不下过去？没必要，我和妙妙都快要结婚了，我们在一起才是'微妙'的天作之合，你就别再打扰我的生活了，好吗？我们已经过去了。"微，是孙巍的"巍"字的谐音，"微妙"是孙巍和妙妙名字的谐音组合。

乐水打量了妙妙几眼。瓜子脸、柳叶眉、尖下巴、大眼睛，确实很漂亮，但在漂亮之中缺少几分灵动。她心里平衡了几分，哼，有什么了不起，长得还不如我好看。

"你想多了，孙巍，我和你只是偶遇，算是瞎猫碰到了死耗子。你怎么还住在这里呀？我也住在附近，这边房租便宜，适合我这样的穷人，但不适合你这样的高富帅。"乐水见妙妙冲她投来的目光中充满了敌意，"妙妙是吧？我是孙巍的前女友乐水。'仁者乐山，智者乐水'的乐水，算了，说了你也不懂。我就是想告诉你，你很幸运认识了孙巍，他是一个好男人，值得珍惜。"

妙妙原本对乐水很是嫉妒，毕竟乐水认识孙巍在先，忽然就又心情好了几分，"原来你就是乐水呀！孙巍以前经常提起你，说你很不错，心肠好、大方、得体，就是吃不了苦，所以回成都了。我觉得你们两个挺遗憾的，不过也得感谢你，要不是你退出，我还没有机会和孙巍在一起……"

"你不用感谢我，我还得感谢你。我刚才的话还没有说完……"乐水用犀利的眼神看了孙巍一眼，见孙巍一副得意扬扬的姿态，恨不得踢他一脚，"孙巍是一个值得珍惜的好男人。但俗话说喜欢一个人是喜欢他的优点，爱一个人是包容他的缺点。你肯定很爱孙巍吧，他的所有缺点你都了解了吗？"

孙巍一拉妙妙，"走，别听她挑拨离间，她被我甩了，肯定心里有气，就想报复我。我们不和一个失败者一般见识！"

"谁的新欢不曾是别人的旧爱！孙巍，你觉得你对我来说还有值得生气的意义吗？"乐水以前挺不愿意直面孙巍，但自从认识了盛年之后，受她的感染，她忽然发现自己多了不少勇气，"我只是想告诉妙妙，你选择的是一个没有担当、自私自利的男人！他在喜欢上你之后，还和我保持了半年的恋爱关系，在我来广州之后实在没有办法的情况下才说出真相。如果一个男人真的爱你，他不会在新欢和旧爱之间纠缠，而是会果断选择其中之一，并且告诉另外一个！男人就是要敢作敢为，要承担自己应该承担的一切！”

“知道为什么吗？因为他既不想放弃我对他的关爱和体贴，又想得到你的仰慕和喜欢。一个男人，脚踩两只船也就算了，还心安理得地花着我给他的钱和你一起吃喝玩乐，你觉得他是一个值得托付的男人吗？你可以接受他只想自己不考虑别人感受的猥琐吗？”

话一说完，乐水转身就走，她不想再多看孙巍一眼。对她来说，或许租住在孙巍的附近是因为在内心深处确实对孙巍还抱了一丝幻想。但真的见到孙巍后，她心中仅有的一丝情感像泡沫一样消散了。从此她和孙巍的过去就像明净的天空，不留下一丝痕迹。

“说得好，小姑娘！请等一下，我还有话想和你说说。”

乐水才走几步，就被身后一个声音叫住。她回身一看，身后停了一辆奔驰车，车旁有一个三十五岁开外的女人淡然而立。她一身的珠光宝气，不论是衣服、鞋子还是背包，甚至首饰、手表，无不彰显她的尊贵。

乐水虽然穷，但也不是没有见识，只一眼就可以看出对方是一个超级贵妇。

贵妇向前几步，伸出了右手，“你好，刚才无意中听到了你和前男友的对话，很解气，很合我的心意。你叫乐水是吧？自我介绍一下，我叫谷黄，你可以叫我谷姐。”

乐水握住了谷黄的手，“谷姐好，很高兴认识你。刚才的话都是气话，而且由于太气，没有发挥出正常水平，应该可以骂得更痛快一些。”

谷黄一指旁边的大排档，“有没有时间陪我吃消夜？我想和你聊聊天。”

乐水微一犹豫，谷黄看出了她的担忧，一指奔驰汽车，“我自己开车，没带司机，也没有保镖，大排档又是宽阔地带，所以我不图钱不图人，你很安全。”

第十七章　风险与机遇并存

乐水反倒不好意思地笑了，“主要是我刚才吃了东西，已经没有肚子了。”

“没事，你可以只喝酒，看着我吃。”谷黄也含蓄地笑了。

点了不少菜，要了几瓶啤酒，谷黄一脸落寞地和乐水碰了一杯，“听你的口音是四川人？我也是，从小在广元长大，十八岁时出来打拼，来到了广州。在广州拼搏了十几年，总算事业有成，但没有想到，婚姻却出现了危机。”

乐水以为谷黄和她一样是被男人甩了，她喝了一大口啤酒说：“谷姐你别伤心了，我的感情经历可能没你丰富，但我也是被渣男伤过，知道痛，知道后悔。现在想通了，真没必要为男人要死要活的。他们只当我们是生活的一部分，而我们当他们是全部，太不公平。”

才一见面，乐水就对谷黄有莫名的好感。别看谷黄一身富贵之气，但刻意露富的打扮显露出几分暴发户的姿态，并且举手投足间可以看出她并非天生有钱，而是后天打拼而来，比如大马金刀的坐姿和娴熟地吃大排档的动作，说明她以前是路边摊的常客。

但她身上透露出一股豪爽之气，是一种生长于草根、发迹于民间的平民气息，让乐水大感亲切，视如同类。

不知不觉，谷黄一个人就喝了四五瓶啤酒，她有了几分醉意，妆也花了，用手一抹脸上的油，似哭非笑地咧了咧嘴，“你比我幸运多了，乐水。女人不像男人，青春经不起折腾。你早早地就发现了孙巍是渣男，要是等你们结婚后十年八年才发现有问题，再想换一个称心如意的人时才会发现，你已经老了，青春和美貌都不见了，只剩下松弛的皮肤和衰老的脸庞，还有无尽的悔恨……”

乐水劝谷黄不要再喝了，就算喝醉也改变不了已经发生的事实，谷黄不听，接着说道：“你还小，不明白有时在成年人的世界里，喝酒不是为了消愁，是为了麻醉自已好睡着。明明很困，明明第二天还有许多事情要处理，但躺在床上就是睡不着！你恨不得打晕自己，你痛苦，你挣扎，你不甘，你无奈，然后感觉就要睡着的时候，天亮了……”

乐水从来没有觉得自己还小。她听出来了，谷黄是一个有故事的人，而且困扰谷黄的肯定是感情问题。感情问题向来是人生的重大问题之一，她自己都处理不好，就更没有资格劝谷黄了，只好一杯又一杯地陪着喝酒。

到最后也不知道一共喝了多少杯，乐水醉倒了，醉得不省人事。

醒来时已经是第二天中午了。

阳光照在乐水的脸上，温柔而明媚，像一只若有若无的手在轻轻抚摸她娇嫩的脸庞。乐水肌肤胜雪，脸上细细的绒毛清晰可见，耳朵在光线下近乎透明……她伏在一张宽大而厚实的床上，样子慵懒而放松。

睁开眼睛，乐水愣了几秒，忽然意识到了什么，惊呼一声跳了起来，发现衣衫完整，才放下心来。环顾四周，巨大的落地窗外，是一片青翠的草坪。草坪上有一人一狗在玩耍。

人是谷黄，狗是金毛。

乐水穿上拖鞋，迈着轻松的脚步来到外面，和谷黄打了招呼。金毛扑了过来，摇头摆尾。她抱住了金毛，抚摸它光滑而厚实的皮毛。

“它叫星星……”谷黄笑了笑，“昨晚你喝醉了，我一个人把你扛了回来。是不是以前没有醉过？”

乐水吐了吐舌头，“醉过，但第一次喝这么多，好难受！幸好谷姐不是坏人，要不被人卖了都不知道。这么大的房子，谷姐一个人住？”

谷黄点头，“心不在了，家也就散了。还好有星星陪我，它比男人忠诚多了。”

乐水懂事地笑了笑，谷黄没说自己的婚姻发生了什么变故，她也不过多追问。陪谷黄吃过早饭，就提出了告辞。

谷黄留下了她的联系方式，“我缺一个助理，乐水，如果你愿意，可以联系我，待遇什么的不用担心，姐肯定不会亏待你。有什么需求你也尽管提，只要不是特别过分，都会答应你。”

对谷黄表示了感谢，乐水离开了谷黄的别墅。出门之后才发现，此地离市区很远，打车也不是很方便。等了半天才等来一辆车，一个小时后匆匆赶到公司。

是她正式工作的公司，不是兼职的荣光健身。在办理了离职手续后，乐水长出了一口气，她现在真的是背水一战了。如果崔恒语和盛年任何一人反悔，她说不定真的要回头去为谷黄工作了。

乐水对谷黄还算有清醒的认识，萍水相逢，又因为有共同的遭遇，她们相识了。但或许就只是一次交集，就像擦肩而过的两辆列车，短暂的相遇之后就不再重逢。

如果她真的听从了谷黄的建议成为她的助理，她和她之间初见的美好将会不复存在。有时，人和人之间的关系还是纯粹一些好。当然，最主要的原因是她更相信盛年和崔恒语，愿意和他们在一起拼搏一次。

趁年轻，要努力。要不，到老了就后悔了。哪怕以后和谷黄一样一个人空守着一座大院子，也比一个人独居一个出租房强了百倍。

赶到荣光健身时，已经中午了。一路上盛年催促了她多次，还以为她临时变卦不会来了。

崔恒语提议召开荣光美体的第一次会议，会议在他的办公室举行。

崔恒语泡了一杯咖啡，和往常不一样的是，他一次性泡了两包。他坐在主座上，神情微有几分严肃，“今天先把职责范围说清楚，再拟订一个公司章程，然后都觉得可行的话，接下来就选办公场地注册公司，正式启动，没问题吧？”

“没问题。”盛年和乐水对视一眼，二人信心十足，精神满满。

“在正式开会之前，我要先聊聊我们各自的家庭问题……乐水，你别用这样的眼神看我，我不是想了解你的恋爱经历，我只是想知道我们每一个创始人是不是都可以没有后顾之忧地全力以赴。感情和婚姻是我们人生重要的组成部分，如果处理不好，很容易影响到创业……”崔恒语的表情是前所未有的认真，他一口气喝掉半杯咖啡，苦得咧了咧嘴，“我现在是单身，短期内也没有谈恋爱的可能，肯定可以投入所有的时间和精力，你们呢？”

“我没问题。”乐水第一个响应，“我也单身，一年内，不，三年内不会谈恋爱。我决定了，在没有做出一番事业之前，不管遇到多让我心动的人，我都不会喜欢上他。”

“你是受什么刺激了吗？”盛年注意到了乐水双眼放光的坚决，“说，昨晚去哪里了？你昨晚肯定没有回家。”

崔恒语立刻一脸紧张，“乐水，你昨晚没回家？是跟谁约会去了吗？”

“没有！你们想多了。”乐水被二人的好奇和紧张逗乐了，她简单地将昨晚的遭遇一说，“话又说回来，我确实是受到刺激了。先是遇到了前男友向我炫耀他的新女友，虽然她不如我漂亮，也没我白，但秀恩爱的人确实讨厌，所以，我很生气！然后又遇到了谷黄，她很有钱，但婚姻不幸福，一个人住着一座大宅子。从这两件事情上我得出了一个结论，就是男人不可靠，对女人来说，事业和美丽才最可靠。”

盛年冲乐水竖起了大拇指，“支持你的决定！在此我也保证，绝对不会让家里的事情影响到公司的发展。如果有，我自愿请辞一切职务，并且退股，不要一分钱。”

“好，既然大家都没有意见了，接下来就商量公司选址以及分工问题。”崔恒语很高兴盛年和乐水如此坚定，他的信心更足了，“我的想法是，刚开始时办公地点可以和荣光健身共用，我办公室旁边有两间办公室空着，回头收拾出来，你们一人一间。分工上，我负责统筹，主要是为你们服务，包括后勤、装修、资金和人员安排。盛年负责公司的全局，从发展方向到规划，再到产品定位和设计，以及营销。乐水负责产品生产和销售，以及附加的高科技环节。怎么样，有没有问题？”

平心而论，崔恒语对盛年和乐水表面上信心十足，其实内心也有几分不安。毕竟二人都没有过创业的经历，对公司管理也不精通，和她们合作，其实冒了不小的风险。

但之所以最终做出投资荣光美体的决定，也是基于他对盛年和乐水的判断。盛年敢想敢干，头脑灵活不说，还肯吃苦。现在年轻的女孩子，有头脑的不少，能埋头苦干的不多，盛年适合挑大梁，担重任，统领全局。而乐水虽然不如盛年敢作敢为，但她干脆直接，为人坦诚，可以冲锋陷阵，是一员得力干将。

二人配合起来，就是公司的董事长和总经理角色。当然，现在她们还年轻，不足以一上来就担当董事长和总经理的重任，他可以先坐镇董事长之位，让盛年任总经理，乐水是副总经理兼技术总监。

第十八章　美丽是一生的事业

除了看好盛年和乐水的配合之外，崔恒语也被盛年的活力和创意所感染，他非常看好未来的美体市场。女性在对身材的管理和追求上，比男人更有毅力，也更迫切。如果能唤醒女性的爱美之心，将美丽当成终身事业来经营，不但可以塑造出来许多优雅知性的女性，还可以弥合一些破裂的家庭，甚至拯救陷入困境的爱情。

家和万事兴，只要婚姻和谐了，作为社会最小基石的家庭也就稳定而健康了，社会才可以平稳发展。

除此之外，崔恒语也急于转型。现在荣光健身正处在一个不上不下的尴尬阶段。向前也许付出了更多的努力而收效不大，向后没有退路，他前期的许多投资还没有回本，不可能就此放弃。如果不转型，寻找新的出路，就这样维持下去，也不是长久之策。可以说，盛年的建议出现的时机正好。

崔恒语虽然年纪不大，但阅历丰富，从当兵到转业，从北京到广州，自认阅人无数，他相信他没有看错盛年和乐水。二人是难得的帅才和将才，而他可以辅佐二人成就一番大事。

毕竟女人更了解女人，既然从事的是女性的美丽事业，他宁愿牺牲一部分眼前的利益。持股比例低于盛年，就是想让盛年和乐水全力以赴。只有二人将荣光美体当成自己的事业，想要以荣光的平台打造属于自己的人生荣光，荣光才有机会发展壮大。

崔恒语经过几年的历练，不管是在北京从事安保工作，还是来广州转行做健身行业，他悟出了一个道理，只有风险共担、利益共享的团队才是有战争力的团队。否则各怀心思，各有退路，公司只是大家业余时间用来试错的一个平台，怎么可能发展起来？

表面上给盛年控股权，给乐水百分之二十的股份，似乎是分出了大部分利益，实际上是利用股份将盛年和乐水牢牢地拴在了荣光这条船上，她们会因此当荣光是自己的公司，会为荣光付出全部的热爱。

当然，话又说回来，相信归相信，只凭信任和股份还不足以成就一家公司，必须要有实干的精神和可以落地的管理。崔恒语决定将他几年经商的全部经验都用在荣光美体上面，并且要毫无保留地传授给盛年和乐水。

崔恒语决定孤注一掷。如果投资荣光失败，他就回北京继续从事他的老本行。如果成功了，他就扎根广州，做大做强荣光。

“没问题！”盛年能强烈地感受到崔恒语想要大干一场的热血和冲动，她也很兴奋，兴奋之余，又有一丝冷静的思索，“前期还是以摸索市场为主，分工上可以明确，但在具体操作层面，可能需要大家互帮互助。尤其是附加的高科技环节，我也想介入，想多学一些知识，乐水你没意见吧？”

乐水连连摇头，“我欢迎还来不及呢！怕的就是自己学不会里面的东西，耽误了公司的大事就难辞其咎了。不过我一定会努力，保证竭尽全力。”

“好，说一千道一万，不如做一件。”崔恒语站了起来，“今天的工作有两个，注册公司和收拾办公室。”

乐水顿时脸色一沉：“啊，收拾办公室也要自己动手？”

“干起来，怕脏怕累不是好汉！”盛年当即挽起袖子，拿起扫帚和拖把。

“可是我明明是女的，不是汉子。”乐水小声嘟囔一句，见盛年和崔恒语都动手打扫起来，也只好拿起了工具，“大材小用，我是要做大事的人，怎么能干扫地的事情？”

“一屋不扫，何以扫天下？”盛年作势欲打，“乐水，我们比一下，看谁先打扫干净，输的人晚上请客。”

然而谁也没有想到的是，最后的失败者居然是盛年。盛年很开心地请了崔恒语和乐水吃饭，虽然只是大排档级别，但乐水很高兴，认识盛年这么久以来，终于赢了她一次。

崔恒语却笑得很含蓄、很神秘，他看得出来盛年是故意输给他们的，要的就是请他们吃饭，以表现出她的大方和总经理气度。他不忍揭穿她，尽管他发现盛年其实已经很穷了。

半个月后，公司注册下来，办公室也准备妥当。在盛年的建议下，在一个周末，三个人又以聚餐的形式正式宣告了荣光美体的成立。

公司成立后，盛年和乐水开始忙碌了起来。二人一个跑代工厂，一个谈合作和营销推广，忙得团团转。崔恒语坐镇公司，看似不忙，其实是在招兵买马、调配资金，为二人做好后勤的服务工作。

一个月下来，初次创业的盛年和乐水都体会到了经营公司的不易。每一个环节都需要自己出面去协调，有时可能要谈许多遍才能谈成。更有甚者，有时想见一个具有决策权的领导，最多的一次连去十天才遇到他，又连谈了三次才打动他。

个中艰辛，不足为外人道也。

广州的秋天阴雨连绵，有时一连一周阴天、下雨，不见阳光，让人心情也莫名阴郁几分。在和又一家代工厂谈判失利后，盛年拖着疲惫的身子回到公司，刚坐下喝了一口水，就听到外面传来了吵架的声音。

荣光健身还在继续运营中，荣光美体和荣光健身在一处办公。所以盛年每天上班都可以看到前来健身的客人，其中有一部分是她的客户。

盛年已经从荣光健身辞职，她关上门，不想理会外面的吵架。但吵架的声音越来越响，大有动手的趋势。又一想崔恒语和乐水都不在，她虽然只是荣光美体的股东，和荣光健身已经毫无关系，但兼职帮忙管理一下荣光健身也说得过去，就推开门出去了。

走廊的尽头是荣光健身的入口，入口处，有几名服务人员正在点头哈腰向两个客人道歉。一男一女两个客人却互不相让，不接受服务人员的道歉，非要让对方离开。

男人有三十七八岁的年纪，穿着干净利落，留一小撮胡子，双眼深邃，颇有男人魅力。女人年纪相仿，穿着休闲，气度不凡，微胖，眉眼间颇有风情，风韵犹存，可以看出十年前绝对是出众的美女。

二人争吵的焦点集中在谁必须离开上面。

“我是荣光健身的 VIP，办证至少有一年多了，你才办了多久，为什么要我走？要走也是你走！”男人气愤地挥动胳膊，“本来我还觉得挺大的一个健身房，井水不犯河水，你练你的我练我的，多好，你非要找事！好，今天我还就不让你了，有你没我！”

女人涨红了脸，拉住一个服务员的胳膊，“你说，是他走还是我走？我一次性交了两年的费用，我了解他，以他的小气和小心，肯定只交了一年。你让他走，我再多交一年的费用！”

几个服务员你看看我、我看看你，都不知道该如何处理才好。以前从未遇到过两个顾客争执会发展到有你没我的地步，她们急得手足无措。崔总不在，总监李深秋也不在，她们经验少、脸皮薄，急得团团转。

一见到盛年出现，服务员就像抓住了救命稻草，急忙朝盛年连连招手。

“盛经理，快来处理一下，他们谁也不让……”

盛年快步来到二人面前，赔着笑脸问：“二位是不是认识？”

一个服务员机灵，在盛年耳边说：“男人叫卢一般，女的叫谷黄。”

谷黄？名字有点熟悉，盛年一时情急，没有想到谷黄到底是谁。

卢一般双手抱肩，“认识！”

谷黄哼了一声，“不认识！”

盛年笑了，女人有时太过情绪化，她看了出来，二人不但认识，还很熟悉。于是劝道：“不如到我的办公室坐坐，喝喝茶，消消气。”

“好！”卢一般点头。

“不好。我不喝茶，只喝咖啡。”谷黄依然气愤难平。

“咖啡也好，速溶的，现磨的，美式的，还有拿铁，随意挑选。”盛年侧了侧身子，示意卢一般先走，“卢先生请。”

卢一般点头一笑，迈步就走。谷黄见状，一个箭步蹿到了卢一般的前面，一马当先，“要先也是我先，你得在我后面。”

卢一般也不坚持，摇了摇头，和盛年并肩而行，“女人，呵，女人！只要一生气，就会失去理智，变成完全情绪化的动物。”

“别说我，你也一样，不，你还不如我呢。窝囊废！臭男人！”谷黄当即反驳，寸步不让。

盛年故意放慢脚步，“卢先生不要和生气中的女人讲道理。她现在处于情绪占据上风、理智退守二线的状态，这个时候，哄和爱是最好的武器。”

“可惜，在嫌弃面前，哄和爱一无是处。”卢一般叹息一声，“一个男人如果爱一个女人，女人的所有撒娇、赌气都是可爱、温柔的。但如果不爱了，就变成了厌恶、做作。同样，一个女人如果喜欢一个男人，男人哄她、爱她，她会感到幸福和知足。如果不喜欢了，男人的哄和爱对她来说毫无价值，并且让她反感和恶心。”

第十九章　婚姻不能过于计较得失

盛年听出了言外之意。到了办公室，她先为谷黄泡好了咖啡，又为卢一般倒了茶，她自己则喝白开水。“白开水虽然没有味道，但可以久喝不厌。茶有不适合喝的时候，咖啡有不方便喝的时候，白开水却没有。爱情是茶，婚姻是咖啡，但生活是白开水。卢总、谷总，如果我没有猜错的话，你们的矛盾是内部矛盾，并不是因为荣光健身的服务原因，对吧？”她说。

卢一般刚要张口，见谷黄眼睛一瞪，他只好双手一摊，“行，你说，你先说。家里让着你，在外面也让着你，反正也习惯了。不过应该是最后一次了……”

谷黄皱眉，放下咖啡，“你的咖啡不错，但火候不对，水平还有待提高。你叫盛年？盛年，你结婚了没有？”

“结了。”

“是你喜欢他多一些，还是他喜欢你多一些？”谷黄追问。

盛年一下愣住了，她从来没有思索过她和管重来谁更喜欢谁的问题。如果说在校园时，管重来为了追求她付出了许多，但在结婚之后，似乎还是她对家庭的投入更多、对婚姻更负责。不过话又说回来，在感情和婚姻中，如果总是计较谁付出得多、谁付出得少，婚姻也就成了生意而不是人间最美好的生活组合。

盛年稍微一犹豫，“在爱情里面，他爱我多一些。在对家庭的付出上，我努力多一些。”

卢一般轻轻鼓掌，“聪明，得体，懂事，大方，难得！”

谷黄白了卢一般一眼，眼神无比厌恶，“你还小，盛年，不知道婚姻对男人来说只是休息站，对女人来说，却是一生的赌注，但往往是男人无所谓而女人赌输……”

卢一般讥笑一声，“行了谷黄，别用你落后而老旧的观念来影响年轻人了，年轻人有年轻人的活法，不需要你上课。你事业上的成功和婚姻上的失败，也不足以作为经验来传授给她们，她们不想知道，更不想借鉴。你怎么到现在还不明白，你的人生经历对别人来说，不管是成功还是失败，都毫无意义！”

“滚出去！”谷黄勃然大怒，对卢一般怒目而视，“我没和你说话，请你不要插嘴！卢一般，我现在不想和你说话，也不想看到你！”

“好，我闭嘴。”卢一般做了一个拉链封嘴的动作，“反正不管是在家里还是在外面，你都是说一不二的，我不和你一般见识。”

“你还不和我一般见识！你有资格和我一般见识吗？别以为自己有多了不起，你人如其名，就是一个极其一般的普通人！”谷黄的火越烧越旺，气得站了起来，指着卢一般的鼻子，“不要以为你现在做成了几笔生意就有多厉害了，你的资产和我的财富比起来，连个零头都没有。”

盛年忙出面打圆场：“先不吵架，先摆事实讲道理。二位都是成功人士，也都是荣光的贵宾，荣光非常感谢二位的信任和支持。”她朝二人深鞠一躬，“不过公归公、私归私，既然二位相信我，希望我来评理，那么现在我不再是荣光的工作人员，而是二位的朋友，只是站在朋友的立场上希望二位不要再吵了。吵架解决不了问题，但心平气和的对话也许可以……”

谷黄的态度稍微缓和了几分，“你的咖啡机在哪里？我要自己动手。你泡得太难喝了，白白浪费了这么好的咖啡。”

卢一般流露了无奈加嘲讽的眼神，朝盛年瞥了一眼，意思是，看，挑剔又刻薄。盛年却淡然地笑了笑，毫不介意，让谷黄自己动手。

泡好了咖啡，轻轻抿了一口，谷黄一脸满足地点了点头，“感情已经一团糟了，生活一定要精致，否则女人也太难了。盛年，听我一句劝，结婚后，千万别被家庭拖累了，一定要把事业放在第一位。女人只有拥有了事业，才拥有了安全和一切。”

尽管盛年部分赞同谷黄的话，但她只是微笑着点了点头，并没有附和。每个家庭的情况不同，不能一概而论。况且对于男人来说也是一样，事业不能说是全部，却是安身立命的根本。女人想要打拼事业，比男人要难多了，不但要面对更多的来自家庭的束缚和压力，也有社会对女性依然存着性别和能力歧视的阻力。

好在现在优秀的女性越来越多，就像谷黄，盛年可以看出谷黄和卢一般是夫妻关系，至少曾经是，而且她比卢一般更强势也更成功。

“如果谷姐想说说你和卢哥的故事，我愿意洗耳恭听。不过我阅历浅、见识少，听就听了，未必可以给出有价值的建议。但我可以从中学习到许多有价值、有借鉴意义的宝贵经验，也是值了。”盛年以退为进，尽管她已经不再负责荣光健身的业务，但出于留住客户的本能，她还是愿意帮助化解二人的纠纷。

谷黄喝了几口咖啡，神情明显舒展了几分，“还得谢谢你，盛年，如果没有你的咖啡，我现在恐怕就要暴走了。行，今天本来是想过来健身，但被某人搅了兴致，既然健不了身，就锻炼一下心理，舒缓一下压力，也可以增进身心健康，是不是？”

“不好意思，卢总，没有征求你的同意。如果你觉得你和谷总的事情有什么不能对外透露的地方，可以提出来。”盛年不忘冲卢一般点头致意。

卢一般摆了摆手，一脸大度，“我和她的事情，没有什么见不得阳光的，从喜欢上她到求爱到结婚再到离婚，我的所作所为坦坦荡荡，没有任何对不起她的地方。”

“你是不是对得起我，你说了不算，盛年说了才算。”谷黄急欲拉拢一个同盟，她递给盛年一杯咖啡，“盛年，我的故事对你来说一定有借鉴意义，相信我，你千万记住不要让男人掌控事业和家庭的全部主导权。”

谷黄和卢一般是大学同学，大学期间相恋两年，毕业后一起来到深圳创业。创业不久，二人发现对许多事情理念分歧过大，就约定各自单干。不管谁成功，都是一家人的成功。不久之后，谷黄创业成功，而卢一般失败。开始时卢一般还不觉得有什么，反正创业时，双方虽然各自单干，但同时也在为对方出谋划策。所以卢一般认为谷黄的成功，也有他一半的功劳。

谷黄让卢一般加入了她的公司，本想对他委以重任，毕竟是自己丈夫，有天然的信任。但在合作中却发现，二人对项目和公司发展方向上有着截然不同的看法，经常会发生争执，并且矛盾不可调和。卢一般自认是为了公司好，谷黄却觉得卢一般是一个失败者，没有资格冲她指手画脚。二人的冲突越来越多，严重到了影响公司发展的地步。

为了公司的大计，谷黄决定让卢一般退出管理层，只当普通员工。卢一般开始时不满意、抵触，但毕竟是谷黄的公司，谷黄说了算，在一番较量之后，他终于妥协了。他安慰自己，当普通员工也好，不用操那么多心，不用承担太多的责任。谷黄是他妻子，她赚再多的钱，也要分他一半不是？谷黄是为了公司着想，也是为了家庭着想。公司壮大了，家庭也就和谐美满了。

但谷黄却越来越看不上卢一般了。她原本让卢一般担任她的保镖、司机兼助理的角色，毕竟生意上有许多应酬，她一个女人单独前去不方便也不安全，有卢一般在，替她挡酒、开车并且保护她，她可以绝对放心。但卢一般总是被人误以为是谷黄的司机，有时被冷落或者和其他老板的司机同桌吃饭，心中颇不是滋味，就不免向谷黄抱怨，希望谷黄安排一个专职司机，他可以只陪她喝酒保护她，当她的司机太委屈了。

谷黄想不通卢一般为什么要这么想。男人在外面风光时，女人可以在家里相夫教子，或是甘当男人背后的女人。为什么女人成功了，男人就不能在身后支持她的一切？到底是男人的面子重要，还是女人的事业重要？如果男人觉得为自己的女人服务丢了面子，说明他还是不够爱她。

谷黄告诉卢一般，一个成功的女人需要扮演情人、妻子、合伙人等角色。她要懂得做一个情人的角色，让自己的男人心甘情愿地努力拼搏并且为她付出。你还要做好一个妻子的角色，可以和你的男人相互取暖、包容。并且她也要扮演好合作伙伴的角色，就是要相互信任对方……三个角色的转换很需要分寸，也需要技巧。

卢一般明白了，谷黄是在暗示他要做到上面的三个角色，否则他就不是一个合格的丈夫。卢一般本来不想妥协，但又觉得谷黄一个人打拼确实辛苦，他在事业上不能帮助她太多，在生活上照顾她并且包容她，也是身为丈夫的责任和本分，就答应了。

第二十章　势均力敌的爱情

卢一般为谷黄当了大半年的司机、保镖兼助理，为她开车、拿包、陪酒等，原以为他的付出可以让谷黄记在心上，没有功劳也有苦劳。但万万没有想到，随着谷黄眼界的提高，见多了各种成功人士，就越来越嫌弃卢一般，觉得他太窝囊、太无能。卢一般质问谷黄，如果换了身份，他成功而她事业失败，他如果嫌弃她，会怎么样？谷黄却说，男女分工不同，女人持家是正常现象，男人持家就是窝囊、就是无能。她不能接受她的男人不如她！

卢一般大受打击，没想到他甘当谷黄身后的男人，最终还是被她嫌弃。一年多来，他忍受了多少屈辱和白眼，不就是为了让谷黄可以安心地和人谈判，可以喝得大醉也不用担心被坏人侵犯吗？结果倒好，谷黄不但觉得他没有苦劳，还嫌弃他没有本事，要靠女人养！

一怒之下，卢一般提出了离婚。

谷黄很痛快地就答应了卢一般的离婚请求，并且在分割家产时，给了他三分之一的财产。卢一般离婚后，消沉了一段时间，后来决定东山再起。男人和女人不一样，女人还有机会嫁个好人家，男人只有自己拼搏一条路可走。否则别说让别人看得起了，就是找一个比自己强的妻子，早晚也会被妻子抛弃。

卢一般离开了深圳，来到广州。经过几年的拼搏，他从汽车配件生意开始做起，一步步发展壮大，到现在已经发展成为名下拥有了酒店、机械加工厂等十几家公司的集团公司的董事长，走向了人生的巅峰。

“你能接受你的丈夫很窝囊，除了开车喝酒之外，什么本事没有吗，盛年？”谷黄鄙夷的眼神在卢一般身上停留片刻。虽然卢一般现在已经事业有成，已经是成功人士，但在她眼中，还是当年那个落魄窝囊、一无是处的失败者。

“不能！”盛年回答得斩钉截铁，她说的也是心里话，“男人不能输，也输不起。

我接受不了我的丈夫没有本事，但是，本事也分很多种，能赚钱是本事，能顾家也是本事。如果一个男人赚不到钱，却能照顾好家里，对妻子和孩子一心一意，像一个宽阔的海湾，可以容纳我的疲惫、悲伤和不甘，我也会接纳他、爱护他，并且认可他。物质固然重要，但物质的背后是精神的支撑。人活着，要的就是一种感觉，爱的感觉，家的感觉，被呵护的感觉，被在乎的感觉，等等。”

“盛年，我都崇拜你了！”卢一般鼓掌，大声叫好，“说得真好，你是我见过的女孩子中最成熟、最善良也最有见识的一个，今天是我的幸运日，很荣幸认识了你！”

盛年朝卢一般点头微笑，见谷黄脸色不善，连忙又说：“谷总不要生气。现在追求的是男女平等，既然要平等，权利和义务就要对等。你和卢总的问题，不在于你，也不在于卢总，而在于你们两个都太要强了。男女组成家庭，要么一强一弱，要么都弱，两强相遇，肯定会有一强退出。”

“就没有势均力敌的爱情？”卢一般微微感慨，“其实我很向往在爱情中是一种势均力敌的平衡，棋逢对手将遇良材。这样在爱情和婚姻中，才有一种你来我往的比试，在比试中，一起跑步前进。”

“行了，别自我吹嘘了，你想要的不是什么势均力敌的爱情，你这么一个大男子主义的人，要的就是女人对你绝对的服从！”谷黄气愤难平，“最开始我和你合伙创业时，你刚愎自用，非要事事由你说了算。结果凡是你做出的决策，都失利了。后来如果不是我的几次正确决定，我们会赔得一无所有，连裤子都得卖掉。”

“我今天的成功，也证明我的正确性。”卢一般一脸淡定，微有得意之色，“离开你后，我如鱼得水，很快就做成了几笔大买卖。说明不是我的能力有问题，而是和你气场不和，被你限制了发挥。”

“呸！胡说八道，满嘴放炮！你二次创业，要不是拿走了离婚时我施舍给你的几百万元当作启动资金，你能有今天？你不在大街上要饭就不错了。”谷黄一脸鄙夷，“卢一般，你就是一个一般人，有幸遇到了我，否则你现在连饭都吃不上，更不用说健身了。你不感谢我也就算了，还跟我较劲。信不信我收购了你的公司，让你再一次成为一个彻底的失败者？”

“信，肯定信，必须信。我的公司现在市值一百多亿元，念在夫妻一场的分儿上，打个八折，收你八十亿元，来，一手交钱一手交股权，哈哈！”卢一般仰天大笑，“谷黄，我承认你现在还是比我有钱，但我也不缺钱。人的资产到了一定程度，就只是一个数字，如果不能为社会造福，不能为更多人带来福利，资产也就失去了应有的意义。

我觉得我们现在不应该还庸俗地比谁更有钱，不说全国，整个广东比我们有钱的人多得去了。有钱不一定就有幸福，我们在事业上各有成功，但在感情和婚姻上，都是同样的失败者。谷黄，我们分开这么久了，以你现在的性格，估计在感情的道路上，还是很失败、很坎坷吧？”

“不好意思让你失望了，我的感情之路很顺，谈了好几次恋爱，每次都留下了美好的回忆。”

“我不信。如果你的感情之路顺利的话，你不会离开深圳来到广州，也不会一个人过来健身。”卢一般淡定地笑了笑，“你还是没变，谷黄，和我之前认识的你一样，好胜、好面子、好吹牛、虚伪、假装！真正的感情幸福是谈一次恋爱就谈一辈子，而不是不停地谈恋爱。”

盛年基本上清楚了二人的过往，应该是分开之后，二人各自发展，没再联系。没想到，意外在荣光健身狭路相逢。一时旧仇新恨涌上心头，剑拔弩张到了有你没我的地步。难道男女之间没有了爱就一定会转化为恨吗？就不能心平气和地分开，然后再相见时，就算不再是朋友，哪怕只是陌生人，也不至于反目成仇。

盛年一时想起了她和管重来。

管重来绝对没有卢一般一样的涵养和沉稳，好吧，管重来比他小了几岁，以后也会成长。但以她对管重来的观察和了解，就算几年十几年后，管重来也不会达到卢一般的高度。盛年也见识过不少所谓的成功人士，在他们当中，卢一般不管是内涵还是城府，也是极其不一般的角色。

如果有一天她事业有成，管重来能否做到甘愿当她的大后方，为她照顾家庭带好孩子，甚至还当她的司机兼保镖和助理？男人都好面子，都有一定程度的大男子主义，管重来表现得还不太严重，但愿他到时可以做到心平气和地适应现状。

当然，也未必就一定非要让管重来主内她主外。如果他愿意，她还是希望他可以冲锋在前，独当一面。男人的事业心还是比女人更强烈、更持久一些，她如果不是被逼，也希望管重来可以挑起重担。

谷黄冷冷地看着卢一般，过了片刻忽然笑了，“卢一般，我和你大学期间谈了几年恋爱，毕业后就和你结婚，然后忙于事业，一晃到现在都快四十岁了，再不好好谈几次恋爱就老了。要你管我谈一次还是几次？多谈几次恋爱多经历几次人生，多见识一些优秀的男人，更能显出你的窝囊和无能！倒是你，现在又有钱又是单身，是正宗的钻石王老五，为什么还是一个人？是不是骗了太多年少无知的小姑娘，受到了报应，现在不行了？”

卢一般脸色一沉，“谷黄，你可以记恨我，也可以和我争论谁对谁错，但请不要人身攻击！和我相比，你现在才是人老珠黄，想要嫁出去恐怕没有可能了。”

“你敢说我……”谷黄顿时暴起，抓住水杯就想砸向卢一般，盛年忙拦了下来。

“谷总，不要动手，你和他理论本来已经占据了上风，如果现在动手就输了。”盛年好言相劝。她也知道恋人和夫妻之间讲不通道理，都会带着情绪和对对方的偏见说话。但她也必须出面周旋，除了职责所在之外，谷黄和卢一般的经历，也为她以后如何处理和管重来的关系敲响了警钟、提供了经验。

不过她的脾气远远比不上谷黄的暴躁，换了她是卢一般，恐怕也受不了谷黄强势、蛮横的性格。盛年夺过谷黄的水杯，拉她坐下，“谷总，今天的事情我有一个更好的解决方法……”

“说。”谷黄气犹未平，连带也迁怒了盛年几分，“盛年，我对你很不满意，你偏向卢一般，是不是和他认识早，还是觉得我好欺负？”

尽管自己也是女人，盛年还是觉得好笑。有时女人生起气来会无差别攻击，别说合纵连横了，连拉拢一方壮大自己实力联合攻击对手都不会，非要四面树敌。所以说女性在商场上，如果不能保持理智，很容易被对方打垮。

第二十一章　凡事没有绝对

“谷总健身是为了追求形体美，为了保持好的身材和心态，但实际上研究发现，高强度健身对女性会有副作用，因为女性身体的构造和男性不同，同时，女性也不需要过多的肌肉和强壮的体型……”盛年一边说，一边意味深长地看了卢一般一眼。

卢一般会意，呵呵一笑，“你们聊，我先去健身了。你放心盛年，不管怎样，我都会保留荣光健身的 VIP 卡，荣光健身有你，我肯定会常来。”

卢一般对盛年的印象极好，她不但大方得体，处理事情不疾不徐，还既有分寸又不偏不倚。最难得的是，作为女性，她能理智而冷静地分析问题，并且对许多社会现象有思索。她的思想比她的年龄更成熟，是一个令人耳目一新的职场女性。

卢一般出了办公室，才走几步，迎面走来一人。他本来还沉浸在对盛年的好感中，只可惜盛年已经结婚的事实对他刚刚升腾而起的好感当头泼了一盆冷水。他有一个原则，绝对不可以喜欢成家的女性，哪怕她再优秀。

和谷黄离婚后，卢一般也谈过两次恋爱，都以失败而告终。第一次是一个女大学生，对方只是图他的钱，他还傻呵呵地以为遇到了真爱。后来才发现对方拿着他的钱接济家里之余，还和同校的男友谈恋爱，他感觉受到了五千点伤害。

第二次是他的助理。

助理来自书香家庭，虽然小门小户，但却很有上进心，也肯努力、肯吃苦。他很开心，希望可以培养她成为自己的人生合伙人——既谈感情又合作事业，爱情上和谐，事业上同步，是许多人梦寐以求的男女之间最完美的关系。

但是他很快发现助理的才华不足以支撑她的野心，她太急进了。在他还没有完全信任她之前，她就急于想要在公司构建自己的势力，培植自己的亲信，甚至还暗中私吞公款。他很失望，开除了她，并且从此不再相信爱情……他受到了一万点伤害。

虽说不再相信爱情，却还是在期待爱情，今天一见盛年，感觉盛年就是传说中的爱情的样子。只不过她已经结婚了，让卢一般微有几分失落，决定好好运动一番以排遣胸中的苦闷。毕竟还被谷黄又嘲讽了一气，也是怪了，偌大的一个广州，怎么就又偏偏在荣光遇到了她？

一抬头，卢一般眼前一亮，就像阴郁的天空陡然转晴，露出了太阳，明媚的阳光瞬间点亮了他的心情。他顿时屏住了呼吸！

迎面走来的是一个女孩，和盛年年纪相仿，比盛年更瘦弱几分，但却更柔媚、更楚楚可怜，顿时激发了他内心的冲动。如果是平常，卢一般不会轻易主动向女孩打招呼，怕被人骂轻浮。但今天他忍不住冲她吹了一声口哨，由衷地赞叹了一句："你好漂亮！"

女孩脚步未停，轻轻斜了他一眼，淡然一笑说："谢谢！你好有眼光！"

一句话让卢一般更加兴奋了几分，正想冲她要联系方式时，却见她身子一转，翩翩如蝴蝶，进了盛年的办公室。

应该是盛年的朋友……卢一般心中闪过一个强烈而执拗的念头，转身进了健身房。他一定要想法认识她，如果她没有结婚的话，不管她有没有男朋友，他都要追求她。

"刚才那人真有意思，居然夸我漂亮，难道我不知道自己漂亮吗？"进了盛年的办公室，乐水还笑个不停，刚才卢一般的样子既真诚又好笑，她觉得很好玩，"盛年，你是不知道刚才的客人有多好笑，他长得倒是不错，就是有点轻浮……啊，谷姐，怎么是你？"

乐水出去办事回来，一进门就听说了谷黄和卢一般吵架的事情，听说盛年出面了，她就放下心来。盛年出马，肯定手到擒来。

乐水今天出去谈事，还算顺利，就急着过来想和盛年说一声。不料上次请她消夜陪她喝醉的谷黄居然也在，顿时惊喜交加，"谷姐，你也是荣光健身的 VIP？"

盛年一拍脑袋，"哎呀，我说一直觉得谷总的名字耳熟，就是没想起来，原来就是上次和你一见如故的谷姐？谷姐，不好意思，我有眼不识金镶玉。"

见盛年是乐水的朋友，谷黄也就消了气，连说"缘分"。随后，盛年向谷黄说出了她的更好的解决方法就是健身加美体塑形。

"美体内衣？"谷黄摇了摇头，"我以前穿过，太紧，勒得难受，就不穿了。而且没什么效果，都是骗人的……你们不是开健身房吗？怎么也做美体内衣！"

"正打算做。"乐水顺势接过话头，将她们的创意简单一说，"不瞒谷姐，我和盛年也知道现在美体内衣市场参差不齐，我们是想树立一个标杆，是想真正地为女性着想，打造一款可以起到改变形体的内衣，而不是炒作概念。”

“对，对！既然谷姐是我们荣耀健身的 VIP 会员，可以自动升级为荣光美体的 VIP 顾客，等我们的第一批内衣上市后，你可以最先尝试，体验一下功能和款式，多为我们提出宝贵意见。”盛年想要的就是让谷黄一类的职场女性对美体内衣产生兴趣，她们是最主要的消费人群。

“不，我才不当你们的试验对象。”谷黄一口回绝了盛年，脸上挂着似笑非笑的神情，“我奋斗拼搏了许多年，才拥有了今天的一切。如果我到了现在还和大多数人一样使用量产产品，我的成功又有什么价值？”

乐水一下子没有反应过来，“谷姐的意思是……”

盛年立马猜到了谷黄的心思，“谷姐尽管放心。我们的美体内衣分为高端定制款和普款。你的身份和地位，肯定会有专门的美体顾问全程负责，从量体裁衣到根据体形设计，再到根据身体的肌肉和脂肪情况调整面料，等等，绝对保证你身上的美体内衣是独一无二、专门为你一人制作的，而且还会是全手工。”

谷黄的脸色立刻缓和下来，“你的意思是，会有一个专门的团队为我服务，保证我的内衣不是公板？”

“百分之百保证。”盛年欣慰地笑了，她知道已经说服了谷黄。

谷黄点了点头，站了起来，“好吧，看在你和乐水的面子上，我不再和卢一般一般见识了，也可以和他共用一间健身房。反正我和他不一样，我只是轻度健身，后期再配合美体内衣，一定可以胜他一筹。”

“美丽是女人一辈子的事业，而对男人来说，或许只是一时的心血来潮，又或许是出于近期的泡妞需要。”盛年掩嘴一笑。她现在不能说有多了解男人，至少不再是以前的纯情少女。卢一般坚持健身的出发点，估计一大半是为了塑造一个良好的形象好吸引异性。

从单身男性健身比较多就可以得出结论，一旦结婚，男人放弃坚持健身的比例极高。而婚后突然再次恢复健身的，要么是被妻子逼得无奈，为了一个健康的身体，要么就是又变成了单身，为了重新塑造身材。如果没有以上原因并且还在婚内，多半是想出轨了。

当然，凡事也不是绝对。

男人也好女人也罢，都想拥有一个健康俊朗的外观，可以在第一次见面时给人留下良好的印象，出发点也是好的。注重外观和形象，既是对自己负责，也是对别人对市容负责。

盛年其实也很想健身，只是时间不允许。不过她现在每天外出奔波，身体很健康，身材很健美。

“不是我看不起卢一般，以他的大男子主义的思想还有钢铁直男的性格，他不可能找到女朋友！”谷黄一听到卢一般的名字就气不打一处来，“他是一个好面子、虚荣又极度自私小气的男人，属于没本事、有脾气的最下等的一类男人。”

尽管身为女人，盛年还是对谷黄的看法不敢苟同，至少她对卢一般的第一印象还算不错，比大多数男人更文雅、更有气度。谷黄对他的看法中有太多偏见和情绪，这也是女人有时容易犯的错误之一——对一个人的看法过于偏激和情绪化，失之偏颇。如果用在生意上，就有可能失去许多机会。

不过现在不是反驳谷黄的时候，盛年岔开话题，“谷姐，你对美体内衣有什么想法和意见，可以现在就提出来，我们会根据你的要求进行设计和加工。”

一提到如何变美，谷黄的心思就从卢一般身上转移回来，情绪高涨地和盛年、乐水攀谈起来。作为未来的主要消费群体中的一员，她的一些想法确实为盛年和乐水带来了不少启发。

眼见下班时，谷黄还意犹未尽，非要请盛年和乐水吃饭。盛年本想回家，但又不好得罪未来的客户，只好应下。

正想叫上崔恒语一起时，崔恒语敲门进来了，身后跟着卢一般。

“正好都在，今晚一起吃饭，我做东，遇见一个认识多年的朋友……哎呀，谷姐也在，正好，齐活了，走。”

谷黄脸色一沉，“崔总，你拿我开心是不？”

第二十二章　心比长相好，懂比爱重要

原来崔恒语认识二人却不知道二人的关系。盛年忙过去小声说了几句什么，崔恒语脸色一变，讪讪一笑，“不好意思，是我的错，该罚！要不这样，盛年，你和乐水今晚陪谷姐，我陪卢哥。”

卢一般的目光在乐水身上停留片刻，求助的目光看向了盛年。盛年会意，从卢一般在乐水身上流连的目光中读出了好感，当即顺势说道：“其实谷姐不和卢总一起吃饭，并不是因为以前的事情，而是觉得和卢总没有共同语言，一说话就会吵架。如果卢总保证不惹谷姐生气，并且对以前的事情向谷姐承认错误并且道歉，谷姐也不会拒绝他的改过自新……是吧？”

谷黄脸色缓和了几分，“他真会为以前的事情向我道歉？哼，我不信！他一向自以为是，觉得自己很了不起。”

卢一般顺势下坡。为了能和乐水一起吃饭，他忍了，“以前有些事情，确实是我做得不够大气。该承认不如你的地方就得承认，男人也不是事事都非要比女人强。还有，我还有一些商业上的事情需要向你请教，正好遇到了，谷总也别拒绝和我合作的机会……”

崔恒语眨了眨眼睛，暗中朝盛年竖起了大拇指。

一行五人来到一家比较雅致的饭店，要了一个包间，谷黄当仁不让地坐在了首位，左右由崔恒语和乐水作陪。

盛年和卢一般坐在了下首。

谷黄点菜，也不问别人喜欢吃什么，自作主张地点了一桌子菜，又大手一挥，“今晚不管开不开车，都要喝酒。不许不喝，但你们都有选择喝什么酒的权利。”

好吧，盛年冲乐水眨了眨眼睛。谷黄如此强势，丝毫不考虑别人感受的做法，别说卢一般了，就是身为外人的她们也觉得不太适应。如果以前谷黄对卢一般也是如此的话，卢一般忍受不了和她离婚，也不算是过分之举。

卢一般冲乐水苦笑一下，用低低的声音说："我适应了大半年，努力说服了自己，谷黄是因为生意做大了需要派头，所以在外面配合她也没有什么。后来发现不是这么一回事，她在外面、在家里、在公司、在人前人后，不管对谁都是一副面孔，我就受不了了！每个人都有不同的社会属性，也会扮演不同的角色，在公司是老板，在家里是妻子，对孩子是妈妈，对父母是孩子，对外人是朋友是合作伙伴。可是为什么谷黄不管在谁的面前都是高高在上的领导做派呢？"

乐水敏感地察觉到了卢一般对她的好感，对卢一般的埋怨报之以笑，小声说："也许谷总习惯了一个强势的角色，对她来说，始终扮演强势的角色既轻松又可以事事顺心如意，她为什么要再转化角色？何况谷总也有强势的资本！"

"你的意思是，她在我和她的父母面前，也要摆出一副老子天下第一的拽样儿？"卢一般忽然提高了声调，大到让所有人都能听到，"我有一个朋友是一个狱警，她今年三十五岁了，还单身。她长得挺漂亮，人品也挺好，收入还不错，但就是没有对象。知道为什么吗？"

卢一般自问自答："因为她和犯人相处久了，养成了大声说话训斥别人的习惯，动不动就让人蹲下。有几次相亲，本来对方对她挺有意思，但无意中碰到了她，条件反射之下，她对对方大喝一声'蹲下'，吓得对方落荒而逃……久而久之，她的名声传开了，也就没有人敢再给她介绍对象了。"

谷黄轻描淡写地笑了笑，"你不就是想指责我强势霸道吗？不好意思，我知道我的问题在哪里，但我不想改正，因为正是我的强势霸道才成就了我现在的成功。既然是成功之路，为什么不继续走下去？"

卢一般张了张嘴，还要反驳，盛年及时插话了。

"我觉得谷总也好狱警也好，她们的性格是强势还是温柔并不是特别重要，重要的是能不能遇到一个真正懂她的人。心比长相好，懂比爱重要。一个人再温柔体贴，没人呵护，就和一个人再强势霸道，没有人理解一样，都是悲哀。"盛年举起酒杯，"我代表荣光美体敬大家一杯，希望我们每个人都不负岁月，可以遇到懂自己的那个人。"

"说得好，我一直在等一个真正了解我的人，等不到也没关系，宁缺毋滥。"崔恒语举起酒杯，第一个回应盛年，"哪怕等很多年，只要等到了，也是值了。"

一边说，他的目光一边在盛年和乐水身上穿梭几下，最后还是停留在了盛年身上。

卢一般注意到了崔恒语的目光，呵呵一笑，"崔总，情场如商场，女人可以等待，男人不行。女人需要有人懂、有人陪伴，男人需要的是学会懂、学会陪伴。女人是防守，男人是进攻。”

“如果是无能的窝囊男人，进攻就是自讨没趣。”谷黄也举起了酒杯，白了卢一般一眼，“女人是需要等，但现在不同了，等不到最合适的，宁愿单身也不将就。钱我可以自己挣，饭可以自己做，如果他不能真正走进我心里，我找一个男人是为了让他在我做饭时为我鼓掌吗？”

卢一般冷笑了，“钱我也可以自己赚，饭也可以自己做，如果不找一个温柔体贴贤惠的女人，我是想找一个帮我花钱不帮我分忧还要在我落魄时卷钱走人的女人吗？”

见二人又要争论起来，盛年忙朝乐水使了一个眼色。乐水会意，举杯笑道：“谷姐说得对，无所谓霸道和温柔，合适就好。卢总的想法太大男子主义了，男人就算拥有了江山，没有人与你分享，没有人与你共度朝夕，你又有什么幸福可言？”

卢一般不服气，“我问你乐水，如果你遇到一个男人，你很喜欢他，他事业有成，又有几分大男子主义，他希望你能回家相夫教子，他的收入足以让你过上好日子，不希望你在外面风吹日晒，只希望他负重前行，让你岁月静好，你愿意回家吗？”

“哧……”谷黄讥笑出声，“说得比唱得还好听，无非就是大男子主义思想作祟，想要一个完全服从、服务你的女人罢了。在你眼里，女人不过是男人的附属品，必须呼之即来挥之即去。”

“我觉得男主外女主内，是家庭稳定、婚姻幸福的最完美模式。”卢一般坚持看法。

乐水笑了笑，“愿不愿意回家，要看对方到底是不是值得信任和托付。女人一向缺少安全感，一辈子都在努力寻找安全感。如果有真心爱她又有能力养她的男人出现，我想大多数女人还是乐意在家里相夫教子，过岁月静好、时光缓慢的生活。不过反过来也一样，如果女人足够强大，可以赚钱养家，男人也完全可以回家相妻教子，当稳定的大后方。”

“你呢，盛年？”崔恒语见盛年只是转动酒杯不说话，就有意试探盛年的想法。

盛年嫣然一笑，“我喜欢势均力敌、互相促进的爱情，不一定谁主谁次，而是在某些时候某些方面各有侧重而已。家庭也是股份制公司，每个股东都要有自己的资本和资源，如果一方太依赖另一方，早晚会失去价值，被另一方抛弃。”

“你呢，崔总？”卢一般将球踢到了崔恒语的脚下。他也看了出来，崔恒语对盛年更有兴趣，就悄悄一踢崔恒语的腿，挤了挤眼睛。

崔恒语读懂了卢一般的暗示，知道卢一般是在笑话他对盛年的好感，“我还是觉得家庭里面，男人应该承担更多的责任。毕竟男人不管是在古代还是现在，都是在田地里出力的一个。男人天生比女人力气大，天生勇敢，也天生要挑重担。”

“崔总的思想还是挺传统、挺落后的，怪不得现在还单着……”谷黄讥笑几声，啧啧声不断，“啧啧，还用以前的落后的生产方式来看待现在社会男女分工的问题。现在科技发达了，社会进步了，制约女性在体力上不如男人的时代已经一去不复返了。”

“是吗？”卢一般笑得很得意很狡黠，“如果一夜之间回到了原始社会，你们女人还得依附男人才能活下去，到时看你还嚣张什么！”

“说这些屁话有什么用，怎么可能会回到原始社会？你说你的心理有多阴暗，为了满足你的大男子主义的心理，为了实现你一夫多妻的野心，你居然想让人类社会回到以前的黑暗时期。卢一般，你可真不一般！”谷黄的冷笑近乎嘲讽加愤怒，“我现在非常庆幸早早和你离婚了，否则说不定现在都死在你手里了。”

“不会，不会。”卢一般的涵养功夫确实非同一般，始终不生气，依然是一副笑眯眯的表情，“我不会在一棵树上吊死，何况是一棵歪脖子树。离开你后，我才发现我迎来了人生的春天。”

第二十三章　都缘于不再心甘情愿

崔恒语见场面又接近失控，想要出面圆场，却被盛年的眼神制止。盛年悄悄摇了摇头，暗示崔恒语不用插手，他们之间的争吵说明他们还有感情。如果两个人真的一点感情也没有了，见面就不会有争吵。因为没有爱也就没有了恨，谁也不会对一个无关的路人动怒。

有些事情，表面上过去了，其实裂痕和伤害一直还在。让他们正面解决，该说的话都说出来，也许才可以放下心结，真正地做到相忘于江湖。

夫妻之间的事情，在外人眼中，有时真的分不清对错，主要也是外人并不知道两个人之间到底是什么情形。其实很多时候对错并不重要，重要的是所有的争吵都缘于不再心甘情愿。

爱情就是心甘情愿的付出。当爱情变成了索取、争吵和斤斤计较时，爱情就变成了怨恨，甚至是仇恨。仇恨深了，就算分开也会在心底沉淀，成为永远不能愈合的伤口。

“我也是，没有了你，我才知道世界这么广阔，有趣的人那么多。”谷黄不甘示弱，“卢一般，你能不能说实话，现在为什么还单身？”

“真要听实话？好，就告诉你实话。”卢一般的目光在乐水的脸上停留了片刻，“和你离婚后，我也谈过几次恋爱，但都不合适。毕竟遇到过你这么优秀的人，眼光和品位都上去了，很难再迁就自己。更不用说有过一次失败婚姻的男人，肯定在对待第二次婚姻时更慎重、更小心。离婚一次的男人是块宝，离婚两次的男人是棵草。”

“也就是说，还没有遇到让你心动的人呗？”谷黄斜了盛年和乐水一眼，“她们两个都不错，先别管盛年有没有结婚，如果从她们中间二选一的话，你会选谁？”

“都不选。”卢一般才不上当，不理会谷黄的试探，“她们都太优秀了，才不会喜欢一个离过婚的老男人，哈哈！别总是说我，说说你的感情经历，谷黄……你为什么还单身？你没有孩子，以你的优秀，应该好嫁人。”

谷黄的神情舒展了几分，卢一般的夸奖起到了作用，她的心情好了一些，“想要遇到各方面条件都合适的不容易。你身边如果有优秀的，可以为我介绍介绍。”

“你的情况确实比较难办，毕竟你太优秀了，配得上你的男人不多。”卢一般先是为谷黄戴了一顶高高的帽子，“同龄人中，条件比你差的，你看不上。条件和你差不多的以及比你还要成功的，他又想找年轻漂亮的。比你小的，你又不放心，担心人家图你的钱，更担心年龄太小和你没有共同语言不说，以后等你再老一些的时候，正当年的他会离开你。男人虽然可以陪你慢慢变老，但不会接受一开始就老了的你。”

盛年一颗心提到了嗓子眼儿。卢一般的话看似风轻云淡，其实极有杀伤力，像一把钢刀插在了谷黄的心口。以谷黄的性格，不暴跳如雷才怪。

不料谷黄一反常态地没有生气，也没有反驳，反而叹息一声：“虽然我知道你是在嘲笑我，但我还是得承认，你说的就是现实。男女平等已经喊了许多年，实际上社会对女性的宽容度依然不够。到底是什么原因呢？是男人的原因还是女人的原因？”

应该说都有，盛年也是微微叹息一声。有一段时间她和管重来分歧严重的时候，也曾想过离婚。但如果离婚的话，她肯定要带走儿子。现实却是，如果她带着一个儿子，再想嫁人就很有难度了。如果是一个女儿可能还会好一些。

话题一时有几分沉重。崔恒语见状呵呵一笑，“既是男人的原因又是女人的原因，男人喜新厌旧，女人一往情深，自然就会有矛盾了。不过不要紧，现在女人的地位越来越高了，早晚有一天，男人没本事会被女人嫌弃，长得丑会被抛弃，年纪大会被遗弃……”

“希望这一天早日到来，我们女人真正地翻身当主人，来，盛年、乐水，我们三个美女共同举杯。”谷黄又开心了几分。

“说吧，卢一般，你有什么商业上的计划想和我合作？”谷黄看了几人一眼，目光又落到了崔恒语的身上，“崔总最近有没有什么想法？我现在有资金，但缺少好的项目。”

“我也是不缺资金，就缺好项目。现在是资金好找，好项目难寻。如果说资金是年轻的小伙子的话，那么好项目就是紧缺的优质美女。”卢一般的目光在乐水身上又一扫而过，“乐水，你有没有什么好的创意和想法，如果切实可行的话，我和谷总可以投资。”

乐水张了张嘴，刚要开口，却被盛年打断了。

盛年笑嘻嘻地举起了酒杯，“就算乐水和我有什么好的创意和想法，也入不了谷总和卢总的眼。我们只是崔总手下最不起眼的两个小人物，真要想做什么事情，也要在崔总的指挥下。”

乐水吐了吐舌头，还是盛年懂事有分寸，知道先要经过崔恒语的点头。也是，她们虽然不再是崔恒语的员工，但却是崔恒语的合伙人。崔恒语是她们的天使投资人，她们要先为崔恒语的利益着想。

或者说，她们和崔恒语才是利益共同体。

谷黄意味深长地瞥了盛年一眼，又斜着眼睛看向了卢一般，“盛年真是一个聪明有眼力的姑娘，老卢，其实最适合你的姑娘是盛年的类型，而不是乐水。”

“别瞎扯，都是刚认识的朋友，交浅言深了。”卢一般嘿嘿一笑，“真要乱开玩笑的话，谷黄，崔总倒是也挺适合你。”

谷黄顿时翻脸，“卢一般，你也不用这么埋汰我不是，我再不济，也不至于落魄到要找崔恒语这样的人的地步……崔总你别介意，我不是针对你个人，是针对你这样一类人的群体。我就算一辈子嫁不出去，也不会嫁一个没文化的土财主。真的，崔总，你千万别生气，我真不是说你。你土是土了点，又没文化，但还不算财主。”

崔恒语脸都绿了，不知道该哭还是该笑。乐水强忍着笑，盛年也几乎快要憋不住了。

见崔恒语脸色由绿变青，快要发作了，盛年忙站了起来，高高举杯，“相信谷总没有恶意，只是开个玩笑。记得有人说过，善于自嘲的人一向是真的英雄，而总是被人嘲笑的人，要么是真的狗熊，要么是最受欢迎。崔总在私下里总是喜欢自嘲，在外面又经常被人捉弄，说明他是最受欢迎的英雄，让我们为英雄举杯。”

众人举杯。

谷黄眼神复杂地笑了笑，乐水暗暗赞叹、连连点头，就连卢一般也大感盛年真的不一般。

崔恒语更是乐得合不拢嘴，一饮而尽，“盛年你就不要对我商业吹捧了，英雄也好狗熊也好，都无所谓了，只要大家开心就好。人和人在一起，首先要开心，其次才有合作的可能，是吧，谷总、卢总？”

经过盛年的一番努力，气氛终于缓和了下来，谷黄和卢一般不再针锋相对，崔恒语也没有计较谷黄的口不择言。

不多时崔恒语喝得有了几分醉意，大着舌头说出了他正在和盛年、乐水创业的荣光美体。卢一般表面上附和，虽然连说大有前景，其实漫不经心，压根儿就没有往心里去，目光始终在乐水的身上打转。

倒是谷黄认真地替崔恒语分析了市场前景，直言不讳地说出了她的见解。她并不看好崔恒语的荣光美体，认为不会有什么商业前景，失败的概率高达百分之九十以上。虽然盛年和乐水答应送她一套私人定制版的美体内衣，但她依然不认为美体塑形会有市场。一是不爱美的女性，怎么宣传都没用。二是爱美的女性多半喜欢化妆，喜欢把钱花在脸上，在意身材的远没有在意脸蛋的多。三是以现在美体内衣的产品来看，大多是噱头，只是能起到束体作用，而无法塑形。

谷黄主要是不相信一款内衣，能附加什么高科技技术可以时刻保持美好形体的同时，还可以帮助形体减肥、塑形等，听上去不要太科幻了。在她的认知里，至少目前为止，在国内外，还没有一家可以实现上述梦想的内衣出现。

盛年也知道她的梦想有些遥远，但要做就要做出与众不同的产品，否则还不如不做。她相信人生的奇迹由自己创造，别人做不到的事情，自己未必也做不到。

曲终人散，送走谷黄和卢一般后，盛年告别了崔恒语，婉拒了崔恒语要送她和乐水回家的好意，和乐水一起坐上了公交车。

夜风一吹，她清醒了许多，想起了卢一般和谷黄的婚姻，又想起了自己和管重来的现状，不由得暗叹一声：“乐水，以后谈恋爱，一定要慎重。家庭对一个女人来说太重要了，可以改变你一生命运的轨迹。而对男人来说就不一样了，男人离婚所付出的成本比女人小得多，再婚也容易得多。你看谷姐多优秀，既有钱又漂亮，她想要嫁一个合适的人，却比卢一般难多了。”

第二十四章　都在努力调整自己的定位

乐水却没想那么多，毕竟她没有经历过婚姻，也不知道家庭生活对女性的影响。她头靠在车窗上，眼神有几分迷离，“盛年，你说卢一般算是渣男吗？”

“你不会喜欢上他了吧？”盛年惊问。

“怎么会？”乐水抱了抱盛年的胳膊，“我又不是小女孩，怎么还会犯一见钟情的错误！我只是在想，卢一般和谷姐离婚，到底是谁的错多一些？”

盛年摇了摇头，像是自言自语：“也谈不上谁对谁错，只能说两个人并不合适。从学校走向社会，本来就是由浪漫走向现实，需要经历第一次洗礼。如果两个人都在公司上班，缓慢而平稳地上升还好，不至于落下太大的距离。但如果是做生意或是当官，一个太优秀而另一个太笨的话，就像一个人开车另一个人坐公交车，差距会越来越大，难免会有落差和矛盾……说来说去，谁也不能怪，只能说在生活中，我们都在努力调整自己的定位。”

“你的意思是，并不认为卢一般是渣男了？”乐水没有听到盛年明确的答案，有几分不快，“我原本认识谷姐在先，可是今天认识了卢一般，不知道为什么觉得谷姐有些过分了。如果说以前卢一般生意失败，谷姐创业成功，是卢一般不如谷姐。可是为什么卢一般离开谷姐后现在事业有成，春风得意？说明谷姐并不旺他，他的才能更适合自主发挥……”

“卢一般不能算是渣男，他和谷姐只是太势均力敌了，但他们两个人又都是说一不二的性格，所以……”盛年点了点头，“换了是你，乐水，如果有一个卢一般一样的丈夫，你是不是心甘情愿地在家里当全职太太？”

“为什么不呢？”乐水眯起了眼睛，伏在了前面座椅的靠背上，“以前我挺反感找一个比自己大上好多岁的男朋友，现在忽然觉得找一个比自己大一些的男朋友也挺好。他经历多，感情内敛而丰富，既体贴又细心，最主要的是有经济实力。”

盛年笑着打了一下乐水，“还说没看上卢一般，明显是对他有好感。说吧，想找比自己大多少岁以内的男友？”

“只要不超过十五岁就好……”乐水忽然幽幽地叹息一声，“现在一些“90后”的小女生，都喜欢找大叔，抢走了不少“80后”女人的市场，她们比我们更想得开。”

“大上十来岁的话，就正好是“70后”的一代人了。乐水，你有没有想过，你现在还不到三十岁，卢一般都快四十岁了；等你三十岁时，他都四十多了；你四十多岁时，他差不多快要六十岁了。天哪，太老了。”盛年故意夸张地笑了几声。

乐水哼了一声，“怕什么，男人本来就比女人老得慢，大上十几岁也不算什么。我越想越觉得和初恋男友结婚是一个非常愚蠢的决定，也包括你，盛年！你想呀，你认识管重来时，他才二十岁。你要想和他共度一生，从二十岁到六十岁，有四十年的时间你要时刻防范他外遇、出轨、变心，等等，太累也风险太大。四十年啊……如果你三十岁时找一个四十多岁的男人，你四十多岁时，他六十岁，你只需要在他从四十到六十岁的后二十年荷尔蒙消退的人生阶段防范他就可以了，省多大的心？”

“扑哧……”盛年被乐水的歪理邪说逗乐了，“都像你一样去捡现成的成熟成功男人，世界就乱套了。你别忘了，男人的成熟和成功，离不开女人的培养。就像卢一般，他能有今天，如果不是谷黄的鞭策和打击，他也许到现在还是一个司机。”

“我不管他以前交过多少女朋友又是什么出身，我只希望他出现在我的面前时，已经是光芒四射的成功男人。男人可以陪女人一起慢慢变老，但不会接受一开始就老了的你。女人也一样，女人可以接受出现在她面前时已经成功的男人，却没有时间陪他从一无所有奋斗到富有。因为过程太漫长而中间变数太多，有可能不成功，也有可能成功了跟别人跑了……”

盛年一脸诧异，她抱住了乐水的肩膀，“你以前不是这样的，乐水，为什么变了这么多？”

“我没变，现在的我才是最真实的我。从孙巍身上、从谷姐和卢一般的婚姻上面，我学到了很多。我还是原来的我，愿意通过自己的努力改变命运。但如果有一天遇到了一个让我心动的男人，他有能力也有意愿为我负重前行，我想我真的会放下一切，成为他背后的女人。”

盛年没有说话，望向了窗外。窗外夜色如画、美轮美奂，远远近近的灯光编织成一幅梦幻般的景色，忽远忽近，若隐若现。

乐水的话触动了盛年内心最软弱的地方。

她是很坚强，但她毕竟是女人，女人天生比男人更情绪化也更有依赖性。如果管重来是一个有担当的男人，主动挑起生活的重担，愿意拼搏努力，愿意负重前行，她也不想抛头露面，非要事事亲力亲为。谁不想当一个幸福的小女人，相夫教子，在家中抚养孩子、照顾一切，日子充实而美满，守候每一个日出日落，一点点看着丈夫成长、儿子长大，日子缓慢流淌，如诗如画。

只是生活不是幻想，是残酷的现实和斤斤计较的柴米油盐。日子也不是诗，是需要努力赚钱才能维持生计的过程。每天的房子开支、日常开销以及对未来的期许，全部需要金钱来维持。

盛年并不觉得乐水的选择有什么不对，每个人都有自己的生活方式，好逸恶劳是天性。如果管重来像卢一般一样成功，她也不用这么拼这么卖力。人生没有假设，所以她并不后悔自己的选择。

没有假设可以有幻想，她不想指责乐水的想法有多么不切实际。

“乐水，晚上跟我回家住吧，反正你回去也是一个人。我今晚想和你再商量一下公司的进展，现在遇到了瓶颈。”盛年收回心思，荣光美体的进展缓慢让她忧心忡忡，“不当家不知柴米贵，不创业不知创业路难走。”

乐水也知道盛年母亲不再帮盛年带孩子后，管重来就辞职回家，当起了家庭妇男。表面上看，盛年是解决了后顾之忧，其实在她看来，却是埋下了巨大的隐患。

虽然她和盛年关系密切，有些事情也不好明说。既然盛年开口邀请，她就趁机观察一下管重来的状况。如果有什么蛛丝马迹，就暗中提醒盛年，也算是为了盛年、为了荣光而未雨绸缪。毕竟荣光的三个创始人中，盛年的家庭情况最复杂，也最容易牵扯盛年的精力。

盛年又是荣光的主心骨。

出乎乐水意外的是，她随盛年回家，却发生了意外——管重来不在家！

近段时间以来，管重来辞职回家，倒也安分，每天就是带孩子、打游戏。除了带孩子下楼晒晒太阳之外，从不外出，让原本还担心管重来不能安心相妻教子的盛年大为放心。

却没想到，今天居然发生了管重来不在家的意外。

盛年大惊之余，打了管重来电话，却提示关机。盛年急得不行，汗都出来了。乐水反倒劝她不要胡思乱想，可能是管重来出去应酬，带上了孩子。

乐水的话提醒了盛年，她打了管重来几个最要好的同事的电话，却被告知没和管重来在一起。又打了一直联系的几个同学的手机，依然是没有管重来的下落。再看时间，已经是晚上十多点了。如果只是管重来一人，盛年还不至于过于担心，但还有孩子。孩子该吃奶睡觉了，现在应该哭闹得不行了。

盛年心急如焚，团团转，却又想不出什么办法，所谓关心则乱。还好有乐水，乐水见盛年急得快要哭了，灵机一动，拉着盛年到了楼下，沿着附近的饭店一家一家找了过去。

终于，在一家名叫“星星肠粉”的小饭店，发现了管重来。管重来正和一人对饮，看样子已经喝得大醉了。

饭店中已经没有了其他客人，盛年左右看看，不见孩子，顿时脑中“轰”的一声，难道是管重来喝多了把孩子丢了？她再也没有了往常的镇静，冲了过来，抓住桌子上的茶水一股脑儿全部倒在了管重来的脑袋上。

“谁他妈……”管重来跳了起来，破口大骂，骂到一半见是盛年，气势顿时收了回去，“盛、盛年，你怎么来了？你不是要十一点才回家，怎么提前了？我、我就是出来和朋友喝杯酒，你别管了，赶紧回去，我半个小时就结束。”

见管重来还有意在外人面前显摆，盛年气更盛了，“管重来，孩子呢？”

“孩子？什么孩子？”管重来左右看了看，愣了一会儿才如梦方醒，“刚才还在呢，对呀，我儿子呢？老板，老板！”

儿子真被管重来弄丢了？盛年感觉天塌了下来，如果不是乐水及时扶住她，她已经坐在地上了。不管她在面对困难时多勇敢，在创业时多努力，她终究是一个母亲。在面对儿子可能不见时，她和大多数女人一样，是无助和恐慌，是伤心和绝望！

第二十五章　人生过山车

坐在管重来对面的男人站了起来。他不到三十岁的样子，衣着光鲜，白衬衣熨烫得十分平整，皮鞋一尘不染，头发一丝不乱，就连袖口的扣子也系得十分整齐。和管重来坐了半天，喝了不下十几瓶啤酒，他还能保持得这么周正，确实有点本事。

离得近了，还隐隐有香水味道传来，真是一个精致的男人。盛年在惊慌失措的瞬间，脑中突然冒出了一个奇怪的念头——这男人不简单。

“别急，别急，孩子没事！盛年吧？你好，我叫庄有田，是重来的网友。今天是我们第一次见面，一时高兴，就喝多了。不好意思，让你担心了。”庄有田一指右边的一个包间，“孩子睡着了，被老板娘放到了包间里面，放心，很安全。”

盛年顾不上回应庄有田，风一样冲到了包间里面，在一个婴儿床上，儿子抿着小嘴睡得正香，眼角还挂着委屈的泪水。

“意意！”盛年扑了过去，抱起了儿子放在了胸前，泪如雨下，“吓死妈妈了，你没事就好，没事就好。”

乐水站在门口，百感交集。一个女人再厉害，在人前人后再风光，在孩子面前，她只是一个妈妈，一个视孩子为一切、爱孩子胜过爱自己的母亲！

管重来酒醒了大半，忙跑了过来，吓得满头大汗，向盛年接连道歉。盛年不理他，板着脸，和乐水离开了饭店。

管重来追了出来，意识到了自己问题的严重性，央求盛年原谅他。盛年理也不理，抱着孩子，快步如飞。乐水拦住了管重来，“现在盛年正在气头上，你也别解释了，等她消气了再说。你先照顾好你的朋友，别慢待了人家。”

管重来站住了，愣愣地看着盛年和乐水远去的背影，直到庄有田拍了拍他的肩膀。

庄有田一改之前的谦恭，嘴角一斜，眼神中流露出不屑的神色，轻蔑地一笑说：“重来，以前听你抱怨你在家里的地位有多低，我还以为是在开玩笑。没想到，你在家里的真实地位，比你说得还要低，服了！我长这么大，还是第一次见到这么怕老婆的男人。算了，以后我们还是不要再见面了，就当不认识吧，省得你为难。”

管重来还是一动不动，直到庄有田的身影快要消失在拐角处时，他忽然像被刺激了一样跳了起来，冲庄有田的背影大喊：“有田，等等我，我还有话要说。”

在楼下的一家大排档，管重来红着眼睛喘着粗气，和庄有田碰了碰酒瓶，一饮而尽，“妈的，太憋屈、太窝囊了！一个大男人，在家里看孩子、照顾家本来就很不容易了，还不让出个门喝个酒？孩子又没事，跟我闹什么闹！她现在还没有成功，要是成功了，还不非得甩了我！”

庄有田眯着眼睛，眼神有几分阴沉，“我们认识多久了重来？一年多了吧？也算是比较了解对方了。在网上认识一年多才见面，见面喝个酒聊聊天，不也是想做一些事情？她怎么就这么不理解你呢？难道在她眼里，你就只能在家里老老实实地待着，连门都不能出？有一项研究表明，夫妻二人，如果一开始很穷，后来男人发达了，抛弃原配的概率虽然很高，但不超过百分之五十；而女人发财后抛弃原配的概率在百分之九十以上。所以说重来，盛年如果赚钱了，你觉得你会是幸运的百分之十吗？”

管重来虽然喝了不少酒，但还没有完全迷糊，“就算你的数据是真的，但因为女性成功的概率太低，比起男性的成功概率，差了几百倍，所以女人发财后抛弃原配的概率被极少数成功女性的低概率推高了。实际上如果基数大了，概率也没有那么高。我不相信盛年到时会甩了我，她和我感情很深。”

“人都是会变的，重来，别拿别人的真心去赌自己的明天，真的靠不住。”庄有田用力拍了拍管重来的肩膀，“盛年不重来，人生是单行道，到时再后悔，哭都来不及了。”

“那我该怎么办？”管重来双眼通红，脖子也涨红起来，“现在就和盛年离婚？”

“当然不。现在离婚你不就白受委屈，什么都得不到了？你还留在家里帮她带孩子，然后我们继续我们的生意。赚钱了，你就转移出去，不让盛年发现。等离婚的时候，也不算婚内财产。要是不赚钱，就等盛年的创业成功了，你再和她离婚，也可以分她一半财产。”

管重来低头想了想，“要是我们的生意和盛年的生意都赔钱了呢？”

“我们的生意不会赔钱，本来就是以小搏大，就算赔也赔不了多少。盛年的公司，她虽然是最大股东，但她不用投资，就算赔也是赔崔恒语的钱，她只是搭上了时间。”

管重来不说话了，夹起一粒花生米，打量半天，陷入了沉思之中。

和庄有田是在一个论坛认识的——彩票论坛，是的，管重来在没有辞职回家之前，就迷恋彩票。因为在他视线所及的范围之内，彩票是唯一可以让他一夜暴富的途径。他像研究股票一样研究彩票，从之前的中奖数据到中奖地区分布，如痴如醉。但前前后后投入了几万元，都打了水漂儿。他还安慰自己为国家交税了，要不以他的收入，很少可以达到交税的标准。都说彩票是穷人税，以前他还不信，现在信了。

后来沉迷久了，就发现了网上有一个论坛，里面全是彩票爱好人士。他就注册了账号，开始了论坛指点江山的人生。

在论坛，管重来学习了不少知识，也认识了许多志同道合者。经过一段时间的接触，他和庄有田最聊得来。二人对许多事情的看法相同，对彩票的理解也相似，越聊越投机。尤其是一次论坛论战时，管重来被许多人围攻，只有庄有田挺身而出，舌战群雄为他解围，从此，管重来视庄有田为知己。

二人通过微信交流，交流购买彩票心得，并且向对方推荐自己选中的号码。在庄有田的引导下，管重来学会了信用卡套现、网贷，借了不少钱用来购买彩票。后来被公司知道了他举债购买彩票的行为后，公司唯恐他越陷越深连累公司的声誉，就开除了他。

当时正值盛年向他提出让他回家当家庭妇男之时，他正愁丢了工作无处可去，就一口答应下来。盛年还以为管重来是真心帮她成就事业，却不承想背后的原因是管重来失业了！当时之所以管重来对盛年提出在家里工作的反应十分强烈，就是因为唯恐被盛年发现他网贷的事实。

管重来因为信用卡逾期、网贷到期被逼得焦头烂额，又不敢和盛年说，只能向庄有田倾诉。庄有田不但安慰他，还帮他想办法，让他申请了更多的信用卡，以贷还贷。

管重来觉得庄有田就是他的救命稻草。

尽管在庄有田的帮助下，管重来欠的债越来越多，但在拆东墙补西墙的拆拆补补下，还可以勉强维持运转，他就觉得庄有田简直就是金融天才。在认识一年多之后，管重来终于动了要和庄有田见面认识的念头。

在他第三次邀请庄有田一起吃饭时，庄有田才答应他。本来管重来打算等孩子睡着后出门，后来还是觉得不放心，万一孩子醒来就麻烦了，就带着孩子出来了。

和庄有田一见如故，聊得十分投机。在庄有田描绘的前景中，管重来觉得他完全可以做到用银行的钱生钱，最终实现人生逆袭的美好蓝图。庄有田自称，他也是正经八百的大学生，毕业后闯荡几年，可惜一身才华无人赏识。后来他发现为了大力推信用卡业务，银行在审核时并不十分严格，许多资质一般的人也申请到了高额信用卡。

于是他就想到了以钱生钱的法子，疯狂申请了十几家银行的信用卡，然后套现去做生意，再以信用卡还信用卡。有一段时间也确实赚了不少钱。

后来还是觉得做生意赚钱太慢，就去买彩票或是在网上赌博。尽管输多赢少，他还是乐此不疲，等到惊醒时才发现，欠债数额已经大到他无法偿还的地步！

如果不是中了一笔大奖的意外财富，他现在说不定已经因为欠债不还被银行起诉坐牢了。庄有田的人生经历如过山车一般起伏精彩，让管重来心情激荡。和庄有田相比，他过得太平顺、太平庸、太没有创意了，像一杯白开水。

庄有田还开导管重来，一帆风顺的人生永远不会暴富，因为太平顺了，没有了一飞冲天的可能。就像一辆行驶在高速公路上的汽车，怎么可能腾空飞起？反倒是过山车一样的人生，有冲向谷底的俯冲，就有冲向天空的飞翔。

管重来被庄有田点燃了激情。本来在家里带孩子他就觉得很窝囊、很无能了，现在听庄有田一番激情澎湃的演讲，瞬间认为自己如果能在带孩子之余赚了大钱，不但会让盛年对他刮目相看，也可以在所有的亲朋好友面前扬眉吐气。

第二十六章　旱涝保收的庄家

在家里带孩子的事情，管重来并没有大肆宣扬，知道的亲朋好友也有一些。管重来不用面对面也可以察觉到对方惊讶中又有轻蔑、嘲弄外加难以理解的语气。世道就是这样，一个男人，一个正值当年的大男人，不好好经营事业，却要当家庭妇男。关键是，另一半只是在创业而不是已经成功。

管重来有时也会觉得盛年的创业决定有些仓促，他答应盛年在家带孩子也欠考虑。如果盛年失败了，还欠了一屁股债，他和盛年以后如何生活？但想归想，他现在既不想再出去上班——又累又忙还赚不了多少钱，又想轻松地赚大钱。在家里带孩子之余买买彩票、做做网贷，说不定也是一条全新的生财之路。

看过不少成功人士传记的管重来深信一点，每个人的成功虽然不可以复制，但每个人的成功都是踩对了时代的鼓点，是顺应了时代潮流。当年互联网刚刚兴起的时候，有多少人会想到互联网会有现在的规模？在当时，可是大多数人都不看好互联网的未来！现在的网贷模式也是新兴事物，谁又知道以后会不会是下一个批量制造亿万富翁的风口？

只是光靠买彩票发财终究太缥缈了。管重来想起刚才被盛年当众甩下的情景，愈加觉得他想要在盛年面前说话理直气壮，就得拥有足够的资本。

资本是什么？就是钱，或者是赚钱的本事。

管重来重重地一放酒瓶，“不行，不能再这么荒废下去了，否则我永远没有机会在盛年面前抬头做人。你看她刚才的气势，完全不把我放在眼里。孩子明明没事，她却恨不得要杀了我一样。”

庄有田望向盛年消失的方向，嘴角上扬，得意地一笑，“你说得对，我们认识一年多了，其实在暗中我也考查你了一年多，认定你是一个可靠的合作伙伴。彩票什么的，终究不是长久之计，赚大钱的可能性太低了。我现在有一个保证赚钱的创意，就看你干不干了。”

“干！只要不犯法，不偷不抢，为什么不干？”管重来瞪大眼睛，过度兴奋的脸有些扭曲变形，“快说是什么创意，最好能超过盛年的想法。男人不能被女人压着，得超越女人。”

“不和盛年比，我们做的是属于我们自己的事业，而且也不能告诉她，你得先保证。”庄有田一脸严肃。

“我保证！”管重来伸出两根手指，指天发誓。

“行啦，别这么正式，怪吓人的。”庄有田又笑了，一拉管重来的胳膊，“做一个P2P的平台，从民间融资，再向民间放贷，我们就是旱涝保收的庄家。做庄家，永远不会输，会一直赚钱。”

管重来立刻明白了庄有田的意思，“你的意思是，我们当卖彩票的机构，赚买彩票的人的钱？”

“差不多就是这个意思。我们从百姓手里收来闲置资金，给一定的利息，再放给急需用钱的客户，收更高的利息，赚利息差还有资金沉淀时间，就足够了。”庄有田左右看了几眼，一脸警惕，“我早就想好了这个办法，谁都没有说，觉得你是最可靠的合作伙伴，才愿意和你合作。不管成不成，你一定得保密。”

“我不会辜负你的信任的。有田，这么不信我？”管重来斜着眼睛，很不服气，“说吧，怎么开始，我听你的。”

“简单，你不是既有文采又是程序员出身？现在最缺的就是你这样的复合型人才。这样，你负责写一个融资 App 平台，再负责宣传文案，我负责拿到批文和找到前期资金……公司的架构是，我四十，你三十，投资人三十，怎么样？”

管重来搓了搓手，一脸兴奋，“行，行，没问题。写程序我拿手，做宣传文案也不在话下。这么说，我现在也是创始人了？不比盛年差了？”

“不，你不是不比她差，是比她强了许多。她做的是制造业、是实业，你做的是金融。金融是商业的最高阶段，你直接就超越了她。说不定以后她的公司遇到了资金困难，还会求你借钱给她，哈哈！”见说服了管重来，庄有田眼中闪耀出喜悦的亮光，“记住了，重来，不管遇到什么事情，都不能透露我们的创意。现在创意才是最大的财富。”

“放心！”管重来重重地点了点头。

回到家中，盛年正坐在客厅和乐水商量事情，管重来心虚地冲乐水打了声招呼，又冲盛年点了点头，假装到房间看儿子去了。

盛年依然没理管重来。今天的事情太让她生气了，她无法接受管重来对儿子的不闻不问。万一儿子摔了下来，或是被人抱走了怎么办？她一向最讨厌喝酒误事的男人，多次和管重来讲道理，告诉他，“万丈红尘三杯酒，千秋大业一壶茶”，只有喝茶才能谈成大事，喝酒除了吹牛误事之外一无是处。

管重来以前并不怎么爱喝酒，偶尔喝几杯，也是浅尝辄止，不会喝多。所以今天一见到他醉醺醺的样子，盛年就气不打一处来。再看到和管重来一起喝酒的庄有田油头粉面的样子，她心里下意识地就有了抵触情绪。

好在儿子没事，也是万幸。到家后，乐水劝了她半天，她也慢慢平复了心情。气归气，工作还要进行，就跟乐水商量起了公司下一步的规划。

现在公司的进度卡在了代工厂上面。

广州制造业很发达，尤其是白云区，拥有大大小小的工厂无数家，其中不乏内衣加工厂。以盛年的思路，再综合崔恒语的想法，走代工之路是最便捷也是最省事的方法。

当然，以后发展壮大了，还是要拥有自己的工厂才能最大限度地保证质量。

盛年一连接触了数家加工厂，要么是报价太高，超过了心理预期，要么是技术力量达不到要求，要么是嫌弃盛年代加工的数量太少，不愿意接单。总之，形形色色的理由归纳起来只有四个字——此路不通。

盛年很焦急。加工厂落实不了，就无法将想法变成实物，别说销售了，连第一步都无法迈出。她想和乐水商量一下，实在不行的话，从开始就自建工厂算了。

乐水对此表示反对。

乐水的理由也很充分，自建工厂投资太多、周期太长、风险太高，万一荣光美体内衣投放市场后，反应不佳，市场没有打开，自建工厂岂不是白投入了？现阶段还是要以代加工为主要方向，哪怕难一些，总可以找到合适的厂家。

盛年也清楚自建工厂的风险。但从长远考虑，自建工厂是早晚的事情，早建肯定要比晚建好。早建有利于培养自己的生产团队，再和设计、营销团队配合，才是一个完整而健康的生态链。

乐水也知道自建工厂的好处。但问题是，以崔恒语的三百万元投资，连买自建厂房的地皮都不够，更不用说盖厂房、办公楼以及招聘工人了。保守估计，自建一个加工厂，少说也得三千万元的投入。

二人商量了半天，还是没能找到一个折中的最佳方案。

盛年思来想去，觉得虽然推动自建加工厂的方案可能性极小，但她不想放弃，愿意一试。如果一开始就在自建工厂制造，在前期的沟通磨合阶段，她至少可以节省半年以上的时间，并且可以将她的创意和想法完全实现。

在她的视线范围之内，除了崔恒语之外，就是今天刚认识的谷黄和卢一般了。谷黄对美体行业兴趣不大，也不看好，卢一般也是。但是不是可以说服卢一般从事内衣的制造加工呢？代工厂相对来说比经营一个品牌容易一些，至少可以承接各种代加工的单子。

念头刚起，就被回来的管重来打断了。盛年见管重来躲在房间里面不出来，就更生气了，“管重来，你出来，我有话要跟你说。”

管重来推开门出来，推了推眼镜，“不早了，有事明天再说。你也别闹腾了，让乐水早点休息。今晚我和儿子睡，你和乐水睡。”

“听我把话说完……”见管重来想要关门，盛年冲了过去，抓住了他的胳膊，“我告诉你管重来，以后不许你再和庄有田来往！”

管重来愕然，“为什么？凭什么？盛年，我在家里帮你带孩子，支持你创业，但请你记住，我不是你的附属品，更不是你的员工，你没有资格命令我！更没有权力限制我和朋友的来往！”

管重来暴怒了。

如果说盛年甩下他和庄有田已经让他颜面扫地，现在当着乐水的面又命令他不许和他唯一的朋友来往，他就忍无可忍了。管重来最受不了的是在外人面前大丢脸面，他愤怒的右手颤抖着指向盛年的鼻子，“我再告诉你盛年，以后和我说话客气点，别用高高在上的命令式的语气。如果你不改你的态度，信不信我分分钟可以去上班，孩子谁爱管谁管！”

第二十七章　婚姻是股份制公司

乐水没想到会遇到盛年的家事，她见盛年气得满脸通红，心中暗叹一声，忙上前推了管重来一把，“你还是不是男人，和自己媳妇生气至于说这样的重话吗？管重来，盛年在外面累死累活，为公司的事情操碎了心，你就不能多体谅她一些。创业不容易，女人创业更难。”

“别跟我说这些，生活如果不艰难，奋斗还有什么意义？”管重来依然气呼呼的，不肯退让，“是，疏忽了孩子是我的不对，但不能因为一件小事就上纲上线，然后限制我的人生自由。你评评理，乐水，如果你限制你男朋友的工作和交朋友的自由，他会百依百顺吗？你们女人天天喊女权，要独立要平等，好，现在男人不管你们了，你们反过来要管男人了是吧？男权呢？”

乐水哭笑不得，“盛年说的是气话，她是关心则乱。你也是，喝酒交朋友都可以，但也不能不管孩子不是？”

盛年向前一步，拉开了乐水，直视管重来，“今天的事情我要和你说个清楚，管重来。第一，你只顾喝酒不管孩子，是你不对。是，我是不应该限制你交朋友的权利，但是，这个庄有田不是什么好人，我不希望你和他来往。第二，你要弄明白一件事情，我没有管你，只是要求你尽到一个丈夫、一个爸爸的责任。我们有约定，我负责赚钱养家，你负责顾家带娃。婚姻是股份制公司，要有契约精神，答应的事情就要做到。”

“你怎么知道庄有田不是好人？”管重来愣了片刻，忽然想到了什么，“不对，我从来没有跟你提过庄有田，你怎么知道他的名字？你……偷看了我的聊天记录，对不对？你监视我，偷窥我，盛年，你侵犯了我的隐私权！”

盛年知道庄有田的存在，确实是偷窥的结果，但不是有意的偷窥，而是无意中的发现。有一次管重来出门匆忙，忘了关电脑，盛年帮他关机时，见他的微信电脑版还挂在上面，一直在闪烁。她担心管重来错过什么要紧的信息，就点开一看，发现了管重来和庄有田的对话。

曾经有一段时间，因为管重来沉迷于网游，每天用在游戏上的时间高达五六个小时，还经常一个人对着电脑傻笑，聊天聊得都顾不上吃饭。盛年一度怀疑管重来是有了外遇，试探过他几次，没有什么发现，她也就没有再多想。

后来还是发现不对，管重来太喜欢聊天，不管是对着电脑还是拿着手机，经常会聊到发呆、发笑的程度。盛年就敏感地察觉到，管重来绝对是有状况了。

出于对管重来的尊重，她不好意思当面开口质问到底是什么情况。经过一段时间的观察，她感觉自己可能多疑了。管重来只是喜欢聊天打游戏，很少出去应酬，如果真有外遇，他肯定会经常出去和对方见面，也许他只是和网友聊得投机而已。这么一想，盛年也就不再猜疑了。

直到她发现了管重来和庄有田的聊天记录才知道，管重来认识的原来是一个彩友！

管重来喜欢买彩票，盛年早就知道，也没有过多的干涉，反正她也了解管重来只是小打小闹，不会买太多。管重来很小气，手里又没有多少闲钱，才不会将买彩票当成投资，只是当作消遣和做一个虚无缥缈的美梦罢了。

不过当时的聊天记录并不多，盛年也只是随意翻看了几眼。虽然管重来是她的丈夫，但她还是不想过多地干涉他的一些个人私事。夫妻之间也需要有私密空间，只要不背叛家庭、不犯法就可以。

但即使是随便翻了几眼，她也可以从字里行间察觉到庄有田明显有误导管重来的意图。虽然并没有明说是什么，但以她的经验判断，庄有田是在对管重来进行潜移默化式的洗脑。

后来盛年有意无意地提醒管重来，不要轻信网上的朋友，毕竟没有见面，谁也不知道对方是什么人、有什么意图。有一句话不是说，你永远不知道网络的对面是一个人还是一条狗。不是说在网络上交友不行，但要慎重，不要轻易被对方影响。

管重来表面上答应，暗中依然没有断绝和庄有田的来往。盛年也发觉她的话没有起到什么作用，想明说，又怕引起管重来的逆反心理。一想反正只要管重来不去和庄有田见面，也不会出什么大事，就听之由之了。

却不想还是见面了，而且一见面就出了乱子。凭借女人特有的直觉，盛年第一眼就不喜欢庄有田，再联想到因为他的出现导致儿子差点出事，她连带对庄有田的反感就上升到了顶点。

“你说话，盛年，你是不是偷看了我的手机和电脑？”管重来感觉受到了平生的奇耻大辱，他不依不饶，“你说，你说实话。”

盛年微叹一声，说出了实情：“我是无意中看到了你和庄有田的聊天记录，才知道他的存在……”

“你太过分了，盛年！我从来不看你的手机、不限制你的自由，你却这样对我，你太让我失望了。我觉得我们之间已经失去了信任的基础，好，既然如此，我们还是分开好。”

不理乐水劝阻，也不顾盛年挽留，管重来简单收拾了几件衣服，摔门而去。

盛年颓然地坐在沙发上，心情灰暗到了极点。工作不顺，前景渺茫，管重来又节外生枝，和她生气不说，还离家出走。“屋漏偏逢连夜雨，船迟又遇打头风”，真是祸不单行。

乐水坐在盛年身边，想要安慰她，却又不知道该从何说起。对一个人来说，事业和家庭是两大支柱，现在盛年的两大支柱都有崩塌的迹象，她还能支撑多久？

乐水很担心盛年会崩溃。好吧，就算盛年可以挺住，万一她放弃了创业怎么办？现在才刚刚开始。

也不知过了多久，孩子的哭声让双手抱头的盛年如梦方醒。她从沙发上一跃而起，到了房间抱起儿子哄了一番。

等儿子睡下后，她洗了脸，又精神了几分，“乐水，我决定了，明天约卢总见面，和他聊聊自建代工厂的事情。”

“啊……”乐水目瞪口呆，盛年这么快就调整了情绪，她还以为她会消沉一段时间，“孩子怎么办？”

“带着他一起……没什么大不了的！”盛年眉眼间充满了自信的光芒，“管重来靠不住，我靠自己。事业很重要，孩子也重要，两手都要抓，两手都要硬。”

乐水被盛年的乐观和顽强精神感染了，心中对盛年充满了敬佩。女人创业确实比男人要难上许多，男人可以放下一切，包括家庭和孩子，女人却不能。换了是她遇到盛年的麻烦事，她可能已经乱成一团，要么放弃事业，要么放弃家庭，只能二选一了。

次日一早，盛年果然带着孩子和乐水一起上班了。到了公司，抱着孩子的盛年引来了众人异样的目光，有人好奇，有人窃窃私语，有人嘲笑，有人看热闹。盛年毫不在意别人的目光，径直来到了办公室。

还好儿子比较听话，拿着盛年给的玩具自己去玩了。盛年处理了一堆事情后，打电话给卢一般。

“卢总，有没有时间喝个下午茶？”

卢一般正在开车，一听盛年的语气就知道盛年有事找他，呵呵一笑说：“下午约了事情……”

盛年不放弃，“事情分轻重缓急，如果我的事情在卢总心中权重大，其他的事情就算提前约好了，也可以推后。”

“哈哈，这话说得让我无言以对。好吧，下午茶就我们两个人，还是有其他人？”卢一般相信以盛年的聪明，知道他在说什么。

盛年微一迟疑，“我可以说服乐水一起，但我怕她在场会影响卢总在商业上的判断……”

不等盛年说完，卢一般就迫不及待地打断了她，“不要紧，商业的归商业，感情的归感情，我心里有数。”

“好。”盛年当即做出了决定，“下午三点，荣光楼下的初心咖啡馆。”

“又把我卖了？”听盛年提出让她一起见卢一般时，乐水眯着眼睛笑了，“不过我可事先声明，我不负责色诱卢一般，你和他只谈商业合作，不许谈我。”

盛年会意地笑了，“叫上你，只是让你参与到每一个创业的环节中，不是让你展现个人魅力来拉投资。如果卢一般真的会因为对你的好感而投资建造代工厂，说明他也是一个一般人，不具备高瞻远瞩的商业眼光。”

“孩子怎么办？总不能带着孩子见卢一般吧？”

“我刚才问过崔总了，他下午在公司，不出去。”盛年狡黠地笑了。

崔恒语作为一个男人，只谈过一次恋爱的单身男人，对于带孩子这种事情完全没有经验不说，也实在提不起兴趣。但当盛年非要将儿子交由他看管时，他还是无奈地接受了。主要也是管意不认生，一口一个“叔叔”喊得甜，让他迸发了爱的冲动。

第二十八章　配合默契

但冲动很快就被管意的调皮捣蛋冲刷得干干净净，半个小时后，他就后悔了自己的决定。管意不但在他的办公室跑来跑去，把东西扔得到处都是，还推倒了花盆、打翻了果盘，甚至还在他的裤子上画了一只乌龟！

崔恒语简直要崩溃了，小孩子怎么这么闹腾？听人说他小时候很安静，像个女孩，从来不爬上爬下，也不破坏东西。为什么现在的小孩子这么皮、这么能玩？根本就是一个混世小魔头。

才不到一个小时，崔恒语就被折磨得精疲力竭。他告诫自己，以后要么不结婚，要么结婚了也不要孩子，太恐怖了，孩子的破坏力太大了。

崔恒语的痛苦盛年可以想象得到，但她现在无暇顾及崔恒语的想法，她现在全力以赴和卢一般斗智斗勇。

卢一般确实非同一般，商业头脑极其清晰灵活，不愧为经历过大起大落的成功人士。不管是商业逻辑还是思维方式，都比崔恒语严谨许多。不是说崔恒语不好，崔恒语的冲动加激情的性格适合创业，而卢一般严谨加缜密的做派适合开拓。

卢一般静静地听盛年讲完她的想法，不说话，轻轻地搅动咖啡，目光在乐水身上停留片刻，“乐水，我想先问你一个问题，你为什么要和盛年一起创业？为什么不跟随谷黄？谷黄虽然为人强势霸道了一些，但她护短，对自己人一向不错，跟了她，至少你收入会翻倍，而且稳定。以后说不定还可以进入她的核心圈子，拿到股份，也可以实现人生梦想，到时一年赚几百万都不成问题……”

乐水都被盛年刚才的一番颇有煽动性和感染力的演讲感动了，见卢一般依然无动于衷，冷静得像一块石头，心中对卢一般的印象又加深了几分。她轻轻咳嗽一声，“可能还是有我更相信盛年多一些的原因。谷姐的强势和霸道，也不是蛮横不讲理，她就是刀子嘴，其实人还是挺好的。不过她的成功有时代的原因，也有她个人性格的因素。

跟了她，可能和我想要的未来不太一样。我还是更喜欢自由自在的氛围，也喜欢做一些可以自己做主的事情。”

乐水说得很含蓄，但卢一般显然对乐水的回答不太满意，他摇了摇头，“乐水，我希望我们更坦率一些，不要讲究什么说话技巧，直截了当比较好，有利于我们更好地沟通。”

盛年笑了，“乐水的意思是，她不想在谷黄的阴影下工作和生活，更愿意加入有自己施展才华的空间。而且谷姐作为“70后”，和我们“80后”在许多事情的看法上有分歧。“70后”的一代人可能觉得只要有工作能赚钱，其他事情都可以忍受。“80后”就不一样了，赚钱重要，赚钱的环境也很重要，如果是赚钱却不开心，宁愿不要。荣光美体说白了就是我和乐水的舞台，乐水和我在一起比和谷姐在一起更开心、更自在。”

“对，对，我喜欢开心自在的感觉，更喜欢在一个属于自己的舞台上翩翩起舞。”乐水抿嘴一笑，“在这一点上，我们和卢总有相同之处。举个例子，如果谷姐出资收购卢总的公司，开出的价格是市场价的两倍，条件是卢总必须留在公司为她打工，我想卢总肯定不会同意。”

卢一般哈哈大笑，“不，你错了，我会同意。你刚才也说过了，“70后”和“80后”的思维方式不同，为了两倍的利润，我可以忍受她的蛮横无理。受点气有什么，在现实的利益面前，我才不会计较谁高谁低。”

盛年和乐水对视一眼，二人都听出了卢一般的言外之意——他是一个利益至上的人，别想用其他方面的诱惑来打动他。

尽管早有心理准备，盛年心中还是微微一凉。方才她从方方面面来说服卢一般建厂，卢一般不动声色，基本上相当于没有任何正面的回应。既然卢一般完全看重的是商业利益，那么如何从商业上让卢一般动心呢？

卢一般名下的产业主要是酒店和机械加工，似乎和内衣加工厂完全没有干系。其实也不然，从大的门类来说，机械加工和内衣加工，同属制造业。

盛年举起杯子朝乐水示意，乐水点了点头，起身朝前台走去。

“再来三杯咖啡，如果在第二杯咖啡凉了之前我还没有说服卢总，就算输了。”盛年望着乐水的窈窕背影，“卢总，你觉得我和乐水的组合，对一家创业公司来说，有什么优点和缺点？”

卢一般收回在乐水身上的目光，“你们的组合没有优点，全是缺点。你也别惊讶，不是说你，原因在乐水身上。乐水不适合创业，她还是适合上班，或是在家里当一个贤妻良母。其实荣光美体，有你和崔恒语就足够了。”

盛年微露讶然之色，“我觉得卢总对乐水的看法不对，失之偏颇了。乐水表面上柔弱冲动，实际上内心很坚强，很有主见。”

“坚强和主见并不足以支撑一个人创业成功。创业，是九死一生的游戏，乐水太感性了。感性的人，对一件事情投入的持久度都不会太长。”卢一般得意地一笑，“我不是跟你抢乐水，但我确实很喜欢她。如果我追到了她，我会让她回家，安心地当一个岁月静好、无忧无虑的小女人。”

“哈哈，卢总你过分了，我找你投资，你却想撬我的合伙人。”盛年大笑，笑声中有几分悲凉。她也清楚，如果乐水的意志真的不够坚定的话，被卢一般骗走的可能性不小。果真如此的话，她岂不是赔了夫人又折兵？

“说实话盛年，我对投资内衣加工厂一点兴趣也没有，之所以过来和你见面，其实就是想见乐水。”卢一般又朝不远处的乐水看了一眼，“你肯定也知道我的心思，也是想拿乐水为诱饵来引我过来。我们之间就不要玩你猜我猜的游戏了，我现在可以明确地答复你：做朋友，可以；投资，不行！”

盛年感觉一盆冷水从天而降，一颗心片刻间跌到了谷底，她勉强笑了笑，“话不要说得这么绝对，卢总。你对内衣加工行业不太了解，投资一座内衣加工厂，并不是只为了荣光美体代工，还可以代工其他品牌，包括市面上许多大牌内衣。当然，要预留一部分生产力给荣光……”

“我明白你的意思，如果我有一家代工厂，荣光想要调配什么资源都方便很多，不管是设计款式还是面料，都可以直接交流，省去了许多沟通成本。你们现在的困境是，找不到一家愿意密切配合你们的代工厂，甚至是没有一家代工厂愿意接你们的单，因为你们的量太少而要求太多……”卢一般从包中拿出一叠资料，“我见你之前做过功课，了解过内衣市场。你说得没错，投资一家代工厂，只要签下一两家大牌内衣的代工合同，就会赚钱。但问题是，一是我对这个行业不感兴趣，二是利润不高，三是对我来说分散的时间和精力都不划算，从商业上考虑，不是一笔良性的投资。而且女性内衣市场并不大，从长远来看增长的空间也有限。”

乐水回来了，将咖啡推到卢一般面前，“卢总的话很坦诚，也是真心话。但卢总有没有想过另外一个越来越明显的社会现状……”

“是什么？”卢一般一脸温柔的笑。他对盛年的态度和对乐水的态度截然不同，对盛年是纯商业的严谨，对乐水是充满柔情的温和，他在两个角色之间转换自如。

“也许因为卢总是‘70后’的原因，不知道对于‘80后’和‘90后’的女性来说，她们不但在事业上更独立，在感情中也更在意自我感受。你恐怕不知道现在的离婚率上升的一个最主要的原因，是女性不再像以前一样忍受家庭暴力和各种不公平待遇了。有百分之七十的离婚是由女性主动提出来的。在你们‘70后’眼中，是不是难以想象？”乐水知道刚才盛年有意支开她，是想和卢一般在商业层面正面交锋。等她回来后发现了盛年眼神中的落寞和不安，就猜到肯定是交手失利。

是该她出马的时候了。

“真实数据还是……”卢一般确实不太相信。

“当然是真实数据。”盛年及时拿出了手机，翻到了相关网页。

卢一般看了几眼，“哦”了一声，“说明了什么？”

“说明了女性越来越明白了一件事情，只有自己强大了，男人才会珍惜你。提升自己比讨好别人更有意义！”乐水指了指自己的鼻子，大大方方地问，“卢总，你是不是喜欢我？”

卢一般一愣，没想到乐水这么直接，他反倒有几分不好意思了，“是……是有一点。”

“还不是因为我长得漂亮，性格好，有眼力见，又得体。如果我长得丑，你肯定连跟我接触的兴趣都没有，更不用说愿意花时间了解我了，对不对？”乐水被卢一般的扭捏逗乐了，“没想到卢总这样的人，还会害羞。我觉得从‘80后’以后，不管是男生还是女生，都不会害羞了。害羞也是人类优良的品质之一。”

第二十九章　各有各的苦恼

“我……”卢一般脸一红，自嘲地嘿嘿一笑，“不说这些，说内衣……总觉得哪里不对。我一个大男人和你们两个美女讨论女性内衣，感觉自己在耍流氓。”

盛年见形势有所好转，忙趁热打铁，“我和乐水是女人，但我们也得承认男性确实比女性优秀，具体体现在最好的厨师是男人，最好的服装设计师也是男人。谁敢说以后最好的内衣加工厂的老板不是男人？卢总，你应该看到未来的趋势。随着女性自我意识的觉醒，会越来越注重自身的提高，从学历到身材管理。而中国的女性内衣市场还停留在初级阶段，需要升级。我们希望卢总投资的不是一家普通的内衣加工厂，而是一家集合了互联网思维的高科技内衣加工厂，可以整合人体工程学、面料科技、微整形科技以及物联网等。”

卢一般沉默地喝了一口咖啡，目露深思之意，半晌没有说话。

过了许久，他才呵呵一笑，“还是你们女人理解女人的事业。作为男人，思维上虽然严谨而有逻辑，但还是不了解女人的需求。我在想，为女人服务是美丽的事业，也是一生的事业。男人嘛，努力赚钱拼命打拼是为了什么？还不是为了让自己心爱的女人开心快乐！我觉得，站在长远的角度上看，将一个内衣加工厂整合成科技工厂，确实是一件值得尝试的非常有益的事情。”

“这么说，卢总答应投资了？”乐水喜出望外，几乎要跳了起来。

盛年也很开心，但她强压内心的激动，喝了一大口咖啡，“别急，先让卢总好好考虑几天，再认真研究一下市场和方向。仓促做出的决定，有时会带来不好的后果。”

回到办公室，乐水还在不停地埋怨盛年，责怪盛年不该在关键时候不继续进攻，而是偃旗息鼓。明明卢一般已经动心了，再趁热打铁一定可以拿下他，就像当初拿下崔恒语一样。

盛年一路上一直听乐水说个没完，没有反驳一句。到了办公室，坐下喝了一口水才慢条斯理地说：“乐水，你说的我都考虑到了。没有乘胜追击是因为卢一般不是一般人，他比崔总更理智也更有条理。我们只能打动他，让他自己产生兴趣和动力，而不能说服他。他是一个非常冷静并且有自己判断的男人。想想他在谷黄面前的涵养，你觉得我们两个女孩真能凭借一张嘴说服卢一般拿出几千万元的投资？别傻了，在他自己没有看到真实的利益之前，他不会投出一分钱！”

“我的魅力也不行吗？”乐水笑了，故意扭动几下，还有意眨了眨眼睛，抛了媚眼。

“离我远点！”盛年笑着推开了乐水，“你觉得你的魅力可以值几千万元吗？你觉得一个经历过婚姻失败又谈过几次恋爱的男人，会冲动到为一个喜欢的女人投资几千万元？如果卢一般是这样的人，他也不会做到现在的规模，不会还是单身，说不定又离了几次了。”

“你太坏了，这么损人家。”乐水乐不可支，正笑得前仰后合时，门被人推开，崔恒语垂头丧气地进来了。

盛年和乐水吓了一跳，崔恒语的衣服被画了无数图案，鞋也脏得不成样子，头发乱成了一团，像是刚从洗衣机里面捞出来一样。

盛年想笑，没敢笑，乐水哈哈大笑，“崔总是被谁捉弄成这个样子了？”

“明知故问。”崔恒语没好气地咧嘴苦笑，“盛年，你儿子太皮了，差点把我折腾个半死。好不容易刚睡下，下次千万别再带他来公司了，简直了，混世小魔王。”

盛年掩嘴一笑，“恐怕要让崔总失望了，接下来一段时间，可能他还得常来。”

崔恒语一脸惊恐，“不是吧？天哪！”

真让盛年不幸地言中了。管重来离家出走后，一连一个月没有回家。第一周，她没忍住和他联系，没有回复。第二周，他主动告诉她，他住在朋友家中，和朋友联合开发一个项目，过段时间再回，孩子问题让盛年自己解决。不管盛年怎么请求甚至是哀求，他都不为所动，摆出一副死猪不怕开水烫的决绝，声称盛年有事业他也有，他就要等他的项目有了眉目再说。

盛年怎么也没有想到在最关键的时候管重来和她闹个没完。无论她是晓之以理还是动之以情，管重来都坚持他也要创业，他是男人，必须要有事业心。再后来，干脆就不再回盛年的信息。

发微信不回打电话不接，连管重来在哪里她也不知道，管重来就像是从人间蒸发了一样。盛年气得上火，就生病了。

但就算生病也不能倒下，她还要带孩子，还要创业。

万般无奈之下，打电话求助父母。父母以各种理由推托，就是不肯帮她。后来还是弟弟出面，说要来家里住一段时间，帮盛年照看孩子。

盛年以为弟弟是真心为她着想，不料盛气来了之后，当上了甩手掌柜，不看孩子不做家务，还将家里翻得乱七八糟，想要找钱去打游戏。三天后，一无所获的盛气一怒之下回去了，扔下了一句冰冷的直刺心脏的话："这么穷，家里连一分钱都没有，谁愿意来！以后门都不用锁，贼都不会光顾！"

盛年欲哭无泪，但不能哭，哭也解决不了问题。好在乐水一直守在她的身边，和她一起回家、一起上下班、一起照顾孩子。正是由于乐水的支撑，她才挺了过来。如果只有她一个人，再坚强，她也可能会像雪崩一样倒下。

转眼到了冬天。

盛年感觉2010年广州的冬天格外的寒冷，湿冷的空气像一只隐形的无处不在的巨手，抚摸身体的每一寸皮肤，让人遍体生寒，从外到内一直冷到了骨头里面。

在和卢一般谈判之后，卢一般也像消失了一样，再也没有了音讯。为此，乐水还不时埋怨盛年几句，认为当时就不该放走卢一般，应该让他当场答应投资。盛年依然坚持她的看法，卢一般只能通过自己的眼睛看到利益之后，才会真金白银地投入，否则只凭一张嘴是没有办法让他下定决心出钱出力的。

美体内衣的设计工作倒是没有落下，已经推出了好几个款式。盛年和乐水还研究了各种面料，以及附加在面料上面的高科技产品，可以帮助人体瘦身、塑形功能的微粒等先进技术，可以说第一次将科技和美体结合。

并且盛年和乐水还通过谷黄，在一定范围内向一些爱美的女性宣传了她们的理念，得到了不少人的认可，甚至有人已经预订了美体内衣。但问题是，直到现在还没有落实代工厂，等于说之前的一切都是纸上谈兵。盛年当然知道她卖的不是创意而是产品，但是接触过的代工厂都不满意，而唯一的希望卢一般又一直没有下文。

崔恒语近来的苦恼一点也不比盛年少，甚至还要多几分。

投资了荣光美体以来，支出大了不少，但前景还算明朗，他也没有过多焦虑。却没想到，节外生枝地出现了管重来和盛年冷战事件。管重来也真够可以的，一个大老爷儿们，扔下老婆孩子一走了之，不知道躲在了哪里，真没出息！男人就应该有男人样，不要遇事就躲就藏，要勇敢承担。

崔恒语痛恨管重来的原因是因为本是管重来的事情，却落到了他的头上——管意现在和他越来越熟，每天一到公司就吵着要找他，一见到他就缠着他不放，有时还会嘴快口误叫他爸爸，弄得十分尴尬。一度被不少朋友误以为管意是他的儿子，惊问他没有结婚怎么就有了这么大的一个孩子，也太神奇、太了不起了。

每一次崔恒语都赶紧冲人解释一番，然后再强调他现在的状况是未婚单身，并且急需一个女朋友。但往往在急赤白脸地辩解时，管意总会冷不防地插嘴叫一句“爸爸”，弄得他无比难堪，少不了又教训管意几句，让他不要乱叫。他就算毁了名声也乐意，然而连累了盛年的名声就不好了。

管意还小，叫爸爸也是随口的无意之举，哪里会听明白崔恒语的解释？倒是盛年意识到了不对，暗中教育儿子千万不要乱叫，否则就乱套了。传了出去，就成了朋友圈的笑话。

察觉到了事情的严重性，盛年和乐水、崔恒语商量，要招聘一个行政助理，负责荣光美体的日常事务，同时可以兼职帮忙带带孩子，崔恒语同意了。他现在虽然和管意已经培养出了感情，但他毕竟事情太多，而且也怕惹出非议。以现在盛年和管重来冷战的情况，说不定什么时候就离婚了，到时怪罪到他的头上就麻烦大了。他承认喜欢盛年，却不想当破坏别人婚姻的第三者。

崔恒语办事很是迅速，很快助理就到位了，是一个还在上大四的1990年出生的山西姑娘，名叫郝进。

第三十章　爱情也要靠自己争取

郝进身材匀称，是非常健美的体形，而且肤色既白又健康，但可以看出不是经过健身之后的健康，而是天然的。天然健康的体形现在已经很少了，由于大多数城市孩子从小生活条件过好，缺少锻炼，营养过剩，再加上长期学习造成的姿势不正确，眼睛和身体都有一定程度的损伤。

郝进体形如此健美且赏心悦目，应该是小时候干过农活的原因。一问，果然如此，郝进从小生活在山西农村，家境贫苦，她十岁起就开始下地，不管是家务活还是农活，全部拿手。

在众多应聘者中，郝进不论学历还是谈吐，都不是最佳选择。最终拍板定她，还是崔恒语看中了她的精神状态和气色，浑身上下洋溢着一股积极向上的热情与朝气。

但有一点，郝进太瘦了，脸上呈现出营养不良的菜色。问她，她只说最近胃不好，过段时间就好了。崔恒语也没好再多说什么，只是礼节性地关心了几句。

大四由于已经进入了实习期，没有了课程，郝进提出公司如果能安排住宿的地方，她愿意二十四小时在公司工作，不管是公司的事情还是帮助照看小孩，都没问题，只要公司再提供三餐就行。

崔恒语有几分为难，公司不大，并没有住宿的地方，也没有食堂。盛年得知后，主动提出郝进的住宿问题她来解决，吃饭她报销，住在她家里，一切就都解决了。

盛年不想亏待郝进，郝进比她小了几岁，乖巧听话的样子让人很是怜惜，像是死去的妹妹。有那么一瞬间，盛年有几分失神，以为妹妹再次站在了她的面前。当然，不是长相上像妹妹，而是性格和柔弱的样子。

一周后，崔恒语再次召开了会议，商量代工厂的事情。

“盛年，你也别太坚持了，实在不行就答应华年的条件，先生产出来第一批产品再说。这么耗下去，也不是个事，你说呢？”崔恒语沉不住气了，他也出面过几次，寻找合适的代工厂，甚至发动了所有的关系。

也不是说没有合适的厂家，主要是盛年要求太高，能够达到她全部指标的几乎没有。崔恒语觉得盛年太严苛了，初创公司怎么可能第一批产品就出精品。而且盛年的想法超出了现有的技术太多，几乎所有的制衣厂都是同样的回答——短时间内，国内的技术不可能达到！

“不行！”盛年和以前一样坚持，她不能接受产品质量远远低于她的预期，“崔总，再给我一些时间。如果卢总最后还是不投资加工厂，我会想办法再说服其他投资人。目前接触的所有加工厂，确实技术和质量上都达不到标准，我们不能在一开始就和别人在同一个起跑线。我们已经落后许多了，要一开始就领先才有成功的可能。”

“可是一直拖下去，什么时候才是个头？”崔恒语揉了揉太阳穴，“不说开支过大，就是没有希望的等待也很容易耗尽士气。盛年，路要一步一步走，不可能一口吃一个胖子。你不觉得你要求太高不切实际吗？毕竟你对内衣行业来说，还是一个外行……”

乐水心事重重，手中的笔转个不停，犹豫着要不要告诉盛年真相。

近来卢一般是没有联系盛年，却和她始终保持着沟通。不过卢一般并没有提投资加工厂的事情，而是和乐水聊起了感情问题。

卢一般最近认识了一个1990年出生的小女生韩影，今年才二十岁，大四学生，湖南妹子，泼辣大胆，敢爱敢恨。他原本对她没什么感觉，但她却非常喜欢他，一口一个“大叔”叫得亲切。

深受韩剧影响的韩影非常哈韩，喜欢一切韩国的事物，从电影、电视剧到化妆品，连带也喜欢韩剧里面的萝莉和大叔的爱情。所以在认识卢一般后，坚定地认为卢一般就是她的真命天子，对卢一般展开了疯狂的追求。

卢一般作为“70后”，所能接受的爱情模式还是男人主动女人被动，并且更喜欢含蓄隽永的爱情，对于“90后”姑娘敢于反追男人的方法，一时难以适应，却又觉得刺激和新奇。

虽然乐水是“80后”，但论年龄差距，她和韩影更接近。卢一般就征求乐水意见，希望乐水给他一个中肯的建议，他到底要不要接受韩影的求爱。

乐水心中无比纠结，既矛盾又难受。矛盾的是，她发现她原本对卢一般只有好感，但听到卢一般遇到了比她更小、更有魅力的女生后，竟然由好感上升到了喜欢，变成了嫉妒和吃醋。

难受的是，她还不能对卢一般说出她心中的感觉。因为她也不清楚她对卢一般到底是喜欢多一些，还是争强好胜的心理多一些。也许她只是不想卢一般落入别的女生手中，只是占有欲在作祟。有时女人的独占欲比男人还要强烈。卢一般明明对她有好感，喜欢她，不管她有没有对他回应，他都不应该再去喜欢别人。

乐水本想告诉卢一般，喜欢就接受好了，相处一段时间才知道合不合适，话到嘴边却变成了冷淡的一句话："你的事情你自己决定好了，我不了解你，也不了解韩影，没有办法给你意见。"

带着三分怒气七分怨气的话说出之后，卢一般很长时间没有回应她，让她很是不安，既担心卢一般和她疏远，又怕卢一般真的和韩影谈起了恋爱，顾不上再理她。有几次她想要问问卢一般现在是什么进展，输入一半后又删除了。她不想太主动，被卢一般认为她是在在意他。

足足过了半个多月后，卢一般才又主动联系她，说他和韩影正式确定了恋爱关系，同时感谢乐水提供的意见。韩影的青春和活力，让他感觉又点燃了激情、重获了新生。不出意外，他可能会娶了韩影。

卢一般还向乐水讲述了他和韩影在一起的一些趣事。比如韩影喜欢去韩国，他就不定时陪她飞韩国，在江南区购物，在济州岛住宿。再比如韩影大胆而热烈，带给了他前所未有的恋爱感受，他从以前拒绝大叔的称呼，到现在十分受用，感觉自己也年轻了好几岁，被韩影成功地改造成了更愿意接受新事物、新科技的新人类。

以前他一部手机用三四年，现在决定一年换一部新手机，就是为了跟上时代，他要和"90后"打成一片。以前他喜欢一些刻板而保守的品牌，现在他喜欢新潮奇特的品牌。总之一句话，自从认识并和韩影相恋之后，他从以前落后时代半拍变成了与时代同行，不管是什么最新的科技产品，他都要第一时间试用。

由于韩影喜欢旅游，除了韩国之外，她还喜欢去日本和欧洲，卢一般就陪她到处飞。在日本和欧洲，卢一般认识了几个面料供应商，聊到了内衣面料的问题，他才知道内衣面料上面的学问之大，远超他的想象。

如果不是卢一般慢慢地将话题引到了美体内衣上面，乐水早就想拉黑他了！他的恋爱和快乐，与她何干？她一个单身狗为什么要被强行喂狗粮，还是曾经喜欢她的人的狗粮，这不公平！

气归气，乐水很清楚她确实对卢一般由好感上升到了喜欢，至少从卢一般开始炫耀他和韩影的爱情时起，她就开始觉得不太舒服。明明可以是她陪卢一般周游世界，为什么是一个突然不知道从哪里冒出来的韩影？为什么卢一般不认真地追她，而要被韩影拿下，“90后”真有那么好？她们“80后”才更知书达理、更温柔可爱漂亮多情好不好？

在责怪和抱怨中，乐水不得不承认她确实嫉妒韩影了，尽管她不认识韩影，并且连她长什么样子都不知道——奇怪的是，卢一般的朋友圈从来没有出现过韩影的照片——卢一般也从未向她发过他们的合影。她嫉妒韩影不是因为韩影比她年轻，而是韩影比她泼辣大胆，敢爱敢恨。

乐水曾经一度认为，“70后”的爱情是含蓄而隽永的，“80后”的爱情含蓄但大胆，而“90后”的爱情热烈且冲动。现在她又改变了看法，“80后”并不比“70后”进步多少，反倒是“90后”更自我。只要是自己喜欢的，哪怕是女孩也敢主动追求，并不会去等待男孩主动进攻。

事业要靠自己拼搏，同样，爱情要靠自己争取，为什么女人就一定要被动地等待男人主动追求？遇到自己喜欢的人，女人一样可以主动出击，就像对事业的追求一样，为什么非要男人主外女人主内？乐水很是懊恼，她在事业上从来没有依赖男人的想法，至少现在是，为什么在感情上就非要等候？

到底要不要告诉盛年现在卢一般正在热恋之中，并没有把心思用到美体内衣的加工厂上？乐水还在犹豫不决。虽然最近卢一般和她聊天时，关于加工厂的话题增加了不少，但他还是没有明确的态度，并且更多的话题还是落在了他和韩影的感情上面。

第三十一章　简单得像个孩子

乐水敏锐地察觉到了卢一般和韩影的感情不如以前热烈了。他现在提到她时，已经缺少了以前的爱意和热情，变得淡定了许多。

“乐水，说说你的看法。”乐水正走神时，崔恒语叫醒了她，“别幻想了，幻想解决不了实际问题。你最近也见识了不少实际困难，你觉得下一步该怎么走？”

乐水其实也是支持崔恒语的想法，先生产出来第一批样品，不用过于挑剔代工厂。现阶段，确实没有一家代工厂可以满足在面料、科技上面的所有要求。话到嘴边，见盛年眉头紧锁，一副严肃凝重的样子，心一软，她知道盛年太不容易了。

“有没有一个折中的方案，比如说去北京、上海或是深圳，哪怕是去国外寻找一家代工厂，力求达到我们的所有要求，确保第一批样品可以尽善尽美。这样，也有利于提升我们的信心，一炮打响品牌。”

乐水的一番话，顿时惊呆了盛年和崔恒语。

盛年感觉像山路一转，眼前豁然开朗。是呀，为什么总是局限于广州一地呢？北京、上海、深圳肯定也有类似的加工厂，他们的技术和实力，说不定可以达到要求。

只盯着广州一地，视线太狭窄、太受限了。盛年朝乐水投去了赞许的目光，“乐水，太棒了，你真是一语惊醒梦中人。以前我们为什么没有想到这个方向呢？你是怎么想到的？”

乐水开心地吐了吐舌头，将手机推到了一边。刚才就在她准备开口时，卢一般的微信进来了，他告诉乐水，现阶段可以尝试去外地寻找加工厂，就他所知，北京、上海就有几家工厂不管是科技还是综合实力，都比广州的好一些。

乐水没好意思说是受卢一般启发，而是将功劳推到了郝进身上，“上次和郝进聊天，她无意中提起她的同学在北京、上海、深圳打工，说是北京、上海和深圳的创业氛围比广州浓一些，而且对先进技术的追求也更激进一些。我当时没听进去，刚才你们一说，我忽然想起来了……”

崔恒语有几分不信，“真的？我怎么觉得郝进一个还没有毕业的女大学生，不可能思索这样有深度的问题。”

“那是你不了解郝进，不了解现在的女大学生，崔总……”乐水白了崔恒语一眼，“别看你才比郝进大了几岁，还不到十岁吧？你和她其实算是两代人了，不管是思想还是行为方式，完全不在一个频道上。不信你追追郝进试试，保证你追不上。”

崔恒语脸一红，支吾一笑，“乱说什么呢？她是我的员工，我是她的老板，怎么能去追她？乐水，你这一天天都在想什么呢？好吧，刚才你出的主意是不错，明天你就和盛年出差去北京、上海一趟，寻找合适的代工厂。”

“可是，谷姐约了我明天一起健身、SPA……”乐水咬了咬嘴唇，偷偷一笑，“要不这样，崔总你替我陪谷姐去健身……”

“胡闹！我一个大男人怎么能陪一个女人健身和 SPA？”崔恒语打断了乐水的话，“回头介绍郝进和谷黄认识，你不在的时候，让她陪谷总。还有乐水，你得小心卢一般，别被他骗了去，他是一个经历复杂的老男人，你不是他的对手。”

“我的个人私事就不劳崔总操心了。”乐水吐了吐舌头，心想：卢一般哪里复杂了，更不老，他简单得像个孩子，谈恋爱的事情还要事无巨细地和她说个没完，就像一个偷了糖果的小孩和人分享秘密。她一拉盛年，“盛年，明天出差，没问题吧？”

“没问题。”盛年声音响亮，其实有几分心虚，她如果走了，儿子怎么办？到现在为止，管重来都没有要回来的意思，已经消失足足一个多月了。

真是一个不负责任的男人！

崔恒语回到办公室，刚坐下就接到了谷黄的电话。

“崔总，明天有没有时间陪我一起健身？乐水说她明天要去北京出差，没时间陪我了，我一个人健身坚持不下去，总想偷懒，你得监督我。”

谷黄的声音有几分慵懒之意，像是冬日时懒洋洋的阳光，莫名让崔恒语打了一个激灵。

这个乐水，真是事多，乱来！他稳了稳心神，“谷总，我明天也安排了事情，可能要去深圳一趟。这样，我让郝进陪你，她是新来的助理，年轻、漂亮、有眼色，又特别有毅力。”

“我要的可不仅仅是一个陪我锻炼的人，我还有重要的事情要和崔总说。”谷黄的声音忽然提高了几度，“崔总，你难道不想知道卢一般正在套路乐水的阴谋吗？”

崔恒语顿时直起了耳朵，“什么什么？发生了什么事情？”

“明天见面说。”谷黄挂断了电话，不给崔恒语继续追问的机会。

崔恒语愣了愣，摇了摇头，笑了。他是多心了，谷黄早就说过不喜欢他这个类型的男人。当然，话又说回来，他也不喜欢谷黄，毕竟年纪太大了。

门一响，郝进敲门进来了，手中端着咖啡。

“崔总今天应该想喝咖啡吧？”郝进小心翼翼地将咖啡放到崔恒语面前。穿衬衣和牛仔裤的她，干练大方，周身上下洋溢着呼之欲出的青春气息，不需要刻意打扮就足以让人眼前一亮。

青春确实是最宝贵的财富，崔恒语微有感慨。可惜每一个身处青春期时的人都不知道青春的宝贵。他之前很少和郝进聊天，今天忽然有了交谈的欲望。

先是简单地聊了几句北方人爱吃面食还是米饭的话题。郝进作为山西人，比身为河北人的崔恒语更爱吃面食，从面条、馒头、花卷、包子到饺子，面食的花样比米饭多多了，并且有筋道。所以郝进到广州上学的最大苦恼是南方人做的面食太软、太甜，吃起来既没有力度又没有口感。

“所以……我现在都自己做饭！”郝进开心的样子像一个高中女生，她比刚来时又瘦了几分，“我现在和盛年姐住在一起，除了早饭有时一起吃之外，午饭和晚饭，都凑不到一起。”

“你会做饭？”崔恒语微感惊讶，“感觉你们‘90后’女生都不下厨房，不但不会做饭，都不会烧水。”

“烧水？崔总是说用水壶放在火炉上烧水？别人估计不会，我可是都会。”郝进搓了搓手，兴奋无比，“我从小什么家务活农活都会干，从来不怕吃苦。爸爸常说，人生下来就是要吃苦的，早吃晚吃都得吃。反正一个人一辈子就那么多苦和甜，小时候都享福了，吃完了甜，长大了和老了就只能吃苦了。人还是小时候和年轻时吃苦好一些，到老了再吃就太苦了。而且老了也吃不动了，最好只剩下甜，还能有一个幸福的晚年。”

朴实、真实、自然，崔恒语暗暗点头。郝进虽然比盛年和乐水还小几岁，但在一些事情的看法上，比她们两个都要成熟。倒不是说盛年和乐水就比郝进幼稚，而是在对待生活的态度上，郝进更健康、更积极向上，也更能承受生活的磨难。

当然，也和盛年、乐水经历的磨难没有郝进多有关。虽然盛年和乐水也遇到了不少挫折，但都是在成年之后。而郝进是从小就坚强独立，从小就经历了贫穷和困苦。

郝进的个人经历，崔恒语听盛年说过一些。她家里很穷，在山西省一个偏远的小山村里面，父母都是农民，守着几亩薄田为生。为了供她上学，父母没日没夜地劳作，累得直不起腰，每年的收入还是很微薄，依然不够她的学费和生活费。

好在郝进是穷人的孩子早当家，省吃俭用，还在课余打工赚钱养活自己。大学期间，她没有谈过恋爱，对所有的追求者都拒之门外，不是她眼光高，而是她没有时间。她所有的课余时间都在拼命，不拼命不行，除了养活自己之外，还要补贴家里。

因为父亲积劳成疾，病倒在床，而弟弟上学也需要学费。她希望自己可以帮助弟弟，尽管她自己还是学生。最多的时候，她兼职了三份工作，最瘦的时候，身高一米六七的她只有八十斤。

凭借顽强的毅力和不屈的斗志，郝进从大二开始就没再要过家里一分钱，相反，每年还给家里寄钱。在她的帮助下，弟弟在今年顺利地考上了北京的大学，而她也进入了大四实习期，可以全职工作了。

听到郝进的故事后，崔恒语感慨很久。郝进和当年的他很像，当年他也是穷孩子出身，在村里受尽了白眼和屈辱，愤而努力才有了今天。他还好，毕竟是男人，郝进一个姑娘能有如此志气，不简单。

“郝进，我们有一个贵宾叫谷黄，是一个成功的女企业家，她明天要过来健身，希望有人陪她，到时你负责对接。”崔恒语决定重点培养郝进，“我很欣赏你的拼搏精神，希望以后可以继续坚持下去。从下月起，你的工资增加五百元。”

第三十二章　卢一般的不一般

“谢谢崔总的认可，工资就不用涨了，现在已经够多了，而且除了供弟弟上学之外，我自己也够用了。我住在盛年姐家，又不花钱，等于是公司在住宿上给我补贴了。我现在对公司的贡献也不大，再涨工资，我会受之有愧的。”郝进连连摆手，朝崔恒语鞠了一躬，“谢谢崔总的赏识，但我真的不能要。等我能做出更多事情、对公司更有用时，再涨工资，我会很愿意接受的。”

崔恒语站了起来，心中微有激动。现在难得还有如此真实纯朴的姑娘，先想能为别人、为公司做些什么，而不是先想到自己能收入多少。一个人如果先为别人着想，先想着付出和奉献，他必定会大有作为。

所有人都愿意和有奉献精神的人合作，因为有奉献精神的人不会计较太多，在利益上会让步，在人品上有保障。但越是不计较和懂得谦让的人，和他们合作的人就越多，他们收获的就越多。

崔恒语注意到了郝进蜡黄的脸色，关切地问：“你的气色不太好，最近是不是工作加带孩子太累了？”

“不是，不是。”郝进连连摆手，一脸惶恐，“在公司事情本来就不多，盛年姐和乐水姐做的大事，我又帮不上什么忙。带孩子就更不用说了，我从小就带弟弟，不难的。可能是最近没有睡好的原因，过段时间就好了。”

“不对，你这是营养不良。”崔恒语想起了以前，他有一段时间为了省钱，也是一天只吃一顿饭，一段时间后也像郝进一样面黄肌瘦，风吹就倒的样子，他起身拉住了郝进的胳膊，“你不能为了省钱拿自己的身体开玩笑，你还年轻，还在长身体。不行，从今天起，午饭和晚饭你必须和我一起吃。不能让别人觉得我虐待员工，身体是赚钱的本钱，身体垮了，你就什么都没有了。”

“可是，崔总，我还有许多事情要做，要带孩子……”

“没什么可是，听我的话！”崔恒语拿出了老板的气势，“我可以不给你涨工资，但必须管你吃饱吃好。孩子我们可以一起带着去吃饭。”

接下来几天里，荣光美体和荣光健身的员工们都看到了让他们震惊的一幕——每到午饭和晚饭时间，总有一男一女带着一个孩子要么出去吃饭，要么点了外卖在办公室就餐。不认识的人，从三人亲密的关系和举动判断，还以为是一家三口。

男的是崔恒语，女的是郝进，而孩子则是管意，三个人没有任何血缘关系——一个是老板，一个是员工，一个是合伙人的孩子。如此奇怪的组合，成为荣光的一景。

“我要妈妈！我要妈妈！”郝进去陪谷黄健身了，管意在崔恒语的办公室又哭又闹，他想盛年了。

盛年和乐水此时已经在北京和加工厂谈判，明天会飞往上海，一时半会儿回不来。

崔恒语和管意也算是老熟人，但再熟也没用，小孩子闹腾起来六亲不认。也可以理解管意的心情，爸爸好久不见了，妈妈又不知道去了哪里，小孩子自然会哭闹。

理解归理解，崔恒语还得既当爹又当娘地哄他，连带自嘲，他是做了什么坏事才受到这样的惩罚？找一个合伙人还附带赠送带娃的大礼包，他一个不知道怎么谈恋爱还没结婚的纯情小男生，突然间就成了干爸不说，还练成了哄娃专家。如果不是公司都知道盛年早已结婚，并且也有人见过管重来，说不定早就传管意是他和盛年的孩子了。

哄了半天，管意就是不依不饶，非要找妈妈。无奈之下，崔恒语只好打开视频，让盛年来哄管意。盛年正在和客户谈判，哪有心情理管意，反倒冷着脸批评了他几句，结果惹得管意哭得更响了。

不少员工经过崔恒语的办公室，听到里面管意的哭声以及崔恒语低声下气的求饶声，都掩嘴而笑。

还好，郝进陪谷黄锻炼完身体，及时回来了。

郝进一进来，管意就扑进了郝进的怀里，气势汹汹地指着崔恒语：“姐姐、姐姐，崔老头儿欺负我，你替我打他。”

崔恒语哭笑不得。这孩子太现实了，刚才还叫他叔叔，现在有了依仗就成了崔老头儿了，真不得了。

谷黄刚洗完澡，脸色红润，头发未干，她径直坐在沙发上，打量了办公室一眼，“以前崔总的办公室风格是既老土又古板，现在被孩子折腾得乱七八糟的，反倒增加了不少活力，就这样挺好，继续保持。”

崔恒语听出了谷黄的嘲讽之意，说：“谷总就别取笑我了，我不是不陪你健身，你看管意多难带，我都摆不平，交给别人更会闹得鸡飞狗跳。”

“行，行，我理解你。不过你也别多想，我让你陪我真没有别的意思，我对你确实没兴趣，你真没有吸引我的地方……”谷黄又斜了郝进一眼，“你连卢一般套路乐水都不感兴趣了，是不是你对乐水转移了注意力，喜欢上郝进了？”

郝进吓了一跳，像是受惊的小白兔，连连摆手，“谷姐千万别乱说，我和崔总是最正常不过的员工和老板关系，什么事情都没有，我可配不上崔总。”

“行了，郝进你别说了，我们不是谁配不上谁的问题……”崔恒语生怕被郝进的胆小谨慎带偏了话题，忙收了回来，“谷总，不瞒你说，我也关心乐水的个人私事。但乐水说了，她不需要我关心她的感情问题，我还能说什么和做什么？”

其实崔恒语内心真实的想法是，卢一般最近很少在广州，他怎么可能套路乐水？乐水也不是没有见过世面的小女生，会那么轻易就被卢一般骗到手？多半还是谷黄无中生有，栽赃陷害卢一般。

谷黄对卢一般的偏见，恐怕一辈子也改变不了。

郝进想要带着管意出去，管意不肯走，谷黄也说让她留下，她就只好红着脸答应了。不过也是怪了，管意就喜欢和她在一起，她才哄了几句，就不闹了。

“你这是不信我的话，也说明你不了解卢一般的手段。卢一般对付女人，很有几下子。”谷黄朝郝进点了点头，又说，“如果不是我在他身边安插了自己人，我都不知道他为了追到乐水，下了多大的功夫，玩了多高的套路。”

崔恒语是对乐水有感觉，也喜欢乐水的性格，但乐水始终和他保持着足够安全的距离，他完全没有前进一步的机会，心思也就淡了下来。其实也和最近荣光美体止步不前有关，而且荣光健身也进展缓慢，他诸多事情缠身，哪里还有心思去琢磨感情。

更何况本来就是单方面的好感，连喜欢都算不上。

不过对于卢一般如何套路乐水，崔恒语还是大有兴趣的，毕竟乐水是他的合伙人，关系到荣光美体的成败，“谷总厉害，居然在卢一般身边也有内线……说说看，到底发现了什么惊人的秘密？”

郝进端了一杯咖啡递给了谷黄，谷黄尝了一口，连连称赞：“论细心，郝进还是比乐水强了几分。不但火候正好，浓度也很合我的口味。老崔，要我说，还是郝进比乐水更适合你。”

“怎么又扯郝进身上了？说乐水。”崔恒语嘿嘿一笑，他还真拿谷黄没有办法，只好冲郝进点了点头，“我也来……算了，不要咖啡，还是喝茶吧。”

“我以前也不知道卢一般还有这种本事，现在才明白，应该也是他离开我以后才学会的。他为了追求乐水，编造了他有一个‘90后’女友的爱情故事，整个故事的场景、细节，都是让他身边的策划写的，他只不过复制过来发给乐水……”

崔恒语没想明白，“他要套路乐水，为什么要告诉乐水他有女朋友了，不是自寻死路吗？”

“不是的，不是的，他是欲擒故纵。”郝进泡了一杯茶递给崔恒语，急急的样子像是要替谁辩解一样，“卢一般应该是发现了乐水对他对好感，但他不确定乐水对他的好感有多少，会不会变成喜欢，他就会试探。有的人的试探是直截了当，想让对方当他的女朋友。有的人是一点点进攻，先聊别的话题，慢慢聊久了，熟悉了，养成习惯了，就开始抛出感情上的话题。还有人是欲擒故纵，也可以说是以退为进，假装有女友了，来测试对方的反应……”

崔恒语像不认识一样看着郝进，“郝进，你这是谈了多少次恋爱，怎么经验这么丰富？”

郝进连连摆手，“我不是，我没有，别瞎说！我就是上大学期间，身边同学遇到了形形色色的追求者，我从里面总结了规律而已。卢一般的手法，很像以前一个追求我的男生的套路。”

郝进大学期间追求者不少。她健美匀称的身材以及吃苦耐劳的性格，喜欢为他人着想的处世之道，深受同学喜爱。在周围许多自我、娇纵的女生中间，显得格外与众不同。

第三十三章　老实男人的附加条件

不过忙于打工赚钱养家的郝进没有时间谈恋爱，也拒绝了许多诱惑，包括有人提出愿意每月付她多少生活费的提议。在众多的追求者中，有一个名叫越朝阳的男生，给她留下了深刻的印象。

越朝阳不像别的男生一样上来就对她示爱，而是先加了她的微信后，慢慢和她聊天。从一开始每周一两句，到后来每天一两句，再到每天都十几句，直到她习惯了他的存在，适应了他每天的早起问好、中午午安以及晚上对一天遇到的趣事的总结。

惯性的力量很强大。郝进也说不清她和越朝阳每天的聊天是不是在谈恋爱，但不可否认的是，她对他有好感。如果他乘胜追击的话，她真有可能会答应他。

但是越朝阳并没有，而且没过多久，他就告诉她他有女友了，是一个低两届的师妹，长得很小巧玲珑，是一个性格温柔、低眉顺眼的女孩。他开始每天和她分享他和师妹的互动，从牵手到接吻，再到海誓山盟。

郝进感觉很难过，很失落，也很不舒服，她知道自己吃醋了，也嫉妒师妹。为什么越朝阳每天和她聊天却要去喜欢别人？她不想再听到越朝阳说起他和女友的点滴，想要拉黑他时，越朝阳却突然告诉她，他失恋了，和女友分手了。他很痛苦也很难过，希望她可以安慰他。

带着一丝庆幸和开心，郝进去见了越朝阳。越朝阳很憔悴、沮丧，向她诉说了他有多爱女友而女友却喜欢上了别人，毫不犹豫地抛弃了他。他很难过，为什么真心爱一个人那么难？他还对郝进说，如果他真心爱她，她会不会接受他？

如果是以前，郝进不会接受，她不想谈恋爱，只想赚钱。但和越朝阳认识太久了，也习惯了他的存在，并且觉得很难想象没有他聊天的日子该怎么过，再加上她母性的光辉迸发，可怜越朝阳，就答应了。

但让郝进万万没有想到的是，就在她答应越朝阳的第二天，另一个追求者——越朝阳的舍友刘宝家告诉她，越朝阳根本就没有女友，他编造了一个故事来博同情，利用郝进对他的好感和习惯，上演了一场自编自导的恋爱戏，要的就是激发郝进的好胜心，试探郝进是不是对他有意思。

刘宝家的告密，宣告了越朝阳计谋的失败。事后，越朝阳和刘宝家打了一架，痛骂刘宝家嫉妒他追到了郝进。刘宝家回击越朝阳，他就是看不惯使用阴谋诡计的小人。追求郝进这样阳光灿烂的女孩，就要用光明正大的手段。

正是因为有过类似的经历，在谷黄向郝进说到卢一般的手段后，她立刻想到了卢一般的套路和越朝阳的手法如出一辙。当然，如果卢一般最终没有向乐水求爱，也真有可能是他确实谈了恋爱。不断地向乐水分享，只不过是为了炫耀罢了。

崔恒语总算弄明白了其中的来龙去脉，“不对，你们怎么就确定卢一般不是真的有了女朋友？”

谷黄嗤之以鼻，笑着说：“你忘了他身边有我的眼线？他根本就没有时间去恋爱，最近一直忙着在北京、上海和深圳等地出差，考察了不下几十家内衣加工厂。说实话，我有时也挺佩服卢一般的敬业精神，想干什么一定亲力亲为，并且还要对比好几家才做出决定。”

“好吧，就算卢一般骗了乐水，问题是，乐水上当了吗？还有，他向乐水当面表白了吗？最关键的是最后一步，前面都是铺垫。”崔恒语虽然嫉妒，但还是佩服卢一般的心思。

“你还真不是一般的傻。乐水和盛年出差去了北京考察加工厂，正是卢一般的推荐。现在卢一般就在北京，估计已经和盛年、乐水见面了。”谷黄轻蔑地笑了，“你赶紧给乐水打个电话，让她识破卢一般的伎俩，别上他的当。”

崔恒语拿出电话，号码拨出一半，又停了下来，“算了，还是不要去管乐水的私事了，她是成年人了，有自己的判断力。再说还有盛年陪她，她不会吃亏。如果她不喜欢卢一般，我不打电话卢一般也不会得逞。如果她真喜欢卢一般，我打电话也没用。”

“你可真佛系！你这性格，真的不适合经商……”谷黄一脸失望，望了郝进一眼，“明白了，明白了，主要还是因为你的心思转移到了郝进身上。哼，你们男人，一个比一个见异思迁快，没一个好东西。”

“不对，不对，谷姐这样说不对。”郝进涨红了脸，既羞涩又紧张，“不能因为你遇到过一个渣男就否定所有男人，这叫虚假同感偏差。我们女人有时就喜欢非敌即友、是非分明，但有时敌人和朋友之间还有第三种状态，就是路人。我们因为一个不好的男人就把所有男人都归到渣男里面，是偏激和情绪化的幼稚行为。”

“我不管那些大道理，我只知道男人没一个好东西……”谷黄瞄了崔恒语一眼，“好吧，就算偶尔有一两个还算说得过去的，也不包括他。好男人里面，不变心不偷腥的，要么是没本事，要么是人不行，要么是长得太丑。反正所有的老实男人，都有一个附加的条件。”

“过了，过了。”崔恒语嘿嘿一笑，才不会和谷黄做无谓的争论，“谷总，听你这么一说，我怎么感觉卢总是真心要和我们合作美体事业了？”

“你要是真和他合作了，以后你的美体内衣产业别想成功！不但我一件也不会买，还会发动我的朋友抵制你的产品。”谷黄气呼呼地站了起来，“郝进，我缺一个助理，你跟我干吧，工资比你在荣光翻一倍，不，两倍。还有，你可千万别像乐水一样傻乎乎上了崔恒语的当，别看他一脸憨厚，其实是明傻暗奸。男人们，在泡妞上面个个贼精，在没到手之前，对女人千好万好，到手之后就不珍惜了。”

郝进都不知道该说什么了，退后几步，“谢谢谷姐的好意，在我最困难的时候，崔总帮了我，我还没有为他做什么事情，不能离开。还……还有，崔总真的对我只是老板对员工的关心，没……没别的意思。”

“算了，你现在和乐水那个傻丫头一样陷了进去，根本就没有智商了。”谷黄摆了摆手，一脸气愤不平地转身就走，“崔恒语，你也别送了，我以后不来你这里了，你太让我失望了。”

崔恒语赔着笑，心想：我让你失望什么了我，你不就是想黑卢一般，想揭穿卢一般的本来面目，却不又想自己出面，借我之手没有得逞吗？真不知道都离婚这么久了，还天天盯着卢一般干什么！都是不相干的人了。女人，呵，女人，有时真是不可理喻。

当然，只是说谷黄不可理喻，其他女人还好，包括盛年、乐水和郝进。崔恒语甚至不无恶意地猜测，是不是“70后”的女人普遍刁钻、野蛮、霸道、蛮横，你看盛年、乐水和郝进，两个“80后”一个“90后”，都很要强、上进和懂事。

谷黄走到门口站住不动了，崔恒语没反应过来，郝进忙跑了过来，替她开门。她冷哼一声，迈出门外，刚要走时，郝进不知想到了什么，忽然就多了一嘴。

“我不明白，谷姐，你为什么不直接告诉乐水，卢一般在骗她？还有，既然都和卢一般离婚了，他就是外人了，为什么还要关心他的事情？有一句话不是说——未来不迎、当时不杂、既过不恋——多好！”

谷黄愣住了，转身又进了房间，“你不懂，有时一个人对你造成的伤害过大，就算不相干了，你也恨不得看到他的失败。但又不想让他知道你还在在意他，所以只能从侧面来收拾他、对付他。”

“其实……”崔恒语忽然心生一计，故意拉长了声调，又朝郝进使了一个眼色，“我特别能理解谷姐的心情。以前我也被一个女人狠狠地伤害过，当时我发誓以后再也不关注她的任何消息，是死是活都和我无关。可是又总是偷偷关注她的一举一动，她成功了，我既失望又愤怒；她失败了，又庆幸又开心。后来得知她又要去骗另外一个老实巴交的男人时，我通过别人暗中提醒了那个男人，让他避免了上当受骗，并且他还当众揭穿了她的骗人手段，让她名声扫地，我高兴得大醉了一场……”

郝进猜到了崔恒语的心思，忙又为谷黄精心泡上了一杯咖啡，拉着谷黄的胳膊请她坐下。

谷黄端着咖啡，半信半疑的眼神斜向崔恒语，“真的假的？我怎么不知道你以前还有过恋爱？我总觉得以你的水平，不会有女孩子喜欢你。”

“世界那么大，总有一两个眼瞎的不是！”崔恒语被谷黄讽刺习惯了，已经免疫了，反正他也清楚，被损上几句既不会掉肉又不会赔钱，随便她好了，只要她高兴就好，“所以每次我遇到有喜欢我的姑娘都特别珍惜，因为我知道遇到下一个眼瞎的不知道要等到猴年马月了……”

第三十四章　男人的荣光

“哧……”郝进被逗乐了，忍不住飞了崔恒语一眼，“崔总真会自黑，其实你的条件并不差，我敢保证，喜欢你的女孩一定不少。”

“我几年前就买了放大镜，用放大镜加手电组合，也没有发现喜欢我的姑娘。”崔恒语又调侃一句，随即拉回了正题，“不出意外的话，卢总应该会因为对乐水的喜欢而投资内衣加工厂。我不是看不起卢总，他一个男人哪里懂什么女人美丽的事业。谷姐就不一样了，本身长得漂亮，既懂化妆、美容，又知道怎么管理身材。在婚姻的战争中，谷姐虽然已经打败了卢总一次，但只是在感情的战场上是胜利者，并不是在正面的商业战场……”

“胡说！我创业成功他创业失败，说明他在商场上也不如我。”谷黄冷冷一笑，“就是他第二次创业侥幸成功，以他现在的资产规模，也比我差远了。”

“是，是，谷姐一次创业就成功，他第二次创业才勉强成功，而且实力还远不如谷姐，说明他的商业眼光和能力，还是比谷姐差了一筹。但是，科学研究证明，男人的心理和生理成熟年龄比女人要晚十一年，女人是三十二岁，男人是四十三岁，所以一般情况下男人都要比女人大器晚成一些……”

“你说什么？”谷黄站了起来，“你的意思是说，卢一般早晚会超越我？别做梦了，就凭他！”

崔恒语眨了眨眼睛，得意地笑了，谷黄终于被他带进了坑里，他很开心之前无数次被谷黄嘲讽加取笑，现在总算派上了用场：“以前我不觉得卢一般会有机会弯道超车超过谷总，但从卢总好几次认真考察内衣加工市场来看，他抓住了时代的机遇，开始进军女性消费群体行业了。未来女性的消费市场，可是最庞大的市场。”

谷黄没有说话，拿出手机，翻到了卢一般的名字，发了一段语音：“卢一般，你是真想投资内衣加工厂？你和我说实话，是为了乐水还是为了商业布局？”

“哈哈……”崔恒语大笑，“谷总是霸道总裁的电视剧看多了。你觉得以卢总的城府和为人，会为了一个女人而花几千万元投资一家加工厂？他不傻，也不会这么冲动。如果真是为了乐水，几个月前就做出决定了，也不用等考察了十几次之后。”

过了一会儿，卢一般回复了，谷黄打开了免提。

“谷黄，你是真不了解我还是拿我寻开心？我喜欢一个人会用正常的追求手段去追求，不会玩砸钱办厂的手法，太低端也太没品位，也显得我很不成熟。我不是不知道赚钱辛苦的富二代，每一分钱都是自己辛辛苦苦挣来的，所有的投资决定都会基于商业判断。”

“信你才怪。”谷黄底气已经不再如刚才充足了，她又问，“你是不是已经和盛年、乐水见面了？”

“还没有，约的是今晚。怎么，你有什么要交代的注意事项吗？”

“没有，没有。”谷黄咬了咬牙，还是没有问出卢一般套路乐水的事情，她沉默片刻，“你真的看好未来的美体内衣市场？以前你不是很不屑做女人的生意吗？”

“还是要感谢你、感谢乐水和盛年，正是在你们的帮助下，我改变了思路，认为女人才是消费市场的主力军。服务女性，从事让女人美丽的事业，是一个男人一生最了不起的荣光！哈哈哈哈，女人喜欢做饭，但最好的厨师是男人。女人会裁缝，但最好的裁缝和服装设计大师也是男人。所以我想，我也可以做最好的女人内衣的制造商。”

“我觉得你是心理阴暗，想要研究女性人体构造。”谷黄很生气，冲卢一般吼了一句。

卢一般没再回复。

崔恒语也不说话，事情已经到了这个份上，不用他多说，相信谷黄自会有决定。郝进也很聪明地保持了沉默，悄悄关上了办公室的门，又为崔恒语续了茶水。

气氛一时有些微妙，沉默中有些沉闷，又有一种说不清道不明的情绪在滋生，像是无形无色的烟雾，又像是一道若有若无的光芒。

“咖啡凉了，谷姐，我再给你换一杯……”也不知过了多久，还是郝进忍受不了过于凝重的氛围，打破了沉默。

“不用，够了。”谷黄放下咖啡，站了起来，“我会尽快出一个投资方案，肯定会在规模和模式上超过卢一般，等着瞧！卢一般能做的事情，我要比他做得更好。”

等郝进送走谷黄，回来见崔恒语瘫倒在了椅子上，不由得抿嘴一笑，“崔总刚才和谷姐的较量，可以写进商业经典案例了。可是我总觉得谷姐出于赌气而投资内衣加工厂，总是不太靠谱，说不定什么时候又变卦了。”

“扯，什么商业经典案例，我只是不道德地利用了谷黄对卢一般莫名其妙的仇恨罢了。所以你得记住，郝进，千万别没完没了地恨一个人，恨一个人会让你失去理智，做出错误的决定。恨别人，最终受伤的其实是自己。恨，是不理智的幼稚行为。”

郝进乖巧地点了点头，“如果谷姐转身气消了，又不想投资了怎么办？”

崔恒语没有回答郝进，而是拿起手机，给盛年发了一段语音：“盛年，今晚和卢一般见面，含蓄地提醒他，谷黄也有意投资内衣加工厂，而且还要上马许多高端科技，想要成为国内第一家最尖端的内衣加工厂。投资方案已经出来了……记住，要假装无意中一提，不要刻意。”

“啊？”郝进又兴奋地笑了，“万一卢总去问谷姐，谷姐不承认怎么办？”

“哈哈，卢一般肯定会问谷黄，谷黄肯定也会承认她有意投资。但到底谷黄是不是真要投资，我也不敢保证。但是不是真投资已经没有必要了，只要让卢一般有了紧迫感，他就不会漫天要价了。谷黄的投资意向，是为了牵制卢一般的狮子大张口。每个人都是有感情的动物，都会被感情左右了判断。”崔恒语环顾四周，“对了，管意呢？”

“睡着了。”郝进温柔地一笑，“小家伙比我弟弟小时候还闹。小男孩闹腾是好事，说明身体好。一安静下来，就生病了。”

“这个管重来真不是个东西，这么长时间了，不理盛年也就算了，自己儿子也不管不问。”崔恒语一拳砸在沙发上，“要是让我见到他，非得揍他一顿不可。”

“哇……哇！”

外面传来了孩子的哭声，崔恒语和郝进顿时如临大敌，二人一起夺门而去，直奔另外的房间而去。

几名路过的员工正好看到崔恒语和郝进一起冲进盛年办公室的情景，几人对视一眼，都含蓄而会意地一笑。

“看到没有，多像一家人。”

“真是奇怪呢，崔总和郝进像两口子，却帮盛年看孩子，我们荣光公司，还真像相亲相爱的一家人。”

“说明崔总待人好，你们就别阴阳怪气了。有这样的好老板，你们就烧高香吧。”

“就是，就是，换了是我，我也会喜欢上崔总，单身、有钱、体贴、周到，虽然不是很帅，但也没有十全十美的男人不是！”

“十全十美的男人也轮不到我们，肯定会被十全十美的女人抢走。”

“哪里有十全十美的女人？别逗了。不是有个段子说，如果你喜欢上了女神，你先不要去追她，天天锻炼，天天学习，天天进步，等过半年后再看……”

“女神就主动投怀送抱了？”

“不，你就发现女神配不上你了。”

“哈哈……”

崔恒语和郝进自然听不到员工们的议论了，他们全力以赴地投入到哄管意的战斗之中。在崔恒语看来，对付管意比对付谷黄难多了。

夕阳照耀在城中村一个胡同里面，胡同狭窄而悠长，一眼望不到头，不知道是通往明天还是昨天。

天色还早，胡同尽头却已经黑了。尽头是一个院子，大门紧闭，院墙高耸，不知道里面住了什么人。

却隐隐传来了说话的声音。

“第十个版本了，还不行吗？我快熬不下去了。”是管重来的声音。

“快了，快了，老板说，他对第十个版本的满意度达到百分之九十了，第十一个版本，肯定可以让他百分之百满意……”是庄有田的声音。

“去他的百分之百，他是谁呀？他算老几呀？是谁的老板？一分钱都没有给过，就是管吃管住，当我是免费劳动力不是？”

紧接着“哐当”一声，是瓶子破碎的声音。

院子不大，是典型的南方院落，有几株盆栽。正房是一栋二层小楼，是城中村中随处可见的民宅。

二楼朝南的房间，是一个改装成了办公室的客厅，客厅中，有三四人正在电脑前奋力工作。管重来坐在靠窗的位置，电脑页面打开，地上有一只粉碎的水瓶。

是老式的暖水瓶，碎了一地的玻璃片，混杂在热火之中，冒着热气，发出寒光。

管重来蓬头垢面，胡子拉碴，看上去至少一个多月没有理发修剪了，从胡子的长度判断，少说也有一周以上没有刮过了。他双眼通红，双颊深陷，瘦得不成样子，气喘吁吁地指着地上的碎玻璃，“赶紧打扫了，伤着了我，你们谁负责得起！”

第三十五章　恰逢其时

另外两个小年轻赶紧从电脑面前起身，诚惶诚恐地拿起扫帚打扫。依然是整整齐齐、一丝不乱打扮的庄有田一把拉过管重来，将他拖到了另外的房间里面，关紧了房门。

“重来，坚持了一个多月，就差最后一版了，你不能现在放弃。”庄有田轻轻拢了拢头发，唯恐有一丝杂乱，“你不是经常说，‘善始者众，善终者寡’，还有什么‘行百里者半九十’，‘为山九仞，功亏一篑’，等等，大道理懂得比谁都多，不愧是读书最多、最有文化的程序员。可是到具体到事情上，怎么就尿了呢？”

管重来余怒未消，推开庄有田，“别跟我扯没用的，没钱，一切都是扯淡。原来说好的，我写一版给一版的钱，现在都第十版了，每一次都有几十个理由拖着不付款。你去工地上看看，就是建筑工人也要给钱才干活，我们作为码农也要追求和民工的平等待遇。”

“又不是不给钱，只是想等最终版本确定后，一次性付你五十万元，多好！你想呀，拿着五十万元巨款，你再出现在盛年面前时，该有多扬眉吐气！盛年必须得仰视你，再也不敢小瞧你！”庄有田打开了窗户，冷空气涌了进来，让人精神为之一振，“于总说了，资金他早就准备好了，没先给你，是因为他想先成立公司，等 App 完成后，公司一成立，就给你至少百分之十的股份。你是想现在要五十万元现金，还是想再等一个月，再拿五十万元现金加百分之十的原始股？”

管重来眯着眼睛，舔了舔干裂的嘴唇，不知道是该相信庄有田的话，还是不该。一个多月来，他狠心和盛年断绝了联系，不回家，不管儿子，所图的不就是想在短时间内赚上一大笔钱，好缓解家里的经济危机，以及让盛年对他高看一眼？

他其实很想家，很想儿子，每次回忆起儿子扑进他怀里叫他爸爸的场景，心都要碎了。可是男人当有所为有所不为，机会难得，一旦错过可能就真的再也没有了。因为庄有田信誓旦旦地告诉他，他们的金主于老板神通广大，手眼通天，想要成立一家管理资产超过一百亿元的金融公司。而他现在编写的 App 是公司的核心资产，事关公司的生死存亡和未来的长远大计。

也就是说，以后于老板能不能成为百亿商业帝国的掌门人，起点全部掌控在管重来的手中。

管重来从小到大，从大学到现在，从来没有被人如此重视过，如此成为所有人的中心。庄有田的话，彻底激发了他的好胜心和奋斗欲。作为男人，他也想拥有事业，也想有所作为。只不过走向社会之后的几次失败让他心灰意冷，他表面上打游戏无所事事，其实并没有放弃自己。

尤其是在盛年创业之后，更是激励了他。他不想不如自己的女人，也想像盛年一样可以说服一个投资人投资他，也想成为公司的 CEO。庄有田的出现，恰逢其时。

没有多想，管重来就答应了庄有田，一咬牙离家出走，跟庄有田躲进了离家十几公里之外的城中村的一座民宅中，开始了没日没夜的编程生涯。

一开始庄有田说只需要一周时间就可以完成，要求他不要和盛年联系、不要回家，一口气拼上七天七夜，就可以赚到五十万元。管重来大为心动，听从了庄有田的话，埋头苦干了一周。

但是，第一个版本被于老板拿去测试之后，说是 BUG 太多，易用性不强，实用性不够，要求重做。管重来想要订金，被庄有田一番连哄带骗，又信了他，继续苦干了一周。

如此下去，一周接一周，一版接一版，管重来拼了全力，一天只睡三四个小时，吃饭上厕所的时间压缩到一个小时，就为了尽快写出最终版本，好拿到报酬。

却没想到，庄有田一再失言，一再推迟付款，管重来慢慢察觉到了不对。难道庄有田是在骗他，从一开始就没有打算付款给他，就是想骗他当免费的劳力。所以当第十个版本依然没有让神龙见首不见尾的于老板满意时，管重来终于发作了。

庄有田能理解管重来的愤怒，但理解不等于支持，他还得继续安抚管重来，毕竟他夹在于老板和管重来中间，也很不好做。

“不管是现在拿五十万元，还是以后再拿五十万元加股权，我想今天先见于老板一面，和他当面聊聊。”想了一想，管重来总觉得哪里有问题。只闻其名不见其人的于老板到底是不是有钱，甚至是不是存在，他现在都打了问号。他开始怀疑庄有田的每一句话，甚至还想过是不是于老板已经打款过来，但被庄有田私吞了。

庄有田咧嘴笑了，“我作为于老板的全权代表，难道还不够资格和你谈判？管重来，你只是一个普通的程序员。好吧，就算你是读书最多、最有文采的程序员又怎么样？在广州，像你这样的人一抓一大把，别以为自己有多了不起，如果不是认识了我，你一辈子也不会有出头之日！还想见于老板，你怎么不去上天？”

管重来愕然，庄有田说翻脸就翻脸，更验证了他的猜测，他也冷笑一声，“见不到于老板，我不会再继续写下去了，你看着办。”

“威胁我？”庄有田抢过管重来的手机，摔在了地上，又踩了几脚，“现在你在哪里没有人知道，信不信就算饿死你，等被人发现时，也会被当成自杀？管重来，你现在只有两条路：一、老老实实地写完第十一版，于老板满意的话，五十万元现金加百分之十的股份；二、从现在开始绝食，七天后被人发现成了尸体，警察的结论也是自杀……你看着办！”

管重来瞪大了眼睛，像不认识一样看着庄有田，“庄有田，你说实话，是不是从一开始就想骗我免费写程序？如果你真没钱，也没有什么于老板，我也认了，谁让我眼瞎相信了你？”

“真没有，真没有！”庄有田又换了一副脸孔，笑得很灿烂、很真诚，“从一开始我就想和你一起发财。骗你？我不做对不起朋友的事情，又浪费时间。没有于老板？没有于老板谁租的房子、雇的程序员？我可没有这些钱。别胡思乱想了，兄弟，我下半辈子能不能平步青云就全靠你了。”

庄有田至少说了一半的真话，他的表情真诚，双眼明亮，双手搭在管重来的肩膀上：“你抛妻别子来创业，我也一样，老婆孩子扔在老家不管，一个人在广州闯荡，图的是什么？男人除了事业成功之外，没有第二条路可走。反正我和你是一条船上的人。重来，只有你的 App 让于老板满意了，接下来才会有公司、才会有股份，你百分之十，我也跟着沾光，有百分之二，还有二十万元收入。如果你觉得不放心，到时我的二十万元也归你，这样你就有七十万元了……”

管重来反倒不好意思了，“这……这……我怎么好意思要你的钱，说好的五十万元就五十万元，少一分不行，多一分也不要。好吧，我可以不见于老板，但你总得让我回家一趟，我想盛年和儿子了。”

盛年出差之前给管重来留言了，管重来本想回复，被庄有田叫停了。庄有田不想让管重来联系外人，包括家人，希望他心无旁骛，全身心地投入程序写作之中。

但管重来确实无比思念儿子，盛年还好，他相信只要他拿着一大笔报酬出现在盛年面前，盛年对他所有的怨气和不满都会烟消云散。但是儿子不会，儿子只会埋怨他不陪他。至少在儿子的生命中他缺席了一段时间。

管重来和儿子的感情很深，他最爱的就是儿子。当初盛年让他辞职回家，他之所以答应，尽管有失业的前提，也有很大一部分原因是不想委屈了儿子。现在忍痛和儿子分开，他无时无刻不思念儿子。他总觉得儿子小小的人儿，不应该受到半点委屈，而应该在他的眼前奔跑，在他的怀里安睡。

当然，管重来也不是不想念盛年，只是他总觉得盛年不管是生存能力还是为人处世，都比他强了太多，会活得比他还好，用不着他担心。人类总是同情弱者尊重思想者，但对于强者，往往是畏而不敬。他对盛年就是如此，总觉得盛年太强了，会让他有畏惧之心，但却不是敬重。

“盛年出差了，儿子应该是留给崔恒语他们了，我不放心，我想回去看看儿子，我想儿子了。”最让管重来难过的是儿子现在被崔恒语和乐水带着，听说又来了一个叫郝进的小姑娘帮忙带孩子，都是没有带孩子经验的人，怎么可能带得好管意？儿子又是特别依赖人的性格，以前他不哄就不睡。

想起儿子的笑脸和可爱，管重来眼圈红了。

“就剩最后一周了，重来，能不能别再节外生枝了？”庄有田将管重来按坐在椅子上，“坐下，听我好好给你讲讲利害关系。现在我们距走完万里长征只差最后十几里了，你非要现在歇一口气，万一一回家回不来了怎么办？别，你别和我争，我也是有孩子的人，有一次我实在太想家了，就回了一趟家。一到家就被老婆孩子热炕头牵住了，不想再回广州。要不是于老板派人过去绑了我回来，我现在已经在家里当一个农民了……”

“可是……”

第三十六章　恋爱真好

“行了，没有什么可是，大丈夫当有所为有所不为，这也是你经常给我讲的道理，看，我都记住了。学以致用才能成功，不能只是嘴上说说。”庄有田见管重来又一次被他说服了，暗暗一笑，“最后一版一周内能不能出来？于老板说了，他的第一笔投资款两千万元已经到账了，随时可以启动公司，所有的支点就都在你身上了。你可是全村人，不，全广州人的希望呀！”

管重来又飘飘然了，咬了咬牙说：“好，我就再忍一周。就一周，说好了，到时必须打款，打全款。”

“我保证。”庄有田眯着眼睛得意地笑了。

“我保证！保证在上海建厂会比在北京更快捷，技术上更先进。”卢一般用力靠在椅背上，他看了看头顶上的遮阳伞，含蓄地笑了，“非要选这么有情调的一个地方，你们是不是忘了北京是北方。现在广州在室外喝咖啡还可以，但在北京，已经很冷了好不好？”

一边说，他一边跺了跺脚，朝手心哈了口气，又哈哈一笑，“记得小时候冻得不行了，总是喜欢朝手心哈热气，现在条件好了，这样的机会不多了。没想到，今天你们又让我体验了一次冻手冻脚的感觉。”

卢一般和盛年、乐水坐在咖啡厅的露台上，下面是三里屯人来人往的热闹街道。只是天气太冷了，露台上只有他们一桌，其他人都在室内享受温暖的暖气。

“你真能保证？你能保证什么？”乐水却不觉得寒冷，还挺享受在露台上清静的氛围，她踢着小腿，坐姿不太安分，“卢总，我怎么有点不太相信你的承诺呢？既然投资内衣加工厂，为什么不放在北京或广州，非要放在上海？”

盛年也不觉得有多冷。她内心有一团火在燃烧，尽管杯中的咖啡正在冷却，激情却越来越旺。

北京之行，盛年原本并没有抱太大的希望，只是想试试运气。果然和她猜测的一样，和厂家接触之后才发现，依然是同样的问题困扰了合作的可能，要么技术达不到，要么面料不过关。对方一听她的要求就连连摇头，说她的想法前所未闻，话虽说得委婉，但言外之意是嘲笑盛年异想天开。

任何行业的进步都是异想天开之后的突飞猛进。只是不管是哪个行业，做得久了，就会有一种掌控一切的错觉，对于后来者和新的观点，都会出于本能而排斥和怀疑。

本来打算当天就离开北京转道上海，却意外接到了卢一般的电话。卢一般没有打给乐水，而是直接通知盛年，希望和盛年见上一面，聊聊合作的事情。

盛年既意外又惊喜。卢一般自从上次见面之后就没有了音讯，根据以往的经验判断，基本上是没有可能合作了。不料却又突然在北京他乡遇故知，她在惊喜之余立刻敏锐地意识到，卢一般正好也在北京，不是巧合，而是有意为之。

征求乐水的意见时，乐水当即同意了。乐水有几分心虚。她知道卢一般在北京，却没有告诉盛年。卢一般早就提前告诉她，他要在北京和她们见面，让她先有一个心理准备，还让她不要告诉盛年，他要给盛年一个惊喜。

乐水犹豫了一番，最终还是听从了卢一般的话，没有透露。她不知道为什么要相信卢一般，难道说她真的喜欢上了卢一般，觉得卢一般比盛年更值得信任和亲近？

乐水不想承认她对卢一般的感觉，只是在安慰自己她之所以相信卢一般，是她想要促成卢一般和荣光的合作，希望卢一般可以在关键时刻拯救陷入困境的荣光。她是出于公心，是为了公司着想。

这么一想就舒服多了。

没想到，一见面，卢一般就提出可以在上海自建加工厂。乐水就觉得有些不可思议，明明在北京有技术也有相关的政策，为什么又要去上海？既然要去上海，干吗非要在北京见面？她提出了自己的疑问，卢一般就做出了保证。

盛年转动了几下咖啡杯，然后放到了一边，已经凉了。她说："我很想相信卢总的许诺，但我和乐水是一样的疑问，北京不好吗？广州不好吗？而且你又约我们在北京见面，却告诉我们你想在上海建厂，怎么感觉你好像在晃点我们？"

"哈哈，作为一个南方人，会说'晃点'很了不起，说明盛年你对北京是真爱呀！"卢一般很欣赏盛年的认真劲，"其实一开始我确实是想在北京或是广州建厂，但经过考察和对比之后发现，北京气候不适合我，广州技术升级太慢，那么综合了两地之长的上海，就是最合适的首选了。还有一个原因，我喜欢上海的氛围，从衣服消费的风向来说，上海也更时尚、更能引领潮流，不对吗？”

“至于为什么在北京见面而决定在上海建厂，就请乐水帮我回答一下。”卢一般微笑着端起咖啡朝乐水示意。

乐水微有慌乱，“我……我？我怎么知道你的想法。”

“因为，北京是我的伤心之地呀……”卢一般故做哀伤，摇头叹息，“就和我当初离开深圳一样，深圳有一段失败的婚姻，北京有一段失败的恋爱！”

“韩影是北京人？”乐水脱口而出，一出口才意识到自己说多了，心虚地看了盛年一眼。

“韩影是谁？”盛年注意到了卢一般和乐水之间的默契，愣了片刻，含蓄地笑了，“啊，明白了，你们之间有秘密瞒着我。说，乐水，你和卢总发展到哪一步了？”

“没有，真没有。”乐水连连摆手，像是受惊的小鹿，“我和他就是聊聊天，交流一下对一些事情的看法，没聊别的，不信你看我们的聊天记录……”

乐水递过去手机，却被盛年推开。盛年摇头一笑，“行了，别欲盖弥彰了，你们就算真的谈恋爱了，也不稀奇，本来就是单身男女，恋爱很正常。我现在只想确认一点，卢总，你真的确定要投资建厂了？”

“明天我们一起去上海实地考察，地址我已经选好了。”卢一般轻轻敲击桌子，神情自若，“我有附加条件，希望你们转告崔总，我希望和荣光美体交叉持股。”

盛年和乐水对视一眼，交叉持股的要求并不过分，但她们不清楚崔恒语的想法。如果崔恒语不同意，恐怕合作就会黄。

“我们尽量说服崔总，但不敢保证一定可行。”盛年没有把话说死，她说出了她的担忧，“主要是交叉持股的比例问题。现在荣光刚起步，估值不好估算。如果卢总的投资过大，想要持股荣光的比例过高，崔总肯定不会答应。”

乐水微微皱眉，没想到卢一般会突然提出交叉持股的要求。确实，如果按照投资金额换算，荣光前期才三百万，而工厂少说也得三千万，如果卢一般想用工厂百分之五的股份换荣光百分之五十的股份，别说崔恒语不会答应，盛年不会同意，她也一样。

卢一般果然是一个地道的商人，总是在关键点时横生枝节，追求利益最大化，完全不在意她的感受和想法。

卢一般注意到了乐水脸色的转变，他气定神闲地微微一笑，“我们这个环节的谈判结束了，下面可以进入轻松时间了，最艰难的部分就由我和崔总面对面谈判吧。说吧，晚上想去哪里吃饭？”

盛年抬头看了看夜色初降的天空，“阴天了，是不是要下雪了？下雪的话，我们就在酒店附近吃点东西算了。”

“哇，真的快要下雪了……”乐水兴奋了，忽然惊呼一声跳了起来，伸出右手，接住了一片悠然飘落的雪花，“真的下雪了，太好了，我好多年没有见过雪了，没想到来北京一趟就遇上了。”

话一出口才意识到哪里不对，目光望向了卢一般。卢一般淡然一笑，有意无意地翻过了手机。乐水看个正着，手机上显露出今天的天气预报——大雪，东北风二到三级。

再回想起她和卢一般的聊天记录，多次说过她想看雪。而卢一般明明要在上海建厂，却暗中让她带盛年来北京，原来他早就选好了日子，就在天气预报下雪的当天在北京等她。

一瞬间乐水的心都融化了，一场雪的邂逅，是一次爱的浪漫。她白了卢一般一眼，“天气预报一向不准，这一次怎么就这么准？”

卢一般和乐水心有默契，听出了乐水有所暗指，“当你向上天祈祷多了，就会天遂人愿的。老天也喜欢浪漫，希望天下有情人终成眷属。”

一股爱意开始在二人之间流淌。

盛年察觉到了卢一般和乐水之间隐晦而含蓄的互动，既来之则安之，就好人做到底，“不如去后海吃饭，看看雪，滑滑冰，欣赏欣赏夜景。”

乐水不只一次说过想去后海。

一行三人到后海的时候，雪已经下得大了。路上行人渐少，滑冰场上，人群也在退去。乐水疯了一样在滑冰场上跑着笑着，卢一般跟在身后，唯恐她摔倒。盛年则只是坐在滑冰板凳上，轻轻地滑上几下，然后呆呆地望着卢一般和乐水两个人的身影在眼前、在人群中晃来晃去。

恋爱真好！

第三十七章　不幸的好消息

盛年翘起嘴角笑了起来，她想起了自己和管重来的恋爱，想起了以前的大学时光。她才三十岁，青春的尾巴还在，热情和激情还在，为什么她没有了像乐水一样的快乐？是她身上负担太多，还是她被生活磨平了棱角？

都不是，只是她希望用沉稳来代替冲动，用思索代替激情，她想证明自己，想做出一番事业。她要时刻保持清醒、保持冷静，因为她知道早晨耀眼的曙光，只属于那些在漫漫长夜中保持清醒的守夜人。

雪越来越大，盛年的头上、肩上和身上都落了厚厚的一层。她从小到大都生活在南方，第一次见雪，先是有几分小心翼翼，现在慢慢地有了兴奋和冲动。

“盛年，快来，一起。”乐水在远处冲盛年招手。

盛年站了起来，脚下一滑，差点摔倒。忽然就激发了她的斗志，怕什么，她骑车、游泳、裁缝等技能，都是自学成才。她从小就胆大，就有不服输的劲头。

“我来了。”盛年高呼一声，刚一迈开脚步就摔了一跤，她哈哈一笑，又站了起来，在接连摔了三次之后，终于掌握了技巧。

大雪纷飞，冰天雪地，盛年和乐水、卢一般三个人在雪中翩翩起舞，在冰上滑翔。三个人的笑声在风雪中回荡，传出很远。

吃饭的时候，盛年才发现腿摔肿了一块，手脚都冻得麻木了。三人在后海找了一家音乐酒吧，欣赏起了后海的雪景。她无意中发现，不知何时卢一般的手已经牵住了乐水的手。

等卢一般去洗手间的时候，盛年轻轻踢了乐水一下，“决定了，就他了？可别后悔。”

“就他了！”乐水的心被小小的喜悦充满了。卢一般理性又不失浪漫，多情又不失专一，小小的细节中隐藏了许多浪漫心思，舍他取谁？她已经被俘虏了。

盛年知道陷入恋爱中的女人听不进去任何反对的声音，但她还是委婉一提："我觉得还是不太了解卢一般，恋爱可以，但结婚不宜过早。恋爱只是项目合作，结婚就是股权合作了。股权合作时发现不合适的话，就晚了。分割时，会伤筋动骨的。"

"他经历过一次失败的婚姻和错误的恋爱，我也遇到过一场不堪回首的爱情，我们都是理性加情绪化的矛盾型性格，选择对方，既有爱情又有理性，不会有问题的，放心好了盛年。"乐水抱住盛年，开心地一笑，在她耳边小声说，"祝福我吧，我真的很开心，遇到了真爱。"

盛年也替乐水感到开心，"有了真爱，更要加倍努力，既要不负爱情，也要不负事业。"

"会的。"

"会的。"卢一般回来了，虽然没听到盛年和乐水在说些什么，但也大概能猜到一些，"不用担心，盛年，我会好好待她的。小时候有人给我算过，我命里缺水，有了乐水，爱情丰润，事业丰满。"

回到酒店，盛年和崔恒语通了电话，主要是她想念儿子，想听听儿子的声音。

结果儿子已经睡着了，并且已被郝进带回家里。

崔恒语简单一说他和谷黄的较量，兴奋地告诉盛年他已经成功地鼓动谷黄也投资建厂，盛年愣了愣，立刻明白了崔恒语的心思，也笑了。

"谷黄也就是起到鲇鱼的作用，真正能够做成事情的还是卢一般。告诉你一个不幸的好消息……"

"什么叫不幸的好消息，到底是好还是不好？"崔恒语被弄迷糊了。

"对你来说是不幸，对乐水和卢一般来说，是好消息——他们今天正式确定了恋爱关系！"盛年有意停顿一下，"下面给你一分钟的失恋时间……"

电话另一端沉默了一分钟，盛年咳嗽一声，"差不多就行了，你对乐水顶多也就是单相思。"

"我的沉默是为乐水祝福，哈哈！"崔恒语爆发出一阵大笑，"我对乐水早就没有想法了。我又不是一个死缠烂打的人，落花有意流水无情，我早就知难而退了。对我来说，乐水当合作伙伴比谈恋爱更有益于身心健康。更何况，天涯何处无芳草，何必单恋一枝花，是不是？"

"听起来你和郝进的进展不错嘛！"盛年一下就猜到了什么，也笑了，"行啊，直接跨过'80后'，和'90后'打成一片了，我们的美丽事业看来大有希望，可以一下探到‘90后’的消费群体了。”

“别闹，我和郝进是正常的同事关系。不过说到卢一般和乐水，有一个问题你得帮乐水留意一下，或者说，你帮她把把关，因为谷黄说卢一般在套路乐水……”崔恒语犹豫了一下，还是说出了心中的担忧，“不管是从朋友的角度还是站在合作伙伴的立场，我都希望乐水不会被卢一般欺骗了感情。哪怕卢一般对她是一片真心，至少套路她，就说明人品中还是有阴暗面。”

盛年惊呆了，卢一般如果真的如谷黄所说，那么她完全有理由怀疑卢一般对乐水的感情有多少真心，“好，我会好好留意、观察卢一般。商业的归商业，感情的归感情，两者不能混为一谈。”

又聊了一些关于儿子的事情，崔恒语还问到了管重来，得知依然没有下落时，他又安慰盛年一番。盛年反倒看得很开，她相信管重来是躲在一个角落里在忙些什么。以她对管重来的了解，他干不成惊天动地的大事，也干不出来伤天害理的坏事。既然他不想露面，她好话说尽，就随他去。

相信他总有想开的一天。

崔恒语在最后还开了一句玩笑：“别灰心，盛年，实在不行，管重来不要你们娘儿俩了，还有我，我就是随时在你身后可以让你依靠的接盘侠。”

盛年自嘲地笑了一笑，“行了，别装多情了。你办公室的一幅字写得很好，正是你的写照——曾因酒醉鞭名马，生怕情多累美人……”

“谁的诗来着？忘了。什么意思来着？”崔恒语才想起之前附庸风雅请人写了一幅字，结果他不知道其中之意。

“自己百度去。”盛年挂断了电话，来到了窗前。外面大雪依旧，地上已经积了厚厚的一层。还好她及时决定明天去上海改为乘高铁，以现在的天气来看，飞机肯定会延误。

次日到了上海，已经是下午了。三人马不停蹄，先是去实地考察了厂址，又和卢一般已经选好的合伙 人接触。一聊之下，盛年和乐水惊喜地发现，对方非常赞同她们的理念，要做就做国内最好的面料商、加工商，并且对盛年提出的附加高科技的想法非常感兴趣，和盛年、乐水就高科技面料、材料深入讨论了两个多小时。

晚饭后，卢一般又单独和盛年、乐水开会，大家一致对合伙人比较满意，那么接下来的问题就是只要卢一般的投资款到位，加工厂就可以启动了。前期工作已经全部就绪，手续也已经齐备。

卢一般笑眯眯的样子很真诚也很坦率，“能不能最终达成合作意向，就看我和崔恒语的谈判了。作为对他影响最大的两个合伙人，盛年、乐水，你们的意见至关重要。希望到时你们可以说服他，可以让我们交叉持股，共同发展。”

盛年自然明白卢一般的意思，卢一般始终没有透露想要交叉持股荣光美体多少股份，她意味深长地看了乐水一眼，“先不提你和乐水的恋爱关系，在商言商，我和乐水才是崔总的合伙人，肯定是站在他的立场上说话。虽然我还没有和崔总交流，但以我对他的了解，他能接受的股份置换比例应该不会超过百分之十。”

乐水吐了吐舌头，“百分之二十应该是一个合理的范围。”

“乐水！”盛年加重了语气，“我有一个想法，我们现在可以从荣光退出，直接和卢总合作，就可以做到生产和销售一体了。从感情上来说，对不起崔总。但站在商业的角度，也无可厚非，是吧？”

乐水一愣，想说什么，见卢一般朝她连使眼色，她歉意地一笑，摇了摇头，“不行，做人要有信誉，人品才是一个人的最高学历。如果我们现在抛弃了崔总，等于我们失信于他。如果没有他，荣光就不会存在，我们也不会有今天的进展。我们不能做对不起崔总的事情。”

卢一般哈哈一笑，“盛年，你这就不对了，不能这么测试乐水，她心思简单，还以为你真是这么想的。”

盛年回应了卢一般一个会心的笑容，“乐水心思简单，可是卢总心思缜密，非同一般啦，我得保证乐水不会被你带偏了。”

“还是信不过我？哈哈！”卢一般努力坐直了身子，“明白了，你肯定是又听谷黄说我什么了。有一句话盛年你肯定听过，来说是非者，便是是非人。我们认识以来，我有没有说过一句谷黄的不是？我和她以前的事情，一句两句说不清楚，何况清官难断家务事。婚姻本来就是一个无解的方程，有人非要用标准答案去套，自然会得出错误的结果。婚姻是一家无限关爱有限责任的公司，在婚姻中，我自认对谷黄做到了无限关爱的义务，但我只会承担有限责任。”

第三十八章　离婚是无解的方程

“来说是非者，便是是非人……说得真好。”乐水踢了踢盛年的腿，“行了盛年，我知道了，我和一般是恋人关系，不是合伙伙伴，所以我在商业立场上还是站在崔总一边，你放心，我有我的职业操守！”

“那就好。”盛年忍了忍，还是没有说出卢一般套路乐水的事情，尽管她总觉得卢一般对待乐水不是百分之百真心，但还是点了一点，“卢总，现在不谈公事，只谈私事。乐水是一个好姑娘，坚强、独立、认真，但再好的姑娘也是女人，有依赖性，需要安全感。你年龄比乐水大了不少，希望你善待她对你的真情，不要有半点虚情假意。乐水受过感情上的伤害，女人和男人不一样，女人对待感情持久而长远。我能看出她对你是认真的，希望你也认真待她，不要有套路，不要耍花招，以真心换真心。”

乐水眼睛都湿润了，卢一般也是一脸严肃，“你放一百个心，盛年，我如果对乐水有半分虚情假意，我不得好死！我四十岁的人了，不会再想游戏人生了，想找一个踏实可靠的姑娘，安心地过一辈子。离婚一次的男人是块宝，但离婚两次的男人是棵草，我这一辈子恐怕只有这最后一次机会了，你觉得我会浪费吗？”

“我相信他，盛年，也谢谢你的关心。”乐水听不下去了，不忍心看到卢一般被盛年刁难。

盛年暗暗摇头。乐水现在已经深陷其中，不能自拔了，她不能再继续说什么，只好含蓄地转移了话题：“卢总最近有没有和谷姐联系？我怎么听说，谷姐也有意进军内衣加工行业，而且已经在广州选好了地址。”

“她？”卢一般先是一愣，随即又不以为然地笑了，“她不过是闹着玩的，她对这个行业不了解，又没有真正地下功夫考察和调研，怎么投资？而且广州也没有好的地段可以建厂了。”

“不是新建工厂，谷姐是想直接收购一家工厂，然后升级改造……”盛年暗暗一笑，她从卢一般微有慌乱的眼神中读出了什么，卢一般对谷黄的畏惧深入骨髓，他是真怕谷黄进入内衣加工行业，“而且谷姐不是只想做代加工，还想打造属于自己的品牌，听说已经在注册了。”

“如果她真的进军了内衣行业，我倒是想祝福她。我和她分开之后，从事的行业一直没有交集，如果我们从事同一个行业，才算是真正的交锋，可以一比高下。”卢一般很快就恢复了平静。他开始时还真以为是盛年在试探他，后来却发现盛年不像在说谎，再联想到谷黄的性格，估计八九不离十，他反倒镇定了下来。

当然，他说的也并非全是真心话。谷黄虽然一心想在商业上打败他一次，不管是什么心理作祟，他都可以理解，但理解并不等于可以接受。说实话，卢一般还真有几分担心谷黄的进入会搅乱市场，因为谷黄太强势了。她不管进军哪个行业，都是以一副雷霆万钧之势来势汹汹，胆小的都会先被她吓得退避三舍，胆大的也会被她的大刀阔斧惊得躲避一旁。

谷黄有时看似莽撞，但外人或许不清楚，他却很明白莽撞也是谷黄的商业策略之一。就像程咬金的三板斧一样，斧头乱舞之下，大多数人都会露出底牌，而谷黄则会因此一举看穿对手的底牌，从而无往而不利。平心而论，从和谷黄离婚之后，卢一般在商业布局上看似无心实则有意避开了谷黄所涉及的行业，怕的就是和谷黄狭路相逢。

没想到，谷黄还是直接冲他杀了过来。他好不容易才选中了一个新兴行业，并且非常看好美体内衣的未来。之前一直采取了静默的做法没有答复盛年，就是不想事情闹大被谷黄知道，想要暗度陈仓，等木已成舟之后再公布，谷黄想要阻止或是阻击也为时已晚。

不对，之前谷黄明确表示对内衣行业不感兴趣，为什么就突然改变了主意，非要和他正面争夺市场？难道是……卢一般猜到了什么，眯着眼睛，猜疑的目光投向了盛年。应该是了，多半是盛年说服了谷黄。在商业利益的驱使以及想要在正面战场打败他的两重动力下，谷黄杀入美体内衣行业，也在情理之中。

毕竟谷黄经商多年，只要她对美体内衣行业有了兴趣，深入研究一下，就会得出符合未来消费趋势的结论。对于谷黄的商业头脑和判断力，卢一般还是很服气的，要不早年创业，谷黄很快就打开了局面，而他却一败涂地。

当年的失败，他其实输得心服口服，虽然表面上嘴硬，内心却是佩服谷黄的眼光和魄力。但自从第二次创业成功后，他的尾巴也翘了起来，而随着事业越做越大，他对谷黄的佩服就淡化到了快要消失的程度。

快要消失，却还是没有消失，在内心深处还是对谷黄存有了一丝敬畏。也许是当年谷黄伤他太深，压迫他太狠，让他在心灵上留下了创伤，久久无法愈合。

这也可以理解。当年他将全部的爱和关怀都寄托在了谷黄身上，却没想到，谷黄反过来利用他的爱和关怀伤害他。所谓爱有多深伤就有多重，最后和谷黄闹离婚时，他和她吵得不可开交，几乎把世界上最恶毒的语言都用了一遍用来攻击对方。

失败的婚姻对每个人造成的伤害程度并不相同，但相同的是，心灵上的创伤很难愈合，需要漫长的时间才能抚平。越是相爱的两个人，分手时反作用力反而越大。卢一般相信在他和谷黄的婚姻里，他所受到的伤害比谷黄要严重上十倍。

毕竟他相当于被谷黄抛弃了。就像约定好一起远行的两个人，才走不远，另外一人发现同伴不能跟上她的脚步，觉得他是一个累赘，不给他解释和提升体力的机会，毫不犹豫地遗弃了他。尽管她还怜悯地扔下了一些食物和水，以免他饥饿而死。但不是出于道义和爱，而是因为法律。

是的，在分手时，谷黄原本不想分给卢一般一分钱的财产。因为在她看来，他们的共同财产已经被卢一般的创业挥霍一空了，她现有的财产完全是她自己赚来的，凭什么要分给卢一般？

卢一般请了律师，谷黄也请了律师。双方律师碰头之后，各自给出了条件。卢一般的律师建议卢一般不再要求分割一半财产，要求三分之一。只要谷黄答应，他就立马签字。

谷黄的律师也是同样的意见，并且告诫谷黄，如果打官司，有可能会打上一年半载，最终的判决结果不会比三分之一少。而且受官司的影响，谷黄现在的生意可能还会受到严重影响，到时损失的可能更多。

谷黄无奈之下，才答应了三分之一的财产分割。此事让卢一般对谷黄的最后一丝温情也消失殆尽，尽管他知道现在家里的所有资产确实都是谷黄赚来的。他当初只想要四分之一家产就满足了，但谷黄却一分也不想分给他，他才提出了对半分割。

可以说，和谷黄失败的婚姻，是卢一般人生中最灰暗的一段时光。许多往事他都不想再回忆，一想起来就会无比愤怒，并且大感屈辱。

“卢总真能这么想，我很佩服，有大将之风。”不管卢一般所说的是不是真心话，她想要的效果已经达到，盛年也就见好就收，“明天回广州，期待卢总和崔总达成意向。”

卢一般眯起眼睛，“会的，肯定会，而且一定会抢在谷黄之前启动我们的合作。就像我和乐水的爱情一样，我和崔总的合作一样是天作之合。”

回到广州时，已经是下午时分，盛年一下车就急匆匆冲到了办公室，却没有见到儿子。

又来到崔恒语的办公室，崔恒语和郝进都在，儿子不在，她就愣住了，“管意呢？不会被管重来偷走了吧？”

在回来的飞机上，盛年做了一个梦，梦到管重来趁她不在偷走了儿子管意，将儿子藏在了她找不到的地方，她急得火烧火燎，差点发疯。

“看狗血电视剧看多了吧？”崔恒语愣了片刻，哈哈一笑，“别说管重来不敢来，就算来了，也找不到管意。就算找不到了，也未必带得走……他睡了，刚才玩累了，吃了东西就嚷嚷着‘困了’。”

郝进手脚勤快地替盛年挂好了包和外套，“现在意意特别黏崔总，连我都不喜欢了，只要见到崔总就亲得不行，抱也抱不走。崔总还真是有亲和力，我们都说他肯定心眼特别好，小孩子就喜欢心眼实在、心地善良的人。”

“嘿嘿，头一回给人当干爸，没什么经验，就当拿意意练手了。有练得不好的地方，盛年你多担待。”崔恒语憨厚地搓着手笑了，“郝进也特别喜欢意意，她说她以后也要生一个和意意一样可爱的儿子……”

第三十九章　慢慢来，别太快

“我没有，我没说。”郝进红了脸，转身出去了。

崔恒语立刻恢复了一脸严肃，“郝进总算走了，趁现在意意还没醒，赶紧说说正事。”

原来崔恒语不是纯粹地和郝进开玩笑，是想让她离开房间。盛年顿时对崔恒语高看了一眼，憨厚之中不失精明，崔老板近来进步不小。

盛年还未开口，乐水也进来了。盛年就和乐水你一言我一语地说起了与卢一般交手的过程，盛年还特意强调了在她提及谷黄也要进军美体内衣市场时卢一般微有失态的反应。

乐水突然就插了一句："我觉得他当时挺正常的，没有什么反常的变化。盛年你是不是看错了，要不就是太敏感了。"

恋爱中的女人总是过于美化自己的恋爱对象，盛年完全可以理解乐水的表现。当年她和管重来热恋时，管重来的迂腐和书呆子气，在她眼里也是无比美好的形象，她觉得他可爱、多才，君子不器，文理一身。现在想起来，虽然还是觉得管重来优点不少，却不再如当时一样是狂热的迷恋了。

乐水现在的状态不太适合讨论重大决定，盛年又不好明确表示不让乐水在场，只好说："这不是问题的关键，关键是，如果谷黄真的也要上马美体内衣加工厂，我们就又多了一个选择，在和卢一般谈判时就多了筹码。"

“不是说要和他合作吗，怎么又变卦了？”乐水有几分不高兴，“盛年，你不能这样出尔反尔，做人要有诚信。”

崔恒语也意识到了乐水的问题所在，“选择从来都是双向的，乐水。在没有签订合同之前，所有口头达成的意向都不能作为法律依据，也不能当成诚信的参考。商业上的事情，就是要货比三家，就是要利益最大化。”

“我觉得这样对卢一般不公平。”乐水真生气了，“你们故意拿谷黄来恶心他、刺激他，要的就是想压价和逼他让步，手段很不光明。”

盛年被乐水气笑了，“你觉得卢一般提出和荣光美体交叉持股就光明、就正当了？商业上的事情，都是利益优先，只有谈好了利益分配，才能联手做事，才能做大做强，服务社会。在没有解决自身的利益分配之前，所有的一切都是空谈。”

乐水察觉到自己过于敏感了，忙往回找补，“好吧，崔总对于和卢总交叉持股的建议，是什么想法？”

崔恒语沉默片刻，“只要卢一般不是狮子大开口，也可以接受，就看怎么估算价值了。荣光最大的价值就是创意和团队，也就是说，价值体现在你们身上。其实卢一般也可以和谷黄一样，在投资建加工厂的同时，也打造属于自己的品牌。荣光只和他合作代加工的部分，欢迎他的品牌在市场上和荣光公平竞争。”

崔恒语的回答和盛年设想得差不多，既理性又顾全大局，她提议：“崔总，方便约一下谷姐，我想先和她聊聊。”

乐水立刻猜到了盛年的心思，“盛年，你是想在谷黄和卢一般中间走钢丝？”

盛年不理会乐水话里话外的不满，呵呵一笑，“左右逢源，追求利益最大化，维护公司利益，是我们的职责所在。”

确定了和谷黄三天后见面，盛年才踏实了许多。正好儿子也醒了，她忙过去抱儿子。结果儿子推开她，直接扑到了崔恒语的怀中求安慰。

盛年一脸无奈，小家伙也太势利了、太忘情了，才跟了崔恒语几天，就连亲妈都不认了？

结果管意一句话逗乐了所有人：“干爸，要不你和妈妈一起过吧，这样我们就不用分开了。”

和郝进、儿子一起回到家中——乐水回去住了，她和卢一般确定了恋爱关系，自己住和卢一般约会也方便一些——由于有郝进的原因，家里一切井井有条，毫不杂乱。

吃过饭，又聊了一些公司的事情，盛年累了，要去睡觉。刚躺下，管重来的微信就来了。

回来之前，盛年就给管重来留言了，结果和往常一样没有回复，她也没有在意。现在她差不多已经习惯了没有管重来的日子，钱可以自己赚，儿子可以自己带，事业可以自己打拼，管重来在不在似乎关系不大。

什么时候她和管重来成了这么陌生而疏远的关系？盛年也不清楚现在她和管重来

算是冷战还是什么状态，是离婚的前期？最近一直忙于工作，她很少去深思她和管重来到底要以一个什么方式来结束目前的僵局。

离婚？她还真没有想过。尽管她现在很独立，但现在社会的包容度对一个离婚女性尤其是带一个男孩的女人还是不太友好。以谷黄的优秀并且没有孩子，她现在依然单身，就说明了许多问题。

当然，也和谷黄的性格以及要求过高有关。但离婚一次的女性选择再婚时，肯定会精挑细选，不想再一次受婚姻所伤。

"再有一周就回家，一切都好，勿念。儿子还好吗？我想你们了。"

盛年打开床头灯，盯了管重来的信息半天，一时不知道该回些什么。过了一会儿，困意袭来，她不知不觉中睡着了。

一早醒来，盛年给管重来回复了一句："在外面漂累了，想回家，家门始终为你敞开。"

管重来没回复，以后一周内，也没有任何消息。

三天后，在广州的谷黄公司总部，崔恒语、盛年和乐水三人，登门拜会了谷黄。

谷黄的办公室坐落在广州的繁华地带，租下了整整一层作为办公场地，装修得豪华气派，一眼就可以看出公司的实力。

谷黄坐在高大的办公椅上，俯视崔恒语几人，姿态拿得很高、很到位。

"不瞒你们说，昨天我刚和卢一般见了一面……"

盛年心中一惊。卢一般动作好快，居然第一时间和谷黄碰面了，应该是听到了什么风声。她下意识地多看了乐水一眼。

乐水淡定地笑了笑，"不是我，我没和他说过什么。他在上海就知道了谷姐想要进军美体内衣行业，以他的性格，肯定会第一时间出手，摸清对方底牌。"

盛年相信乐水没说假话，"谷姐，如果我没猜错的话，你们的见面，谈得并不愉快……"

盛年观察到了谷黄脸上一闪而过的怒气，而且以她对谷黄和卢一般的了解，二人之间不可能达成共识。谷黄强势而霸道，卢一般绵里藏针，又精于算计。他们的过招，肯定是刀光剑影、互不相让。

果然，谷黄哈哈一笑，"何止不愉快，差点打起来，还好卢一般关键时刻清醒过来，知道就算是打架也不是我的对手，赶紧灰溜溜滚了。乐水你也别生气，就算你和卢一般恋爱了，我再欣赏你，也会继续和他势不两立。我和他的事情与你无关。"

乐水是有几分不高兴，听谷黄这么一说，只好收拾心情，“我是中立的，也不想知道你们以前的事情。现在只谈生意，不谈个人私事。”

卢一般来找谷黄是想当面问清楚关于谷黄进军美体内衣行业的真实想法。谷黄也没给他好脸色，直接说她杀入美体内衣行业，就是想正面打败打残卢一般，要的就是围堵卢一般的活路。卢一般也知道谷黄的脾气一向如此，她明明是出于商业的考量，却非要说成是为了对付他，但他还是忍不住生气，告诫谷黄别上了别人的当，别被人当枪使，成为借力打力的支点。

谷黄知道卢一般所指的是崔恒语，也不避讳，当即告诉他，她知道崔恒语是想利用她来撬动他的利益，但她就是愿意，她就是不想让卢一般好过。卢一般也可以千方百计地对付她，她举双手同意。在正面战场的商业战争，她愿意和卢一般一战定胜负。

卢一般也清楚，谷黄对他的恨除了在婚姻中的分歧和矛盾之外，还有在财产分割时的遗留问题。谷黄始终觉得他得了天大的便宜，平白分走了她三分之一的财产。他记得当时签字时谷黄还咬牙切齿地说，在婚姻中输掉的部分，总有一天她会在正面战场上拿回来。

等了多年，谷黄终于找到了机会，现在要冲他出手了。

卢一般原本也没打算说服谷黄放手，只是想和谷黄结成暂时的同盟用来对付盛年和崔恒语的分化与离间。却没想到，谷黄如此不可理喻，完全没有商量的余地。

临走时，谷黄还警告他，别想利用乐水来窃取荣光内部的商业机密，一旦被她发现，她会告诉乐水，让乐水知道他的本来面目。

对乐水和卢一般的恋爱，谷黄既惋惜又痛心。当时她一念之差，没有告诉乐水卢一般套路她的真相，以致卢一般迅速得手。她是女人，知道事已至此，乐水已经听不进去任何建议。

谷黄稍微收敛了几分气势，摆出了语重心长的姿态，“乐水，卢一般是一个隐藏很深的人，我花了十年时间才算真正看清了他的为人，希望你不要被他的表象欺骗。记住，要慢慢来，别太快，人生有些路，走错了想要再回头时，你会发现要付出的代价太大了……”

第四十章　中了爱情的毒

“谢谢谷姐，受教了。”乐水坐姿很端庄，双手抱膝，“今天来是要和谷姐谈谈商业合作的事情，我和卢一般的感情是私事，就不占用大家的宝贵时间了。”

谷黄知道乐水是委婉的拒绝，她不像盛年一样温柔，“反正我丑话说到前头，乐水，你要真和卢一般在一起，早晚有你哭的时候。到时你别怪我没有事先提醒你，反正我有什么说什么，你不高兴我也说。”

见乐水脸色越来越差，盛年于心不忍，忙说：“谷姐，乐水会处理好她的个人私事，我现在就想知道谷姐对于和荣光的合作，有没有什么具体意见？”

“有，我想好了，我的加工厂由于是直接收购过来的，马上就可以升级改造。在升级改造阶段，就可以让盛年和乐水介入，帮助在技术上升级。至于合作方式嘛……”谷黄看了崔恒语一眼，“我以前也和老崔沟通过几次，初定的方案是盛年和乐水免费帮忙升级，升级成功后的加工厂，可以免费为你们生产几款产品。但条件是，后期荣光要将一半以上产量的代工交给我来做，并且要负责指导我旗下品牌的美体内衣的生产和销售……”

表面上看，谷黄的要求并不高，实际上仔细一想，比卢一般的要求还要过分。因为相当于盛年和乐水成为她品牌的技术和营销总监，而且还是免费奉献。等于说盛年和乐水要为谷黄服务，打造一个和荣光竞争的竞品出来。

乐水当即表示了反对：“谷姐的要求太高了，我们做不到。我们不可能帮你打造和推广品牌，自己为自己树立竞争对手……”

崔恒语没说话，看向了盛年。他虽然也觉得谷黄的条件有点难以接受，但却没有急于表态，盛年的意见才最重要。因为盛年看待问题的方式和他们不太一样，并且更长远、更有见解。

盛年看了看崔恒语，又看了看乐水，起身来到饮水机前，接了一杯水，然后说：“谷姐的提议倒也有可行性，具体到一个执行层面上的细节化，还需要进一步商量。如果只是项目形式的合作，我和乐水就算按照合同要求负责谷姐名下品牌美体内衣的生产和销售，也会有所保留。毕竟，不是自己的孩子，不会真正地投入和热爱。这是最简单的道理，也是人性，相信谷姐也懂。”

“你的意思是？”谷黄经商多年，既了解人性，也知道在商言商的道理，“可以从项目合作的形式上升到股权合作？”

盛年笑了，顺水推舟，“卢总就提出了和荣光交叉持股的想法，崔总和我们还在商量要不要接受。但听了谷姐的设想，我觉得和谷姐交叉持股更有利于荣光的发展。毕竟，谷姐要的是产业链，是从生产到销售的所有环节，而卢总只想要生产环节。当然，只是我的个人想法，还没有来得及和崔总、乐水商量。”

“不用商量了，就这么定了。卢一般……就让他出局好了。”谷黄早有准备，扬手扔出一叠材料，“老崔你先看看合作条款，不满意的地方现在就提出来，你们可以一起商量，争取今天就把合作定下来。”

比起卢一般的缜密和慢工出细活，谷黄雷厉风行的风格，确实有让人有耳目一新的感觉，连盛年都佩服谷黄的魄力。怪不得当年一起创业，谷黄成功而卢一般失败了，也和卢一般过于谨慎、算计的性格有关。

谷黄的合同并没有什么太苛刻的地方，基本上做到了对双方都有利，显然是一份精心准备的合同，精确地计算了双方的利益和需求。

盛年暗暗称奇，表面上强势霸道的谷黄，做起事来细致周全，并且干脆利落，毫不拖泥带水，确实有大将之风。

乐水虽然因为卢一般的原因，对谷黄微有偏见，但也不得不承认合同面面俱到，没有遗漏，可以说是一份只要签订就可以立刻落地的实用合同。

崔恒语和盛年对视一眼，当即就有了决定：“签！”

“不改一字？”谷黄笑得很自信，“至少要提几个条件，我才安心，才相信你们是真心要和我合作。”

“提，这就提。”崔恒语笑得很灿烂。他相信谷黄是真心想要合作，一是出于商业上的诉求，二是想要截和卢一般。眼见自己的策略奏效，拿到了大礼包，他不开心才怪。

几个人商量一番，虽然乐水还有反对意见，但反对的声音不大，主要是她觉得就这样甩了卢一般有点对不起对方。但在商言商，而且她又是公司的最小股东，最后只能妥协。

中午，为了庆祝达成合作意向，庆祝未来合作成功，谷黄在她的会客厅大摆宴席，款待几个人。谷黄有自己的厨师和厨房，重要人物来了，都是在公司请客。

吃饭期间，乐水借故上洗手间，将消息第一时间通报给了卢一般。

“卢一般现在肯定知道了……”望着乐水出去的背影，盛年微微一笑，“真没办法，卢一般输了合作却赢了爱情，我们已经失去了乐水。”

“不会，乐水早晚还会回来，她现在中了爱情的毒，正在发烧中。”谷黄转动红酒杯，“卢一般只是输了第一局，他不会甘心的。你们也别掉以轻心，战争，其实才刚刚开始。”

盛年并没有首战告捷先庆功的想法。万里长征才迈出第一步，荣光以后能不能一炮打响，打开市场并且占领市场，还是未知数。路，还很漫长。

“知道我为什么突然下定决心要做美体内衣吗？”谷黄和崔恒语碰了碰杯，“好吧，我也承认有在正面战场打败卢一般的念头，但这只是其中微不足道的一个因素。看好未来的美体内衣市场是关键，还有一点，我前两天看了一个新闻，让我既痛心又难受。一项数据表明，每七点四秒，就有一个女人被暴打。百分之二十四点七的女人，曾遭受过不同形式的家庭暴力。国内相关组织接收到的家暴案例里，最长的是四十年。四十年，人生有几个四十年？一个女人从二十岁结婚到六十岁，整整四十年里，一直在承受家庭暴力，太可怜、太气人了。

“女人一生为家庭奉献得已经足够多了，比男人多了许多倍，为什么还要承受这么不公平的待遇？难道仅仅因为男人比女人更有力气？还是男人比女人更有本事、更能赚钱？不，都不是，还是女人太不爱惜自己，太能逆来顺受，太不自尊自爱！女人自尊自爱从哪里做起？就是先从美丽做起，从身材管理到塑造身材，再到身心健康。一个自信的女人，就不会任由男人欺负，任由男人凌辱！所以，我要为全世界的女人代言，要为她们争取她们应得的权益！女人的坚强独立，先从爱惜自己、塑造形体开始！”

崔恒语激动了，站了起来，“谷总的话说出了广大女性的心声，我代表所有男性，敬你一杯！世界因为女性而美好，希望以后会因为更多美丽的女性，而更加美好。”

盛年也举杯致敬。

乐水回来了，正好赶上，几人一起干杯。

饭局快要结束的时候，卢一般的电话打了进来。谷黄也没有避开众人，接听了电话，还有意无意地多看了乐水一眼，特意打开了免提。

乐水故作镇定，假装她没有向卢一般通风报信。

“谷黄，恭喜你和崔总达成合作意向。你很有眼光，也很有魄力。崔总是一个值得信任、值得依赖的合作伙伴，和他合作，至少可以不用担心上当受骗，也不用提防他会背后使坏……”

卢一般的声音沉稳有力，丝毫没有因为被抢走了生意而恼怒。盛年暗自佩服，卢一般的涵养功夫，确实非同一般。

谷黄不耐烦地打断了卢一般的话：“行了卢一般，你我曾夫妻多年，早就知道对方是什么类型的鸟，就别唱歌了。说吧，打电话来有什么事情？赶紧的。”

“呵呵，作为胜利者，你不应该稍微同情一下失败者吗？”卢一般干笑几声，“我是想告诉你，先别高兴得太早了，现在你只是第一个回合胜利了，谁笑到最后还不一定呢！”

“文雅一点的说法是，鹿死谁手还未可知对吧？”谷黄哈哈大笑，“卢一般，我还真不是看轻你，江山易改本性难移，以你的性格，不管是第一回合还是第二回合，你都不是我的对手，你比我差了十万八千里。知道你的问题出在哪里吗？凡事都喜欢先算好得失，还要算计怎样才能避免最坏的结果。商业上的事情和人生一样，要是能计算出来每一步，活着就没有什么意思了！我比你强的地方是，我敢拼、我敢赌、我敢干，差不多的时候就下手，不会去想每一步会遇到什么困难……”

“呵呵，谷黄，你还是和以前一样犀利、一样想到做到，谢谢你的一番教诲，我记下了。”

第四十一章　三等男人理论

“别虚伪了，你要是真觉得我比你强，你早就学我了，也不会是现在这个样子。不怕告诉你，以前你有好几笔生意，都是被我以同样的手法在关键时候截和的。前年上海的项目，去年深圳的项目，还有今年初北京的项目，哈哈，为什么马上就要谈成的时候，对方突然变卦了？你难道到现在还不知道原因？”

电话另一端沉默了一会儿，卢一般的声音再次响起时，多了几分怨恨和不甘，“谷黄，你这又是何必呢？世界这么大，生意那么多，你为什么非要跟我过不去？过去的事情已经过去了，你为什么非要揪住不放？你是放不下对我的爱，还是放不下对我的恨？”

“我是放不下你对我的伤害，放不下你抢走了我三分之一的财产！你现在拥有的一切，都是我当年三分之一的财产在升值。在我看来，你只是暂时的保管员而已，早晚我会拿回属于我的一切。”谷黄冷笑几声，“卢一般你记住了，我和你的战争才刚刚开始，总有一天，你会失去你现在拥有的一切，包括爱情。”

“疯子！疯女人！你不可理喻！”卢一般终于爆发了，“谷黄，你给我记住，别以为我不知道你在我身边安插了眼线，你还想挑拨离间我和乐水的关系，不要紧，尽管放马过来。我当初敢和你离婚，哪怕净身出门也不回头，就是知道你是一个极度自私的坏女人。本来以为经过几年在商场上的历练，你会成熟起来，没想到，你还是和以前一样易怒、暴躁并且不分轻重。谷黄，总有一天，你会死在自己的傲慢和无知上面！”

“我愿意。就算死了，也不需要你可怜和同情！”谷黄再一次看向了乐水，“我没有离间你和乐水，你套路乐水的手法，大家都看得清楚。哪里有什么韩影和你谈恋爱，不过是你编造了一个捕风捉影的爱情故事。乐水现在不明白，总有一天她会感谢我的。我们战场上见，卢一般。”

挂断电话，谷黄反倒换了一副轻松自若的态度，冲几个人点了点头，“哈哈，不好意思失态了。我这个人爱憎分明，对于伤害过我的人，一辈子不会忘。对于帮助过我的人，一辈子记在心里。男人分为三等，别以为你成功了就了不起，在我眼里，你永远是第三等男人。”

回去的路上，乐水怏怏不乐，盛年安慰她几句，她还是无法开心起来。谷黄的三等男人的话一直在耳边回响，无比刺耳又挥之不去。

真烦人！乐水心中喟叹一声。为什么会闹成现在的局面？本来挺好的一件事情，各项进展顺利，让谷黄一插手，就变成了一出闹剧。盛年和崔恒语也是，干吗非要和谷黄合作？他们难道看不出来谷黄不管是在人品还是商业眼光上，都不如卢一般吗？

他们应该就是对她和卢一般恋爱不满，崔恒语是出于嫉妒，盛年是因为失落，哼，一个比一个小心眼。

乐水越想越气。最让她生气的是谷黄对卢一般是第三等男人的认定，什么，卢一般是一等男人，怎么可能是三等男人！谷黄就是一个疯子。

谷黄所说的三等男人的理论，像是一把尖刀刺进了乐水的心脏，让她久久难以释怀。

一等男人，不管贫穷还是富有，不管患难还是发达，都对女人不离不弃，爱若掌上明珠，始终如一。因为他相信自己的眼光，不忘初心。二等男人，贫穷时可以与妻子共患难，发达后就算嫌弃妻子，也会维持表面上的婚姻，保证妻子在生活上的富足。哪怕不再爱她，也不会抛弃她，遵守承诺，对她负责到底。三等男人，贫穷时对妻子抱怨，富有后对妻子嫌弃，从打骂到抛弃，从来不承担一个男人的责任和担当，从来没有一个男人的自强和勇敢，而是失败时埋怨，成功后炫耀。

乐水当时就想反驳谷黄。谷黄和卢一般离婚，是卢一般被谷黄抛弃，而不是卢一般抛弃谷黄。而且有数据表明，贫困夫妻发达后，男人抛弃原配的比例顶多百分之三十，而女人甩掉原配的比例高达百分之九十以上，说明了女人比男人更容易见异思迁。

当然，也和女性成功的比例太低有关，如果女性的成功者像男性一样多，相信比例会大幅下降。只是一个并不科学的数据统计，并不能说明什么问题。但乐水就想拿出来和谷黄理论一番，用来击破谷黄对卢一般的诬蔑。

但在盛年和崔恒语的暗示下，她只好咽了回去，忍气吞声。难道说为了商业利益就不能有自己的观点了？为什么在利益面前，就连盛年也不能坚持自己的原则，而要向资本妥协?

盛年告诉乐水，她不反驳并不表明她赞同谷黄的话，但要明白一件事情，她们不是和谷黄交朋友。交朋友要三观相近、理念相同。她们只是和谷黄做生意。做生意，取长补短，看人看缺点，但用人要用长处。所以谷黄尽管有性格上的缺陷，但并不影响和她的商业合作。

尽管盛年说得在理，乐水还是无法接受，尤其是谷黄和卢一般的一番对话，让她气愤难消。事后她问盛年是不是知道卢一般套路她的事情，盛年没有正面回答，只说让她自己判断。有时善意的谎言也是谎言，但恶意的真话，还是真话。

回到公司，又开了一个会，确定了和谷黄的合作后，崔恒语晚上要开庆功宴，乐水推掉了，她约了卢一般共进晚餐。

乐水走后，盛年就和崔恒语、郝进一起去吃饭。

儿子近来和郝进关系也有了突飞猛进的发展，一口一个“姐姐”叫得嘴甜。郝进从小带弟弟，本来就有带孩子的经验，又喜欢小孩，现在管意简直成了她的跟屁虫。如果非要管意在盛年、崔恒语和郝进三人之间选择一个的话，他会选择郝进。

盛年为此好不伤心。自己的儿子跟自己不亲，也算是她为了事业付出的甜蜜代价。在问到儿子是不是想念爸爸时，儿子先是大声说“不想”，过了一会儿又想起了什么，拉着盛年的手，俯在她耳边小声说了一句：“大声说不想是想气爸爸，其实心里还是很想他的，不知道他能不能听到我心里的话？”

盛年一阵心酸。

饭间，崔恒语表达了对乐水的担忧。盛年虽然也同样担心乐水会被卢一般带偏，但郝进却比她和崔恒语更乐观。

“乐水姐其实是很有主见的一个人，她就算一时没有认清卢一般的为人，也不会被他欺骗太久。其实就算卢一般真的套路了乐水姐，却是出于对她真心的喜爱，也算是善意的谎言，乐水姐不会计较，会毫不犹豫地原谅他。有时在感情世界里，分不清对错、看不清是非，只要是一个喜欢就可以掩盖一切。喜欢是喜欢一个人的优点，但爱，则是包容他的缺点。希望你们不要太低估了乐水姐的分辨力，要相信她对卢一般的判断。现在她还和卢一般在一起，说明她能感受到卢一般对她的爱是真爱。”

盛年和崔恒语都吃惊地看着郝进，没什么恋爱经历的她怎么就说出了这样一番有哲理、有见解的话。

郝进吓得连连摆手，“我是看韩剧看多了，从里面学会了一些道理，是纸上谈兵。”

“进姐姐，你先别着急谈男朋友，干爸说了……”管意拉着郝进的胳膊。

众人都屏住了呼吸，到底崔恒语对管意说了什么。

“干爸说，等我长大了，让我保护你。我决定了，我长大了就娶你，保护你一辈子。”管意小大人一样一刮鼻子，“我可厉害了，肯定又帅又有钱，还是长腿欧巴。进姐姐，你一定要等我长大，不许喜欢别人哟。”

众人大笑。

在一处奢华的旋转餐厅，乐水和卢一般相对而坐。面对琳琅满目的食物，乐水全无食欲，扔下刀叉，一脸愤愤不平，“谷黄太可恶了，既然离婚了，为什么还要对你穷追不舍？她是不是变态呀？盛年和崔恒语也是，没原则、没底线也要和她合作。这样一个人品差到极点的人，能做出什么好产品？我非常不看好和谷黄合作的前景。”

卢一般反倒劝慰乐水。他一脸平静，眼神中也全是平和，看不出有丝毫生气的迹象，“行啦，别生气了，在商言商，盛年做的也没错。我当初在考虑要不要和你们合作时，不也是事先做了大量的功课并且考察了许多厂家。商业上的事情，就得按照商业规律办事。我不怪盛年和崔恒语的决定，这才刚刚开始，来日方长。不过，他们和谷黄合作的思路，倒是为我打开了另外一扇门……”

“是什么？”乐水收敛了几分怒气。

“你也可以和我建立更深度的合作，比如你甚至可以入职我的公司，成为我工厂的总经理。”卢一般笑意盈盈地抛出了诱饵。

第四十二章　明白自己想要什么

“不不不……”乐水还是保持了足够的冷静，“我挑不起总经理的重担，你就别捧杀我了。我也不可能现在放弃荣光加入你的公司，这不符合我做人的原则。虽然我很爱你，但我不想感情和事业混在一起，而且我觉得在美体内衣上面，还是盛年更专业、更有创意，就连崔恒语也比你有想法……”

“正是因为这样，我才需要你的帮助呀！”卢一般含蓄地笑了笑，“不过我不勉强你过来帮我，暗中帮我就可以了。我短时间内也不打算经营自己的品牌，只做代加工。等你们和谷黄的品牌打开市场之后，我再根据市场的反馈看看是不是可以打造一个品牌出来。在此之前，我还是希望拿到你们的部分订单……”

“订单我可以帮你想想办法，你的工厂是新建工厂，只要技术力量达到了，相信盛年会优先选择由你来代加工。”乐水忽然想起了谷黄的话。卢一般确实行事谨慎，在现在的情形之下，还想等荣光和谷黄打开美体内衣市场之后再尝试打造品牌，到时谁知道还有没有机会？

“还有一件事情，乐水……”卢一般忽然拿出一个戒指，“作为一个离过婚的男人，又比你大了好几岁，我的成熟是来自生活的磨炼，所以我知道自己想要的是什么，想要过什么样的生活。你别说话，也别拒绝，我知道现在还太早，我不是向你求婚，只是想让你收下我们的爱情信物。你先替我保存，等到你觉得我足够可信并且值得托付时，你什么话都不要说，只管戴在手指上让我看到，我就会郑重其事地向你求婚……”

乐水不知道该说什么了，想拒绝，又说不出口，见卢一般双眼含情脉脉，隐隐有泪花闪动，就心软了。

“谢谢你乐水，你是我在受了无数委屈和拒绝之后的最后一丝温暖。如果没有你，我不知道今晚我该怎么入睡。”卢一般还是没有忍住，泪水夺眶而出，“是，我承认之前关于和韩影的恋爱是假的，只是把一个捕风捉影的故事强加在了我的身上，是为了试探你对我的感觉。因为你太优秀了，在你面前，我实在没有勇气表露自己的喜欢，怕唐突我心目中的完美女神。我只是想借这样的一个小小的伎俩，保留我们之间的联系窗口，不至于让你对我关上大门。

“乐水，请原谅我的欺骗，我是情不自禁、身不由己，我是没有底气、没有信心向你表白，觉得自己配不上你。希望你能理解我的小小心思，我没有丝毫恶意，一切都是因为太喜欢你、不想失去你……”

乐水完全陷落了，拿过了卢一般的戒指，放进了包中，她笑中带泪，“好啦好啦，不说了，我原谅你、接受你、不怪你，行了吧？”

卢一般笑了。

半个月后，荣光美体和谷黄的华年内衣战略合作协议正式签订，盛年和谷黄分别代表各自公司签字。随后，盛年和乐水开始进驻华年内衣，指导华年内衣加工厂的升级改造工作。

原有的加工厂许多设施老旧，技术也十分落后，为了一步到位，盛年向谷黄力争多次，说服谷黄上马全新设备，并且从欧洲引进了许多最新科技以及面料。

与此同时，卢一般的水漾内衣制造厂也在上海正式破土动工，所有设备全部进口，并且是国际最顶尖的水平，摆出了要做国内最顶尖的内衣加工厂的姿态。

在卢一般邀请下，盛年和乐水去了上海一趟，进行实地指导，提出了一些改进意见。卢一般照单全收，完全按照二人提出的要求提升。对于荣光和谷黄的合作，卢一般毫无芥蒂之意，还提出愿意无偿为荣光代加工一批产品以验证技术和质量。

竞争产生动力，此话不假。盛年很清楚卢一般的大度和豁达的背后，是对谷黄的不满和想要与谷黄一较高下的好胜心。

一切都在有条不紊地推动之中，盛年一颗悬着的心终于放了下来。但更大的担忧还在后面，产品推出市场之后的反应，才是生死之战。

再有半个月就要过年了，算起来管重来离家出走已经足足四个月了！距离上一次他说一周后回家又过了两个月，还是不见人影。要不是不时有他的消息，再加上盛年的心理素质足够强大，她差不多就要报警了。

到底管重来在外面做些什么，盛年不知道，但大概也可以猜到管重来不会在做坏事。他没有那么大的胆子，以他的性格也不会做铤而走险的事情。但盛年还是隐隐担心，管重来不会，但如果遇到拉他下水的坏人，他真有可能被坑得血本无归。

到底什么时候才是个头？盛年真的有些疲惫了，她每天都忙得不可开交，还要带孩子。管重来任性得像个大孩子一样，甩手就走了，难道他从来没有想过家里会乱成一团糟吗？比起崔恒语和卢一般，管重来的差距不是一星半点。

不过管重来毕竟经历少，为人又简单，他还需要磨炼和成长。盛年愿意相信管重来在人生道路上只是一时走岔路，只要他肯回头，她不想和他计较太多。

刚安置好儿子，正要睡下时，客厅中忽然传来了郝进的惊叫。

“你是谁？啊，盛年姐，有坏人！”

随后传来了水盆落地的声音。

盛年忙冲出房间一看，管重来呆呆地站在门口，脸庞瘦削，胡子和头发都很长，眼神呆滞，身上衣服脏得不成样子。他头上顶了一个不锈钢水盆，是平常用来为管意冲洗奶瓶的水盆。

水顺着管重来的头发和脸颊流下，滴在了衣服上，他恍然不觉，也不取下水盆，只是犹如行尸走肉一般站在门口，一动不动。

“重来！”盛年冲了过去，取下水盆，交给郝进，“你回来了？回来就好，不管出了什么事情都不要紧，只要回家就好。”

郝进此时也意识到自己扔错了人，不好意思地吐了吐舌头，拿过水盆说：“对不起姐夫，我错了，还以为你是坏人……”

管重来依然没有反应，在盛年的牵引下，一步一挪地进了卫生间。盛年回身朝郝进使了一个眼色，示意她先去休息。

郝进怀着愧疚和不安回到房间，觉得有几分失落。以前她和管意一起睡，现在管意回到了盛年身边，忽然觉得这个小家伙像是有魔力一样，始终牵引了她的心思。

原来管重来长这个样子，不管是身高还是长相，一点儿也配不上盛年姐。郝进回想起刚才管重来失魂落魄的样子，心思微动，不由得想起了崔恒语和卢一般。

应该说，崔恒语还是无法和卢一般相比，不管是阅历还是财富以及见识，崔恒语还是稚嫩了一些。当然，崔恒语也比卢一般年轻不少，他还是单身。

也得承认，崔恒语和卢一般都是优质单身男人，只不过一个是没有结过婚、事业正处在上升期的潜力股，一个是离过婚、事业蒸蒸日上的绩优股。郝进很不解乐水为什么不选择崔恒语而非要喜欢卢一般，难道是因为卢一般比崔恒语更有钱？

应该不是，更大的原因还是在于崔恒语不如卢一般能说会道，也不如卢一般更懂女人、更有泡妞技巧。作为“90后”，郝进虽然年轻而羞涩，但在感情问题上，她自认比“80后”的盛年和乐水更有见解，也更明白自己想要什么。

如果是她，她会选择崔恒语。卢一般离过婚，她不会去喜欢一个曾有过婚姻的男人。她不是歧视离婚男人，而是觉得有过婚姻失败经历的男人要么走不出以前的阴影，要么心思太重，她猜不透他到底在想什么。就像卢一般，每次见到他，她总觉得在他和善的笑容之下，有一颗让人琢磨不透、猜测不到的心。不像崔恒语，笑容憨厚，说话朴实，办事利索，做人简单，她基本上都能知道他在想什么、要做什么。

人，还是喜欢和简单的人相处，这样比较轻松，也有乐趣。当然，她不是乐水，不知道乐水的真实想法，或许乐水就喜欢和复杂的人打交道，成功了才有成就感。

只是不知道崔恒语是不是真的喜欢她，郝进心里一阵波动。虽然公司不少人在开她和崔恒语的玩笑，甚至她和崔恒语在照顾管意的过程中，发现了双方配合默契不说，还对孩子都很喜爱。崔恒语和她的共同点太多了，都是苦孩子出身，都很刻苦努力，都很节省并且做事稳妥。

但要说真和崔恒语发生些什么，她又不想。她希望靠自己的努力渡过难关，不愿意让别人认为她是攀高枝。虽然崔恒语目前的实力还不算什么大老板，她还是觉得人生的路应该一步一步走，而不是借助别人的力量。

哪怕别人是自己的恋人也不行。从盛年和管重来的婚姻再到谷黄和卢一般的离婚来看，爱情是人间最美好的情感，但有时又是最不可靠的寄托。人，尤其是女人，不能将爱情当成储蓄存放在男人身上，认为可能保值、增值一辈子。先不说男人是不是一个可以持续升值的银行，就算是，也要看人品和信誉。

第四十三章　价值交换

世界上最可靠的还是自己的双手和头脑。别看郝进年龄不大，她的认识却很深刻，人和人相处，本质上是一种价值交换。朋友为你带来舒心和快乐，伴侣为你带来温暖和爱情，孩子为你带来幸福和安康，父母为你带来恩情和期望。

即使是夫妻，也是互相需要、互相依存。如果有一方不需要另一方了，婚姻就会出现问题，就像谷黄觉得卢一般是累赘一样。盛年和管重来的婚姻，似乎也有破裂的迹象。郝进有时在想，为什么在家庭里，女人一强大，男人要么就折腾要么就无法接受，为什么就不能承认女性在能力等方方面面都和男人一样，为什么接受不了女人和男人平等的事实？

虽然她并不是说非要当一个女强人，但至少也要做到自力更生，不做依附男人的女人。爱情和婚姻，势均力敌才是最好的一个平衡状态，否则一方过于强大而另一方过于弱小，都会导致家庭的天平失衡。

管重来离家出走，既是不甘又是逃避。其实现在盛年还没有完全强大起来，管重来应该守在家里，助盛年创业成功。郝进相信，以盛年的为人，肯定不会在成功之后抛弃管重来。盛年不是谷黄，她重感情、讲原则，并且她性格也好。

希望盛年和管重来可以重归于好，可以让她看到爱情依然存在，婚姻不是爱情的坟墓，在婚姻中女人的成功不会导致男人的失落，也不会带来家庭破裂，可以让她继续相信爱情并且向往婚姻。

郝进睡着了，盛年却难以入睡。

管重来洗漱完毕，躺在床上，依然是一副呆呆的表情，不管问他什么都不回答，像丢魂了一样。盛年虽然着急，但又不好逼他，只好让他自己排解。

十分了解管重来性格的盛年也知道，如果管重来不是自己走出来，别人叫不醒他。她就依偎在他身边，给他无声的安慰和鼓励，不知不觉中睡着了。

半夜里，盛年被哭泣声惊醒了。昏黄的光线下，管重来抱着枕头在努力压抑着哭泣。他蜷缩在床角，神情黯然，痛哭流涕，像是从一个巨大的噩梦中醒来，哭得奔放、哭得洒脱，仿佛一辈子的委屈和不安都在尽情释放。

盛年一阵心疼。她埋怨，她责怪，她不安，她担心，却都不曾和他说上一句。因为她知道现在的他极度脆弱，可能一句无意的话就触动他已经绷得很紧的神经，从而导致崩溃。

盛年抱住了管重来，“不哭了，你还有我，有儿子，有家，你什么都不曾失去，而且你还有很多从头再来的机会，不哭！你不是最喜欢普希金的诗——假如生活欺骗了你，不要悲伤，不要心急！忧郁的日子里须要镇静：相信吧，快乐的日子将会来临……”

在盛年的怀里，管重来慢慢停止了哭泣。他抱住了盛年，泣不成声，“盛年，我错了，我再也不出去了，我以后就在家里好好守候你和儿子！我被骗了，我太笨了……”

在管重来断断续续的叙述中，盛年总算明白了管重来四个月来的经历。

在庄有田答应一周内给他付款后，管重来鼓足干劲，五天后就写出了第十一版。交上去之后，于老板非常认可，他也非常高兴，赶紧又给了庄有田一遍银行账号，坐等收款。

不料过了三天没有任何消息，管重来按捺不住了，问庄有田，庄有田也不知道情况。第四天，其他的程序员都收到了工资，陆续走人了，最后只剩下了管重来和庄有田。

庄有田也慌了，最近总是联系不上于老板。于老板不但欠管重来五十万元，还欠他二十万元。一开始他还不相信于老板会骗他，他见过于老板几次，挺憨厚、挺和善的一个人，说话办事还算靠谱。

又一周后，于老板彻底失联了，微信不回，随后拉黑庄有田。电话不接，然后又拉黑庄有田。庄有田要疯了，他不敢回应管重来的质疑，支撑他数月之久的信念开始崩塌，到最后，他比管重来还先倒下。

管重来本来特别恨庄有田，觉得他是幕后黑手。庄有田一病，他又不忍心骂他、责怪他，反倒照顾起他来。庄有田发烧咳嗽，天天说胡话，骂于老板不得好死，出门被车撞死，喝水被水呛死，充电被电电死，走路被掉下来的花盆砸死……一连说了几十种死法，一把鼻涕一把泪，要多可怜就有多可怜。

管重来才知道，在黑心老板的眼中，他们不过是最底层的劳力，和搬砖工人没什么区别，想用就用，不想用就像一块砖头一样被扔到一边。别说是他，就连庄有田也只知道于老板姓于，叫什么名字、哪里人、做什么生意、住哪里、开什么车，都一无所知。

他们还是太嫩了，被人骗得团团转，傻子一样当牛做马几个月，最后一分钱也没有拿到，居然还梦想着就此翻身，真是天大的笑话。

庄有田病好后，觉得愧对管重来，他发誓一定要讨回公道。管重来劝他算了，他不听，花了几天时间终于在他和于老板经常见面的一个地方堵住了于老板。

结果庄有田被于老板的手下痛打了一顿，伤到了肋骨，又住了一个月院。管重来本想一走了之，见庄有田的可怜模样，又不忍心，就留下来照顾他。

一个月后，庄有田出院，他让管重来先不要回家，他再去牵线找一个工作，一定要让管重来赚到钱，否则他一辈子良心难安。管重来对庄有田的恨转为了感动，等了一周有余，还真让庄有田又拉了一个项目。

管重来又带领几个程序员，足足写了两个月，顺利完工。很快，对方打来了二十多万元。但让管重来万万没有想到的是，他本想和庄有田平分，毕竟他们患难一场，也算是兄弟情深。但一觉醒来却发现，所有的钱都被庄有田卷走，一分不剩。

原来有些兄弟就是在关键时刻在他两肋插刀的人，管重来痛恨自己一再被庄有田欺骗，真是瞎了眼！人海茫茫，庄有田就像一滴滴入大海中的水，消失得无影无踪。

房租也到期了，管重来被房东赶了出来。他流落街头，伤心欲绝，却又不敢回家，唯恐盛年嘲笑他的无能和愚蠢。四个多月的辛苦和努力，拼搏和不甘，最终双手空空，一无所获，他还有何颜面回家？

在街上晃荡了三天后，管重来实在忍受不了漂泊不定的流浪生活，趁着夜色回家了。

盛年心中既悲伤又怜惜，悲伤管重来的单纯和幼稚，怜惜他的努力和辛苦。至少管重来在努力、在奋斗，他不是逃避和退缩。虽然他判断力和识人不行，他的失败是能力问题，不是态度问题。

盛年对管重来所有的怒气和怨言，在一瞬间烟消云散。她对管重来说：“以后你好好在家里，等荣光做大之后，会为你留一个位置，肯定会有你的用武之地。”

管重来的信心低到了谷底，他觉得人生一片灰暗，前景一片渺茫，除了盛年和儿子是他微弱的灯光。他点了点头，痛定思痛之后，决定先安心在家一段时间，助盛年成长。

半年后。

谷黄的华年内衣厂虽然是在原有的基础上升级改造，但工程量不比新建工厂少。为了抢在卢一般工厂投产之前生产出来成品，谷黄要求工人加班加点。

盛年和乐水为了帮助谷黄工厂的改造升级，忙得团团转。同时，盛年和乐水还兼职了卢一般工厂的技术顾问。在二人的帮助下，谷黄和卢一般的工厂进展顺利。

顺利的代价是，盛年和乐水都瘦了十几斤。盛年还好，乐水几乎都快瘦成一道闪电了。卢一般心疼，减轻了乐水的工作量。

三个月后，荣光美体内衣的第一批成品终于问世了，此时距离荣光美体的成立，已经过去了整整一年之久。

第一批成品是由谷黄的工厂生产，刚一出来，就被盛年、乐水、谷黄和郝进每人抢走了一套，乐水还暗中送给了卢一般一套当作样品，作研究之用。

试穿了一段时间后，盛年提出了一些改进意见，乐水和郝进也各有感受。众人都以为谷黄肯定意见最大，她原本就对美体内衣的塑形功能颇有微词，不料穿上之后，她反倒是最满意的一个。

可能也和她的身材最胖有关。

四人之中，盛年的身材不胖不瘦，最为匀称。郝进最为高挑，是大骨瘦。乐水最为瘦小，是小骨瘦。而谷黄最为丰腴，身材中等，所以她穿上之后，最显身材，效果最为明显。

但一开始时的效果是束体的效果，不是塑形的效果。束体只是起到约束作用，距离塑形还有相当长的距离。盛年要求所有人都穿上一段时间，再看最终呈现的效果有多明显。

崔恒语却想急于推向市场接受市场的考验，乐水也是同样的意见，盛年却反对。在盛年看来，如果产品达不到让自己满意的成熟度就推向市场，是对消费者的不尊重，同时也很容易对一个新兴品牌带来不利的影响。

第四十四章　惊醒梦中人

在盛年的坚持下，试穿群体又扩大到亲朋好友以及荣光健身的员工。三个月后，在搜集了许多反馈信息之后，并且亲自验证了塑形效果，她决定正式将荣光美体内衣投放市场。

然后让所有人大跌眼镜的是，经过验证之后调整的荣光美体内衣，在市场上反响平平，没有激起一朵浪花。

又是秋天，阴雨连绵，连带也让人心情有了几分阴郁。

崔恒语办公室里，几个人坐在沙发上，都脸色不好。尤其是崔恒语，他脸色铁青，像是遭受了重大打击。

“怎么办，你们倒是出出主意、拿拿意见呀。”崔恒语见半天都没人说话，率先打破了沉默，“当初不是信誓旦旦说一定会有市场，现在怎么就没有信心了。推向市场两个月，总共卖出二十套，好嘛，先别说赚钱打出名气了，连认可都没有做到。你们说，到底是哪里出了问题？”

盛年不说话不是心里没底，而是在思索问题所在。乐水也不说话，是她还没有想好说辞。

倒是郝进先开口了。

郝进在毕业后正式进入了荣光美体，担任了行政总监，也算是进入了管理层。在管重来回归家庭之后，不再需要她兼职带孩子，她的主要精力就投入公司之中。由于美体内衣的投产，她的工作也多了起来，渐渐地成为公司的主力干将之一。

郝进对荣光第一批产品投放市场的失利，有过详细的分析，她清了清嗓子说：“我就抛砖引玉，先说说我的看法。有两点，一是市场对塑形内衣的认知度还低，应该说是非常低，许多人并不知道塑形内衣到底是什么东西、能起到什么作用，以及就算了解了塑形内衣，对价值昂贵的塑形内衣是否能够真正起到塑造、再造形体的作用，持怀疑、观望态度。以上，应该是我们美体内衣失利的主要因素，可以占到百分之六十以上。

“二是我们的塑形内衣由于刚投放市场，还不够细分市场。从二十岁、三十岁到四十岁以及五十岁的各年龄阶层的女性，对塑形的要求不一样，对美丽的迫切心情也不同。我们只推出两三款塑形内衣，总不能让二十岁的女性喜欢，同时让五十岁的女性也喜欢吧？”

“有道理，郝进的分析很有市场眼光。”崔恒语的脸色稍微缓和了几分，“你们也别怪我没有好脸色，前期投入的三百万已经花光了，后续资金我正在想办法，如果再不赚钱，恐怕支撑不了多久了。没钱，才是问题的关键呀！盛年，你别愣着了，说话。”

盛年还没有完全想好，就摆了摆手，“让乐水先说。”

“行，我说就我说。”乐水一甩头发，坐得更端直了一些，“就算乐观估计，公司想要赢利，最快也得一年后，根据公司目前的资金状况，能支撑半年就不错了。我先不从市场的角度去分析失利的原因，先要保证公司的生存。我觉得，现在正是引进卢一般资金的最好时机。”

崔恒语眼皮跳动几下，努力笑了笑，“乐水，是你的意思，还是卢一般的意思？”

“没区别，我的决定他肯定支持，他的决定我也会支持。而且……”乐水扬了扬手指上的戒指，“我们已经订婚了，下个月就举办婚礼，到时还要请崔总、盛年和郝进一起来，为我们祝福。”

崔恒语才注意到乐水左手无名指上的戒指，呵呵一笑，“恭喜，恭喜。卢一般想要投资荣光，也不是不可以，但想要投资多少持股多少，得好好商量商量。”

“也不用那么麻烦，我是想在结婚后，回归家庭，由卢一般出面替我入驻荣光。他也不想增持股份多少，只想出资三百万，增持到百分之三十的股份。”

崔恒语看了盛年一眼，心思大动。

乐水原本持有百分之二十的股份，增加了百分之十，增资三百万，相当于卢一般对荣光美体的估值是三千万，也算不低的价格。崔恒语现在确实没钱了，而且从未来看，花钱的地方还挺多，他支撑不下去了。

现在进来三百万可以解决燃眉之急，是否能挺到荣光美体内衣打开市场还不好说，但至少能渡过眼下的难关。只是盛年到底是什么态度呢？毕竟她才是荣光最大的股东。

盛年见崔恒语和乐水、郝进的目光都落在了她的身上，不由得哂然一笑，“什么意思嘛，压力都给我是不是？我又得出主意打开市场，又得决定是不是引进投资，早知道我就不当这个总经理了……”

众人笑，都知道盛年的抱怨是在开玩笑。

“现在面临的严峻问题有两个：一个是如何打开市场，另一个是怎样渡过难关。渡过难关问题，现在看来已经有了初步解决方案，乐水的提议很有诚意，我也欢迎卢一般卢总加盟荣光美体。”

盛年的正式表态让崔恒语和乐水长舒一口气，他们唯恐盛年意气用事拒绝卢一般的投资。还好，盛年始终保持了足够的判断力，没有因为和谷黄的深度合作而将卢一般拒之门外。

“在保证了基本的生存前提之下，如何打开市场才是我们长远发展的关键，是重中之重。我们一开始直接面向终端市场，希望消费者可以认可美体内衣，是走了弯路……”

盛年的话一出口，崔恒语、乐水和郝进面面相觑，都不理解盛年何出此言。

盛年注意到了各人的表情，笑了：“别这样看着我，我不是张嘴就来、信口开河，是经过深思熟虑后的结果。以目前的市场情况来看，美体内衣的市场还不太成熟，消费者的认知和接受程度很弱，如果直接针对终端消费者，需要培育的时间太长了，长到我们等不到消费者成熟起来可以接受美体内衣时就会死掉了。毕竟一套美体内衣价钱比起普通内衣贵了十几倍甚至上百倍还有余，不是一般人可以承受的价位。就像口红，几十上百元的口红，可以有市场；几百上千的口红，也有人买；但几千以上的口红，市场份额就不足千分之一了……”

“你的意思是，美体内衣的市场只是普通内衣市场的千分之一？”崔恒语倒吸了一口凉气，“如果真是这样的话，我们死定了，获客率太低而成本太高。如何从一千个消费者中寻找到其中的一个购买者，难度太大了，大到我们无法承受的地步。”

“是挺大，前提是我们一个一个去挖掘、去发现。但是，凡事都有规律可循，说不定已经早就有人为我们铺好了路，只需要等我们找到入口，就可以直接上路了呢？”盛年的脸上洋溢着自信的微笑。

近来很长一段时间，她一直为无法打开市场而焦虑，以至于经常失眠。还好近来管重来老老实实地待在家，负责接送儿子——儿子已经上了幼儿园，然后等她下班、为她做饭。不管多忙多累，一想到回家有温暖的港湾和温馨的等候，她浑身的疲劳一扫而空。

一连数月没有想到很好的解决方法，盛年愈加焦虑了几分。有一天回家晚了，管重来已经睡着了。他最近在苦学英文以及读书、练字的同时还兼写程序。作为一个复合型人才，他坚信总有一天他会有用武之地。

睡着的管重来，蜷缩着身子，侧躺在床上，没盖被子，嘴角抿着，也不知道做了什么梦，微微皱眉。盛年虽然苦、虽然累，但也知道他的不易，顿时一阵心疼，帮他盖上了被子。她相信在一个家庭中，不管是男人付出多还是女人付出多，只要达到平衡与和谐的状态，就是一个幸福的家庭。她在外面忙碌，管重来将家里经营得井井有条，她并不觉得自己比他更有本事、更辛苦。

刚帮管重来盖好被子，管重来却醒了，猛然坐起，抓住了盛年的胳膊，“盛年盛年，你们的美体内衣不是没有市场，是没有精确定位消费群体。你知道你们的精准的消费群体在哪里吗？就在你们的美容院、健身房和高端会所……”

“一语惊醒梦中人”，盛年当即愣住了，脑中迅速转过了几个念头。对呀，她还真是灯下黑，怎么就没有想到能消费得起美体内衣的女性，都是爱美、追求品位并且有一定阅历的女性。她们对身体管理比一般人更有需求，所以她们会频繁出入美容院、健身房和高端会所。

不想管重来说完后，一倒头又睡了。原来他只是在说梦话，并没有醒来。盛年又气又笑，虽然管重来对她的事业表面上关心得不多，实际上他一直在思索，在帮她想办法，就连做梦也是她的困扰，她感到了莫大的欣慰。

其后，盛年陆续考察了不少美容院、健身房和高端会所，了解了不少爱美女性对美体内衣的诉求和想法，掌握了大量的一手资源。不过她并没有告诉崔恒语和乐水，她是想先自己整理消化吸收之后，再和他们商量。

现在正是抛出自己想法的最佳时机。

第四十五章　所有表面的风光

“入口就是美容院、健身房以及高端会所。相信出入这些地方的女性，对身材管理和美丽事业的诉求，要比一般女性更强烈。普及美丽事业需要时间，市场需要培育，在培育的过程中，我们先针对目标群体进行开发，会收到事半功倍的效果。崔总、乐水、郝进，你们觉得呢？”盛年依然是一副淡淡的笑容，是一切尽在掌控的自信。但无人知道，她自信从容的背后，是无数个不眠之夜的思索以及无数次实地走访的努力。

所有表面的风光，都是由背后的艰辛和努力在支撑着。

崔恒语、乐水和郝进同时震惊了！

有时人和人的差距，真的超过想象。同样一件事情，不同的思路和方向，会带来截然相反的结果。一家公司的成败也往往在创始人的一念之间。同样，家庭是否幸福美满，也是如此。

崔恒语震惊于盛年的思路如一道闪电划破夜空，让他豁然开朗，像是打开了一片全新的天地。是呀，美容院、健身房和高端会所，都是美体内衣的主要消费群体的目标人群聚集地。而他们还傻乎乎地直接去开拓市场，为什么不从现有的精准市场中选择呢？真是走进死胡同了。

乐水震惊于盛年的想法。她之前也模模糊糊地想过，却只是一闪而过，并没有深思，更没有进一步实地考察。人和人的差距就在于，有人抓住一个念头，会延伸解读，会深入调查；有人只是想过就算，不去深究。

郝进震惊于盛年总是一副镇静自若的姿态，不管遇到多大的困难，在关键时刻总能拿出解决方案。虽然她也知道盛年是最大股东，但实际出资人是崔恒语。在公司没有赢利之前，崔恒语才是公司的实际控制人，才是最终的决策者。

毕竟谁出钱谁说了算。

但现实却是，公司每次遇到大事或是重要转折，总是盛年拿大主意，总是盛年最后拍板。有几次郝进觉得崔恒语是有意让着盛年，但事后又往往证明盛年的决定确实正确……盛年简直太神了，她凭什么每一次的判断都对？

郝进在管重来回家之后，就不再住在盛年家里，而是在公司附近租了一个一居室。出于对她的照顾，崔恒语提出可以负责租房费用，被她拒绝了。现在她的工资收入虽然不是很高，但已经够她和弟弟上学之用，有时还有节余可以补贴家里。她每月除了吃饭和必要的生活费用之外，很少花钱，衣服也很少买，化妆品只有最基本的几款。

崔恒语对她不错，她不能得寸进尺，所以她一直不肯接受崔恒语额外的帮助。崔恒语原本对她有好感，后来上升到了喜欢，但在她屡次拒绝他帮助的好意后，他以为是委婉的拒绝，就慢慢地对郝进熄灭了心思，停止了进一步的表示。

郝进将盛年当成榜样，想成为和盛年一样坚强自信的女性。她也清楚一点，盛年镇静自若的背后，其实是做了许多工作，并不是平白得来。

郝进平常很懂规矩，一般都是最后一个发言，今天她实在太兴奋了，顾不上许多："盛年姐，入口找到了，怎样才能进去呢？美容院、健身房和高端会所，肯定不会同意让我们售卖美体内衣……"

"我们不卖，直接让他们卖。"盛年解释了郝进的疑问，"我们和他们商定一个合作模式，也就是如何分成的问题，由他们直接卖给目标消费者。虽然我们会损失一部分利润，但会增加很多销量，并且会一步步培育市场。"

"盛年的提议非常好，我完全赞成。"乐水站了起来，眉飞色舞，"当初说服卢一般投资荣光时，他还担忧以后的市场怎么打开。现在好了，盛年的想法肯定可以让他更加充满信心。"

崔恒语鼓掌叫好，"盛年就是我们的盛世华年，是我们的福星。准了，就按盛年的指示办。"他停顿一下，又看向了乐水，"不过……乐水你能不能重新考虑一下你的决定，不要离开荣光，现在正是荣光需要你的时候。"

乐水微有愧色，"我也不想离开荣光，但一般总觉得我在荣光无法为荣光带来太大的提升，不如让他进来，可以资源最大化，导入他的人脉和力量，尽快让荣光发展壮大。他也是为了荣光的前景着想，而且我也累了，想休息一段时间……我的心会与荣光同在。"

"对了，一般还说要为你介绍一个女朋友……过几天他就介绍你们认识一下。"乐水嘻嘻一笑，下意识多看了郝进一眼，"是个潮汕姑娘，温柔、体贴、贤惠，是你最喜欢的类型。"

大家都知道崔恒语和郝进没有什么发展的可能了。乐水无意中提过一次，卢一般就上心了，很快就帮崔恒语物色了一个。

“不急不急，先过了眼下的难关再说。”崔恒语嘿嘿一笑，摆了摆手，“等你们都结婚了，我就跟在你们身后，随时当接盘侠，多了不起、多有担当。”

“去你的，你是盼着我们离婚不是？”乐水笑骂了一句，“郝进，你该找一个男朋友了，有没有遇到喜欢的？”

“我不急，再努力几年，提升了自己才能遇到更好的。”郝进淡淡一笑，已经没有了以前的羞涩和不安。

她也成长了不少。

盛年的创意，让荣光的发展进入了快车道——在打开了美容院、健身房和会所的入口后，荣光美体的产品正式打开了市场，源源不断地进入准确的目标消费群体中，穿在了她们的身上。随着时间的推移，逐步产生了一定的影响力。

同时，谷黄的华年美体内衣也开始批量生产，并且效仿荣光，也进军高端女性的根据地，和荣光品牌呈现分庭抗礼之势，抢走了一部分荣光的市场。不过盛年并不着急，她相信有竞争才有更好的发展，可以促进荣光打造更完美的产品。

经过半年多的市场营销，荣光和华年两大新兴品牌的美体内衣，在业内有了一定的知名度，渗透了部分高端女性消费者的市场。但也仅限于业内，对于普通的女性消费者来说，美体内衣依然陌生而遥远。

但好在荣光度过了生存危机，开始进入了快速发展的轨道。乐水和卢一般的婚礼之后，乐水的退出以及卢一般的加入，荣光正在酝酿一场变革。

乐水和卢一般的婚礼定在香格里拉大酒店。由于是二婚，卢一般没有邀请太多人，只请了关系最好的一些朋友。乐水也是，父母都没有到，他们稍后还要回四川老家再办一场婚礼，她只请了盛年、崔恒语、郝进和管重来。

管重来原本不想来，觉得很没面子。盛年再三劝他不要多想，没有人看不起他，他才决定露面。

没有想到的是，乐水还邀请了孙巍。至于他来不来，她不管，反正她下了请帖，就是想告诉他自己现在非常幸福。和新欢一起向旧爱展示你的幸福，也是人生的快乐之一。

婚礼的与会人数虽然不多，但胜在少而精，全是乐水和卢一般最为密切的朋友。卢一般为了照顾乐水的面子，没有请他和谷黄的共同朋友，只请了在和谷黄离婚之后结识的部分新朋友。

婚礼一共才摆了十桌，对乐水来说十桌朋友也许已经是极限了，但对卢一般来说，只是所有朋友中的十分之一。

婚礼本来一开始进行得十分顺利，举行到一半时，谷黄来了。

卢一般和乐水面面相觑，二人从对方的眼神中明白了什么，他们谁都没有邀请谷黄！

乐水有几分生气，看向了盛年、崔恒语、郝进一桌，几个人也一起摇头。开玩笑，乐水大喜的日子，谁会捣乱邀请谷黄，谁不知道谷黄是什么人，她可是看热闹不嫌事大的主儿！

谷黄不是一个人来的，她身后还跟了两个人，只看了一眼，乐水顿时脸色一变！不是别人，正是孙巍和妙妙。

孙巍怎么会和谷黄在一起？乐水心中大为不解。如果只是孙巍和妙妙出现，她还没什么想法，但他们和谷黄在一起，就不由得她不多想了。印象中，谷黄并不认识孙巍。

谷黄猜到了乐水的心思，径直来到乐水面前，哈哈一笑，“乐水，你别猜来猜去了。你们这帮人坏得很，没有一个人通知我你和卢一般结婚，但是呢，我认识酒店的经理，一问就查出来了。结婚的好日子就那么几天，广州的高端酒店也就那么几家，能瞒得过我？你的小前男友，我是在门口和他偶遇，他本来在门口偷窥来着，被我拉了进来。来都来了，干吗不光明正大地参加，是吧？”

谷黄回身一拍孙巍的肩膀，“一个大老爷儿们，站直了，别露怯。他是我的前夫，她是你的前女友。他是被我离婚的，她是被你甩的，怎么样，我们的共同点不少吧？”

第四十六章　涵养来自底气和筹码

孙巍比以前胖了几分，妙妙也胖了一些，虽然不是很胖，身材却有些走样。

盛年觉得谷黄有些过分了，在别人大喜的日子，不应该惹事。正要上前劝谷黄几句，却被乐水拦住了。

乐水开始时确实一脸怒气，深呼吸几次之后，平息了不少。她淡然一笑，“不是不通知谷姐，是怕谷姐太忙就没敢惊扰。谷姐能来，自然洒水欢迎。”又看向谷黄身后的孙巍，“孙巍，好久不见，你和妙妙都有孩子了吧？看妙妙的身材，肯定是生孩子后没有注意保养，有些变形了。回头送她一套荣光美体内衣，可以帮助她重新塑造形体，保证恢复到以前的状态。”

盛年暗暗赞叹。乐水成熟了不少，落落大方又彬彬有礼，没有恼羞成怒，也没有翻脸，确实提升了不少。

提升，是因为拥有了更多的底气和筹码。

孙巍脸一红，支支吾吾地说：“我……我其实不想来，妙妙说非要当面向你祝贺，她想亲眼看到你幸福才放心。她对你一直有愧，总觉得是抢走了本该属于你的东西。”

“不不不，千万别这么说，是我应该感谢她才对。人在没有失去手里的东西之前，不知道还有更好的在等着自己。孙巍，谢谢你的放生之恩。”乐水挽住了卢一般的胳膊，“如果不是你甩了我，我还不会认识并爱上我先生。认识他之后我才发现，以前是多么闭塞浅陋，怎么就迷上了一张俗不可耐的脸？人哪，还是要多见见世面才能提高眼界。”

孙巍穿了一件普通的牛仔上衣，脚上一双皮鞋明显旧了，而妙妙的一身衣着也是普通货色，再从二人的举止和神态来看，过的应该是普普通通、勉强温饱的日子。从孙巍和妙妙躲闪的眼神以及存在不自信的动作可以判断出来，他们是第一次来如此高规格的酒店。

乐水感觉到了前所未有的满足感，嘴角一抿，一副胜利者的笑容，“既然来了，就吃好喝好再走。你们就和盛年他们一桌吧，都不是外人。谷姐呢？”

“我坐盛年边上。”谷黄白了卢一般一眼，“卢一般，我就不给你随份子了，离婚时，我连你后面十次婚礼的份子都随够了。”

卢一般脸色一变，正要发作，被乐水拉了一把，他醒悟过来，脸上又挂了笑意。

“份子钱是小事，你能来就是我的荣幸。好歹当年夫妻一场，你又参加我的二婚婚礼，说明你对我情深意重。就冲你的真诚，等你结婚时，我也一定会去。不管在国内还是国外，我都会推掉所有事情到场向你祝贺，并且送你一份大礼。”

谷黄脸色变了变，“你什么意思你，是嘲笑我嫁不出去？告诉你卢一般，我想要嫁人是分分钟的事情，只是现在好男人太少了，我不能委屈了自己。女人不像你们男人，随便娶一个漂亮的就行，女人要的是感觉和真爱。毕竟你们男人更在乎性和传宗接代。”

盛年见又有要吵架的迹象，忙及时出面制止。毕竟现在谷黄和卢一般都是合作方，而且卢一般以后将要代替乐水行使股东权利。

好在谷黄也没有再闹，众人的目光像箭一样射在她的身上，她也怕惹了众怒。她坐下之后，望着卢一般和乐水敬酒的背影，轻蔑地哼了一声，“我不是背后说人坏话，我敢打赌，乐水和卢一般长久不了。”

崔恒语脸色一沉，“谷姐，人家大喜的日子，不要说丧气话，好歹你也是有身份、地位的人。”

谷黄斜了崔恒语一眼，“是不是卢一般给你介绍了一个小女友，你就觉得他是好人了？屁！崔恒语，不是我看不起你，要论玩手腕，十个你也不是卢一般的对手。听说乐水要将名下股份转移到卢一般名下，由卢一般出面替她进入荣光的管理层。盛年、老崔，你们千万不要答应，否则你们会死得很难看。卢一般的手腕还和以前一样缜密而无孔不入，你们的荣光，已经是他的囊中之物了。”

盛年觉得谷黄过于夸大其词了，毕竟她才是荣光的大股东，还是控股股东。她和崔恒语的股份加在一起，完全可以否决卢一般任何不安分的想法。谷黄对卢一般的判断，被仇恨和怨气蒙蔽了双眼。

“你们不会已经同意了吧？”谷黄没有意识到盛年和崔恒语的沉默不是被她说中了，而是不想理她，她夸张地张大了嘴巴，“你们真的不了解卢一般，他商业头脑也许一般，但他玩弄人性、琢磨人心的手腕非同一般，他是权谋高手。从套路乐水，到泡到乐水，再到和乐水结婚，他要的就是以乐水为突破口，以婚姻为桥梁，从而进入荣光，最终达到他拿下荣光、控股荣光的目的。他所做的一切，都是为成为荣光的主人这个最终的目的服务。不管是乐水，还是林小泥，都是他布局中的一个个棋子……”

“对了，林小泥呢？”谷黄朝崔恒语身后望去，“她没有和你一起来？不应该呀。让我猜猜，你们闹矛盾了是不是？正常，现在才刚刚开始。你和林小泥不合适，卢一般也不是真心要为你介绍女朋友，他只是想找一个可以让你心烦意乱的女人来影响你的工作……”

崔恒语愕然，因为谷黄还真的猜对了。

半年前，在乐水说卢一般要为崔恒语介绍对象之后不久，卢一般还真的带来了一个小姑娘给崔恒语认识。崔恒语以为乐水是在开玩笑，只是在调侃他。

卢一般介绍的女孩叫林小泥，潮汕姑娘，长得很小巧、很温柔，低眉顺眼的样子，一看就是贤妻良母的类型，很符合崔恒语的审美情趣。

崔恒语本来不太想谈恋爱，但公司上下关于他和郝进的绯闻不断，而他也确实喜欢郝进，郝进却似乎不太喜欢他，反正郝进对他的数次暗示无动于衷。一咬牙，他决定先和林小泥相处一段时间再说，至少平息公司内关于他和郝进的传闻也好。

还有他和盛年的传闻。

虽然他和盛年的传闻由来已久，并且他已经不在乎。毕竟盛年是已婚女士，又是合作伙伴，他不想毁了名声又连累事业。

更不想毁了郝进的名声，毕竟郝进还单身，风言风语又不太好听。郝进是一个很纯真的姑娘。

让崔恒语没有想到的是，他很快就喜欢上了林小泥，并且不到一个月就和她确立了恋爱关系，同时在公司正式公布了恋情。

林小泥和郝进一样的是，她温柔贤惠，说话慢声细语、不急不躁，是个慢性子。和郝进不一样的是，她在慢性子之中又有一股执拗劲。她总是默默地守在崔恒语身边，不多说话，在他需要的时候总会及时出现，端茶倒水，递上毛巾，或者帮他捏肩捶背，对他照顾得无微不至，但又从来不烦他，及时出现又悄然消失。

从小生长在北方的崔恒语，从未见过如此细心周到的女孩，他被林小泥感动了，感动之余萌生了要娶她为妻的念头。

相爱简单，相处太难，处于热恋中的崔恒语很快就体会到了前人经验之谈确实适用。时间久了，林小泥的细心和周到就变成了琐碎和唠叨。她不但要他时刻汇报行踪，去了哪里、和谁一起、要多久回来等，还要事无巨细地关心他的穿衣吃饭。

有人关心固然是好事，但管得过多过细，就让人厌烦了。有时崔恒语正在和人谈事，林小泯的微信发来，非问他吃饭没有、吃了多少、吃了什么，如此无聊的问题让他哭笑不得。如果不回，她会不高兴。如果回了，她有可能会继续追问好不好吃，好吃就多点，不好吃就少吃点，等等。

好在生活上的细节等小事，都可以磨合。在崔恒语含蓄委婉地提醒过林小泯几次之后，她收敛了许多，不再过多地关心崔恒语生活上的小事，而是开始和崔恒语计较她家里的事情。

林小泯是家里的长女，下面还有两个弟弟，老家在山区的她，家里很穷，几乎可以用家徒四壁来形容。崔恒语没有去过林小泯家，但看了照片后，连连摇头，觉得难以置信，在今天的广东居然还有如此四面透风的房子。他从小生活的中部平原，即使在他小时候也没有见过穷成这样的家。

后来崔恒语才知道，广东省是一个发展不太均衡的地方，有两个一线城市广州和深圳，却还有极度落后的贫困山区。

知道林小泯来自这么贫困的地方后，崔恒语不但没有看不起她，反倒更心疼她、爱惜她了。从山窝中飞出来的她，不知道吃了多少苦、流了多少汗，才考上了大学并且留在了广州。他很清楚一个出身贫寒的人为了上升要付出怎样的努力，有时超过别人几倍的汗水也未必赶得上别人轻松的一次飞跃。毕竟有些人衔玉而生，而有些人的起点实在是低到了尘埃里。

第四十七章　一个一个解决

崔恒语觉得林小泯的父母一把年纪了还住在四面透风的房子里，心里过意不去，就出钱帮老人翻修了房屋。这还不算，随后他又为老人添置了全新的家具，还买了一辆老年人代步车。

林小泯家里焕然一新，父母逢人便讲林小泯在外面有出息了，是她赚的钱。林小泯也没有刻意解释，回家后，大手一挥，帮村里修了一条路并装上了路灯，花了几万元。

虽然钱不多，崔恒语心里却有几分不痛快，他以前有过为乡亲们修路、装路灯，最后还落不是的教训。他倒不是不舍得几万元钱，而是不喜欢林小泯的做派，不和他商量一下就擅自做主捐钱出去。他和她只是恋爱关系，还不是夫妻。就算是夫妻，至少也要事先打个招呼才对。

崔恒语委婉地向林小泯提出了他的意见，他不是不喜欢做善事，但更愿意做的是“授人以渔”。无条件帮助穷人，只会养成他们更懒惰、更想索取的心理，应该帮助他们寻求致富之路，才是治本的方法。

林小泯却不干，指责崔恒语就是小气，就是不想为她家人花一分钱。如果他真的爱她，就应该迁就她的一切，就像她无时无刻不照顾他一样。

崔恒语无语了，爱一个人就要爱她全家，从亲情上讲没错，从道德上说也应该，但从原则和道理上讲，就不对了。男女相爱，是要组成单独的家庭，就像林小泯母亲一样，嫁给她父亲后，难道除了让她父亲养活她之外，还要养活她的父母兄弟姐妹？据他所知，林小泯母亲和娘家关系一般，来往不多。

林小泯听不进去崔恒语的道理，她就提了一个要求——崔恒语如果爱她，就帮助她的两个弟弟上学，一直供他们到大学毕业。

这件事情崔恒语一口答应了。林小泯的两个弟弟学习成绩都不错，又很上进，就算他们不是林小泥的弟弟，只要让他遇上了也会帮忙。他最欣赏出身贫穷但自强不息的穷人家的孩子，最看不起家里没几个钱却认为自己是富二代的人。

崔恒语为林小泥的两个弟弟专门设立了一个账号，当作他们的上学基金，每年每人提供一万元学费和生活保障费用。林小泥很感谢崔恒语，特意请崔恒语和她回了一趟老家，让两个弟弟当面向崔恒语致谢。

崔恒语现在的经济状况也不是很好。荣光美体前期投入巨大，荣光健身的赢利又不是很好，现金流并不充足。别看一年两万元并不多，也是他省吃俭用从自己的日常消费中抠出来的。

但林小泥却不相信崔恒语真的没钱。她眼中的崔恒语是一个坐拥亿万财富的富翁，一顿饭几千上万不在话下，一件衣服几万元也眼睛不眨。认识崔恒语后，发现崔恒语的日常消费和她也差不了太多，她就觉得崔恒语不是省钱而是太小气了，都这么有钱了，何苦为难自己？

林小泥又对崔恒语说一年两万元不够，除了学费和生活费之外，所剩无几。弟弟们现在正在长身体，要吃好喝好穿好，身体好了才有精力，穿好了人精神了才有自信。

好吧，崔恒语一咬牙，又追加了一万，每人每年再多五千元的日常消费。林小泥高兴了一段时间后又有几分不满，说是每人每年五千元的日用只够勉强维持，想买课外书、补课以及更好的学习用品，就远远不够了。

崔恒语只好又追加到了每人每年两万元的总开支，除了学费和生活费一万元之外，日用加补课费用也是一万元，两个人就是四万元。四万元虽然不多，但对于平常一个人一年消费两万元多的他来说，多出了一倍有余。

关键还有林小泥的开支。

一开始林小泥很温柔体贴，并且也很节省。后来慢慢突破了崔恒语的底线后，也进行了消费升级，不但购买了名牌衣服、手表和包包，还买了最新款的最高配的苹果手机。只短短几个月时间，林小泥摇身一变，从一个稍显稚嫩的小女生变成了满身名牌的风情女人。

崔恒语很不喜欢林小泥的转变，他更喜欢清纯的她。明里暗里说过几次之后林小泥依然坚持现在的包装打扮。他对林小泥的热情大减，感情也开始像潮水般退却。

林小泥却不自知，认为她在崔恒语的心目中的地位依然稳固，她甚至提出要进入荣光美体的管理层，要和盛年、乐水一起管理荣光美体，被崔恒语一口拒绝。崔恒语的理由很充分，他不是荣光的大股东，盛年才是，荣光的一应事宜，都得由盛年拍板。

原以为他的推托之词可以让林小泥醒悟，不料林小泥居然真的去找盛年，要求担任荣光主管行政的副总。盛年哭笑不得，当即委婉拒绝。以林小泥的能力和见识，在荣光当一个销售员都得考核一段时间再说，还直接当副总，她哪里来的这么大的勇气和自信？

自信的人最美丽，但前提是真有能力，否则就是迷之自信了。

被盛年拒绝后，林小泥还在崔恒语面前告盛年的状，哭诉受到了盛年的排挤和讽刺，被崔恒语骂了几句，她更不干了，当即哭着跑了。

崔恒语没有追她，只是给她发了一个信息，希望她冷静下来好好想想：她现在的要求太多而自身能力又不够，希望她能提升自己，并且严格要求自己，不要只知道一味地索取。

林小泥没有回复崔恒语，一周来不知道去了哪里。崔恒语也没主动找她，参加乐水和卢一般的婚礼，他也没有叫她一起。其实在内心深处，崔恒语已经想要分手了。

原本他还没有多想他和林小泥之间的事情，谷黄这么说，他心中猛然一跳，难道真是卢一般为他挖的一个坑？又一想，摇头否认了自己的猜测。卢一般又不是神仙，他怎么可能知道他和林小泥会不会在一起，在一起后又会不会吵架、闹别扭？

崔恒语还是愿意相信为他介绍林小泥，是卢一般真心想为他介绍女朋友，而不是有别的心思。谷黄的话，太危言耸听了。虽然在商业合作上，他对谷黄和卢一般一视同仁，但在平常交往中，他还是尽量避免和谷黄打交道。

不过话又说回来，林小泥的所作所为确实影响到了他的心情，让他无心于工作。最近一段时间没有和林小泥联系，反倒清静了许多，也可以用心在事业上了。

“准备分手了……”崔恒语嘿嘿一笑，挠了挠头，“我已经想好了，不合适的人就不要勉强，要不最终还是自己难受。”

“真要分手了？别光说不练。”谷黄冷眼打量了一眼郝进，“郝进，你已经错过一次了，不要再错过第二次。人生可没有那么多重新再来的机会，是吧管重来？”

谷黄一句话捎带了三个人。管重来正在吃东西，蓦然一愣，“和我有什么关系？谷姐你有毛病吧？”

“我没毛病，你才有。不过我就喜欢你这样的性格，简单直接，没那么多忌讳。”谷黄斜眼一笑，“一个一个解决，先从郝进开始，然后才轮到你管重来。郝进，你说实话，你到底喜不喜欢崔恒语？”

管重来白了谷黄一眼，不再理他，继续埋头吃东西。

经过一段时间的休养，管重来恢复了不少，现在白白胖胖，能吃能睡，一改以前的颓废之气。也是现在他没什么心气了，再加上盛年的事业越来越好，他索性就安心地当起了家庭妇男。反正他在家里也可以看书、学习、写程序，有许多事情可以做。而且他现在也适应了安静舒适的家庭生活，不想再抛头露面了。

管重来也不知道自己竟然还有居家的潜力，或许环境真的会改变人。当初和庄有田创业时，他一心想的是功成名就，一举成名天下知。现在好了，在家待久了，他什么胡思乱想的心思都没有了，每天作息规律，按时休息，身心健康。

不过最近他的心思有了几分萌动，再这样下去，不就是提前步入了老年生活？他还年轻，而且现在儿子上幼儿园了，他有足够的时间可以出来工作，为什么还非要守在家里？

管重来就想找一个机会和盛年好好谈谈。他现在已经洗心革面，早就和包括庄有田在内的狐朋狗友断绝了联系，也没有再买彩票、网上赌博，并且还清了所有信用卡。现在他再出去工作，肯定和以前不一样，是一个焕然一新的管重来。

谷黄今天来，出发点本来是想捣乱，不让卢一般的婚礼顺利进行是她的主要目的。不过来了之后，又改变了主意，不让卢一般的阴谋得逞才更能显出她的高明。她坚信她的判断正确，卢一般利用各种人际关系在布下一张大网，要的就是既娶了乐水又控制了荣光，再利用林小泯影响崔恒语的心情，从而达到“不战而屈人之兵”的目的。

现在的荣光发展势头良好，超出了谷黄的预期。

第四十八章　偶遇的背后

之前谷黄虽然也进军美体内衣行业，却并没有投入太大的精力。在她的产业布局中，美体内衣只是很小的一个点，她只是出于拓展业务的需求，并不是想在行业上面有什么大的突破。

因为她并不认为美体内衣行业会有多大的发展，市场不会太大，顶多就是一个小范围内一小部分高端女性的内衣奢侈品。对于大多数女人来说，一套先进的美体内衣带来的效果再惊人，也难以承受其高昂的价格。就像欧洲许多奢侈品品牌一样，终究只是一小部分人的专属，不会大众化。

同时，她和荣光联合，确实有制衡卢一般的想法。对卢一般她始终放不下心头的恨。这些年，卢一般的事业越来越兴旺，生意越做越大，她内心就越来越焦虑，并且有挫败感。

毕竟，当年她曾放话，卢一般离婚后，别看拿走了她的三分之一财产，不出三年就会挥霍一空，最后落一个穷困潦倒的下场。因为第一次联合创业，卢一般的优柔寡断和过于计算得失的性格给她留下了深刻的永远难以磨灭的印象。正是因为卢一般做出任何决定之前，都要将所有可能导致失败的因素全部排除，就错失了许多良机。

人生原本就是走在一条迷雾重重的陌生道路上，是在摸索中前进，怎么可能一眼望得到道路的尽头？想要等迷雾散尽看清前路才走，不如就在原地等死好了。

正是因为卢一般的犹豫不决，在最初联合创业时，导致谷黄好几个机遇白白错过。二人总是因此而吵架，卢一般坚持他的稳妥的理念，谷黄坚定地认为必须激进、必须全力以赴，否则永远没有办法跑赢比他们先行一步的竞争对手。

后来分开分别创业后，卢一般接连失利，依然是因为过于谨慎的性格。谷黄有几次眼睁睁地看着机会都摆在眼前了，卢一般还在犹豫要不要下手。在她提醒了几次而他依然不敢痛下决心，机会被别人抢走之后，她对他彻底失望了。

那一段时间是谷黄人生中最灰暗、最绝望的时刻。当时她忙于自己的生意，每天累得要死要活，回家后还要帮卢一般分析他的生意面临的问题和困难。但每次她为他出了主意之后，他表面上赞成，转身就又按照自己的想法去推动了。结果每次推动都以失败而告终。

等到下次遇到问题，又是她建议他赞同但却不执行，然后失败。失败后，他回家就唉声叹气、精神不振，还影响谷黄的情绪。谷黄非常不解，为什么明明她的建议很正确，每次卢一般也都表面上答应得好好的，一扭脸就抛到了脑后，是太过于自信还是不拿她当一回事?

谷黄非常生气，等卢一般遇到问题再征求她的意见时，她不再理会，要么说没意见，要么说没空，要么就让卢一般自己拿主意。结果卢一般也恼火了，指责谷黄只关心自己的事情，不理解也不支持他，其实从一开始就是希望他失败，好彰显她的伟大和正确。

谷黄也火了，和卢一般大吵了一架。结果谁也没有说服谁，都觉得自己有理，吵骂上升到了人身攻击和谩骂。

后来卢一般创业失败，消沉了一段时间。谷黄又心软了，没有讽刺他，反倒劝他振作起来。再后来，卢一般认命了，当上了谷黄的司机，变得油腻并且脑满肠肥了许多，天天喝酒说黄段子，迅速堕落下去。居然真的和司机、保镖一个层次，完全不思上进了。

其实谷黄让卢一般当司机陪她应酬，是想激励他，想让他跟她多学习她的谈判技巧和商业策略，而不是真的当他是司机。毕竟，她对他还有感情，还寄予厚望。但卢一般的自甘沉沦让她很是沮丧，卢一般不理解她的良苦用心也就算了，居然真的不思进取了。他为什么这么脆弱，经受不起一次失败的打击?

后来在得知卢一般变得越来越粗俗不堪并且经常调戏女招待之后，谷黄对他彻底失望了，开始提出了离婚。卢一般一听要离婚，顿时暴跳如雷，声称要向税务机关举报谷黄偷税漏税，要让谷黄坐牢，还要去政府机关举报谷黄行贿，要让谷黄死无葬身之地。

谷黄原本打算和卢一般好和好散，没想到卢一般上来就耍无赖，彻底激怒了谷黄。谷黄当即请来律师，迅速办理了财产切割，并且让律师警告了卢一般。

二人的离婚官司打了半年之久，虽然没有真正告上法庭，但也是闹得双方筋疲力尽，最终虽然达成了协议，但也让谷黄对卢一般失望透顶，也看透了卢一般的人品。

他在担任司机的那一段时间里，没有在她的酒局上学到任何有用的东西，相反，却学会了坑蒙拐骗和油腔滑调，真是一个扶不起来的阿斗。

虽然在律师的建议下给了卢一般三分之一的财产，谷黄以为卢一般会知道感恩。不料在拿到钱后，卢一般居然浑身上下换了一身行头，从名贵的西服到名表、名包以及名车，来到她的面前炫耀，告诉她不用多久，他就可以再娶一个年轻十五岁的美女，从此过上锦衣玉食的美好生活。虽然他是想当面感谢谷黄为他打下的江山，希望谷黄也可以早日找到真爱，再嫁一次，毕竟好女十八嫁。

谷黄气得要打卢一般，被助理拦住了。不过就连助理也想动手。卢一般的样子太欠揍了，一副没见过世面的暴发户嘴脸。不过最后谷黄还是咬牙忍了下来，她当面告诉卢一般，以卢一般现在的做派，别说三年了，一年后不破产才怪。

结果让谷黄大跌眼镜的是，卢一般在嘚瑟了一段时间后，也不知道是听从了什么高人指点，还是突然开窍、幡然醒悟了，突然就洗心革面，不再耀武扬威，而是低调起来，夹起尾巴做人了。

后来谷黄就和卢一般联系不多了，但始终在关注卢一般的消息。知道他从深圳去了广州，还蹬了一段时间的三轮车亲自去进货，估计也是为了体验生活和作秀给员工看。反正有关他的传闻，她总觉得背后有各种夸大和不实之外。直到她亲自证实了卢一般确实发达了，生意越做越大，并且上升的势头也很旺，呈现欣欣向荣之势。

谷黄不相信，亲自跑了一趟广州，在得到了验证之后，她很失落。她想不明白，卢一般这样无能又渣的男人，为什么会成功？他凭什么？

只是不忿归不忿，卢一般的商业版图却逐年扩大，虽然比起谷黄来还是有不小的差距，但有逼近之势。这让谷黄心里颇不是滋味，总觉得卢一般不管是人品还是商业眼光、格局，都不足以撑起他的成功。也就是说，他的才华不匹配他的野心。

谷黄觉得上天很不公，不应该让卢一般这样的人渣发财。于是她就千方百计寻找和卢一般的交叉点，如果用正常的商业手段收购了卢一般的公司，让卢一般再次成为她的手下，该是多么值得庆祝的人生成功。于是，她在查到卢一般经常去荣光健身锻炼时，也办理了健身卡，并且在一个合适的时机和卢一般不期而遇了。

偶遇的背后，其实是必然的设计。

重新走近卢一般，谷黄才发现卢一般确实变化很大，比以前更沉稳，也更有谋略了，至少涵养上是提高了不少。奇了怪了，一个人渣还能摇身一变成为绅士。这些年，卢一般到底经历了什么？

不管卢一般经历了什么，谷黄就认定卢一般的本质不会变，江山易改，本性难移。现在彬彬有礼、风度翩翩的卢一般，只不过是成熟之后涂抹了一层保护色，内心依然肮脏丑恶。等于是说卢一般从以前的真小人变成了现在的伪君子，实际上更具有欺骗性和迷惑性了。

怪不得他成功了，肯定是他骗取了很多人的信任才得到了现在的一切。不行，作为对他知根知底的前妻，谷黄觉得她有必要也有义务为民除害，不能再让披着羊外衣的恶狼横行世间、为非作歹。

经过一番交手，谷黄觉得她还是低估了卢一般的实力，尤其是在以荣光为支点进行过招后。她发现虽然她截和了卢一般和荣光早就谈好的合同，抢先一步入局，和荣光美体交叉持股百分之十。但没想到，卢一般从侧面包抄，拿下了乐水，等于持有了荣光美体百分之二十的股份。

真是一举两得。

那么以她对卢一般的了解，在通过林小泥影响了崔恒语之后，下一步他肯定要对荣光的最大股东盛年下手了。盛年很自律也很稳重，看似没有缺点不好攻克，但她的最大弱点是管重来。不用想，卢一般肯定会拿管重来当突破口。

从乐水到林小泥，卢一般特别擅长用迂回出手、曲线包围的手法来达到目的。谷黄决定趁卢一般还没有完成布局之前扼杀他的意图。

第四十九章 依赖和爱的区别

谷黄决定先从郝进入手。她很看好郝进和崔恒语的结合，希望可以促成他们两个人的好事，避免崔恒语落入卢一般的圈套。

郝进羞涩地微微一笑，飞快地瞄了崔恒语一眼，“我不知道我错过了什么，因为从来没有人对我说过什么。没有开始就没有错过，对吧？”

盛年虽然猜不透谷黄的心思，但也乐见谷黄撮合崔恒语和郝进。她也觉得林小泯不太适合崔恒语，虽然崔恒语一度曾经特别迷恋林小泯，口口声声说要娶她，因为她太贤惠了。但在认识林小泯之后不久她就看清了一点，林小泯的温柔体贴不是贤惠，是小意、是卑微，是穷苦人家出身的女孩子骨子里的讨好型人格的外在表现。

也就是说，林小泯对崔恒语的所有关心和爱护，都不过是出于女性固有的慕强心理。女性都天生有爱慕强者的心态，或多或少。盛年承认她也有，她也希望管重来可以挑起重担，这样她就不用奔波忙碌了。或许在所有女性的内心，都渴望有一个强大的丈夫为她遮挡生活的风雨和人生的磨难。

只是林小泯的慕强心理由于从小生活贫穷并且受人欺负的原因，更强烈一些罢了。在一些满是白眼的环境中长大，养成了她的讨好型人格。她对崔恒语的讨好，也是出于想获得崔恒语对她的好感和喜欢。

但通常来说，媚上者必然欺下，林小泯过于小心谨慎的性格以及眼中只有崔恒语一举一动的服务型表演，在外人看来特别刻意和目的不纯。只是崔恒语身在其中，当局者迷，觉得林小泯是真心喜欢他。却不清楚对林小泯来说，她是不是喜欢崔恒语并不重要，重要的是崔恒语能给她想要的一切——钱、安全、扬眉吐气以及未来。

女人有时真的分不清依赖和爱的区别，有时遇到一个对她好，让她心理上安稳、生活有保障的男人，她就会不知不觉中将感激和依赖当成爱。盛年可以理解林小泯的心态。当年妹妹就对她说过曾经无比迷恋一个男人，对他爱得死去活来，因为有他在，她感觉整个深圳都温暖了起来。

后来妹妹才发现，这个男人根本不爱她，对她的关照也只是出于想得到她。但妹妹还是将对他的美好感觉珍藏了多年，直到去世。妹妹说，当她在深圳陷入绝境的时候，是他毫不犹豫的帮助让她渡过了难关，那种雪中送炭的温暖让她永远铭记。

人和人的不同在于：有人会永远记住别人的好，并且感恩和回报。但有人在获得了别人的帮助之后会恃宠而骄，并且将别人所有的付出当成理所应当，不但不知道回报，还无休止地索取和得寸进尺。在林小泯的本性渐渐暴露之后，崔恒语痛苦之余，多次找盛年诉苦。盛年也不客气，直截了当地告诉崔恒语他和林小泯不合适，长痛不如短痛，要当机立断，否则以后还会有更大的麻烦。

崔恒语不听，他虽然反感林小泯的做作以及事多，但还舍不得她的温柔。盛年也就没有再劝他，只说希望他感情上的事情不要影响到工作，否则，她会要求林小泯离开公司——在崔恒语的坚持下，林小泯在荣光担任了副总监，尽管是副职，但管事不少，而且成天乱指挥。

原本盛年没有多想崔恒语和林小泯的恋爱会是什么阴谋论，虽然她明显察觉到林小泯的出现对公司的运营确实带来了一定的负面影响。林小泯像一个阴影，走到哪里哪里就会出现不和谐的声音。因为大家都不知道她的话到底是她自己的意思，还是代表崔恒语。

谷黄说林小泯是卢一般的圈套，盛年虽然不是特别相信，但深入一想，恐怕还真让谷黄说对了一半以上。介绍林小泯给崔恒语认识，卢一般也许真的没安什么好心。

盛年部分赞同谷黄的话，她一拢头发："谷姐阅人无数，经历丰富，她看人比较准，早早就说过崔总还是适合找一个踏实可靠的人生伴侣。有些女人，明傻暗奸，貌似温柔，其实媚上欺下、心思多变。郝进，你是没有错过，但也错了……"

郝进本来坐在崔恒语身边，被众人一说，下意识朝旁边侧了侧，似乎是想要离他更远一些，"我哪里错了？盛年姐多指导指导我。"

"你是太被动了，什么事情都要等别人挑明。你要记住一点，时代不同了，女人在许多事情上面已经和男人站在同一个起步线了，爱情也是。谁说女孩一定要被男孩追？遇到自己喜欢的，也要勇敢出手，大胆表白，要自己争取自己的幸福。不管是事业还是爱情，都是有努力有付出才会有收获，你说呢？"

"可是……"郝进又下意识多看了崔恒语一眼，"在没有确定对方对我是不是有感觉的前提下，怎么去表白？万一被拒绝了该多尴尬？"

“你以前经历过那么多次考试，有没有失利的时候？”

“有，很多次。失利不可怕，只要吸取教训，下次再好好考就行了。”

“你已经回答了自己。”盛年会心地笑了，“别怕表白失败，不过是人生考试中的一次冲锋罢了。一次不成功，就两次，两次三次不成功就换人，哈哈！”

“哈哈，盛年，你什么时候也成恋爱专家了？”管重来第一个被逗笑了，“你这么用心撮合崔总和郝进，有没有想过他们认识这么久了也没有在一起，是缘分不够嘛！”

盛年不满地白了管重来一眼，“你当年喜欢我那么久，一直没有追到我，为什么不觉得是缘分不够就收手，而是继续追下去呢？”

“我……”管重来挠了挠头，嘿嘿一笑，“有百分之一的希望就要付出百分之百的努力，男人骨子里都有不服气的勇气。更通俗一点讲，雄性荷尔蒙为了保证传宗接代，会设定进攻的基因。”

“雌性也有，别以为就你们雄性才能统治世界，以后，是女人的天下。”谷黄回应了管重来一句，又看向了崔恒语，“老崔，你的进攻基因呢？”

崔恒语不好意思地摸了摸鼻子，“我这个人比较腼腆和害羞……”

话未说完就被盛年和谷黄鄙视了。

孙巍和妙妙如坐针毡，既想走，又好奇接下来的故事走向，就坐也不是走也不是。管重来冷眼一笑，“既来之则安之，吃好喝好再走，也别愧对自己的份子钱。孙巍，你和乐水的事情我也知道一点，我不指责你的背叛。在没有结婚之前，男女的恋爱只是口头承诺，反悔和移情别恋都不算什么，是正常现象。”

孙巍如释重负，长长地出了一口气，“谢谢姐夫。”

“姐夫？”管重来微有不快，“为什么不是大哥和嫂子，而是姐姐和姐夫？大哥是以男人主角的称呼，姐夫则是附属品……”

“你本来就是附属品！”谷黄冷哼一声，“别以为自己还是主角，没有盛年，你现在已经是叫花子了。”

“谢谢谷姐的夸奖和鼓励，谢谢啦！”管重来拉长了声调，一脸不屑。

盛年忙拉回了话题，“别扯远了……崔总，我知道你对郝进有好感，也向她暗示过几次，都没有得到她的回应，你就觉得她对你没感觉是吧？不，你错了。不对，应该说你们两个都错了。你错就错在脸皮太薄，没有坚持下去。郝进错就错在了过于矜持，明明喜欢对方，却在被人表白时沉默。你的沉默对于崔总来说，就是拒绝，而不是默认。”

“我……我不是，我没有，我……”郝进脸红了，低下头，“我只是觉得自己配不上崔总。家里穷，父母又有病，和他在一起，只会是他的拖累，不能为他带来任何帮助。而且他毕竟是老总，我怎么知道他对我的好是出于老板对员工的关怀，还是真心喜欢？”

“你……你都胡思乱想些什么！”崔恒语现在才知道郝进内心的真实想法，顿时急了，“我又不是阳光，会温暖每一个女员工，我就对你特殊照顾，你会看不出来？还有，你怎么会是拖累？你从进入公司之后，帮了我很多，现在也是公司的主力干将之一。你父母的病也不是什么严重的病，很好治。你弟弟现在也很有出息，等他大学毕业了，说不定也能帮我继续做大做强事业。”

“你真的是这么想的？”郝进眼圈一红，“为什么不告诉我？”

“我……我怎么告诉你？你对我的示爱假装没看见，我约你几次，你也总是推托有事。我觉得你是故意躲着我，我就不再打扰你的生活，远离你了。”

“你……我那几次是真的有事，不是推托，你这人怎么这么小心眼儿？”郝进也生气了，站了起来，“你怎么能这么想我？你忘了有好几次我在你面前故意说，今天的工作都干完了，没事了可以早早回家了，明明是在告诉你我有空了，你为什么假装没听见？”

第五十章　记住恩惠，洗去怨恨

崔恒语瞪大了眼睛，“啊，这话里话外还有这么多潜台词？我又不懂女人的内心戏，我真的不知道哇！我以为你就是无聊时的自言自语，谁知道你是在暗示我？你又不是不知道我头脑简单，事情必须说到明面上，要不我听不懂。郝进，下次麻烦你直接说——我今晚有空，你可以请我吃饭吗？我肯定立马就带上钱包和你一起出发了。”

“笨蛋，现在都是移动支付了，谁还带钱包。”郝进嗔怪了一声，眉眼间风情流露。

“我绑了好几次银行卡，总是不成功，现在都还不会移动支付……”

“我教你呀。现在“60后”都会移动支付了，你一个“80后”居然不会，你太老土了。手机拿给我……”郝进抢过崔恒语的手机，“信用卡可以在商家消费，但有些个体小摊、小卖部还有给人转账，就只能用储蓄卡了，所以你得绑定两张卡……密码多少？”

盛年和谷黄对视一眼，含蓄而会心地笑了。总有一些相爱的男女，因为各种阴错阳差而错过，还好，崔恒语和郝进在她和谷黄的牵线下，恢复了以前轻松自如的相处状态。但愿他们能够找到更好的相处之道，最终走到一起。

谷黄开心地举起了酒杯，“来，为了庆祝老崔和郝进破镜重圆！不对，是好马又吃回头草，也不对，算了，反正就是开心。来，干杯！”

众人一起大笑，就连孙巍和妙妙也不再窘迫，变得放松了许多。

几杯酒后，谷黄起身去其他桌敬酒，她发现了一些熟人。她一走，氛围就缓和了许多。管重来哼了一声：“一个自以为是的老女人，快更年期了吧？天天神神道道的，别理她，心思太阴暗了。”

“也不能这么说谷姐，她嘴是损了一些，其实心肠不坏。”盛年想要为谷黄辩解几句，卢一般和乐水过来敬酒了。

卢一般和乐水喜气洋洋，二人依次和几人碰杯，乐水没说什么，卢一般滔滔不绝地说了一堆感谢的话，还特意和管重来多喝了几杯。

管重来望着远处谷黄的背影，“卢总好雅量，遇到这样一个前妻，没有轰她出去，还对她笑脸相迎，让人佩服。换了我肯定做不到。”

卢一般眼神跳跃几下，拍住了管重来的肩膀，“老弟，谢谢你的理解。男人嘛，要有所为有所不为，不能被女人的情绪带偏了。男人的胸怀是被委屈撑大的。话又说回来，上门都是客，既然人家来参加我的婚礼，哪怕带着恶意和偏见，也有一点点的好心对吧？要珍惜别人的哪怕像萤火虫一样微弱的好心，做人要记住恩惠，洗去怨恨。”

管重来顿时对卢一般肃然起敬，“卢总胸怀宽广，是我的榜样，我敬卢总一杯。”

卢一般大笑摇头，“经历多了，一些事情就看淡了。我不是胸怀宽广，是不想计较太多。认真，你就输了，兄弟！我们好像还没有联系方式，加个微信？”

“好哇！”管重来高兴地拿出手机，见盛年的表情有几分不快，趁着酒劲也没多想，“我扫你。”

二人加了微信，又互留了电话，约定几天后有时间聚聚。

盛年见乐水一脸幸福状依偎在卢一般身边，心情复杂。乐水对卢一般是真爱，但卢一般对乐水的爱有多少真情，就不得而知了。作为乐水的至交好友，她宁愿相信卢一般是真心想娶乐水而没有掺杂其他的附加因素。

只是谷黄的话还是在她的心中留下了阴影。从卢一般特意和管重来接近并且约定见面的行为来看，卢一般正按照谷黄所说的先乐水后崔恒语再到她的顺序来渗透荣光，难道说卢一般和管重来套近乎，真的别有用心？

但她又不能当面制止卢一般和管重来走近，有些事情也不可能阻止。盛年心中闪过一丝阴晦和不安。

谷黄回来时，卢一般和乐水去别桌敬酒去了，正好完美错过。

谷黄咧嘴笑了笑，“正好，不用和他们啰唆了，省得我再发火。我也不想在别人的婚礼上闹，显得我很没素质。毕竟婚礼这样的大事，一个人一生中也没几次，两三次就了不起了，是吧重来？”

“关我什么事！”管重来很不喜欢谷黄，连对她的语气也极其反感，“你以后说话别捎带我，我不想和你说话。”

“真不好意思，我还真得和你说话。”谷黄坐回座位上，“解决完了老崔和郝进的事情，现在该你了，重来！‘盛年不重来，一日难再晨’，你这样聪明的一个人，学富八斗，怎么会上卢一般的当？卢一般是不是想和你好好聊聊？”

管重来忍俊不禁，“扑哧”一乐：“是才高八斗好不好！谷总，多读一些书有助于提升自己的形象和素质，宋朝诗人黄山谷有一句名言——三日不读书，便觉语言无味，面目可憎……”

“别跟我讲这些大道理，我不想听也听不懂。是，我是没你懂得多，读书比你少，但并不妨碍我比你成功，比你见多识广，比你更懂人性、看透人心。”谷黄一推管重来，“坐下，别杵着跟一根木头似的。管重来，我就明确问你一句话，你现在清闲了，孩子也上幼儿园了，接下来还会上小学，你以后打算怎么办？是一直这么当居家宠物下去，还是出来工作？”

管重来下意识看了盛年一眼，“这是我和盛年的事情，与你无关。”

“盛年，你想过没有？”谷黄又问盛年。

盛年确实想过这个问题，但也没想太明白。管重来也提过一两次，说要出来工作，如果可以，他愿意来荣光，先从基层员工做起，好好历练一番。盛年没同意，荣光才刚刚有起色，如果都陆续让自己的朋友和家人进来，就成了家庭作坊了。虽说以目前的环境来看，许多创业公司都是重用自己亲戚，但盛年不想。

管重来回归家庭几年来，正是社会飞速发展的时期，好在管重来通过网络和盛年，也没有落后于时代。盛年相信，管重来重出江湖的话，会有用武之地。

只是近年来习惯了管重来在家里守候，他要是出去上班，她一时还难以适应。不管多晚回家，家里都有一盏温暖的灯光的感觉确实让人安心。盛年也清楚，如果出于私心不让管重来出来工作，也是对他的不公。当然，她会很尊重管重来的想法。

“如果他非想出来工作，我当然也不会阻拦，前提是，他可以找到一份安稳的好工作。”盛年嫣然一笑，看向了管重来，“重来，你是不是已经有目标了？”

管重来连忙摇头，“还没有想好到底要不要出来，习惯了在家里待着，人也就懒散了。出不出来，主要看机遇还有老婆大人是不是允许了。”

最后一句半是调侃半是逼着盛年表态，盛年心中一沉。她不是不想管重来走出家庭，而是担心管重来会重蹈覆辙，走错路。

谷黄斜着眼睛一笑，“看，管重来逼宫了。盛年，人家已经明确表达不满了，你也该心里有数了。”

盛年微一沉吟，“我其实也希望你能出来工作，但有一个前提，可不能再结交庄有田这样的坏人，被人带进沟里了。还好上次他只是骗了你的劳动力，没骗你别的。

重来，你太单纯，书读得是不少，但不知道社会上人心复杂，有许多人别有用心，而且套路高明……”

“不想让我出来就明说，别编那么多理由，怪累的。”管重来不高兴了，阴阳怪气地哼了一声，“我不是三岁小孩，我都三十多岁了！”

“三十多岁怎么了？男人到五十多岁还没长大的多的是！”谷黄再次跳了出来接腔，“管重来，你也不想想你三十岁了都干成过什么事情？一事无成是吧？不，你最大的成功就是娶了盛年！所以，你这一辈子就应该好好活在盛年的领导下，安心地当她的贤内助，别总想着自己多有本事，只要给你舞台，你就可以闯出一片天地。屁！有多少男人都死在了自以为是、自高自大上面。”

“你的意思是我得当一辈子的家庭妇男了？”管重来冷笑连连，“我家领导大人还没有发话，你插什么嘴？别人的家事你也管，真没礼貌也没教养，比卢一般差远了。卢一般和你离婚，是他的解脱，真替他感到高兴。”

谷黄非但没有生气，反倒哈哈大笑，“卢一般确实厉害，特别有迷惑人的本事，我也被他骗了好多年才发现他的真面目。你们现在当他是好人，可以理解，毕竟你们都还不如我眼界高。我也不多说什么了，管重来，就奉劝你一句话，天下没有掉馅儿饼的好事，别人接近你，通常都会有目的。你本身也没有什么价值，你最大的资本就是盛年的老公。”

“够了，谷黄！”管重来怒不可遏地一摔筷子，“祝你一个人孤独终老，没有疼没人爱！盛年，我先回去了，受不了了！”

第五十一章　如果人生可以重来

管重来站起来速度过快，带翻了椅子，他看也不看，一把拉过孙巍，“走了，还吃，真没出息！前女友让你参加婚礼是为了羞辱你，你居然还能坐得下去、吃得开心，服了你了。”

孙巍被拉得身子一晃，起身拉起妙妙，和管重来一起出了酒店。

妙妙还有几分不高兴，“还有好几个菜没上呢，难得吃一顿好吃的，都交了钱呢！管她是前女友还是谁，有好吃的不就得了。”

“走，我带你们去吃好吃的。”管重来血往上涌，谷黄的话让他无比愤怒，他已经憋了很久了。以前出去，经常被人介绍是盛年的丈夫，他还没觉得有什么，毕竟每个人在社会上都有多重身份。但后来随着荣光的生意越做越大，盛年的名气就越来越响，他就从盛年的丈夫变成了盛总的家属。

家属就家属，也可以接受。但再后来，就有人误以为他是盛年的司机——买车后，每次出行，管重来都要开车，他喜欢开车的感觉，可以掌控一切。再者盛年出门有时需要应酬，要喝酒，他开车可以保护盛年。

被误认为是盛年的司机后，他也不恼火，司机就司机，有什么可丢人的？给自己的老婆当司机，也是男人的荣耀。有本事你也娶一个这么有能力的老婆！管重来不像当年的卢一般一样，给盛年开车也会开出一肚子牢骚。他很坦然地接受了自己司机的身份，更不用说他从小就喜欢开车。在很小的时候，他的愿望就是当一名司机。

但他却接受不了谷黄对他的定义——最大的价值就是娶了盛年！岂不是说，他的人生除了盛年之外毫无意义可言？他可以给盛年开车，可以当她的司机，是因为爱她，他愿意付出。但爱不是人生的全部，他也有事业心，也有本事。卢一般在离婚后可以东山再起，说明卢一般当年的失败有谷黄的负面影响的原因，为什么谷黄从来不觉得自己有错？

真是一个不可理喻、自以为是的老女人！

谷黄的话彻底激怒了管重来。谷黄的话等于是否定了他的人生意义，是可忍孰不可忍，更何况他对谷黄本来就没有什么好感！

现在他更清醒了几分，见孙巍和妙妙还愣在当场，气笑了，“还不走，是等乐水再请你们吃晚饭不是？走，今晚我请客，想吃什么随便点。”

“真的可以吗？”妙妙怯生生的样子。

“男人说话怎么会不算话？”管重来大手一挥，“是不是觉得我很窝囊，没钱，请不起你们吃饭？”

“不，不，没有，真没有。”妙妙连连摆手，“我是担心等下盛年找你，你得回去为她开车。”

管重来拿出手机，微信发送了一段语音：“盛年，我有点事情要处理，就不和你一起回去了，你自己打车回去吧。我要见一个老朋友，晚上可能要回去很晚。”

孙巍看出了管重来是盛怒之下做出的决定，有几分犹豫，却被管重来毫不犹豫地拖到了车上。

是一辆奔驰，刚买来不久，还有充沛的新车气息。孙巍和妙妙上了车，东摸摸西看看，啧啧称奇。

“开宝马，坐奔驰，确实是好车。我还是第一次坐上奔驰，管大哥，你娶了一个好太太，真羡慕你。”孙巍话说到一半，忽然打住，意识到说错话了。

管重来却没生气，哈哈一笑，“你是不是后悔和乐水分手了？如果你现在还和乐水在一起，你少说也能开上宝马……”

管重来的手机突然响了，是一个陌生号码，他犹豫了一下，还是接听了。

“重来，好几年不见了，你现在怎么样了？”话筒中传来了一个懒洋洋的声音，七分熟悉三分陌生。

管重来一下没有想起来是谁：“谁呀？不好意思我一下没印象了。”

“真是贵人多忘事，这才多久就想不起来当年曾经和你并肩作战四个多月的小伙伴了？我是庄有田！”

“庄有田！”正在开车的管重来打了一个激灵，一脚刹车停在路边，“你、你还敢和我联系？信不信我一脚油门撞死你！”

“别呀，事情都过去这么久了，怎么还耿耿于怀？人得往前看，不能总揪住过去不放。是，我以前是对不起你，我为此后悔和痛心了很长一段时间，好不容易才问到你现在的联系方式，想和你见面聊聊，不知道是不是肯赏脸？”庄有田的声音缓慢而有力，充满了自信。

“不聊，我们之间没什么可聊的，从此老死不相往来，再见！”管重来怒火中烧。

“别别别，听我说，重来，我现在开了一家公司，生意做得越来越大，但缺少帮手。信任的人没能力，有能力的人不信任，再也找不到当年对你的那种亲密无间的感觉了。如果你不嫌弃，来万豪酒店，我请你吃饭，我们可以谈谈人生、叙叙旧，也许还可以进一步聊聊合作。”

管重来微有意动：“怎么个合作法？”

“我当年欠你的，会一次性补偿给你，还包括利息。然后，如果你愿意加盟公司，会给你高薪加股权分红，具体条件，见面再谈。”庄有田微一停顿，“兄弟，这么多年来，我无时无刻不在愧疚，希望你能给我一个赎罪的机会。”

沉默了一会儿，管重来做出了决定，“好，半个小时后见。”

半个小时后，万豪酒店的大堂，管重来见到了阔别数年的庄有田。微有发福的庄有田，气色不错，浑身名牌不说，举手投足间还颇有一种成功人士的做派。相比之下，近年来原地踏步的管重来确实有了不小的差距。

管重来本以为自己见到庄有田，会是满腔怒火，上去就打他一拳。不料不等他出手，庄有田当着孙巍和妙妙的面打了自己一个耳光，很有力，很清脆。

“对不起，兄弟，当年我确实做错了。错了就是错了，没有理由也不解释，我先向你认错道歉！”说着，庄有田又深深鞠躬，“你打我骂我都可以，但请你不要不理我，一定要给我一个将功赎罪的机会。”

妙妙被感动了，一推孙巍，“真爷儿们！孙巍，你学着点，这才叫男人。”

孙巍本来不想过来。管重来和庄有田之间的事情和他们无关，发生了什么，他也不感兴趣。但妙妙非要跟来，说要给管重来壮胆。其实她的真实想法是想看看有没有机会借管重来的东风实现孙巍赚钱的梦想。

孙巍和她的工作都很一般，结婚几年来，日子一直过得紧巴巴的。有了孩子之后，更是捉襟见肘。广州看似是一个遍地机遇的宝地，但机遇并不是人人都可以遇上的，她和孙巍奋斗了好几年，现在还是生活艰难，每月的收入刚够支出。

管重来和孙巍同病相怜，也许他就是孙巍的机遇。

庄有田先下手为强，倒让管重来一时下不去手了。他是一个表面强硬内心柔弱的人，顿时愣住了，见到庄有田脸上红红的掌印时，知道庄有田不是演戏，是真的下了狠手，立刻就心软了。在庄有田扑过来抱住他的那一刻，他再也无法矜持，一时无数感慨涌上心头，也抱住了庄有田。

“有田，你当时要是有什么困难直接和我说，我会不帮你吗？你却直接跑路，这不是不当我是朋友吗？我真的很生气，我觉得你辜负了我对你的信任！”语气虽强硬，但明显内心已经松动了，管重来想起了以前的种种，不由得红了眼圈。

“当时不懂事，也傻，现在不是明白过来了吗？只有你才是我的亲兄弟！人生如果还有重来的机会，我当初肯定不会扔下你不管。”庄有田泣不成声，泪如雨下，“兄弟，我错了，真的知道错了，你要是不给我一次机会，我永远不会原谅自己。”

管重来也哭了，紧紧地抱住了庄有田，“度尽劫波兄弟在，相逢一笑泯恩仇……有田，男儿有泪不轻弹，不哭了，我们应该笑才对。”

一笑泯恩仇，管重来和庄有田又开心了，连带孙巍和妙妙也被二人的哭哭笑笑弄得心情起起落落。庄有田邀请几人一起到了早就订好的包间，畅谈了起来。

原来庄有田当年卷走了二十多万元一走了之，并没有回老家过安生日子，而是去了上海。在上海，他努力拼搏了一番，慢慢站稳了脚跟，做起了建筑工程生意。后来从老家找来一帮人，成立了队伍，越做越大，慢慢又成立了建筑公司，专门承接各种土木工程。

现在庄有田的业务以地基工程为主。现在楼越高，地基的造价就越贵，有时会占到全部造价的四分之一。地基工程有很强的专业性，许多建筑公司不具备相关的技术，因此庄有田的能伦地基工程有限公司，拥有广阔的市场，并且占据了不小的市场份额。

现在能伦地基工程扩张的步伐加快，急需大量管理人才，中层的还好说，高层一时不好找到合适的人。还是那句老话：有能力的不信任，能信任的能力不够。于是庄有田就想到了管重来。

第五十二章　荣光的变局

管重来心中欣喜。他正想出来上班，机会就送到了眼前，说明他等候了几年，终于要守得云开见月明了。

不过管重来已经不再是以前的管重来了，他没有过早地表现出来欣喜之意，而是先摆出一大堆困难。说他现在的日子很舒适，在舒适区待久了，不想出来，也不想再冒险。一是怕失败，二是盛年也不允许。他现在的状态就挺好，可以当盛年的贤内助，助盛年成功。

庄有田听出了管重来的言外之意，当即哈哈一笑，拿出手机要了管重来的账号，当即转账了二十万元。当年他卷走了二十万元，本来是一人一半，管重来应得十万元，现在算上利息加赔偿，直接给了管重来二十万元，也算是弥补了当年的不义之举。

做出豪爽的举动之后，庄有田开出了条件：第一，管重来担任公司的副总，年薪五十万元。第二，干满一年，赠予百分之一的股份，两年百分之三,三年百分之五,三年以上另行协商。第三，配助理一名、公车一辆、司机一名。

孙巍和妙妙双眼放光。庄有田开出的条件太好了，简直就是当祖宗一样供起了管重来。他们并不知道管重来当年和庄有田的往事。不过就算知道，他们也一样会觉得庄有田对管重来太好了。

管重来却觉得条件还是不能让他满意，提出了起步股份是百分之二，然后再依次递增。庄有田只迟疑了片刻，就答应了。

谈妥之后，宾主尽欢。管重来觉得孙巍和妙妙可以当他的追随者，提出如果二人有意向，也可以加盟能伦地基工程。二人的工作本来就不太遂意，当即应允。庄有田也表示了欢迎，并且开出了比二人之前工资翻倍的待遇。

二人大喜。

管重来晚上和庄有田吃饭，喝得大醉，孙巍也喝多了，还是妙妙开车送管重来回去的。回到家中后，还没有上楼，管重来就收到了卢一般的消息，约他三天后在如归茶馆见面，他立刻回复同意了。

到家后，盛年和儿子还没有睡。他要亲儿子，被儿子躲开了，嫌他酒味太难闻。管重来也没在意，郑重宣布他要重新出山，然后就倒头便睡。

第二天盛年要去上班，管重来提出让盛年留下车钥匙，他要用车。盛年也没多想，就留给他了。

等到了公司，盛年才察觉到哪里不对，管重来怎么说上班就上班，就算找工作也不会这么快吧？他肯定是有什么情况了。只不过她还没有来得及向管重来问个清楚，公司的事情就让她将家里的事情抛到了一边。

卢一般和乐水来公司办理交接手续了！

原本以为乐水至少也要等蜜月过后再将股权转让给卢一般，不料二人连蜜月也免了，婚礼的第二天就投入工作当中。盛年不由得想到了谷黄的话——卢一般会迫不及待地进入荣光，然后一步步蚕食荣光。

之前盛年也劝过乐水，要慎重转让股份，毕竟才和卢一般结婚，而且现在荣光刚进入发展的快车道，正是用人之际。乐水却坚持她的决定，她累了，想要回家相夫教子，要生一个宝宝，而且她已经怀孕了！

盛年见乐水去意已决，知道多说无益，只好同意。按说她作为大股东，完全可以一票否决乐水将股份转让给卢一般，但她不忍心和乐水反目。她也看了出来，如果她真这么做的话，乐水肯定会翻脸，并且会指责她不近人情，不支持她的决定，不想看到她幸福。

她还能怎样？

崔恒语对乐水的决定也颇多不满，但也没有办法，他本来也想否决，在盛年的劝告下才打消了念头。反正他想以后他和盛年联起手来，还是绝对的大股东，卢一般就算进了荣光也闹不起什么风浪。

但都没有想到，婚礼第二天就要交接了。

崔恒语一脸阴沉，和盛年交流了一下眼神，见盛年示意他少安毋躁，他才安心了几分，让郝进为二人泡了茶。

上好的黑茶。

协议卢一般已经准备就绪，交由盛年和崔恒语过目，很详细也很周到，没有任何纰漏。二人没有什么异议，在卢一般的注视下签了字。

“从现在起，我们以后就是同事了。谁能想到，几年前我来荣光健身，几年后的今天，我成了荣光的股东。盛年、恒语，江湖有缘，我们有缘。”卢一般微有感慨，“乐水怀孕了，以后她安心在家里养育接班人了，哈哈。我既然成为了荣光的股东，先提三点建议。别，你们别这样看着我，我可不是什么新官上任三把火，是完全以一个门外汉的姿态向你们学习。”

卢一般的态度很诚恳，似乎也很谦虚，但三点建议却都是实打实的干货：“虽然现在荣光美体的发展已经进入了快车道，但还是面临着市场单一、受制于终端销售的问题，而且普及率不高，无法打开大众市场，终究是一个小众行业。但随着经济的发展，消费者消费能力的提高，尤其是女性社会地位的大幅提升，我相信美体内衣早晚会成为大众消费品，所以我觉得有必要从三个方面对荣光美体进行改进……”

盛年摆出了聆听的姿态，崔恒语端着茶，眯着眼睛，表面上在听，其实内心颇不以为然。

不料卢一般的第一点建议就震惊了他！

“第一，建议荣光和谷黄的华年加强合作，交叉持股比例上升到百分之二十！”

什么？盛年也震惊了。卢一般的建议到底是出于什么出发点，是真心要和谷黄合作，还是有什么长远的考虑？

谷黄的华年美体内衣虽然和荣光同时起步，也受到了盛年和乐水的指导，但由于不是谷黄的事业重点，一直不温不火。不但品牌的知名度和美誉度没有建立起来，就连代工厂也订单不多，如果不是荣光的订单来支撑，恐怕就维持不下去了。

也就是勉强达到了收支平衡而已。

相比之下，卢一般在上海的水漾内衣加工厂，除了荣光的部分订单之外，其他的订单不断，已经为卢一般每年至少赚取上千万的利润。

并且由于水漾是全新建厂的缘故，技术力量和设备都比华年要好上许多，荣光的一些高端款式只有水漾可以生产，中低端款式就放到了华年。

盛年见崔恒语想要开口说什么，就用眼神制止了他，她要等卢一般全部说完再发表意见。

卢一般将二人的震惊尽收眼底，心中微有得意，“第二，荣光现在在同时走高中低全覆盖路线，虽然稳妥，但定位不够精准，所以我的第二个建议是，砍掉低端，只做中高端，树立起荣光的品牌形象。我预测，在未来美体内衣只有中高端才能达到最大盈利，就像高端品牌的衣服、包包和其他奢侈品一样，荣光就是要走奢侈品路线。”

“第三，荣光要拓展渠道，不能再受制于其他终端销售，要发展自己可以掌控的销售网络。在现在互联网的时代里，没有自己的销售网络就只能是死路一条。”

应该说，卢一般的三条建议条条切中荣光的要害，也正是近来一段时间盛年正在思索的方向。确实，荣光发展到现在进入了瓶颈期，虽然已经开始赢利，并且利润还行，可以保证持续前进，但想要进一步扩大影响和销量却很难。等于说现在进入了一个平衡发展阶段。

美体内衣不是快消品，不像普通内衣很快就会被淘汰掉，会比普通内衣使用的时间长。毕竟，一是价格昂贵；二是面料中附加了高科技分子，需要一定时间的释放；三是大多数消费者适应了一件美体内衣后，会产生一定的依赖性。就像每买一双新鞋都有一个适应期，过了适应期再穿其他鞋，又会再有一个适应期。

基于以上三个原因，一件美体内衣的寿命会是一到两年，也就是说，一个消费者成为回头客的时效长达一两年。那么至少要在推向市场三到五年后，才会形成新旧消费者交替、促进良性循环的模式。

在新的消费者增长有限而老的消费者还没有形成口碑和群体效应时，企业的发展状况自然就缓慢前进，而不是突飞猛进的发展。

如何才能扩大市场占有率，盛年思索了很多天，也深入市场进行过许多次论证，甚至想过价格下探打开低端市场的想法，但又被自己否决了。可以说，卢一般的三条建议中，荣光走中高端路线以及拓展自己的销售渠道的思路，盛年都曾经想过，但具体如何实施，她还没有想好。

没想到，卢一般和她的想法不谋而合，说明了一点——卢一般确实对美体内衣行业有过深入的研究，是行家。至少在业务的熟练和投入上，他比谷黄强。谷黄对美体内衣行业，只是感兴趣，而不是热爱。

但卢一般却要和谷黄更深度合作，就让盛年纳闷儿了。卢一般有此提议，到底有什么不可告人的目的？

第五十三章　你说的都对

不知不觉中，盛年还是受到了谷黄的影响，开始从阴谋论的角度来分析卢一般的每一个动作。不，应该说是阳谋论，卢一般的每一步都可以放到阳光下，就算上当，他也是让别人睁着眼睛光明正大地上当，而不是背地里下黑手。

所以盛年对谷黄的话也是半信半疑，至少她认识卢一般也有几年了，还没有见过卢一般背后出过阴招。他的行事虽然不能说有多光明磊落，至少不是阴狠。

盛年不说话，低头沉思，崔恒语也没有开口，反倒是郝进托着下巴，若有所思地笑了笑，“卢总的三把火烧得挺旺，我立马感觉到浑身充满了活力。我有一点不明白，不知道能不能提出来？”

郝进看向了盛年和崔恒语。

盛年赞许地点了点头，最近郝进进步很快，毕竟身为“90后”，思路更活跃，想法更大胆。

崔恒语大手一挥，“尽管提，怕什么，都是为了公司好，有则改之，无则加勉嘛。”

受到了鼓励，郝进就大着胆子说：“很多想法，想到容易做到难。就拿渠道拓展来说，几年前荣光刚成立时，就想拥有自己的渠道，结果失败了，才走了借助别人渠道的特定路线，是不得已而为之。虽然现在荣光的实力壮大了，但近年来的主要精力都用在了开发新品和提升科技上面，对于渠道的拓展，并没有下多大的功夫。卢总只是提议一下，还是已经有办法了？”

郝进问到了点子上，这也正是盛年和崔恒语都关注的关键部分。有些人喜欢夸夸其谈，提建议出主意，都头头是道，但只是空洞的泛泛之谈，没有可以具体落地的实际操作层面的方法。用一句话说就是——正确的废话！

卢一般不慌不忙地喝了一口茶，“我从来不打无把握之仗。崔总了解我，这么多年了，我要么不提意见，提出意见的同时，肯定会附带解决方法。我可不是平庸的大多数……"

"在卢总的观念里，平庸的大多数指的是？"郝进追问。

"是指反对意见一大堆，东挑刺西挑理，但从来不会想出解决方法的一群人。"卢一般冷冷一笑，"生活中从来不缺这样的一群人，看什么都不满，见什么都有意见。比如嫌交通信号灯设计得不合理，认为朝九晚五的制度不合适，觉得公司的规章和要求太烦琐，等等。总之，处处不满意，事事不喜欢。但如果你让他提供解决方案，不好意思，他除了抱怨，什么都不会。"

"只挑不是，不提改进的方法，这样的人到处都有。"盛年完全可以理解卢一般所说的一类人。他们浑身上下充满了负能量，顺利就得意，失意时就沮丧，感觉全世界都欺骗了他、抛弃了他、亏欠了他，却从来不想想他为别人、为世界做过什么。她嫣然一笑，"这么说，卢总已经胸有成竹了？"

"不敢不敢，在你们面前，顶多算是班门弄斧，或者是抛砖引玉。"卢一般谦虚的样子倒是很诚恳，他微微弯了弯腰，"我其实是体谅乐水才进入荣光的，不想她太受累了。而且她也想生孩子当妈妈，作为她的丈夫，得理解她、支持她。她嫁给我已经很委屈了，以后不管遇到任何事情，我都不会再让她受半点委屈。"

乐水柔情蜜意地白了卢一般一眼，"别说这些没用的，嫁给你，我心甘情愿，才不会在意别人的看法。说正事，要不盛年和崔总不相信你的能力，不放心你对美体内衣行业的认知，会为公司以后的发展埋下隐患。"

"好，好，你说的都对。"卢一般一脸宠溺，朝乐水挥了挥手，"别总是站着，赶紧坐下休息一会儿，千万不能累着。"

"真肉麻！"郝进朝崔恒语小声一笑，"受不了了。"

盛年听到了，"老崔，你以后多向卢总学学。你要是和他一样温柔多情，你还愁没有女朋友？"

"不了，算了，我还是喜欢我现在酷酷的样子，这辈子当不了暖男了。最主要的是……"崔恒语朝郝进看了一眼，眼色都洋溢着笑意，"郝进喜欢就行了，别人是不是喜欢，谁在乎？"

卢一般才察觉到了不对，愕然地看了看乐水又看向了盛年。盛年没让卢一般久等，笑道："没错，所见就是真相，老崔现在和郝进好上了。"

"啊……那林小泯怎么办？"乐水惊讶地捂住了嘴巴，"老崔，你和郝进认识这么久都没有擦出火花，怎么有了林小泯后，又发现了郝进的好？你们男人非要等失去了才知道珍惜是不是？郝进，你不能这么快答应他，你得先找一个男朋友谈一段恋爱，然后再和他开始，这样才公平。”

郝进却坚定地摇头，“不，我不去因为追求所谓的公平而拿自己的感情开玩笑，也不拿自己的人生当赌注。有些女孩很傻，非要去追求和男人所谓的平等。不管是从生理还是体力，或者逻辑思维上，女人和男人有天然的差异，为什么非要用自己的短处去和别人拼长处？男人有男人的天下，女人也有女人的世界，取长补短，各自所长，才是我们平衡的完美世界。”

“说得好，郝进，我挺你。”崔恒语开心地竖起了大拇指，“一般，谢谢你为我介绍林小泯认识，但相处之后才发现我和她不合适，现在已经分手了。”

“不是吧？我昨天还见到了她，她说正在和你闹矛盾，但还没有到分手的地步。你这是那边还没有分手这边就已经有下家了……崔总，这就是你的不对了，脚踩两只船啦！”卢一般半是玩笑半是责备，语气很到位，既不让人觉得不舒服，分寸又拿捏得恰到好处。

“他不是，他没有。”不等崔恒语分辩，郝进就替他说话了，“如果非要论一个先来后到的话，林小泯才是后来者，我和他都认识多久了？只不过我们之间的关系一直没有点破罢了。男女恋爱，有时不需要点破就在一起了。分手也是，有时不用明确说分手，慢慢淡了，也就不再联系了。难道林小泯觉得她在他的心目中还有分量？这是多么的迷之自信。”

卢一般的眼神中迅速闪过一丝失落和不快，迅即恢复了平静，“我是见多了分分合合的事情，要不是要和崔总合作，又认识林小泯多年，才懒得管你们这些情情爱爱的鸡毛蒜皮的事情，麻烦，哈哈。行了，回到正题上，先说渠道拓展的事情，我初步的想法是……”

卢一般的思路很清晰，他是想在美容院、健身房和会所之外拓展一个全新的销售渠道。渠道完全掌控在自己手中，以专卖店的形式，在全国各大城市开设。初期打算先在一线城市和各省会城市试水……

“专卖店的形式，以前不是没有考虑过，主要是成本太高……”盛年点了点头，虽然说卢一般的想法并不是多有创意，也没有让人耳目一新，但至少方向是正确的，“而且周期太长，每个城市的选址工作就有可能持续一年半载，并且还要后期装修，等等。之前做过预算，少说也要上亿的资金以及三到五年的周期，以荣光现在的体量，承受不起。”

“所以回到了我刚才三点建议的第二点，荣光要定位为中高端产品，提升利润空间，这样就可以在全国各地招募加盟商而不是直营。直营模式当然成本太高了，而且风险太大。”卢一般回头看了一眼乐水，“我和乐水前两年跑遍了全国的一线城市和省会城市，也在各大知名商场附近研究过选址，最后发现，女性消费者还是集中在高端商圈附近。在高端商圈待久了，眼光和消费承受力也就上去了，不怕定价高，就怕质量和功能赶不上需求。”

加盟商倒也是一个思路。盛年对卢一般的印象有所改观，抛却谷黄对他的负面评价，他确实是一个优秀的商人，有非常清晰的商业头脑。“我原则上赞同卢总的建议，同时，也要加大网商的推广。我们可以推出一个在线销售的 App，只要输入个人资料就可以生成产品信息，还可以直接和我们的设计师视频对话。我想，以后科技肯定可以进步到打开 App，用手机扫描全身，就可以测量出客人的身材特征，得出相应的尺寸和设计思路。”

崔恒语双手抱肩，“想法不错，双管齐下。我们要将荣光品牌树立起来，然后打通上下游的渠道，我们只需要掌控核心资源就可以了。”

“品牌、核心技术、不断的创新和设计能力……”郝进仰起脸，“我说的对吧，崔总？”

“对，百分之百正确。”崔恒语眼中的笑意掩饰不住，都要流淌出来了。

盛年看不下去了，“得立个规矩了，以后办公室恋情不许在谈公事的时候互相示爱，示爱一次罚款一千元当成请客基金。”

第五十四章　你无法知道对错

“我认罚。”崔恒语知错就改，当即拿出一千块放在了桌子上，“该你了，一般。”

卢一般哈哈一笑，也交了一千块钱。

“品牌的树立和App的开发，以及加盟店所需的推广资金，是最难的三个地方……”盛年将两千块钱拿在手里，抽了十张放到了桌子上，“如果说品牌的推广需要一千块的话，App的开发费用也至少需要一千块，加盟店也不会少于一千块，而我们手中只有两千块，缺口怎么办？”

卢一般制止了乐水拿钱的动作，“盛年要的不是你身上的钱，是巨额资金。资金问题，就回到了我的三个建议的第一个，和谷黄交叉持股的比例提升到百分之二十，引进谷黄的资金。当然，如果有需要的话，我也可以追加资金。”

盛年心中一跳，悄然和崔恒语交流了一下眼神，崔恒语会意，问了出来：“你能拿出多少？想增持到多少股份？”

“三千万元不成问题，按照现在荣光的估值，我觉得我的持股比例提升到百分之三十五比较合适。”卢一般见盛年和崔恒语都没有说话，哈哈一笑，“是不是有图穷匕首见的感觉？哈哈！我可没有吞并荣光的想法，只是想让乐水的事业做得更大更强而已。如果我想在美体内衣行业大有作为的话，我自己再打造一个品牌出来岂不是更好？我也有自己的加工厂。”

盛年虽然想反驳卢一般的话，投建一个加工厂比打造一个品牌容易得多，有钱就可以。但品牌的创造和知名度的普及，却需要智慧和创意，具有太多不可确定的因素，成功率极低。但她并没有做无谓的争论，问题的关键点在卢一般的真正意图上面。卢一般到底是真心为了荣光做大做强，还是想在荣光做大做强的过程中，逐步吞并荣光？

谷黄的话再一次在耳边响起。

“你们完全可以相信一般，他是真心为了荣光好。”乐水忙不迭为卢一般解释，“他的产业很多，荣光是他名下产业中最不赚钱的一个，却是他投入最多的一个。因为他对我的爱，对荣光的爱，还有对你们的爱。”

卢一般摆了摆手，“别说了，乐水，我是真心还是另有意图，盛年和崔总完全可以看得出来，他们是聪明人。还有，我为什么要拉谷黄进来，也是为了自证清白。有谷黄在，我就算真的想要吞并荣光，也过不了她的一关，她可是比我有实力多了。”

盛年实在找不到卢一般整个计划中的漏洞。他编织了一张无比严密的网，不管哪个环节都显示不出他的野心和意图，似乎是一心为了荣光的发展。尽管她还是隐隐觉得哪里不对，却又发现不了破绽。

“我暂时没意见了。”盛年索性不去想了，有很多事情不到最后关头，你无法知道对错，“不过卢总股份提升到百分之三十五有点太多了，百分之三十比较合适。我百分之三十五，卢总百分之三十，崔总百分之十五，谷总百分之二十，怎么样？”

“不行，一般要出资三千万元，怎么可能只占到百分之三十的股份……”乐水急了，“盛年，你这就有点欺负人了！”

“没问题，我同意！”卢一般打断了乐水的话，“既然是合作，又是你多年的朋友，就别计较这么多了。我出三千万才提了百分之十的股份，谷黄从百分之十提到百分之二十，出资额至少也要和我一样才行，对吧？”

“项庄舞剑，意在沛公”，卢一般此举，是为谷黄设下了圈套。如果谷黄不同意增资，就得退股了。盛年忽然觉得让卢一般进入荣光可能真的不是一件好事。但乐水和卢一般是夫妻关系，她转让股份给卢一般，她又不好说什么。但卢一般和谷黄的关系就复杂了，他们在同一家公司担任股东，不打架才怪。

盛年觉得还有必要再提提，还没开口，就被乐水呛了回去。

“盛年，我知道你想说什么，别说了，我已经决定了。如果你们不同意将股份转让给一般，就按照公司章程来。章程规定，股东转让股份时，你们有优先收购权。请问，你们要收购我的股份吗？”乐水对盛年和崔恒语明里暗里的不信任以及明显流露出来的怀疑大为不满，说话就不免带了几分火气。

“乐水！”卢一般站了起来，“你怎么能这样？你再这样说话，我就收回对荣光的投资，省得大家都不愉快。合作的前提是彼此信任，在信任的基础之上愉快地工作才能创造价值。”

卢一般以退为进的策略奏效了，盛年拉住了乐水，“乐水，别耍小孩子脾气，合作不是小事，了解双方的意思是必要的程序。现在我和崔总都接受了卢总，欢迎卢总加入荣光大家庭！”

让盛年和崔恒语始料不及的是，在卢一般加入荣光后，和谷黄的谈判出人意料的顺利。得知卢一般增资后，谷黄也增资了一千五百万元，剩余部分以代加工订单免除费用来抵销。同时，她还准备效仿荣光也开专营店。

是和荣光同一家店还是和荣光一样每个城市开设一家，两个方案在经过一番对比之后，她决定选择独立开店。华年要和荣光走差异化路线，主打中低端市场，和荣光形成互补。

在荣光的股权结构重新调整之后，卢一般和谷黄对荣光投入的精力明显比以前多多了。或许卢一般还真是一条鲇鱼，他的出现，为荣光带来了新的活力和——危机！

2017年元旦，荣光成立四年了，已经走出了当初的困境，呈现了欣欣向荣之势。在全国各地的加盟连锁店陆续上马，以星火燎原之势，逐渐打出了品牌的名气，并且建立了口碑。

盛年下班回家的路上接到管重来电话，说他今晚要很晚才回来，要她顺路接了儿子。盛年没说什么，近来管重来的事业蒸蒸日上，她也为他感到高兴。

盛年只知道管重来是去了一家基建公司，主要承建地基工程，但具体是一家什么公司，他没有详细说明，她也没问。近来管重来变得特别敏感和多疑，只要她多问一两句，明明是出于妻子对丈夫的正常关心，也会引起他的强烈反感，总觉得她是在质疑或者怀疑他，让她心里很不是滋味。

盛年也能理解管重来想要出去工作拥有自己事业的想法，毕竟男人都有一颗事业心。不过她心里始终有一丝担忧，在家中赋闲数年的管重来重出江湖，直接就是副总的位子，而且年薪还有五十万元，会是谁对他如此器重？

除非是有关系的熟人，否则没有一家公司会对一个新人如此厚待。盛年也曾几次委婉一问，却被管重来以商业机密为由挡了回去。她本来很生气，人在职场虽然也要遵守必要的商业机密，但在哪家公司工作、公司的董事长是谁，不能算是商业机密吧？

后来盛年也暗中打探过管重来所在的能伦地基工程，董事长和大股东都不认识，她也就放心了。当然，她也清楚公开的信息不会显示真正的幕后老板是谁，但至少从表面上看是一家正规、有实力的公司。

管重来上班之后，在家里的时间就越来越少。开始时还可以接送孩子，后来就完全没有时间了。盛年也没勉强，她很感谢在她创业初期管重来对她的理解和支持，就请了一个阿姨帮忙接送孩子。只不过由于两个人都工作繁忙，每天早出晚归，有时他回来，她都睡下了，二人的交流就越来越少。

到了现在，管重来每天在忙些什么、见些什么人、出差去哪里，她一概不知。乐水也曾劝过她，对于管重来的行踪要适当掌握一些比较好，否则放飞久了可能心就飞了。

盛年在公司是行事坚决、遇事不乱的女强人形象，但回到家里，她还是一个女人。在管重来的事情上，有些迷茫和慌乱，不知道该怎么处理才好。

到了小区，停好车，来到七楼——盛年几年前就买了房子，她喜欢低层，觉得低一些安全，管重来喜欢高层，最后二人各退一步，买了七层的房子——才出电梯就愣住了，家门口坐着一人，手里拎着酒瓶，地上一堆烟头，醉醺醺的样子，明显是喝多了。

“盛气，你怎么又喝酒了！”见到盛气又是一副垂头丧气的样子，盛年就气不打一处来，上去夺下他的酒瓶扔到一边，“你什么时候才能让人省心？父母早晚让你气死！”

“气死活该，谁让他们不给我买房买车，害我离婚！”盛气又捡回酒瓶，喝了一口，发现没酒了，又扔了，“姐，给我钱，我要买酒……”

“啪！”

盛年打了盛气一个耳光，气得颤抖，“滚！你马上给我滚！”

在盛年创业的头几年里，收入微薄又忙得团团转，家里人就很少出现在她的面前。盛气在晃荡了一两年后，好不容易找了一份工作，收入虽然不高，但可以养活自己。干了半年之后，因为盗窃公司财物被开除，如果不是父母过去跪下求人，就被公司起诉了。

第五十五章　帮他就是害他

盛气还是不思悔改，依然吊儿郎当。父母终于意识到是由于他们的溺爱才让盛气养成了没本事、有脾气的毛病，但现在后悔已晚。盛气都快三十岁了，要工作没工作，要成家没成家。儿子没成为他们的骄傲，反倒成为他们的累赘和别人的笑话。

父母就将盛气的未来全部寄托在盛年身上，一再要求盛年一定要帮盛气找到工作和老婆。如果盛年不管，他们死不瞑目。盛年最受不了父母动不动就要死要活地耍赖，只要盛气够上进，亲弟弟她能不帮吗?

可惜的是，盛气实在是扶不起来。她也帮盛气找过几家公司，凭借她的关系和人脉，人家也同意让盛气来上班。后来得到的反馈是，盛气可以不上班，也可以照发工资。盛气当然愿意接受，盛年要面子，怎么可能听不出来别人的无奈和抱怨?别人要不是和她有业务往来，早就开除弟弟了。

直到荣光慢慢有了起色后，在盛年的帮助下，盛气进了谷黄的加工厂当上了车间副主任。由于加工厂全是女工，盛气还算安定了一段时间，并且认识了一个姑娘，谈了一段时间恋爱，成功地结婚了。

姑娘叫王琪，是湖南人，在谷黄的工厂当女工，长得很漂亮，性子大胆直接。盛年对王琪很满意，还以为王琪是真心喜欢盛气。后来才知道，王琪是认定盛气有后台，有前途，才和他结婚，是把他当跳板。

知道的时候已经晚了，结婚才一年，王琪就提出了离婚。除非答应她的三个条件：一、买一套市中心一百五十平方米的房子；二、买一辆三十万元以上的汽车；三、她不想再上班，她要在家当少奶奶，每个月五千元零花钱，要盛气养她。

盛气被气个半死，他一个月才赚多少钱?王琪提出的三个条件全部达到，至少需要五百万元。生气归生气，他又不想失去王琪，就向父母提出了要求，希望父母可以满足。

结婚时，父母用省吃俭用了一辈子的积蓄，再加上妹妹用命换来的钱，为盛气买了一套七十平方米的房子。没有什么投资眼光的父母，早些年房价还低时不买，非要等，结果想买房子时发现之前的存款远远不够了。

为盛气买房子、结婚已经花光了他们全部的家底，杀了他们也没法再拿出五百万元。为了挽救儿子的婚姻，父母出面找到了盛年，要盛年帮忙想想办法。管重来气得不行，直接回绝。

盛年的日子越来越好，父母看在眼里，怎么会相信盛年没钱？父亲还好，气呼呼地回去了，母亲干脆住了下来，声称如果盛年不帮盛气，她就不走了。

不走就不走，盛年既不想管盛气，也不能赶走母亲，就任由她住下。反正好吃好喝好招待，但如果要钱给弟弟买房买车，对不起，没有！她才不会像崔恒语一样对林小泥迁就，帮她弟弟花钱无数。盛年有一个原则，能帮的人尽量帮，前提是必须自助。自助者天助，如果一个人连奋发向上的内动力都没有，帮他就是害他。

崔恒语帮林小泥弟弟还好，至少她的两个弟弟还知道努力，在刻苦学习。盛气完全就是一副破罐子破摔的样子，已经没有改进的空间了。除非他真的痛改前非，意识到了自己的问题所在。但以盛年对盛气的了解，她不再抱任何希望。

母亲在盛年家一连住了半个月，盛年没有松口。母亲气不过，声称要死在盛年家里。盛年还是没妥协，管重来怕了，提出可以给母亲两万元，好让母亲不再闹个没完，被盛年制止了。

盛年很清楚人都有得寸进尺的毛病，尤其是母亲和弟弟。她去找王琪谈了几次，明确地告诉母亲和盛气，不要再折腾了，王琪要房要车只是她故意刁难盛气，其实是她在外面有人了，想离婚。

盛气不信，等他发现王琪确实是在和别人约会时，顿时大怒，冲上去将对方打伤。结果被抓了起来，拘留了半个月。

出来后，王琪就跑了。这一下盛气才彻底死了心，不再坚持，母亲也灰溜溜地回去了。可能是觉得没脸见人了，父母和盛气就消停了很长一段时间。

没想到，盛气突然就出现在了家门口，还烂醉如泥，盛年气得踢了盛气一脚。盛气却死猪不怕开水烫的样子，抱着盛年放声大哭。

“姐，你再不管我，我就没有活路了！姐，你帮帮我，救救我好不好？我真的活不下去了。”

尽管知道盛气的哭声有很大程度的表演成分，盛年还是心软了。毕竟是自己的亲弟弟，她一拧盛气的耳朵，“行了，别号了，起来，进屋说。”

盛气偷偷抹了一把眼泪，露出了一丝狡黠的笑容。

进了房间，盛气当自家一样换了鞋，四仰八叉地躺在了沙发上，腿放在了茶几上：“姐，我渴了，我饿了，我想吃排骨……”

盛年哭笑不得，只好为他倒了水。过了一会儿，保姆接回了管意，就去做饭了。管意和盛气打了个招呼，上楼去写作业，不想和盛气多待。

盛气等盛年换了衣服坐下后，左右看看，压低了声音说：“姐，我喝醉是为了你，不是为了我自己。我是为了你不值，觉得生气和委屈。”

盛年削苹果，漫不经心，“有话快说，有屁快放，别扯没用的。”

“我发现姐夫出轨了！”

盛年的手停顿了一下，险些削到手，过了片刻，她又继续削起来，“你哪只眼睛看到了？”

“当然是两只眼睛！他和一女的到酒店开房，被我撞个正着。”

盛年依然不动声色，虽然内心波涛汹涌，“哪个酒店？你又在酒店干什么？”

“一家很有情调的连锁酒店，我……我当时也在开房。离婚后，我也有正常需求是吧，你能理解的，姐。”盛气翻茶几的抽屉找烟，“你猜怎么着，我和管重来打个照面，我以为他会假装不认识我，结果他居然还敢和我打招呼，要求我不要告诉你，还主动给了我一笔钱……”

盛年虽然也有过怀疑管重来出轨，但也只是偶尔想想，并没有深究。他们之间已经过了所谓的七年之痒，彼此之间也没有了当初的激情，但却多了亲情和惯性。她相信管重来和她一样，都已经习惯了对方的存在，将对对方的爱转化为生活中不可或缺的亲情，继续维系着二人此后的人生之路。

如果说恋爱是花爱情是果，那么婚姻就是将果子转化为酒的过程，越陈越香，越陈越醇。

不过盛气的话还是在盛年心中掀起了滔天巨浪。如果管重来真的在外面有人了、爱上了别人，她该怎么办？这些年她投身于事业，也遇到过不少优秀的异性，有一些也对她表示过好感，甚至还有人非要追求她不可，都被她拒绝了。她结婚了，要对家庭和丈夫、孩子负责。

在众多追求者中，刘宝家是最坚定的一位，他一再表示他相信她有离婚的一天，他会一直等她。刘宝家比她大了几岁，离婚好几年了，一直没有再找。他自称是一个完美主义者，对女人的态度是宁缺毋滥。如果没有满意的，宁愿一辈子单身。

直到遇到了盛年，刘宝家才知道什么是完美女人。盛年也知道自己并不完美，有时脾气不好，会急，做事也有强势霸道的一面，还听不进去别人的意见。刘宝家所谓的完美，只是他自己美化了她而已。

盛年有几次劝刘宝家别犯傻，赶紧去寻找自己的幸福，不必做无谓的等待。刘宝家不听，他只说他爱她与她无关，他愿意等是他的选择，哪怕最终一无所获，他也心甘情愿，不会埋怨任何人。

盛年也拿刘宝家没有办法。

盛年不敢说她的婚姻有多美满，但至少也算是非常不错了，她也希望她和管重来的婚姻可以走到最后。女人比男人在婚姻中更坚守，也更不愿意改变。

盛年削好了苹果，切了一半给盛气，声调依然十分平静，“他给了你多少钱？”

“一万。”盛气接过苹果咬了一口，“姐，你怎么这么平静，是不是早就知道管重来不是东西了？不是我说他，他真不是什么好人，原本答应得好好的，以后每个月给我一万，结果才给了三个月就不给了。我去找他，他还摆起了谱，不见我。打电话也不接，还拉黑了我的微信，我今天去公司堵他，他还敢让人打我。看，我的胳膊都被打肿了……”

盛年只是抬了抬眼皮，事情和她猜想得差不多，她抿了抿嘴，“连续三个月给了你一万，也算不错了。你要省着点花，怎么着也够用半年了吧？盛气，你知道现在王琪在哪里吗？”

“不知道。”盛气一愣，不知道盛年为什么突然提到了王琪，“都离婚了，谁管她是死是活，她又怎么了？是不是又绿了下一任？”

第五十六章　时代进步了，女人更强大

“她又结婚了，没离婚，这不是重点。重点是，她现在是荣光和华年的代理商，每年的营业收入三千多万元，利润三百万元以上。”

“然后呢？”

“然后？”盛年被盛气气笑了，“她和你离婚时，你们在同一个起跑线上，你看看人家，再看看你自己。为了一个月一万元去讹诈你姐夫，你不觉得丢人吗？”

“丢人？我替他保守秘密，他给我钱，公平的交换，丢什么人？”盛气理解不了盛年的思路，“姐，我现在是在和你说姐夫出轨的事情，你别打岔好不好？我才是你有血缘关系的亲弟弟，管重来是你的丈夫不假，但要是离婚了，他就是和你没有任何关系的陌生人。”

“我不相信他会出轨，我和他的事情，我会处理好的。说吧，你想要什么？”盛年相信盛气所见的是事实，但她不像别的女人一样一听到丈夫有出轨的证据当时就要发疯发狂，她要亲自去查明真相。

“我要的不多，嘿嘿，要么一个月一万元，要么给我一个一个月一万五的工作。”盛气舒服地倒在沙发上，双手放到脑后，“只有这样，我才能保证不会乱说，要不哪一天因为缺钱去喝闷酒，喝多了，指不定会对谁说出来，影响了你们的婚姻和姐姐的声誉就不好了。”

盛年毫不客气地踢了盛气一脚，“信不信我扔你出去？”

“信，信，你是我亲姐，我能不信吗？”盛气别看没正形，其实还是有几分怕盛年，“姐，我都三十多了，一事无成，没钱没老婆，你不帮我，就是要放任我一路堕落下去？”

盛年又一次心软了，她想了想说：“这样，我安排你到卢一般的工厂上班，就是远了点，在上海，你能行不？”

“行，行！”盛气开心地跳了起来，“能离开广州太好了，天天被爸妈烦，离他们远一点，我才自在。我也在广州待够了，太没意思了，去上海待一段时间也好。”

“行，就这么说定了。”盛年当即给卢一般打了电话，说了她的想法，卢一般一口答应下来。

几分钟后，卢一般回电，说已经安排完毕，盛气随时可以去上海的工厂上班，职务是副总监，月薪一万八。盛年知道卢一般是卖她一个人情，表示了感谢。

“我得走了，姐，等姐夫回来后见我在，肯定尴尬。我明天一早去上海，就不和你见面了。”见目的达到，盛气赶紧溜之大吉，连饭都没顾上吃。临走时，还从盛年手中拿走了几千元钱。

盛年和儿子吃完饭后，儿子去学习，她一个人坐着发呆。手机响起，她以为是管重来，结果是盛气。

“姐，刚才我在外面吃饭，就在你们小区门口的日坚饭店，你猜我看到了谁？管重来！”盛气的声音有些夸张和兴奋，“管重来还和上次那女的在一起，还有一个男人，居然是……卢一般！”

如果说管重来和所谓的出轨对象在一起还不太让盛年吃惊的话，那么同时还有卢一般，就足以让她震惊了。以她对管重来和卢一般的了解，他们之间的友谊就算再好，也不至于好到会带着小三见面的地步。

管重来和卢一般的私下交往，盛年也知道一些，清楚他们来往密切。但关系具体好到了什么程度，她不是很清楚，卢一般不会主动透露，管重来也从来不说。她和乐水也曾经聊过这个问题，乐水也不得而知。

不过乐水比她更乐观，更乐见卢一般和管重来的互动，觉得她和盛年关系好，卢一般就应该和管重来是好哥儿们、好兄弟。盛年也不好反驳什么，谷黄的话始终像一根刺一样扎在她心里，时不时提醒她卢一般做事总有隐藏于背后的目的。

只是乐水对卢一般的信任无以复加，她如果说多了，反倒像是离间人家夫妻关系，也就适可而止了。

“姐……姐！你还在不在？要不要过去偷听一下他们说了什么？”盛气半天等不到盛年的回应，急了。

“不用了，你赶紧走吧，别让他们看见你。”盛年挂断电话，穿好衣服下楼，不紧不慢地来到了日坚饭店。

日坚饭店不大，是一家经营江浙菜的饭馆，干净卫生，价格适中。以前她和管重来经常光顾，后来忙了，就很少出来吃了。

饭店正是用餐高峰，盛年了解管重来，知道他喜欢坐里面的位置，安静，不易被发现，适合谈话。但在几个熟悉的角落都没有管重来，她忽然想起了什么，对了，肯定是在楼上的雅间。

楼上人少，全是雅间，有最低消费。盛年认识老板娘，一问就问出了管重来在雅七，正好雅八没人，她就要了雅八,一个人坐了进去。

可以清楚地听到隔壁房间的谈话。

隔壁房间，三男一女，管重来和卢一般之外，还有庄有田。

女人赫然是许妙妙——孙巍的妻子。

许妙妙比以前瘦了几分，身材也好了许多，显然是美体内衣的功劳，而且风姿绰约，和之前的灰头土脸相比，判若两人。

许妙妙坐在管重来身边，嫣然微笑，一身得体的职业装衬托得她颇有风韵，她举起酒杯，“我代表管总敬庄总和卢总一杯。”

“我就不用了，戒酒了，你和卢总喝就行了，我和重来的交情，比你和他深多了，哈哈。”庄有田摆了摆手，举起了茶杯，“我也敬卢总一杯，以茶代酒。”

卢一般也端起了茶杯，“既然不喝酒，就都不喝了，喝茶，喝茶。‘万丈红尘三杯酒，千秋大业一壶茶’嘛！今天我们不聊红尘，只谈大业。”

“讨厌！”许妙妙嗔怪地白了几人一眼，“你们几个男人都不喝酒，就让我一个女人喝是吧？喝就喝，时代不同了，男女都一样。”

“哈哈，记得我小时候，到处是这个标语。现在应该改成——时代进步了，女人更强大。”庄有田和卢一般碰了碰杯，“早就听说过卢总的大名，一直没有机会拜访，现在多亏了重来介绍，总算有幸结交了卢总。”

卢一般连连摆手，“说这些就见外了，都是朋友，不说客气话。重来也跟我多次提过你，说你很有魅力和格局，我也很想和你认识。重来说过一句话我很赞成，优秀的人总会相识，哈哈！”

管重来志得意满地笑了笑，“在家里待了几年，差点整个人都发霉废掉了，幸好有田拉我重新出山，我才又找到了人生的乐趣。男人，真不能在家里当家庭妇男，待久了肯定会完蛋。”

“此一时彼一时嘛！当时你也算带好了孩子并且支持了盛年创业，这件事情，盛年肯定会特别感谢你。”卢一般下意识瞥了一眼许妙妙，“妙妙当你的助理以来，各项工作完成得特别不错，她的工作能力很出色，值得表扬。重来，你很有眼光。”

“妙妙是一块金子，我只是把她放对了地方而已。”管重来轻轻拍了拍许妙妙的肩膀，“她办公软件操作熟练，待人接物得体到位，酒局上谈吐风趣，当然了，酒量也好，简直就是一个全才。”

“哪里有，管总可别夸我了，再夸，我就真不知道自己姓什么了。”许妙妙掩嘴一笑，“我不会的事情还很多，不会游泳……”

几人又说笑一番，管重来话题一转，“卢总进入荣光，是真觉得荣光有前景，看好美体内衣的市场？”

“难道你不看好美体内衣的市场？”卢一般的目光落在了许妙妙身上，“从妙妙的转变就可以看出来美体内衣对一个女人的影响有多大了。现在的妙妙，跟我结婚时见到的妙妙完全就是两个人嘛，焕然一新的感觉。”

“都是管总带得好，要不是有管总，我现在就算不要饭，也差不多要喝西北风了。”许妙妙媚眼横生，“我和孙巍都感谢管总的照顾。”

管重来脸色一沉，“要谢也是谢有田，我只是顺水人情，他才是老板。”

庄有田连连摆手，“你和孙巍都是人才，来到能伦地基工程后，帮公司做了不少事情，不是公司照顾你们，是你们为公司创造了效益。”

孙巍现在主要负责工程部的一些事情，大多数时间在工地现场，有时会去外地，在家的时间很少。许妙妙是管重来的助理，同时兼任了公司的行政副总监，经常陪管重来应酬。

“都不是外人，就不用说这些了。”卢一般又抿了一口茶，“今晚约你们过来，是我和重来商量的一件事情想要落地，想听听你们的意见。”

卢一般近两年来和管重来关系密切，从每月见面一次到每周见面一次，成为无话不谈的好友。

乐水生下一女后，基本上退出了职场，安心地当起了全职太太。她和盛年见面的机会还不如卢一般和管重来多，就算见面也基本上只谈孩子，对于工作和事业，乐水似乎是真的放弃了。

第五十七章　男人的野心是被眼界带大的

管重来慢慢地受到了卢一般的影响，在卢一般的暗示下，也觉得盛年和乐水一样回家相夫教子比较好，毕竟他现在已经成长起来了，不再是以前什么都不会、什么都没有的穷小子。

卢一般从来不正面劝管重来让盛年退到幕后，而是不断地强调男人应该有一男一女两个孩子才算完整，乐水第一胎生了个女儿，他还想再要一个儿子。现在人口出生率逐年下降，他认为国家早晚会全面放开生育政策，他们应该提前做好二胎准备，既是积极响应国家号召，也是为了让家庭更美满幸福。

管重来就慢慢动了再要一个女儿的心思，尤其是他见到卢一般的女儿无比漂亮可爱后。只是他有几次含蓄地向盛年一提，被盛年不着痕迹地转移了话题，他就知道盛年不想再生。

主要也是盛年太忙了，整个荣光的重担都压在她的身上，她没有时间精力也没有心思再生孩子。

男人的胸怀是被委屈撑大的，同样，男人的野心也是被眼界带大的。随着管重来的眼界越来越广，再加上卢一般有意无意的引导，他慢慢地提升了自信，并且认为自己的能力和格局已经超越了盛年。

骨子里，管重来有大男子主义，当然，大多数男人都有。男人天生有征服欲和占有欲，自然会觉得自己强过女人。不过话又说回来，随着女性社会地位的提高，现在许多女性也自认强过男性了。

怎么说呢？男性中强过女性的自然很多，女性中强过男性的也不少。

有一次他突发奇想，卢一般可以代替乐水进入荣光，为什么他不可以接手盛年的股份也成为荣光的大股东呢？这样一来，盛年就可以脱身回家，安享一个女人该有的岁月静好，然后再为他生一个女儿，岂不两全其美！

管重来将自己的想法告诉卢一般后，卢一般也很赞同，但并不建议管重来立刻着手实施，而是徐徐图之。卢一般给出的思路是，让管重来先在能伦地基工程打好基础，培植好自己的势力，并且提升自己的实力，到时进入荣光后，可以很快调整高层，让自己人接手，才可以迅速站稳脚跟，真正地掌控荣光。

管重来被卢一般说得热血沸腾。虽然从内心深处来说，他更喜欢工程而不是美体内衣，但如果能够接手盛年的产业，并且比盛年经营得更好，可以一改以前的"盛年丈夫"的称号，可以扬眉吐气，在人前人后风光无限。

虽然现在管重来是能伦地基工程的高管，但不论收入还是影响力，还是远远比不上盛年，更不用说身价了。荣光美体虽然只卖内衣，但未来前景却比重资产的能伦地基工程还要被市场看好。而且随着近年来房地产市场的走低，工程越来越少，他明显感觉到了压力，也很清醒地认识到，房地产行业的巅峰期过去了，未来相当长一段时间内，会是平缓期甚至是低谷期。

女性消费市场方兴未艾，并且女性的社会地位、收入也和经济发展同步提升，未来专门针对女性的消费品将会大有作为。不是有一个公式说，在消费力上面，女性第一，孩子和老人其后，然后才是狗、猫和男人。

男人连猫狗都不如。

管重来就以自身为例，他现在也确实消费意愿很低。男人消费少，不是能力问题，而是意愿不够，想买的东西少。赚的钱用来养家，买房买车的支出已经足够大了，男人哪里还有闲心去购买其他消费品？话又说回来，好多女性消费者的经济来源不也是男人？

现在盛年的日常支出就比他高，除了化妆品之外，各种包包、衣服、皮鞋就比他多了数倍。当然，和同龄人相比，盛年的消费还不算高，更不用说和她的收入相比了。主要也是盛年工作忙，心思和精力都用在了事业上。而他一年到头就是固定的几件衣服和皮鞋，盛年送他一款几万元的背包，用了三年也想不起来换。

男人更注意大局和大事，而不太注意细节和随身物品。

管重来从开始时不了解美体内衣的市场，到两三年来慢慢接触并且去研究，发现果然如卢一般所说，美体内衣的前景无比广阔，是未来的蓝海。女性比男性更爱美，从化妆品到整容，再到现在流行的各种美颜 App。毫无疑问，随着科技的进步和发展，女性的美丽会从注意脸部慢慢过渡到身材管理。

局部美自然不如全身美，蜂腰翘臀大长腿，是多少女性梦寐以求的身材。美体内衣虽然不可能让所有女性都保持完美的体形，但至少可以在帮女性约束身材的同时，慢慢塑造一个更动人、更性感的曲线出来。

许妙妙就是最好的例子。

在卢一般的不断劝说下，在管重来自己亲眼见识到了女性消费力的提升以及对美丽的无穷追求之后，他慢慢下定了决心，要和卢一般一起携手，争取做大做强荣光。

在他看来，荣光现在已经进入了瓶颈期，增长缓慢，前景不明，最大的因素是盛年和崔恒语遇到了他们自身的天花板。

盛年自不用说，管重来自认比任何人都了解她。聪明、好学、上进是她的优点，但身为女性，她也有感性、格局小并且过于专注于局部而忽略大局的缺点。也就是说，盛年更适合担当荣光的副总兼技术总监，负责产品技术上的提升和高科技附加功能的改进，而不是统领全局，从生产到销售到品牌运营和推广一手抓。用卢一般的话说，盛年不具备这么高的高度，管得过多，不仅会让她顾此失彼，也会让荣光抓不住时机，容易错失风口。

所以，本着帮助荣光渡过目前难关的出发点，也是为了帮盛年排忧解难，彰显自己的能力和眼界，管重来终于答应了卢一般的请求，决定要加入荣光了。但加入荣光就得离开能伦地基工程，他就叫上庄有田一起，要当面说个清楚。

庄有田没有多想，以为有什么合作，就笑道："如果卢总想要投资新厂，地基工程交给能伦地基工程，保证优质、高效地完成任务，确保工期。"

卢一般和管重来交流了一下眼神，庄有田对他和管重来即将决定的事情一无所知，他微微一笑，"庄总，有没有想过随着房地产市场进入下行期，以后的房地产市场会增长缓慢。站在更长远的角度来看，公司应该多元化发展。鸡蛋，要多放几个篮子才能保证不会被全部打破。"

庄有田眯着眼睛，"卢总是有什么商机要带我发财？"

卢一般呵呵一笑，"应该说，是重来有好的商机要带我们发财。"

管重来对卢一般的吹捧很受用，尽管他也清楚是卢一般在高抬他。他摆了摆手："哪里哪里，还是卢兄眼光超前。是这样的，有田，我想要二胎了。"

庄有田也深知管重来的性格，顿时心里一跳。管重来的真正用意肯定不是二胎，而是由二胎引发的一系列连锁反应。管重来的说话风格一向如此，喜欢迂回，先从一个点开始，然后会绕来绕去，最终绕成一张让人无法反驳的大网。

"要二胎的话，盛年就得辞职回家，她回家，荣光的一摊子事情就没人负责了。"

庄有田帮管重来推演事情的最终走向，“作为荣光的最大股东，盛年不可能退出，那么问题来了，谁来接替盛年的工作？啊，重来，你是想去荣光做事！这么说，想从公司辞职了？”

和聪明人打交道就是省心省事，管重来点了点头，沉重地拍了拍庄有田的肩膀，“对不住了兄弟，你也知道我虽然经常说事业第一家庭第二，但其实我还是一个特别顾家的人，喜欢家庭的温馨，也喜欢孩子，我想要一个女儿……”

庄有田才不会相信只是为了想要一个女儿管重来就辞掉副总的工作，他肯定有更大的意图。但管重来不说，他也不方便深问，只好叹息一声：“既然你都这么决定了，我也不好再说什么，答应我一件事情，等你的女儿出生后，盛年可以回荣光工作时，你再回公司上班，副总的位置永远为你留着。”

“其实……”卢一般也看了出来庄有田是真心想要挽留管重来，他们患难之交的经历，他也知道一些，“我刚才的话意思已经很明显了，庄总也可以投资美体内衣行业，既可以多元化发展，也可以坐上时代风口的高铁。要知道，从房地产到互联网再到女性消费市场，这是时代为我们带来的机遇。”

管重来一愣，之前他和卢一般约定今天只是和庄有田说明他要辞职的事情，并没有说好要邀请庄有田也加盟荣光。庄有田的地基工程是做得不错，但转行到美体内衣，跨度实在是有点太大了。

第五十八章　凭什么

庄有田想了一会儿，摸了摸鼻子笑了，“让我好好考虑考虑。我是一个粗人，恐怕只能干一些粗笨活，美体内衣行业，太精细、太高端了，我什么都不懂，跳进去的话，说不定会摔死，哈哈。”

管重来听出了庄有田的言外之意，是怕他和卢一般联手为他挖坑，他哈哈一笑，“有田你想多了，一般也是出于好意，愿意有钱大家赚。当然前提是你得感兴趣，你没意向我们也不会勉强，都是好兄弟，话都要说到明面上。”

卢一般点了点头，“重来说得对，我也是一番好心，有田你别多想，做不做随你，兄弟感情不能受影响。你也别把美体内衣想得太高深、太精细了。是，在生产环节是很精细，而且还有许多高科技面料什么的，但这个行业也有生态链，工厂建设、加盟店拓展以及营销、推广，包括以后的扩大加工基地，都和建筑行业有密切的关联……”

管重来有几分愕然。若是以前，只要对方明显流露出拒绝的意思，卢一般不会再多说一句，见好就收，分寸拿捏得恰到好处。也正是因为他不徐不疾的性子以及从容不迫的商业技巧，才让他一路走来，赢得了许多人的认可。

今天卢一般是怎么了？庄有田的拒绝已经非常明显了，他怎么还要试图说服他？在管重来看来，只要他能顺利从能伦地基工程辞职就足够了，和庄有田好和好散，他并不指望也并不是很希望庄有田也投资荣光。

卢一般的迫切不太符合他以前的人设，他今天没喝酒，为什么会犯以前从未犯过的错误？

卢一般不理会管重来惊愕的眼神，继续侃侃而谈：“而且从长远来看，荣光很快就会走集团化发展的模式，以后会陆续在全国各地兴建美体展示中心……”

见庄有田已经流露出了不耐之色，管重来忙打断了卢一般：“今天不早了，有什么事情以后再说吧，有田晚上还要回公司加班。”

庄有田就借机离开，临走时开了一句玩笑：“妙妙，你是跟重来走，还是继续留在公司，我都没问题，看你更喜欢谁多一些了。”

“讨厌！”许妙妙飞了一个媚眼，“我当然是跟着管总了，他才是我的主心骨，是我的贵人。不是说你不好，庄总，是你眼光太高了，看不上我。”

庄有田哈哈一笑，“妙妙，你又不是不知道男人，兄弟之间会有一个基本的规矩，朋友妻，不可欺。”

隔壁的房间，盛年气得浑身发抖。从几人的对话来看，管重来和妙妙真有可能有说不清道不明的暧昧关系。她真想冲过去当场打管重来和妙妙一个耳光，痛骂他们是狗男女！

但她忍住了。

现在她既没有真凭实据可以证明管重来和许妙妙有不正当男女关系，又没有抓个正着。如果贸然冲过去，只会将事情闹大，甚至在二人一口咬定没有事情之下，她还会理亏。并且卢一般也在场，不用想就知道，卢一般肯定也会向着管重来说话。

盛年胸口起伏，巨大的信息量像潮水一样冲击着她的大脑，让她几乎无法呼吸。除了管重来和许妙妙暧昧的关系之外，卢一般用了两年的时间劝说管重来和他接手乐水的股份一样，也让管重来接管她的股份并且进入荣光，卢一般到底在下一盘什么样的大棋？

更让盛年感到可笑加可气的是，管重来想要生二胎！好吧，她并不反对再要一个女儿，但他事先没有同她商量，就擅自决定要让她生二胎并且让她将股份也转让给他，他当她是什么？是必须事事听话的女佣，还是对他唯命是从的家庭妇女？

管重来太过分了！

近年来，随着管重来的工作越来越繁忙，收入越来越高，认识的人越来越多，他在她面前也一改以前的谦虚谨慎，越来越趾高气扬了。虽然在生活中表现得还不太明显，但在一些事情的交流上，总是时不时流露出他的看法正确而她的想法很有局限的语气。

盛年懒得和管重来计较，她和他所从事的事业并不交叉，隔行如隔山，她也不想过多地解释什么，各走各的路就行，只要基本的三观保持一致就足够了。

也正是因此，他们之间的交流就仅限于家庭生活，事业上的进展和困难很少说给对方听。不过从各方面来说，管重来还算保持了基本的品格没变，在与人交往中，坚持了原则。二人交流虽少，但却在共同进步，并且在对社会发展的看法和未来的趋势上，还算一致。

盛年相信她和管重来的爱情，不算是有多完美，但肯定好过平均数，属于正常的家庭，积极、向上、和谐。她相信管重来没有出轨，心思还在她身上。毕竟结婚多年，不可能还和以前一样浪漫并且富有激情，爱情转变为亲情是婚姻的最好归宿。

直到刚才她才知道，她一直认为的还算完美的婚姻，竟然潜藏着如此多的危机！到底是男人太喜新厌旧，还是女人太过于相信男人？

盛年给不了自己答案，如果不是她多年来练就了养气的功夫，她早就冲到了隔壁，至少一壶热水会浇在管重来身上，并且当面质问他：你凭什么安排我的人生？凭什么为了你，我就要牺牲我的事业、我的时间和我的一切？

凭什么女人为了成全男人，就要事事为家庭为男人让路？这不公平！

原来在管重来从未和她聊过的话题背后，隐藏了这么多的心思和想法。他想要二胎，想要她的股份，想要掌控荣光，他不和她商量，却和卢一般谋划了多年……这就是和她朝夕相处、同床共枕的丈夫？

盛年浑身发冷，心寒如冰！

管重来想要的，是她身为一个女人的全部，是要剥夺她的自由和事业，是要让她为了家庭、为了他而牺牲一切！让她生气的是，管重来作为丈夫，从来没有考虑过她的想法吗？为什么他就认定只要他想，她就一定会给？

管重来先做出了辞职的决定，再回头和她商量，就是觉得她一定会答应是不是？盛年气归气，心里还是保持了一丝冷静和理性。管重来如此笃定的背后，肯定有卢一般的功劳。

卢一般到底想做什么？

刚才卢一般对庄有田的劝说，盛年也听得清清楚楚。从卢一般的急迫来看，他明显是非常渴望庄有田的资金，难道是他的资金链出现了问题？

信息量太大了，让盛年一下难以消化。直到隔壁庄有田走了，她才又稍微清醒了几分，却更生气了。

原来这么多年来，管重来一直为庄有田打工。好吧，就算庄有田当他是合伙人，管重来瞒着她就是不对。他居然又和庄有田混到了一起不告诉她，不就是怕她反对吗？是，她是对庄有田成见很深，当年庄有田害得管重来多惨。她曾经告诉管重来，如果有一天她遇到了庄有田，一定会想尽一切办法让他生不如死。

结果倒好，她一心想要替管重来讨还公道，管重来却早已和人家重归于好，并且还为他工作了几年都不告诉她，真是可笑加可悲。相比之下，她才是外人。

管重来的欺骗和隐瞒，对她是不可原谅的伤害！作为夫妻，盛年并不想事事都约束管重来。实际上，她对管重来足够放任了，但在一些大事上面却不能放任，比如必须忠诚，必须不能伤害对方，必须在事关事业、家庭的重大决策上和对方商量。

管重来伤害的是她的信任，侵犯的是她的自由。如果管重来真的和许妙妙有暧昧关系，那么她会毫不犹豫地和他离婚。

她决不允许一个男人对她全方位的背叛！

庄有田一走，隔壁房间只剩下了管重来、卢一般和许妙妙三人。盛年本来想走，卢一般的一句话又让她坐回了原位。

“重来，知道我为什么想让庄有田加入荣光吗？”卢一般的声音有几分神秘，“你恐怕不知道荣光的资金状况。现金流虽然还算充足，但接下来的几个举措会花很多钱，我和谷黄增资的几千万根本不够。万一撑不到资金回笼的时候，资金链一断，就麻烦了。”

“真有这么严重？”管重来吓了一跳，“感觉现在荣光的发展很顺利，应该回款不少。不过如果接下来投资过大的话，也真有可能出现你说的问题。可是问题是，别看能伦地基工程体量很大，每个工程都是重量级的项目，但实际上现金流不大，因为工程上压款周期太长……”

许妙妙连连点头，“我和财务总监王姐特别熟，她说公司的账户上流动资金只有一千多万了，有时一个结算就要一千多万。”

卢一般干笑两声，“这样呀，呵呵，我以前虽然也做过工程，但不是很熟悉，没想到现在的工程这么难做了？一千多万的流动资金在工程行业就是杯水车薪。行了，今天就先到这里吧，重来，你是回家还是再和妙妙聊一会儿？”

第五十九章　夫妻之间最好的关系

“回家，和她早就聊够了，没什么好聊的了，哈哈！”管重来哈哈一笑，“从现在开始，我成为荣光股东就进入倒计时了。不过我有点担心，如果盛年不同意怎么办？”

“她会同意的，女人嘛，终究还是心软。还有，你要讲究说话的技巧，要让所有的出发点都是为了她好。”卢一般拍了拍管重来的肩膀，“重来，成败在此一举，全看你了。能不能拯救荣光于水火之中，能不能将荣光打造成中国最大的美体内衣生产基地和世界知名品牌，全在你是不是能够说服盛年了。”

“放心，保证拿下盛年。但是……崔恒语呢？”管重来信心满满，“我不喜欢他，没有办法说服他，还是你出马吧！”

“你一直不太喜欢崔恒语，是不是总觉得他一直在打盛年的主意？哈哈！”卢一般早就知道管重来对崔恒语的不满，他对崔恒语也颇有意见，“他当年还对乐水有过想法，后来我也是为了盛年和乐水的安全，才给他介绍了林小泥，让他死了心。行，你别管了，我负责搞定崔恒语。”

管重来出了饭店，送走了卢一般，又和许妙妙说了几句什么，才慢慢回家。刚到小区门口，手机响了，是盛年来电。

管重来微微一惊。近几年来，由于他的坚持和反对，又经过一番争吵，最终盛年妥协了，轻易不会打他手机，除非有重大事情。通常都是他主动打电话给盛年。相当于他和盛年之间，是单向联系。

之所以他要造成这样的局面，也是卢一般所教。用卢一般的话说就是：一定要将主动权完全掌控在自己手中，不管是事业还是家庭。

“怎么啦，盛年？”管重来努力平息了一下心情，“我马上就到家了。”

“你刚才和谁吃饭？”盛年站在管重来的不远处，克制住要冲过去的冲动，“喝酒了吗？”

管重来眼皮跳了几下。以前从来没有过盛年打电话问他吃饭的事情，他努力平静了几分情绪，微带不满，“盛年，你什么意思，我和谁吃饭也要向你汇报是不是？以后是不是再出去吃饭，还得先向你打个报告，说明时间、地点和人物，等你批准了才能去？”

“回答我的问题，你刚才和谁吃饭？”盛年不想和管重来吵架，以前没少为这个问题争吵，甚至还打闹过，后来还是她妥协了。

“本来告诉你也没什么，但你态度不好，我不想说。”管重来气呼呼地挂了电话，忽然意识到了什么，前后左右看看，确信没有盛年才又重新迈开脚步。

“我们找个地方坐坐吧……”让管重来没有想到的是，到了单元门口，盛年的声音突然从背后响起，吓得他惊叫一声，险些没有跳起来。

“你、你、你从哪里冒出来的？”回身一看，路灯下，盛年双手抱肩，影子被拉得很长，既孤单又隽永。

“门口有一家叫一坐两忘的茶室，以前我们还不时地过去坐一坐，聊聊天、谈谈未来什么的。到现在至少有两三年了，我们没有看过电影，没有喝过茶或咖啡，也没有一起逛过商场……”盛年想起了往事，愈加觉得遍体生寒，尽管今年的冬天来得晚，还没有降温。

“都这么晚了……”管重来想说什么，见盛年脸色不对，阴沉中有几分冷峻，不由得改了口，“孩子都安置好了？好，走吧。”

一坐两忘茶室不大，两层楼，此时正是客流高峰。和喧嚣吵闹的饭店不同的是，虽然接近客满，却依然很安静。盛年和茶室女老板江赋雨认识很久了，见她到来，江赋雨为她安排了二楼的一个雅间。

雅间只有三平方米左右，安静而优雅，正适合两个人聊天。

“印象中，我们最浪漫的一段时光就是大学时，有时去爬山，有时去公园，有时去看电影，有时去散步，差不多所有的恋爱流程我们都走了一遍。也是怪了，恋爱期间，唯一没有去过的地方就是茶室，咖啡馆也去过好几次……”盛年的眼神迷离，陷入了回忆之中，“后来我们结婚后，有几次我想去茶室和你坐坐，每次都会因为有意外被打乱计划。再后来，我们遇到了许多事情，我们家的事情，你和庄有田创业，我创办荣光……你知道吗重来，这些年我一直最感谢你哪一点吗？”

管重来不说话，默默地点了一壶普洱。

“最感谢的是你的家庭。不管我们贫穷还是富有，不管我们多狼狈还是多顺利，你的家庭从来不会成为我们的拖累，从来没有向我们索要什么。比起我们家层出不穷的事情，真的很让人感激，尤其是在我们最艰难的时候，你们家没有索求。后来我才知道，他们不是没有想法，是都被你挡了回去，你承担了全部的压力。在这件事情上，你很男人，真的，重来，我敬佩你！”

“说这些干什么，一家人，本来就应该互相承担各自能够承担的压力。”管重来讪讪一笑。当初家里也不是没有要求，父母也想让他出钱出力，只不过他都想方设法说服了父母。相比之下，自己父母还是比盛年父母更通情达理一些。

盛年也是后来才知道。她骨子里还是有些传统观念，最应该向他们提出要求的是管重来的父母，毕竟他是家中的长子。但恰恰相反，管家从来不拖累他们，反倒是自己的父母和弟弟不断地要东要西。

在这件事情上，盛年一直觉得有愧于管重来。她不是一个合格的儿媳，而管重来却是一个称职的女婿。尽管管重来也没有给过她父母多少钱，但有时在态度上比她还要好一些，至少没有当面翻脸，就连弟弟那样的人品和德性，他也能容忍。她也知道管重来是尊重她、迁就她、照顾她的面子，她得感恩。

“还有在创业初期，你肯辞职在家带孩子，对我来说是最关键的支持，谢谢你重来。”盛年越说越是感慨，她心中涌现的全是管重来的好，“你无怨无悔，足足在家里待了两年多，一个大男人，两年多的宝贵时间都全部奉献给了家庭，你真的很了不起。即使是后来你去上班，去工作，不管遇到多大的困难，也从来不和我说，都是自己扛过去。而我遇到了困难和难关，都要向你诉苦，你就算再累再疲惫，也会耐心听我说完。回头想想，如果没有你，我真不知道自己能不能走到今天。”

盛年说的是心里话。管重来尽管不是一个多成功的男人，没有崔恒语有当机立断的勇气，也没有卢一般有魄力和眼光，但他有耐心、够包容、不偏激，可以默默地守候在她的身边，她还能过多地要求什么？哪里会有完美的男人，就像没有十全十美的女人一样。她很清楚一件事情，如果她遇到的不是管重来，而是崔恒语、卢一般这样性格的丈夫，她也不会有今天的成就。

所以她一直坚信一点，不是说多优秀、多成功的男人就一定适合你，而是看你需要的是什么。能够成就你、帮助你的男人，才是最爱你的人。同样，你可以成就的男人，你才是最适合他的人。当然，夫妻之间最好的关系是互相成就。

就像她和管重来现在一样，当初管重来为了成就她牺牲了许多，在管重来想要出去工作时，她也全力支持，没有再提出任何要求。虽然一开始她不太适应管重来不在家，总是打电话给他，并且因为电话事件还争吵过几次。后来她反思之后，改掉了想要时刻了解他的行踪的习惯。当年管重来也没有要求她随时向他汇报在哪里和谁吃饭。

人得将心比心才能长久。

但盛年对管重来也足够信任和宽容，不管他多晚回家，也不管他在外面有多少应酬，只要他回家，她都会为他准备好热水和毛巾，监督他洗手洗澡，在生活上对他依然照顾得无微不至。哪怕她再忙再累，每一周她都要抽出时间亲自下厨做一顿管重来最爱吃的饭菜。

夫妻之间，要的就是互相关怀、相濡以沫，要的就是同心同德。

只是现在，她忽然感觉管重来无比陌生与遥远。她以前那么相信他，只要他说在忙工作，她就从来不会怀疑什么。现在看来，也许管重来的忙碌中，有许多不能和她说出来的隐蔽之事。

管重来不知道盛年为什么突然提到了以前的事情，微有几分慌乱。他了解盛年，如果不是出了触动盛年内心的事情，她不会这么感性。这些年了，事业将盛年打磨成了一个沉静的女性，虽然她在生活中对他还是不改温柔和体贴。

“盛年，风风雨雨这么多年，我们走了过来，现在我们不但是生活中的夫妻，还是事业上的伴侣……”管重来斟酌着词句，“盛年，你到底想和我说什么，就别绕弯了，我们之间不必这么生分。”

第六十章　家庭的平衡点

“盛年不重来……以前我一直觉得这是一句勉励人奋发向上的诗，现在才知道，本义是让人缅怀时光流逝的。不同的年龄阶段、不同的心境，同一首诗也会有不同的感触。也许我们之间亲密无间的时光，真的一去不复返了，重来。”盛年重重地叹息一声，“我一直想不明白一个问题，对于男人来说，家庭和事业的比例到底各是多少才是最平衡的？”

管重来现在已经可以肯定盛年是知道了一些什么，他反倒更平静了几分，“这个要因人而异吧，每个人的能力和际遇不同，所以人生的侧重点就不同。很多人说，我们的父母一辈是婚姻最稳定最幸福的一代人，从现在来看，也确实是20世纪五六十年代生的一代人，离婚率最低。但离婚率低不代表婚姻幸福，只是说明他们的交际范围窄，可选择的余地小。”

“你说的只是一方面，最主要的是五六十年代生人的女性都比较传统，能忍耐，而且经济上不独立。经济上不独立人格上就很难独立。”盛年的眼中蓦然迸发了一丝光芒，“不像现在，女性都成长起来了，可以养活自己，可以成就事业，对于没有质量没有爱情的婚姻，自然就不能容忍了。重来，你回答我刚才的问题。”

管重来微一迟疑，“如果说刚结婚时，我觉得家庭和事业的比例是五比五的话，那么现在就是四比六了。男人到了一定年龄段，只要有足够的能力，都会将目光从家庭转移到社会上。如果说四十岁以前是为了家庭的幸福而奋斗，四十岁以后，就要为社会为国家做出应有的贡献了。”

管重来也接触过许多“90后”姑娘，她们对爱情和婚姻的看法，比他们“80后”更开放更激进，更不用说比起“70后”了。尽管说来1990年出生的一代到现在也快到而立之年了，但社会对“90后”的关注度依然只增不减，远超他们当年。

想起当年他对时代的抱怨，觉得“60后”和“70后”吃尽了时代红利，买到了低价房。也确实如此，他认识的一些“70后”的朋友，有许多出身一般、收入也一般的却实现了阶层跨越成为佼佼者，都是当初足够胆大贷款买房的缘故。随着房价的上涨，当初的投资翻了十几倍，成功地从中产上升到了富裕阶层。

社会的发展也带来了相应的问题和困扰，比起“70后”稳定的婚姻，“80后”的婚姻相对来说基础不够牢固。“80后”大多是独生子女，生长环境又是中国经济飞速发展的阶段，从小到大，目睹了经济腾飞带来的冲击，也让许多人的观念产生了巨大的碰撞而发生改变。在管重来看来，“80后”反倒是最自私、最浮躁的一群人，既没有“70后”经历过苦难知道富裕来之不易，又不像“90后”生来富裕，衣食无忧，不和别人计较。

出生在物资稍稍丰富但又不足够丰富的“80年”代的他们，从小就被物质生活的提高所吸引，但又步步错过时代红利，就养成了自私自利并且喜欢抱怨社会的性格。

管重来在事业有成之后，对以前经常喜欢抱怨的做法有过反思。他就发现，越是喜欢抱怨的人，越难以成就事业。因为他对一切都充满了不满，任何机会在他面前都会被他认为是陷阱是大坑。如果他当初不是和庄有田有过一次失败的创业，然后回家待了两年也思索了两年，他也不会有现在的一切。

“说得真好……”盛年轻轻鼓掌，笑容很真诚，“你还和以前一样保持了真诚的一面，重来。但你现在家庭和事业的比例，不是你说的四比六，而是二比八了。”

管重来摇了摇头，“没有，没有，我还是很顾家的，也喜欢和儿子在一起讨论问题，四比六做不到的话，至少也有三比七了。接下来我打算调整一下，争取达到四比六的比例，好不好？”

“怎么调整？”盛年明知故问。

管重来抓住了盛年的手，“盛年，现在国家正在放开二胎，我们只有一个孩子，他长大后会很孤单，我们可以再生一个，最好是个女儿，这样就儿女双全了，好不好？”

盛年挣脱了管重来的手，心中一阵悲哀，如果是以前她听到这样的话，会喜悦遍地，“现在荣光正在拓展渠道、开辟新商机的关键期，我离不开。生孩子的话，至少要两年时间，我走了，荣光怎么办？难道你可以替我？”

“我为什么不可以替你？”管重来顺势接话，“为了家庭，为了孩子，我可以辞掉现在的工作，接替你在荣光的位置。你就好好地待在家里，再生一个宝宝，让我们的家庭更稳固、更幸福。”

盛年见管重来还在表演，心里更凉了几分，“重来，记得以前你说过，你对美体内衣行业不感兴趣，怎么突然就想来荣光美体了？仅仅是为了孩子，我觉得说不过去。就算我同意生孩子，也可以聘请一个职业经理人来管理荣光，你可以继续留在你的公司。毕竟，你的事业也很顺利。孩子重要，但事业也重要，不能因为要一个孩子而赌上我们两个人的事业。”

“我明白你的意思，你是怕万一我经营不好荣光美体，丢掉的工作又回不去，等于是两头都踩空了。放心，荣光又不是我一个人的，还有卢一般、崔恒语他们在掌握方向不是？而且郝进现在也成长了起来，可以独当一面了。”

“你真的下定决心要辞掉现在的工作，要来荣光美体接替我了？”盛年还抱有最后一丝幻想，“是真心为了家庭着想，也是想更好地发展壮大荣光，是不是？”

“当然是了，要不你以为我为什么放着好好的工作不做，要来荣光吃苦？荣光现在还是在创业阶段，能伦地基工程却已经是攻城略地阶段了。打天下总是要比守天下累多了。”管重来以为盛年已经被打动了，心思大定，喜形于色，“我们好好规划一下家庭和事业，找到一个最佳的平衡点。现在我觉得找到了，就是我去荣光，你回家生二胎，就这么说定了吧！”

盛年笑了，笑得很神秘、很意味深长，“这么迫不及待想要抢走我的一切？重来，我有三个问题想问问你，希望你能和我说实话。”

“真心话大冒险？”管重来并没有看出盛年笑容中的愤怒和悲壮，“可以，没问题。”

“如果我们离婚了，我想要孩子，你想怎么分割我们的财产？”盛年单刀直入，直接就抛出了一个炸弹。

管重来顿时愣住了，“离婚？你瞎说什么呢！我们感情这么牢固，为什么会离婚？”

盛年一副疏落的表情，“我只是假设。”

“这个嘛，”管重来微一思忖，“如果是感情破裂导致的离婚，双方和平分手，财产当然是一人一半了。谁要孩子，谁就要适当给对方一些补偿。不过我建议你还是别要孩子了，不利于你以后再嫁。”

“好。第二个问题，如果是我出轨导致了我们离婚，你想怎么分家？”盛年抛出了第二个问题。

管重来又是一愣。今天盛年一直怪怪的，净说一些前言不搭后语的话，难道说她发现了什么？不可能，他行事一向谨慎而严密，盛年绝对不可能知道他的任何秘密。

沉吟片刻，管重来勉强笑了笑，“你不可能出轨……好吧，假设你出轨了，分家的话，我会分你三分之一的财产，前提是，你不能带走孩子。”

“可问题是，我们家的财产有百分之八十是我赚来的，”盛年突然提高了声调，“凭什么只分我三分之一还不让我要孩子？就因为我出轨？我出轨难道你一点责任都没有？管重来，你自己想想，我们有多长时间没有同床了！”

管重来终于意识到了问题的严重性，如果不是盛年发现了什么，就有可能是她真的有外遇了。他忽地站了起来，“盛年，你把话说清楚，你是不是真的外面有人了？”

盛年端坐不动，双手抱肩，“坐下，我话还没说完呢。第三个问题，如果你出轨了，我要求离婚，你想拿走多少财产？”

管重来又慢慢坐了回去，“首先，我不会也不可能出轨，我很爱你。其次，就算我一时糊涂出轨了，你就不能原谅我？你也知道男人有时……”

“不能！”盛年大吼一声打断了管重来，“说出你的条件。”

管重来吓了一跳，怔了一怔才说，“莫名其妙，发什么火？好吧，如果是我出轨了，就是我有错在先，你不可能原谅我非要离婚的话，我净身出门！”

“也不要求带走孩子？”

“没脸要求！”

“行，你还算是个男人！”盛年站了起来，一脸坚决，“走，回家。”

管重来一头雾水，“不聊了？我们还有事情没谈好呢。”

第六十一章　把婚姻当支点

“回家谈也一样。”盛年心中最后的温暖火种保留了，至少管重来还算有担当，有男人的勇气，她牵住了管重来的手，“先回家，天色不早了，儿子也要睡觉了，他明天一早还要去上学。”

回到家里，管重来满腹狐疑，想问又不敢问。盛年却什么都不再说，让他心里七上八下。

第二天一上班，盛年就主持召开了荣光的管理层会议，郝进也参加了。盛年列举了荣光目前面临的困难以及解决方法，提议接下来的主要工作方向以开发新品和拓展渠道为主。

平常谷黄不怎么参加会议，今天她特意赶来了。会议上她没怎么发表看法，散会后，她一脸怒气地来到了崔恒语的办公室。

“不行，我受不了卢一般的拽样，以后我能不能不参加公司的任何会议？你们先商量，商量好了再和我说一声，我是同意还是不同意，会马上就有痛快话。”谷黄回想起在开会时卢一般哼哼哈哈的嘴脸就气不打一处来。

“其实我也知道，卢一般就是想拉我下水，想借我的东风燃烧他的事业。我跟投进来，不是为了和他赌气，而是觉得好好的一个挺有前景的荣光，不能毁在卢一般的手里。”谷黄忽然叹息一声，“你们呀，还是太心慈面软了，做生意有时真的不能太顾及情面了，乐水当初转让股份给卢一般，你们就不应该同意。现在引狼入室，已经晚了。下一步别再养虎为患，否则就麻烦大了。”

“还有，告诉你们一个秘密，卢一般的资金可能出现了问题，我隐约听说他正在四处拆借资金。你们要小心被他抽走荣光的资金，还有，他承诺的三千万元投资，到位了多少？”

谷黄现在虽然持有了荣光百分之二十的股份，是大股东之一，但来荣光的时间并不多，她自己的事业又有了新的突破，忙不过来。她主要也是看好未来的前景，希望借助荣光的影响也带动她的华年的销售。

华年的市场影响力一直不温不火，赚钱，但不多，却又死不了，并且还有缓慢的稳步增长。谷黄从事美体内衣行业，其实也有自己的小小心思，希望更多的女人更自信、更美丽，不再依附男人，而是要坚强、要独立。她相信自己的眼光不会错，盛年和乐水都是做事业的好女人，但二人在婚姻的问题上，和她有着同样的困扰。尽管困扰远不如她的大，但还是埋下了隐患。

谷黄是真心不希望盛年和乐水再走她的老路。女人被婚姻伤过一次，会很长时间无法抚平创伤。谷黄坚信，从和她的离婚中尝到甜头的卢一般，就像是上瘾的赌徒，会不断地利用婚姻当支点来完成他的所谓事业和成功。

不管是站在女性的立场上，还是为盛年和乐水着想，她都不想让卢一般的阴谋得逞。卢一般的手段太隐蔽也太高明了，一般人都会被他欺骗。现在她也清楚，不管她说什么，别说乐水不会相信了，就连盛年和崔恒语也是半信半疑。

还好，她在荣光也不是没有同盟，除了郝进之外，还有副总裁李梦涵也和她关系密切，她们都相信她对卢一般的判断。

是的，郝进被谷黄说服了，现在和谷黄走得很近。

“到账了一千多万吧……不过已经用完了，还不算上开发 App 的资金，只是前期的品牌推广和渠道的建立，就不够用了。”盛年微微皱眉，如果真如谷黄所说卢一般资金链断裂的话，真有可能为荣光带来致命一击，联想到昨晚她听到的一些内幕，内心的担忧越来越强烈了，“谷姐，你的资金什么时候能到位？”

谷黄承诺的一千五百万还没有入账。

“可以马上，但我想再等一段时间。别瞪我，老崔，我不是针对你，是在考验卢一般。现在卢一般还在硬撑，我看他能装多久。有本事没本事可以装一段时间，有钱没钱就只能装几天……”谷黄和郝进交流了一下眼神，“不是我说你，老崔，你以后多向郝进学习，多听听她的想法。别看她是“90后”，比你有见识多了。对了，你们什么时候结婚？”

话音刚落，办公室的大门被人用力推开了。一个人气冲冲地闯了进来，来到崔恒语面前，指着他的鼻子喊：“崔恒语，你是脚踩两只船的渣男！我要向全世界公布你的渣男本色，让所有人都认清你的本来面目！还有郝进，你不要脸，抢我男朋友，你就是个心机婊！”

此人正是林小泥。

消失了一段时间的林小泥反倒丰满了几分，依然瘦弱的身材有一张微胖的圆脸，说明最近生活质量挺高。她气势汹汹的样子像极了被人抢了玩具的小孩，双手叉腰，双目圆睁，只是由于脸圆眼小的原因，不但不让人觉得可怕，相反却有几分可笑。

“要不是卢叔告诉我你已经和郝进搞上了，我还傻乎乎地等你主动找我、向我求饶，没想到你是这样的人，崔恒语，你太让我失望了！你为什么不过来求我？你为什么不向我认错？你为什么……”

谷黄得意地朝盛年抛了一个眼神，乐了，“看到没有，傻子从来不会知道自己傻，一开口就卖了卢一般，还认为自己值得别人去认输、去求饶，也不照照镜子看看自己长得有没有价值。现在有些小姑娘，都活在幻想里，本来是三分长相，化妆后成了五分，再用美颜相机拍照，PS 成了七分，就真当自己是七分美女了，就敢想找一个十分的男朋友。好嘛，以前是人有多大胆地有多高产，现在是人有多不要脸男友就有多值钱，可惜，男人眼瞎的太少了。”

“你……”林小泥一向不喜欢谷黄，顿时气得脸都涨红了，“你一个嫁不出去的老女人，滚远点！不说话没人当你是哑巴！”

“林小泥，遇到向你表白的男人一定要珍惜，哪怕他又老又丑又没钱，至少他眼瞎呀。想要等到下一个眼瞎的男人，不知道要等到猴年马月了，哈哈。”谷黄才不生气，哈哈大笑，“我是老了，至少我年轻过，你现在拥有的一切，我都曾经拥有过。但是，我现在拥有的一切，你想要拥有却是不可能了。别以为年轻就了不起，很快你就会发现，在人生中，最不值钱的就是年轻和青春。因为人人都可以经历年轻和青春，但成功和财富，却只是少数人的专利，哈哈。”

林小泥来之前鼓足了勇气，想要和崔恒语大闹一番，没想到，竟然遇到了谷黄，被谷黄三言两语打消了气焰，她气得跺脚，“崔恒语，谷黄她这么说我，你也不替我说话，我以后再也不理你了。”

“谢谢，谢谢不理之恩。”崔恒语忽然间勇气大增，揽过了郝进，“我已经在微信上留言和你说过分手了，你也没有回应，我就当你是默认了。难道你是觉得分手还需要一个仪式吗？我们不合适，林小泥，我配不上你，你值得拥有更好的。”

“知道你配不上我了，哼，算你识趣。不过我也找不到更好的了，就你了，我就吃点亏，不和你计较那么多了，你再回到我身边好不好？”林小泥摇晃崔恒语的胳膊。

盛年忍住笑。林小泥脑子缺根筋还是吃多了，没见过这么没脸没皮的姑娘。不过也可以理解，像崔恒语这么老实巴交的长期饭票也确实不好找，还心地善良。

谷黄的嘴就没有盛年那么委婉了，她冷笑连连，“你还真当是人家配不上你呀！林小泥，你可真是傻到了一定程度，赶紧走吧，别丢人了，卢一般还会再为你介绍一个更傻的下家。”

“他说暂时没有合适的了，就让我和崔恒语在一起。”林小泥都快要哭了，“恒语，我到底怎么做你才会再回到我的身边？”

郝进原本不想以胜利者的姿态炫耀，也实在是忍无可忍了，一把推开林小泥，“喂，林小泥，你要弄明白，你才是后来者，我和他本来好好的，是你横插一手抢走了他。我不和你算账已经算不错了，你再纠缠的话，别怪我收拾你！”

“收拾我？好呀，我看你怎么收拾我！我还要收拾你呢！”林小泥怒气大盛，张牙舞爪就朝郝进的脸上抓去。

“够了！”崔恒语生气了，伸手去挡林小泥，不料还是晚了一步，郝进抢先出手了。

从小干过不少农活的郝进身材不错，也有一些力气，身手敏捷。她一闪身就错开了林小泥的袭击，伸手抓住了林小泥的胳膊，轻轻一拉，林小泥就站立不稳，一头栽向了谷黄。

如果谷黄拉她一下，她不至于摔倒。谷黄一撇嘴，一扭身子就闪到了一边，还有意无意地推了她一下。结果林小泥就收势不住，一头栽倒在了沙发上，来了一个倒栽葱。

第六十二章 影子公司

林小泯哇哇大哭，盛年看不下去了，拉她起来，将她推到门口，“走吧，别丢人了。和崔恒语谈了一场恋爱，你也没吃亏，还赚了不少，再闹就是无理取闹了。女人的青春很短，你现在最要紧的是赶紧找下家。”

林小泯一抹眼泪，“盛年姐有没有合适的，赶紧介绍一下，我家里的房子正在翻盖，盖了一半没钱了。还有两个弟弟的学费也该交了……”

林小泯走后，办公室内先是平静了一会儿，忽然间就爆发出一阵大笑。大家都笑得前仰后合，崔恒语更是眼泪都笑出来了。

“谷姐说得没错，当初真是眼瞎了，怎么会看上她？现在才发现，以前傻得像头猪。”崔恒语笑完之后，又觉得心中大为不安，“真是卢一般为我设的一个局？”

“你以为呢？早就和你们说过一百遍了，你们就不信，总觉得我对卢一般的偏见是出于仇恨。是，我是恨他，但我也很理性好不好？如果卢一般真的变好了，我肯定不会再说他一句坏话。”谷黄压低了声音，“这样，接下来你们配合我演一场戏，怎么样？就说我现在资金紧张，承诺的一千五百万元暂时无法到位，希望卢一般赶紧将后续的一千五百万元打过来，看他怎么应付。”

郝进点了点头，“不是我们不相信你，谷姐，你如果真的资金充足的话，还是尽快打来你的一千五百万元，现在的荣光确实缺钱，举步维艰。”

谷黄拿出手机，打开了网银，“看到没有？我账户上有一个亿的流动资金，打款过来是分分钟的事情。要不这样也行，你们先开一个共管账户，我打款进去，这样你们也放心，但前提是不要让卢一般知道。”

如果说以前谷黄背着卢一般做什么事情的话，盛年和崔恒语不会同意，那么现在他们确实都动摇了。崔恒语是因为林小泯事件，而盛年则是因为她亲耳听到的卢一般和管重来的对话。

郝进见盛年和崔恒语都不说话，就知道他们是默认了，当即笑道："好，就这么定了。如果被卢一般发现了，就说是我和谷姐弄出来的事情，盛年姐和崔总都不知情。"

谷黄感慨，"多聪明的姑娘，老崔，你要是再敢错过她，信不信我和你中断合作？"

崔恒语嘿嘿一笑，"不敢，不敢，我决定和郝进今年结婚。"

盛年心中有几分沉重。荣光正值生死存亡之际，却凭空出来了这么多事情，也不知道荣光能不能挺过眼下的一关。如果卢一般真如谷黄所说的，就是要诚心吞并荣光的话，那么他的布局也太周密并且也太有耐心了。先是乐水，然后是林小泥，然后又是管重来，他的手腕看似没有杀伤力，只从对方的爱情或婚姻入手，但实际上一旦得手，破坏力却是最惊人的。

人都是感情动物，为感情而活，爱情、亲情和友情是人生的全部动力。如果一个人没有爱情、亲情和友情，就算坐拥天下又有何用？

她现在大脑还十分混乱，就是因为管重来的事情。不得不说，对一个人影响最大的还是家人，卢一般从每个人最亲近的家人入手，确实高明而又不着痕迹。

难道就没有反制的手法了？不对，盛年忽然眼前一亮，怎么就忘了"以其人之道还治其人之身"的策略了？她和乐水是最好的闺密，只是近几年来随着乐水回归家庭，怀孕生子，她和乐水来往少了一些。她应该还和以前一样，继续和乐水走近，从乐水身上打开突破口。

主意既定，盛年顿时感觉轻松了几分。

崔恒语见众人对他的话没什么反应，"怎么了，你们不欢迎我和郝进结婚？我还就非结不可了。我还告诉你们，我会转让一部分股份到郝进名下，作为爱的见证以及我对她的信任。以后，她就是我的家庭成员和公司股东了。"

盛年微有几分不快，"你不会把你的股份全部转移给郝进，然后退居二线了吧？你敢这么做，我就把股份全部转移给管重来，也回家生二胎去。"

谷黄不以为然地笑了笑，"你们都是真爱，我很佩服你们的勇气，愿意为爱付出一切。但不要忘了，爱情是人间最美好的情感，也是最善变的情感。你们不怕以后感情出现问题时有财产纠纷，你们就转移股份！别怪我没有提醒你们，股份可以转移，爱情也有保鲜期，最好在转移时附加上万一离婚时的分割财产的条件……"

一语提醒梦中人，盛年原本不知道该怎么面对管重来要她转让股份的要求。不给他吧，他肯定不满意，还会闹个没完，会影响夫妻感情不说，有可能还会让他们原本平淡的夫妻关系陷入僵局。给他吧，又不甘心，万一出现问题，婚姻破裂时，就说不清了，法院只认法律上承认的文件。

当然，还有一个重要原因是盛年总觉得管重来管理不好荣光。荣光如果由管重来、卢一般和崔恒语三个男人带领，很难设计生产出来大受女性欢迎的产品。

但是现在，她忽然改变了主意，决定试上一试，或许，转变一下思路，以退为进，可以化解荣光的危机，并且让卢一般露出真面目。

盛年决定实施她的“三步走”计划：第一步，说服崔恒语和谷黄，让他们相信她转让股份给管重来不是放手荣光，而是以退为进。第二步，让崔恒语转让部分股份给郝进，让郝进进入股东序列，和崔恒语响应，再加上谷黄，可以形成对管重来和卢一般的制衡。第三步，在谷黄的配合下，夸大荣光的财务危机，向卢一般和管重来施加压力，让他们着手解决问题，让卢一般露出马脚。同时，她要多和乐水接触，从侧面了解卢一般的真正为人和财务状况，争取拉拢乐水和她成为统一战线。

困扰盛年许久的难题一朝解开，她顿时觉得眼前豁然开朗，心情也好了许多。当即向几人说出了自己的想法，并且得到了几人的一致赞同。

谷黄在同意之余，又强调了一点：“不能完全放手荣光。我们几个女人，我和你、郝进还有乐水，组成一个影子公司，在背后为荣光出谋划策。先让他们男人们冲锋在前，让他们去市场上碰碰壁，才会让他们知道他们并不比我们强多少。现在的男人，还抱着过去的观念不放，总认为他们事事强过我们女人，哼！”

“影子公司？什么意思呀谷姐？”郝进掩嘴而笑，非常赞同谷黄的话，“老崔，你是不是不相信我能替你管理好荣光了？”

“你毕竟还是太小了，而且……”见郝进脸色不对，崔恒语忙又改口，“当然，你思想新潮，接受新事物快，会给荣光带来新鲜血液和生机。”

盛年替谷黄解释：“谷姐就是一个比喻，是说我们几个躲在幕后，垂帘听政，指挥他们几个在台前的男人。他们有他们的经营策略，我们有我们的既定方针，大家一个阵营两套班子，一条心两个方法，齐头并进。”

“盛年说得太好了，就这么定了。说干就干，省得夜长梦多。”谷黄是一个雷厉风行的人，“记住了，这件事情千万保密，谁也不能说出去，不管是卢一般还是管重来，包括乐水，都不能知道真相。等什么时候乐水真正认清了卢一般的真面目，再告诉她。”

“好！”众人异口同声。

“忽然觉得婚姻太难了，我们以后会不会也像谷黄和盛年一样，出现婚姻问题？”等盛年和谷黄一走，郝进不免有几分忧虑，“为什么本来相爱的两个人，后来会变成猜疑、平淡以及互相算计呢？”

“也不全是这样……”崔恒语不知道该怎么安慰郝进。也确实，谷黄的婚姻破裂是因为事业的分歧，盛年的婚姻出现危机，也和事业有关。他和郝进还没有走进婚姻，却也感觉到了婚姻在人生的旅途中，在面临着事业和其他的各种考验时，确实会出现各种无法想象的情况。

“你不用安慰我，我都知道……”郝进微一思忖，又笑了，“婚姻其实也是一家公司，股份合伙公司，需要不断的经营、维护，才能保持正常的运转。婚姻不是一劳永逸的港湾，也不是爱情的坟墓，而是两个人开始合伙人生的开始，是一段漫长但艰辛的路程。谁也不能偷懒、不能懈怠，否则就会被落下、被抛弃。”

崔恒语觉得有些不对，想说些什么，却被郝进制止了。她摇头笑了笑，“你不用多解释，也不用向我保证什么，承诺不可靠，只有跟上对方的脚步同步成长才可靠。你不能保证以后一辈子对我好，如果我原地踏步的话。我也不敢说一辈子只爱你一个人，如果你不再成长，变成了一个没有本事只会埋怨的油腻中年男人。我们想要的完美婚姻，一定是建立在共同进步、一起努力的前提之下。”

崔恒语抱住了郝进的肩膀，“现在我才知道你是多么优秀、多么懂事的姑娘，还好没有错过你，要不我会后悔一辈子。”

第六十三章　说的和做的是两回事

管重来以为他的提议会需要不断的说服以及晓之以理、动之以情，才会让盛年同意。不料几天后，当他再次向盛年提起他想要和卢一般一样接手盛年股份进入荣光后，盛年一口答应了。

这让他有些始料不及，半天没敢相信盛年的话，愣在了当场。

“不相信是吧？”盛年对管重来的惊愕还算满意，说明他至少还是一个内心有敬畏的人，还不像卢一般一样表演起来已经不着痕迹了，“我相信你的出发点是为了荣光为了我们的家，这些年我也有些累了，回家休养一段时间也好。但有一点，暂时不要二胎了，身体调理一段时间再说。”

管重来忙不迭一口答应：“好，都听你的。不过……”他欲言又止，“我需要从以前的公司带过来一个助理，用顺手了，她能帮我许多事情。”

“可以，你觉得合适就行。”盛年忍了忍，话到嘴边又咽了回去，没有问出“她是不是许妙妙”的话。

管重来一把抱住了盛年，“谢谢你，盛年，以后我会好好经营荣光，照顾好家庭，争取当一个有社会责任感的企业家和一个好丈夫、好爸爸。”

“先别谢我，我转让股份给你，是有附加条件的。一、如果出现婚姻破裂，股份属于我的个人财产，不和你分配。二、如果经营失利，导致巨额亏损，由你来承担损失，不能连累家庭。三、我随时有权收回股份，你不得以任何理由拒绝。”

“都答应你。”兴奋之余，管重来也顾不上想太多，“我现在就拟协议。”

签字过后，盛年如释重负，似乎放下了重担，却又觉得心里还是无比压抑。许妙妙就像一根刺始终在她心里隐隐作痛。不行，她要亲自出面解决这个问题，不能让它成为自己的负担，成为横亘在她和管重来之间的一条鸿沟。

鸿沟不抹平，她和管重来就再也没有信任的基础，荣光发展得再好，也挽救不了家庭的幸福。

很快，盛年就和管重来办理了交接手续，正式退居二线。不再上班后她才发现，时间一下充足了许多，世界也比以前宽广了不少。

说是放下，怎么可能真正放得下？盛年和谷黄、郝进组成的影子公司，接连开了几次会议，确定了一下接下来的策略。随后几个人就分头行动了。

盛年在和乐水接触之前，先和许妙妙来了一次“偶遇”！

因为许妙妙也随同管重来一起进入了荣光，在谷黄和郝进的帮助下，获取她的行程不是一件难事。

“偶遇”发生在荣光所在办公大楼的地下停车场。

荣光从成立之初就一直在凯悦大厦办公，开始时为了节省开支，和荣光健身一起。后来发展壮大了，崔恒语就关停了荣光健身，专注于荣光美体的发展，将所有荣光健身的场所和办公室全部改造成为荣光美体的办公室，一直到今天也没有搬家。

主要也是大家都习惯了，也就没有再去新的地方重新适应，而且凯悦大厦离谷黄的加工厂不远，方便往来工厂之间进行设计的沟通和定版。

许妙妙跟随管重来到荣光工作，依然是行政副总监兼助理的身份，而孙巍则留在了能伦地基工程，并且升任了副总。对许妙妙离开能伦前来荣光之事，孙巍虽然不满，但不敢有反对意见。先不说他和许妙妙能有今天都是拜管重来所赐，就是他现在身在能伦，看似坐上了副总，其实还是在管重来阴影的笼罩之下。

毕竟谁都知道管重来和庄有田是患难之交。

许妙妙也知道孙巍不乐意，对外界传闻她和管重来有不正当男女关系，孙巍也是极度不满，并且质问过她多次，都被她应付了过去。但管重来调离能伦她也跟随离开，就更加坐实了外界的猜测。

对于外界的传闻以及孙巍的怀疑，她一概置之不理，依然我行我素，反正她就是喜欢和管重来一起办公。不过以前没来荣光之前，因为和盛年离得远，只闻其名不见其人还好。到了荣光之后，听荣光上下谈起盛年无不敬佩，她也就有些心里没底了，很怕突然有一天盛年出现在她的面前，质问她和管重来到底是什么关系。

今天下班早，管重来没有加班，她就打算早些回家。刚到地下停车场，发动汽车，微信就响了。打开一看，顿时脸色大变。

“这个月的保密费怎么还没给，是不是想要出名？”

微信的名字赫然是盛气。

许妙妙打开转账，先是输入了五千元，又改成了三千元，点击了发送。钱被瞬间收了，盛气又发过来一条信息："才三千元？你越来越不上道了，许妙妙。如果你的事情真的被抖搂出来，你不仅会身败名裂，还会丢了工作和家庭，你将一无所有。你看着办吧。原先答应得好好的，一个月一万元，一分也不能少！"

"我最近刚换了工作，收入没以前高了，一个月一万元太多了，我承担不起。一个月五千元行不行？盛气，你行行好，不能把我逼到绝路上是吧？身败名裂是绝路，没钱也是绝路！"

盛气沉默了一会儿才发来消息："不行，五千太少了，八千！"

"八千太多了，你想宣扬就去宣扬吧，我没钱。"

"七千。"

"五千。"

"行吧，五千就五千，赶紧的，还差两千，我快没钱吃饭了。"

许妙妙知道盛气去了上海，月收入不低，就多了一个心眼儿，问了一句："你一个月一万五六，再加上我的五千，都两万多了，而且公司又管吃管住，你的钱花不完……"

"这才多少钱，我一个月最少消费五万元，男人花钱的地方多着呢，你懂个什么！"

许妙妙不死心，继续套盛气的话，"不是都说男人比女人省钱？不用化妆品不买包不买鞋，除非谈恋爱或者是赌钱。你难道谈恋爱了？"

"没有，想女人了花钱就可以买到，干吗要去谈恋爱？多费事。少废话，赶紧转账。"

许妙妙猜到了什么，又转了三千过去，"好吧，多给你一千，你一个人在外地也不容易。对了，如果有什么发财的路子别忘了我，让我也跟着你喝口汤，我赚了钱，也可以多给你一些不是？"

盛气终于上当了，"我是上次听管重来说网上有在线下注的网站，就注册了一个，结果就陷了进去。娘的，我现在已经欠了十几万了。不说了，我去申请信用卡套现了……"

现在网贷太多也太容易了，年青一代中，有许多人深陷其中不能自拔，最后毁掉了人生的也不乏其人。许多人见借钱太容易就产生了钱是自己的错觉，却不知道借来的钱是要还的，而且利息还高得惊人。

黄赌毒，是最难戒掉的三大恶习之一，“赌”位居第二，盛气照这么下去，多半没救了。不对，他其实早就没救了，反正早就是一个失败者了，不过是失败得再彻底一些、死得更快一些罢了。

摇了摇头，许妙妙起动了汽车，车头刚出车位，一辆汽车突然刹住，停在了前面。她顿时惊吓出一身冷汗，一脚刹停。

她怒气冲冲地下车，用力拍打车窗，“你怎么开车的？眼瞎了还是……啊，盛年。”

盛年打开车窗，冷冷一笑，“上车。”

半个小时后，盛年和许妙妙来到位于珠江边上的一个很有情调的咖啡屋，二人靠窗而坐，眺望窗外璀璨的珠江夜景。

“夜色真美，在广州这么多年，居然从来没有发现珠江的夜景美得这么动人心魄。”盛年微微感慨一句，喝了一杯咖啡，示意许妙妙，“再不喝就凉了。”

许妙妙心神不定地应了一声，恍惚间喝了一口，惊呼一声：“好烫！”

盛年笑了笑，递过去一张纸巾，“有一句话说得好，婚姻如人饮水，冷暖自知。同样的温度，有人觉得凉，有人觉得烫，每个人的感觉都不一样。鞋子合不合脚只有自己知道，外人看着鞋子再漂亮再光鲜，和穿鞋子的人的感受完全不同。”

“我特别羡慕盛总和管总美满幸福的婚姻，比我和孙巍强多了，唉……”许妙妙轻轻抿了一口咖啡，掩饰自己的慌张，“当年我还得意从乐水手中抢走了孙巍，那时觉得孙巍特别男人、特别汉子。现在才知道，他是一个窝囊废，什么都不会，什么都不敢面对，遇到事情就知道逃避，而且还没有一点担当。你是不知道，在我们最困难的时候，他甚至和我说过如果现在有人肯出高价买走我，他肯定会卖……”

盛年轻描淡写地笑了笑，“在是不是卖自己配偶的问题上，男人一般都说不卖，女人却都会说卖。记得有一个街头测试就是问几个姑娘：如果有人出五百万买你男朋友，你卖不卖？大多数人说卖，因为她们认为她们的男友赚不到五百万。但大多数男人却说不卖，因为爱情无价。但是，人们说的和做的往往是两回事，杜十娘的故事流传了这么多年，说明了什么？向来是痴情女子负心汉。”

第六十四章　鸡肋

“我不太赞同盛总的说法。现在时代在进步，女性不再像以前一样完全依附一个男人了，女性也独立了，所以如果是我，有人出足够的价钱，我会卖了孙巍，哈哈！同样是人，男人可以潇洒、可以放荡，女人为什么不可以？古代的女人要三从四德，现在的女性不需要！”

盛年没有接许妙妙的话题，“你和孙巍的感情应该稳定吧？你们结婚也好几年了，没出过什么事情吧？除非是有一方有外遇了。”

见盛年终于切入了正题，许妙妙的神色就更尴尬了几分，她讪讪一笑，“不瞒你说，盛总，孙巍两年前就出轨了，被我抓个正着。”

“啊？”盛年被惊到了。她本来是想弄清许妙妙和管重来的暧昧关系，没想到，看似既窝囊又孬包的孙巍，居然先许妙妙出轨了。

许妙妙发现孙巍出轨，是很偶然的一个机会。她和孙巍在能伦地基工程上班后，收入逐渐提高，二人先后各买了一辆车。平常各开各自车上下班，谁也不坐谁的车。

一天二人一起出去吃饭，在生活中平常二人出去，都是许妙妙开车。正好她的车出了一点小事故，送去维修了，就坐上了孙巍的车。上车后，许妙妙才发现孙巍的车比她想象中干净多了，不但一尘不染，东西摆放得井井有条，还有淡淡的香气。

许妙妙顺手拉开了手套箱，惊人一幕出现了，里面居然有一个用过的计生用品。她当时就惊呆了。孙巍解释说是他平常太寂寞了，而她的需求又少，他就自己帮助自己……用过后忘了扔掉，顺手放在了车里。

许妙妙不是未经世事的少女，她知道男人如果自己帮助自己，怎么会需要计生用品？不过她也没有说破，假装相信了孙巍的话。事后，她暗中跟踪调查孙巍，很快就让她发现了孙巍的出轨对象——居然是一个发廊妹！

许妙妙和孙巍大吵一架，警告孙巍如果他不和对方一刀两断，她就和他离婚。孙巍痛哭流涕，保证和对方分开，并且承诺永不再犯，还写下了悔过书，答应许妙妙如果他再敢犯一次同样的错误，离婚的时候他净身出户。

许妙妙虽然原谅了孙巍，却对孙巍低声下气求饶的嘴脸极其厌恶，觉得孙巍不再是她喜欢的样子，既无能又没有担当，遇到事情就会推脱逃避，不承担一点责任。她和第三者聊过，对方很爱孙巍，是孙巍主动勾引的她，开始时告诉她他还没有结婚。后来被她发现结婚后，又说要离婚然后娶她。

孙巍怎么会是这样一个渣男！许妙妙感觉无比恶心。如果孙巍凭真本事让别人喜欢，他明确告诉对方他不会离婚娶她，只想和她轰轰烈烈爱一场，她也敬他是个汉子。她平生最看不起花言巧语欺骗女人的男人，说得天花乱坠，一件事情也不落地，完全就是玩弄别人感情、欺骗别人信任的垃圾！

从此以后，孙巍就在她面前抬不起头了，事事听她的安排，她说向东，他决不往西。虽然掌控了家里的绝对控制权，她却一点也开心不起来，孙巍在她眼中就是鸡肋，食之无味弃之可惜。

直到她后来遇到了另外一个让她怦然心动的男人。

有时许妙妙也想，男人喜欢出轨，是为了追求新鲜感和满足感。其实女人骨子里也有外遇的潜质，女人也有喜新厌旧的基因，只不过女人喜欢被动，并且对爱情和婚姻比男人更忠诚，所以概率低一些。但女人天性慕强，遇到优秀的强大的男人，难免不迸发爱慕之心，并且想要接近对方。

“你居然原谅了他？”盛年不能理解许妙妙原谅孙巍的做法，“要是我，必须离婚，我受不了！比吃了苍蝇还难受，像是吃了一条毛毛虫。”

“不原谅又能怎么着？离婚？我都这么大了，离婚后想找下家谈何容易？而且也有孩子了，孩子生活在单亲家庭，成长肯定会受到影响，唉……社会对离婚女人的包容度，还是远远不够。你看谷总，多优秀的一个女人，事业有成，又长得不错，但还是单着。再看卢一般，离婚后身边女人不断，最后还娶了乐水。你信不信，就算卢一般再离一次，他还可以娶到比乐水更年轻的姑娘。”

“信。”盛年不想和许妙妙讨论离婚男女在婚配市场的不对等的问题，她也深思过许多社会现象，最后得出的结论是想要实现真正的男女平等，女性还需要奋斗一段时间，但至少现在女性已经开始觉醒了，“我们也不用再遮遮掩掩了，妙妙，你肯定知道我找你是什么事情。在你告诉我真相之前，我先声明三点：第一，今天的见面，我希望你能够保密。不管你是有意还是无意透露了出去，被我知道了，你在荣光肯定干不下去。别看管重来接手了我的股份，荣光是我一手创立的公司，上上下下全是我的人，想要赶走你是分分钟的事情。”

许妙妙连连点头。

“第二，我希望你说实话。因为来之前，我已经掌握了第一手证据，你的事情，基本上知道得七七八八了。如果你和我实话实说，有事还可以商量。如果你还不知悔改，骗我，我会让你后悔一辈子！”

许妙妙猛然打了个激灵，连连摆手，“我不敢，我不敢，盛总你放心，我肯定有一说一，不敢有半句假话。”

盛年点了点头，并没有觉得许妙妙的胆怯是因为惧怕了她，相反，她严重怀疑许妙妙故意示弱是有表演的成分在内。有些女人看似凶悍，口无遮拦，就像谷黄，其实内心并不坏。而有些女人，外表无比温柔，又体贴又周到，但实际上心里隐藏了一个让人捉摸不透的世界，比如林小泥。

当然，盛年并没有掌控什么证据，她只是想吓一吓许妙妙，兵不厌诈也是经商之道。

“第三，在你对我说了实话之后，你想知道什么事情也可以问我，我也会如实相告。好了，你可以说了……”盛年表面上轻松自若，似乎一切尽在掌控之中，其实内心无比紧张，双手出汗，双腿微微颤抖。不过她掩饰得好，没有让许妙妙发现而已。

她既然想知道真相，又怕许妙妙说出来她无法承受的真相。有时女人在婚姻中确实悲哀，过于关注丈夫的举止，唯恐他有外遇，想要防患于未然。但真的发现丈夫外面有人了，又不知道该如何应对。离婚？不舍得不甘心。不离婚？又咽不下一口恶气。女人真是难做！

许妙妙喝了一大口咖啡，喝得急了些，被呛了一下，咳嗽半天。

“在见你的前几分钟，我刚给盛气转了一笔钱，也不多，五六千元，是第十几次也记不清楚了，反正从前年就开始了……”

盛年眼皮一跳，莫非许妙妙和管重来的事情是真的？她强行按捺住冲动和不安，故作镇静地问：“他是发现你外遇的事情，讹诈你吧？”

“是的。”许妙妙眼皮低垂，有几分不安和惶恐，“也是怪了，我第一次和他开房，居然就被盛气撞见了，真是见鬼了。后来和管总一起出差住在一家酒店，又被盛气遇上了，盛气像一个幽灵一样阴魂不散，我算是怕了他了。”

“说下去，你和他开了几次房？”盛年双手压抑不住颤抖。如果不是多年的经商经历让她成长，她一杯咖啡早就泼过去了。

“记不清了，几十次上百次，肯定有了，谁还记得这么清楚！反正只要出差就在一起，有时不出差，也会找机会开房。”

不对，盛年想起了什么，“你和管重来出差被盛气遇上了？我怎么听说是在广州市内，并没有出市呢？”

许妙妙愣了一愣，又侧头想了一想，“对对，是没出差，就是在市里。不过当时是为了避嫌，打着出差的名义，其实就是在市内的一家酒店住了几天。”

管重来真的出轨了！盛年怒火中烧，她紧握拳头，双眼喷火，“你和管重来是什么时候开始的？”

“啊？”许妙妙呆在当场，过了半晌才结结巴巴地说，“盛、盛总，原来你以为我是和管总在一起……不，不是的，我和他是清白的，我其实是和庄有田……”

等等，盛年一口怒气冲到了头顶，眼见就要冒出来时，突然又收了回去，“你说什么？你不是和管重来？你不是和管重来开房时被盛气撞上了？”

“其实我当时是和有田在一起，管总是过来拿资料，正好和我遇到，一起回房间时，被盛气遇到，他就认为我们在……后来管总也没有向盛气解释清楚，因为他要说个清楚的话就是出卖我和庄有田，就替庄有田背了黑锅。盛气敲诈他也勒索我，他也忍了，我也认了。”

“都是真话？”盛年感觉好像被掏空了一样，整个人接近虚脱，仿佛在生死的边缘走了一圈。

第六十五章　不敢赌未来

“千真万确！我怎么可能拿自己的声誉乱开玩笑？我和有田在一起有几年了，在我进入公司后不到半年就在一起了。管总从一开始就知道我们的关系，出于和庄有田的情义，他一直在替我们掩护。这一次我跟着来荣光，也是管总为了让我和有田的关系更隐蔽、更长久。公司上下总是在传我和他的绯闻，他承受了许多委屈和不平，却从来不说，他是一个铁骨铮铮的男人，是一个讲义气有担当的汉子。”

“狗屁！他只是为狐朋狗友打掩护，是一个是非不分的蠢货！”盛年狠狠地骂了管重来一句，心中却大为放松，虽然对管重来为庄有田承担罪名以及打掩护大感不满，但他并没有犯下出轨的致命性错误，也让她心中对管重来最大的芥蒂化为乌有，“好了，我的问题问完了，该你了。”

“我其实没有什么问题要问你……”许妙妙低下头，神情有几分伤感，“不对，有问题了。我特别佩服谷黄，她不喜欢卢一般就直接提出了离婚，我现在不喜欢孙巍，却不敢和他离婚，还要和他凑合着过，很痛苦很无奈。”

“庄有田结婚了吧？”

“离了，现在单身。他说如果我离婚可以娶我，但我不想离。不是舍不得孙巍，是舍不得孩子。我和孙巍聊过，他们家三代单传，说什么也不会让我带走儿子。如果我敢和他争儿子，他会杀了我。”许妙妙双手捂脸，嘤嘤地哭了，“盛年姐，我到底该怎么办呢？”

盛年轻轻拍了拍许妙妙的胳膊，说不上来对许妙妙是可怜还是厌恶。婚外恋本来就是不道德的行为，但除了道德上的谴责之外，她还真想不出来更好的措辞来劝她。

不过，她能猜到许妙妙不肯和孙巍离婚的原因还有隐情，“你是怕和孙巍离婚之后，庄有田未必就一定娶你是不是？就算真的娶了你，也不一定能走到多远，所以，你才既纠结又矛盾，不敢赌未来，却又赌今天？”

“过一天算一天吧，就算长不了，至少现在也拥有过了。”许妙妙一脸悲戚，“盛年姐，如果有可能，能不能麻烦你一件事情，你让管总问问庄有田，他到底有几分爱我，是不是真想娶我。我想听真话，好让我死心，别再总给自己虚无缥缈的希望。”

“想听真话吗？”盛年咬了咬牙，女人总是喜欢自己欺骗自己，与其如此，还不如一了百了，“如果你真想听我的建议，我希望你尽快离开庄有田，和他断得干干净净，然后从荣光辞职，从此远离他的视线，让他再也找不到你。开始时你也许会痛苦，但等过去之后你会发现，你又迎来了一片全新的天地。”

“我……下不了决心。”许妙妙摇了摇头，忽然想起了什么，“盛年姐，如果你肯帮我，我也会帮你。我知道你不喜欢卢一般，我也不喜欢他，他的眼神很飘忽，待人不真诚。他最近在频繁和庄有田接近，似乎是想冲庄有田借钱。而且他和庄有田的来往，瞒着管总，好像还生怕管总知道。”

盛年眼前一亮：“好，我会和管重来说说，尽量能够帮到你。”

“谢谢，我也会帮你多留意卢一般和庄有田的事情，会想办法打听出来他们到底在密谋什么。”

回到家里，管重来刚进门，盛年上前给了管重来一个大大的拥抱：“荣光的现状是不是比你想象中还要麻烦？”

管重来点了点头，神色有几分凝重。

在荣光之前，管重来认为荣光发展势头迅猛，前景一片大好。进来后才发现，荣光的前景确实很广阔，但相应的，需要排除的困难也不少。别的不说，单是资金问题就颇让人头疼了。

现在消耗资金的大头是加盟店和品牌推广，以及 App 的开发。开发 App 是管重来擅长的，他亲自主抓了项目，削减了一些开支，并且亲自上阵编写了核心程序。

不得不说，管重来此举确实为公司节省了一大笔开支，顿时赢得了公司上下的一致好感。就连崔恒语和谷黄也对管重来刮目相看。不过相比管重来在开发软件上面的特长和优势，他在公司管理以及美体内衣款式设计上就乏善可陈了。

更让管重来忧虑的是，荣光的发展势头确实不错，但也正因为前景一片大好，反倒更让人焦虑。因为向前一步可能是海阔天空，原地踏步基本上是死亡陷阱，后退的话……不，并没有后退的选择，只要原地踏步就会死掉。

现在荣光就是一艘已经扬帆起航的大船，由于载重过重，不向前行驶就会沉没。沿途虽然风光无限，河流也算平缓，并没有急流险滩，但荣光自身太重太大，只有快速行驶才能保持不会沉船。

不，准确地说，荣光不是一艘船，是一架飞机。飞行保持不掉下来，就是靠不断前进的速度。

可问题是，荣光性能良好，结构完整，不会因为机械原因而坠机，但油快要烧光了。就是说，如果没有后续资金，荣光这架飞机就会因为缺油而掉下来。

飞机失事，无一幸存，除了空中加油没有第二个选择。管重来这才知道他接手的荣光不是一家转眼就可以上市，可以变现的公司，而是一个需要进一步发展、全面拓展渠道才有可能继续飞行的摇摇欲坠的公司。

荣光也不是说一无是处，相反，荣光机制健全、运营良好、基因完美，就像一个正在发育期的孩子，只要解决了营养问题，就一定能健康、幸福地长大。

可问题是，不管什么行业，资金问题从来都是最大的问题。开发软件管重来在行，管理经验也有，设计美体内衣虽然不是很精通，但也可以学会，毕竟他文学素养高，但如果让他融资，就不在他能力的范围之内了。

和卢一般、崔恒语商量了几次，暂时没有太好的办法，毕竟对谁来说融资都是一样的困难。现在管重来终于体会到了盛年的难处，作为最大股东，公司融资时，需要按照股权比例来追加投资，他哪里有钱再继续投入？

所以释放股权融资是最好的选择。

原本卢一般答应追加三千万元的投资，谷黄也跟投。不同的是，卢一般答应的投资全是现金，而谷黄有一半是股权置换一半是现金投入。到目前为止，只到位了卢一般的一千五百万元，谷黄的一千五百万元还不见踪影，催过她几次，都被她以各种理由推了过去。

管重来明显感觉谷黄是有意拖延，他甚至猜测谷黄会不会就是想等荣光快死掉的时候再出手，才能显示出她的非凡能力。可是她是荣光的股东，和荣光是一损俱损的关系。

最近管重来除了愁资金之外，还和崔恒语相处得不是很融洽。不知何故，他总是不喜欢崔恒语的做派，总觉得崔恒语从开始到现在，对盛年不怀好意，从来没有放弃过对盛年的幻想，不管是他在和林小泯恋爱还是和郝进订婚之后。

当初崔恒语和林小泯见面之后很快就确立了恋爱关系，和盛年不无关系。也是后来管重来才知道，在他“失踪”的大半年里，崔恒语几乎天天帮盛年看孩子，和儿子相处得非常融洽，儿子不但叫他干爸，还和他一起吃住，有时喊顺嘴了，甚至都叫起了爸爸！

公司上下都在传崔恒语要和盛年在一起，不但白捡了一个精明能干的合伙人，还直接喜当爹了，人生一下子完成了两级升级，赚大发了。

传闻一度在公司闹得沸沸扬扬，尽管盛年不以为意，崔恒语也自以为清白，但实在是人言可畏。虽然有崔恒语和郝进谈恋爱作为实锤，但大家还是喜欢将盛年和崔恒语绑在一起说事。

这也是当时郝进没有明确答应崔恒语求爱的原因之一，她对崔恒语到底是真心喜欢她还是只是为了平息传言心里没底。

后来崔恒语也不堪传言的困扰，在卢一般介绍对象时，才迅速和林小泯走在了一起。尽管后来传闻渐渐减弱，但在管重来眼中，崔恒语此举是欲盖弥彰，是为了掩饰他对盛年的爱意。不管他和盛年有没有发生过什么，至少他和盛年有感情上的纠葛。他也相信，盛年不可能对崔恒语无动于衷，毕竟崔恒语在事业和生活中对她无比关怀。

有时管重来也会想，其实盛年现在最离不了的人是崔恒语而不是他。对一个女人来说，最主要的无非是家庭和事业，现在儿子和崔恒语相处得开心，盛年和崔恒语合作得顺心，成为一家人也是顺理成章的事情。

进入了荣光后，虽然关于崔恒语和盛年的传闻基本上销声匿迹了，但还不时会有一些流言传出，让管重来颇不舒服。流言千奇百怪，有说盛年已经和他离婚了，只是没有公布而已，他能够进入荣光，是因为离婚分了盛年股份的原因。也有的说法是他抓住了盛年和崔恒语的把柄，盛年才会将股份转让到他的名下，他才得以进入荣光。还有更恶心的说法是，是他主动将盛年送给了崔恒语，盛年和崔恒语联手转让了一部分股份给他作为补偿。

第六十六章　到底谁真谁假

带着以前的偏见和猜疑，以及现在的轻视和鄙视，管重来进入荣光之后，能和崔恒语合作愉快才怪。除了感情因素之外，他和崔恒语在关于荣光下一步如何发展上面，理念不合。

现在的荣光主要股东是五人，管重来和卢一般之外，就是崔恒语、谷黄和郝进，由于郝进股份少、资历浅，开会时基本上没有什么发言权，而谷黄参加会议的时候少，通常情况下只要一开会，就成了管重来和卢一般联手针对崔恒语的局面。

崔恒语势单力薄，郝进的话分量太轻，他有几次想请谷黄参加会议以壮大声势，都被谷黄以事情太多没有时间为由拒绝了。他也清楚谷黄和盛年、乐水正在酝酿影子公司，试图从侧面对荣光带来影响，但在正面战场他节节败退，完全不是管重来和卢一般的对手，照此下去，荣光早晚成为别人的公司。

其实管重来很清楚，从他进入荣光的那一刻起，荣光就属于他和卢一般的势力范围了，崔恒语已经出局了。他要的就是让崔恒语彻底失去话语权，他要成为荣光的主人，要将崔恒语踩在脚下，一洗屈辱！

对一个男人来说，最大的屈辱莫过于自己的妻子和别的男人有染，当然，他相信盛年和崔恒语的清白。只是相信归相信，风言风语还是让他感受到了平生的奇耻大辱。所以他要报复，要让崔恒语一一偿还。让他大感欣慰的是，他每次出手，崔恒语都会后退一步。几次出手之后，崔恒语差不多已经退无可退了。可以说，现在的荣光，已经完全被他掌控在手中，不仅包括财权和话语权，还有人事权。

人事上管重来也有所调整，几个主要部门的总监他没有全部换掉，却提拔了几个自己人当副总监，明显有架空对方的意图。崔恒语虽然看出了他的布局，却只能听之任之，无能为力。

只是和将崔恒语逼得步步倒退的喜悦相比，荣光的危机将管重来初战告捷的快感冲刷得一干二净。

盛年一问，激发了他的感慨："比想象中的麻烦大多了，盛年，你们当初是怎么规划的荣光？现在简直就是一架随时就会掉下来的飞机。荣光的隐患太多了，也就是我和一般联手，可能还能让荣光继续飞行，若在你们手里，估计现在已经破产了。"

对荣光的现状，盛年比管重来更加了解，她笑了笑，"除了资金问题之外，荣光在管理和运营上都没有问题。重来，我答应让你接替我，就是看好你的能力。我也相信你和卢一般可以带领荣光度过成立以来最大的转折期，现在你们有没有一个详细的计划？"

管重来揉了揉太阳穴，"资金问题从来就是最大的问题……头疼，我和一般想了许多办法，都不是很合适。现在无非就是两条路：一是股东们追加投资，这个不太现实，我们、崔恒语和郝进，肯定没有钱再投资。二是从外面融资，从外面融资要么是找资本，要么是找同行。一般前几天接触了几个资本，他们都明确表达了感兴趣，但条件太苛刻了，还在谈。"

"对了，你和谷黄好好谈谈，她的一千五百万元什么时候到位？"管重来拉过盛年坐在了沙发上，"她的资金到位后，我也好再催一般承诺的另外一千五百万元。一般说了，他的现金流充足，但如果谷黄的钱不到位，他也没有办法再打款进来，主要是不合规矩，不能只是他出钱而谷黄说了不算，股份制公司就得风险共担才能利益共享。"

盛年沉默一会儿，"你觉得卢一般的资金链没有问题吗？"

"当然没问题了，他亲口告诉我的。我觉得可能是谷黄的资金链出问题了。一般说，他听到不少传闻，谷黄有几个产业出现严重亏损，她转移了不少资金过去救火，现在她账上已经没什么钱了……"

谷黄说卢一般资金链断裂，卢一般说谷黄缺钱了，到底谁真谁假，盛年不好过早判断。但有一点，不管二人谁的资金出现了问题，都会对荣光带来不小的负面影响。

盛年表面上退出了荣光的管理层，实际上心里一刻也没有放下荣光。她对荣光是真爱，她也相信不管是乐水还是谷黄，还有郝进，对荣光也都是倾注了感情，也包括崔恒语。

而管重来和卢一般，只是把荣光当事业。

"好，我回头和谷姐说说。"盛年点了点头，打了个哈欠，"这段时间辛苦你了，重来，什么时候过了眼下这一关，荣光一飞冲天的时候，我给你开庆功会。"

"庆功会就不用了，我们老夫老妻了，花的不都是自己的钱，哈哈！"

"我有一个问题一直想不明白……"盛年歪着头一笑，"女人之间通常会有许多小秘密，比如谁的老公出轨了，她喜欢上谁了，等等，男人之间的秘密更多吧？你们肯定会替对方保守出轨的秘密吧？"

管重来一愣，"你这个弯拐得太急了，差点把我甩下去。男人之间当然也有秘密，不比女人之间的秘密少。至于替对方出轨保密的事情，应该有，虽然我还没有遇到。"

见管重来很轻松地将自己择得一干二净，盛年暗暗一笑，"听说你们男人替对方保守出轨秘密不算什么，最铁的关系是替兄弟背上出轨的骂名……"

管重来心中一跳，脸色一急，"什么意思？"

"这还不明白？就是你一个哥儿们出轨了，你替他打掩护不说，还让外界误以为你才是出轨的那个人……有没有这种情况？"盛年的表情似笑非笑。

"这、这么铁的哥儿们关系，我还真没有遇到过……应该有吧！可能有时为了利益或是真的兄弟感情深厚，愿意为兄弟背负恶名，当然，也有可能是利益驱使的原因。反正，大千世界无奇不有，对吧？你们女人之间也有这种情况吗？"管重来心跳加快，下意识咽了一口唾液，莫非盛年发现了什么？

盛年狡黠地一笑，"没有，女人和男人不一样。女人不喜欢一个人，连和他说话都觉得烦，怎么可能会被人误以为和他出轨？女人之间的关系再好，可以保守秘密，但不会替对方扛雷。比如说乐水出轨了，被发现了，她想让我替她挡下来，让我承认是我和那个人出轨，我肯定不会答应。反过来也一样。"

管重来讪讪一笑，"行了，别说这些没影没用的事情了。是，我知道现在你们女性的地位提高了，我也希望女性更自强、更独立、更爱美，这样荣光才能发展壮大。"

盛年见敲打的目的已经达到，见好就收，"以后荣光的事情就交给你了，我也少操一些心，好好休息一段时间。从明天起，我开始健身、美容、学习，做一个幸福知性的美丽女人。"

话是这么说，盛年只健身了几天美容了一次，就和乐水约好时间，一起喝茶了。

盛年特意挑选的是白云山公园，山上有一处茶舍不错。二人坐下之后，可以俯瞰山下的景色。

"孩子阿姨带得怎么样？"盛年见乐水恢复得很好，气色红润，身材也达到了以前的七八分，为她感到高兴，"回归家庭以后，你的身材管理没有落下，估计会让不少人羡慕吧？"

“和我一起生孩子的几个产妇，现在还胖得不像样子，她们都问我用了什么方法才迅速瘦了下来。我告诉她们，除了荣光美体内衣之外，还有一颗时刻保持着健美的心很重要。”乐水成熟了不少，举手投足间颇有几分贵妇风范，一身洁白连衣裙打扮的她，温润娴雅，她轻轻喝了一小口茶，“最近闲下来才发现，生活可以又慢又美好，真正体会到了岁月静好。”

见乐水还沉浸在全职太太的安逸和幸福之中，盛年实在不愿意打碎她的美梦。但是作为她最好的朋友，又是和她一起打天下的闺密，她又有必要提醒她要注意一些异常，不要被表面上的安静所欺骗。

所有的岁月静好，都是有人在为你负重前行。如果你不能发现为你负重前行的人有其他心思，或是他已经负担不起，将要崩盘的时候，你的幸福不是幸福，而是泥潭——五颜六色但危机重重的泥潭。

盛年不能眼睁睁地看着乐水身陷泥潭而不自知。女人就是女人，全副身心投入爱情和婚姻之中，就缺少了辨别力和判断力，将家庭当成了人生的全部赌注。但往往是过于单一的赌注，一旦输了，会输得很惨。

盛年又简单聊了几句她将股份转移给管重来的事情，笑了，“我也想和你一样，安心地在家里相夫教子，但才休息了没几天就发现真心闲不下来。我真的挺佩服你的，居然能一闲就是几年。这几年，你倒是幸福了，我依然是风里来雨里去，品尝了生活的悲欢。”

第六十七章　社会对男人太苛刻

“哈哈，别说得那么悲壮，其实我也挺羡慕你始终如一、不忘初心。这几年我有时也在想，我是不是太清闲了，两耳不闻窗外事，一心只为一小家，是不是有点太自私太没出息了？一般对我说，家庭是社会的最小细胞，但也是最根本的基石，家和万事兴，只有一个个细胞健康了，一块块基石稳定了，我们的社会才会健康有序地发展。”

卢一般的口才确实厉害，对乐水的洗脑也针对性极强，抓住了乐水的矛盾心理，准确地命中了乐水内心的松动之处，让乐水心甘情愿地在家中当家庭主妇。不得不说，他确实是一个非同一般的人物。

盛年知道以乐水目前的状态，不能过于急切地表明诉求，要徐徐图之，否则很容易引发反弹。乐水如果转身将她的想法告诉卢一般，那么她的努力就前功尽弃了，而且还会影响荣光的未来。

只是盛年一时不知道从何开口，不知不觉间，她和乐水生疏了许多。虽然还是最好的闺密，感觉依然在，只是有些话总是有所隔阂，中间多了一个卢一般，再加上卢一般和管重来过于密切的关系，就让她束手束脚了。

二人一时相对无言。

不远处传来嬉笑声，盛年和乐水同时望去，是两男两女，顿时吸引了二人的目光。

如果是普通的男男女女，二人也不会惊奇。两个男人都不到三十岁的样子，很精神，很神气。两个女人年纪稍大一些，三十多岁的样子，实际上也不比两个男人大上多少，顶多三五岁，也符合正常的恋爱男女的年龄差。

但问题在于，两个男人在两个女人面前过于殷勤和低下的态度，让盛年和乐水立刻敏感地察觉到两男两女的关系并非正常的恋爱关系。虽然她们也知道现在女性的社会地位提高了不少，但还不至于欺凌霸道到凌驾于男人之上。

其实盛年也很反感一些所谓的女权主义者。她们想要的女权并不是真正的男女平等，而是想要所有的权利并且不尽任何义务。同时，还要将男人的权利踩碎碾压，骑在男人的头上作威作福。

对，要的不是平权，而是霸权。

不远处的两个女人明显就是霸权。她们指挥两个男人跑前跑后，为她们打伞遮阳不算，还要扇扇子、买饮料，二人要坐下来的时候，两个男人忙点头哈腰地帮她们擦椅子。

盛年忽然一怔，“好像有点面熟，应该是在哪里见过他们……”

“男的还是女的？”乐水看了几眼，摇了摇头，“没印象了，你记错了吧？”

说话间，两男两女一行四人朝盛年、乐水二人走来，走得近了，乐水忽然张大了嘴巴，惊叫出声：“啊，真的见过，是他们！”

二人也认出了盛年和乐水。

“盛年？乐水？”刘快冲二人打了个招呼，“没想到广州这么大，还能遇到你们，怎么样，你们现在过得还不错吧？”

柳金也冲二人点了点头，羞涩而得意地一笑。

二人身后的两个女人不干了，其中一个微胖圆脸的女人推了刘快一把，“刘快，说，她们是谁？你们是怎么认识的？”

另一个瘦脸身材过于瘦弱的女人也是一拉柳金，让他离盛年和乐水远了几分，“你离她们别那么近，好像你们多熟一样。”

刘快讪讪一笑，“小可、大愉，你们别多想，我和柳金跟她们不熟，也就是好几年前我们还在当保安的时候，她们在门口发广告传单，我们帮过她们一次，后来就再也没有联系过。没想到还会遇到她们，真是巧了。”

盛年看出了端倪，想起了当年的事情，先向二人再次表示了感谢，又冲小可和大愉笑了笑，“很高兴认识你们，你们是刘快和柳金的……”

“我们是他们的爱人。”微胖的小可一把拉过刘快，抱住了他的肩膀，“我们结婚两年多了，很幸福。你们呢，也结婚了吧？”

乐水注意到了小可和大愉眼中的敌意，忙呵呵一笑，“结了，孩子都有了。看得出来，你们确实很幸福。难得，难得。”

盛年目光如炬，“小可总和大愉总的事业很成功，恭喜刘快和柳金找到了真爱。”

柳金嘿嘿一笑，摸了摸头，“我从小胃不好，妈妈教导我说十胃九养，多喝米粥，少吃硬菜。我特别听妈妈的话，现在娶了大愉，我觉得我特别幸福，她很会做饭，又软又香。她开饭店，在广州有十几家连锁店。”

刘快也迫不及待地抱住了小可的胳膊，“我是和柳金同时遇到小可和大愉的，当时她们的车爆胎了，我们帮她们换胎，还说她们花见花开车见车爆胎。她们为了感谢我们，请我们吃饭，就认识了。后来相处久了，就有了感情……小可做服装生意，有好几个服装厂，而且还做外贸。她也特别会煲汤，我的牙不好，就爱喝汤。”

好吧，盛年算是服了刘快和柳金，把吃软饭说得如此清新脱俗并且雅致的人，也真不多见，尤其是出自两个保安之口。可见二人也看过不少心灵鸡汤之类的书籍。

得知盛年和乐水二人不但已婚且有了孩子，而且和刘快、柳金多年未见，没有丝毫瓜葛，小可和大愉才放下心来，热情洋溢地要请二人喝茶。

推辞不过，盛年只好同意。见乐水一脸无奈，她也只能苦笑。她和乐水的单独相聚，却被突如其来的意外破坏了。

好在小可和大愉虽然对刘快和柳金的控制欲很强，但对二人是真爱，在盛年和乐水面前，毫不掩饰她们对刘快和柳金的在意。除了指使二人做东做西之外，唯恐二人晒着或是坐在危险的地方，像关心孩子一样关心二人。

刘快和柳金二人对小可和大愉的无微不至的关怀也很是受用。

盛年和乐水就大为感慨，尤其是在听到刘快和柳金与小可和大愉的爱情故事后，她们发现了自己的浅薄和庸俗。谁说女强男弱就是男人吃软饭，就没有爱情了？刘快和小可以及柳金与大愉之间的爱情就是真爱。

因为爆胎事件认识后，刘快和柳金并没有将事情放在心里，毕竟对他们来说，帮人补一次轮胎，只是举手之劳的事情。虽然小可和大愉请他们吃了一顿饭，彼此印象良好，也留下了联系方式，但他们并不觉得他们身为保安会和开豪车住豪宅身家上亿的成功女商人有什么交情。

她们早就见多了为她们热情服务的保安、下属以及各色人等。

当然，明明知道是白日梦，但也不影响他们依然开玩笑地说想要找一个富婆的梦想。男人找富婆和女人想找富二代或是成功人士，并没有什么区别。只不过社会对男人太苛刻了，总认为男人就应该奋斗，就应该凭借自己的双手打下天下。可问题是，为什么家庭的组成就一定是男强女弱，难道女强人就不能嫁一个温柔体贴的顾家男人，在家里做饭照顾一切，就等她下班归来？

二人一边梦想一边上班，尽管也知道保安工作充其量只能养活自己，想要发财或是养活一家人很难。差不多一个月后，二人都快要忘了小可和大愉时，刘快忽然接到了小可的电话，电话一端的她带着哭腔恳求刘快快来 KIKI 纯吧来帮帮她们。

KIKI 纯吧离二人工作的地方很近，刘快不想去，他一向是多一事不如少一事的性格。柳金觉得应该去，万一大愉和小可真的遇到了危险，他们不能见死不救，就像当初他们遇到了盛年和乐水需要帮忙一样。人应该有助人之心，柳金一向愿意帮助他人。

在柳金的坚持下，二人几分钟后赶到了纯吧。果然和柳金猜测的一样，大愉和小可被几个混混围住了。对方是她们的竞争对手派来的，就是想要收拾她们。

小可情急之下想起离刘快和柳金最近，就给他们打了电话。

刘快有点怯场，对方人太多。柳金却不怕，捡起一个酒瓶在自己的头上敲碎，然后举着半截瓶子冲围过来的几个人发狠，声称，谁敢碰他们的女人一下，他就玩命。

对方被他的气势吓住了，一哄而散。

事后大愉说，就在柳金被瓶子敲得头破血流的那一刻，她爱上了他。她才发现，她事业再成功、再有钱，也需要一个宽阔的肩膀来依靠。有些时候，女人再强大，也得有男人的保护。

而据小可说，当对方落荒而逃时，刘快奋不顾身地追赶众人，追出了足有上百米远还不肯放弃。他孤单的背影义无反顾而又无比决绝，也让她发现她所有的坚强都是伪装，如果有一个肯为她奋力一跃的男人，她也愿意嫁他为妻，为他努力赚钱养家。

原本只是抱着一试的想法，没想到柳金和刘快真的赶来救了她们，让大愉和小可感激之余，更加深了和二人的联系。出于感谢，大愉和小可在同时请了柳金和刘快后，大愉私下约柳金，而小可暗中会刘快。一来二去，大愉和柳金建立了恋爱关系，小可和刘快明确了爱情。

第六十八章　男人可以成为女人的大后方

一开始几个人之间还互相隐瞒，等后来无意撞到了对方在一起后，才发现了彼此的小秘密。从此以后，每次出去都是两两成双。

后来柳金和刘快就辞掉了保安工作，一心当上了大愉和小可的保镖、司机、丈夫以及家庭妇男的角色。二人从来没有觉得为老婆服务会丢人，女人可以为男人在家里相夫教子，同样，男人也可以为女人在家里洗衣做饭。

爱是相互的，也是平等的。

结婚数年来，二人习惯了大愉和小可对他们呼来喝去的管教。他们也知道，她们有时表面上说得严厉管得严格，其实就像是管孩子一样照顾他们，唯恐他们犯一丁点错误。他们不觉得对他们的严管是对他们的不信任和约束，相反，却像是一张无微不至的爱网，将他们罩在了网中央，虽然严密，但温暖且安全。

盛年和乐水感慨良久。她们原以为男女平等喊了多年，顶多可以勉强做到女性和男性在工作中平等，在家庭生活中还是女性付出多一些。通常情况下，男性还是不甘心当居家男人，她们自身的经历自不用说，就是崔恒语也多次流露出他接受不了女强男弱的家庭。

而柳金和刘快的婚姻说明，男人一样可以成为女人的大后方，为女人守候一个家。爱情就是心甘情愿的付出，只要甘心，只要两个人是真爱，谁主外谁主内又有何不同？

不过不管是男强女弱还是女强男弱，又或者是势均力敌，还是要看两个人是不是真爱，肯不肯为对方适当让步。喜欢是喜欢一个人的优点，爱情是包容一个人的缺点，婚姻是无限关爱有限责任的股份制公司，而家庭则是一个互相妥协和让步的港湾。

柳金看出了盛年和乐水有事情要谈，聊了一会儿，他就借故有事提出告辞。大愉和小可本来开始时对盛年和乐水充满敌意，但在聊了一番之后，又对二人产生了好感，并且对二人从事的行业有了浓厚的兴趣。毕竟对于女人来说，只要是能够变美的事情就都会大有兴趣。

二人主动留下了盛年和乐水的联系方式，并且约定过段时间再聚聚，聊聊如何塑造身材、管理美丽的话题。

几个人一走，盛年才长舒了一口气，“人生际遇真的是不可思议，谁能想到当年的小保安，现在摇身一变成了富婆的丈夫？在许多人眼里，有钱的女人会找更有钱、更成功的男人，但是大愉和小可却不，她们就是遵循内心，爱我所爱，无怨无悔。”

“我也是爱我所爱，无怨无悔。”乐水的脸上洋溢着幸福的表情，“嫁给一般，我不后悔，感谢他给予我的一切。如果还有重新选择一次的机会，我还会做他的妻子。”

有些话到了嘴边又硬生生地咽了回去，盛年微叹一声，乐水被卢一般控制得太严密了，他的洗脑水准一流。一想也是，乐水现在一心相夫教子，和外界接触很少，不了解世界，也不清楚荣光的现状，她得来的外界所有的信息几乎都是从卢一般之处得到。

而卢一般给乐水传递的信息，肯定是经过他过滤之后的信息，有利于维持他的形象，维护家庭稳定，并且让乐水相信一切都很美好。

盛年知道事情得一步步来，又和乐水简单聊了几句，就一起下山了。

乐水忽然就提起了当年在白云山公园险些被坏人侵害的事情，不知怎么的，话题就转移到了孙巍和许妙妙身上。

“听说许妙妙出轨了？不，应该说孙巍出轨在先，许妙妙外遇在后，哈哈！”乐水笑了一气，又摇了摇头，“以前以为听到孙巍倒霉的消息我会很开心很有快感，但真的听到他们夫妻关系貌合神离后，心里却很平静，没有庆幸，也没有冷嘲热讽，仿佛完全是不相关的人一样……盛年，我是不是真的老了，怎么现在心态这么平和了？”

“见多了婚姻的不幸和幸福，对所有的不幸和幸福就都免疫了。比起你和卢一般的幸福婚姻，你觉得我和管重来的婚姻算是幸福吗？我认为不能说幸福，也不能说不幸福，可能我们还没有完全做到亲密无间般和谐。”盛年也清楚乐水和卢一般的幸福婚姻是建立在乐水被卢一般完全蒙蔽的前提之下，而她和管重来的平淡婚姻，也是基于她和管重来势均力敌。

难道说，势均力敌的爱情，真的不能或者说不配拥有真实的幸福？正是因为势均力敌，二人才会各守一块阵地，相敬如宾？

相敬如宾的爱情并不美满，太疏远太生分了，她要的是亲密无间。

“你和管重来其实也挺幸福的，你们主要是认识太久了，从人生还是一张白纸到现在已经画满了五颜六色的色彩，你们还在一起已经很不容易了，说明你们也是真爱。”乐水抱住了盛年的肩膀，安慰她，“所以我相信管重来并没有出轨许妙妙，只是传言而已。”

“你怎么知道？”话一出口盛年才知道她会错了意，乐水是在安慰她，而不是有确凿的证据，她风轻云淡地笑了，“肯定是卢一般和你说的关于管重来和许妙妙的流言，你肯定也知道现在卢一般和管重来关系特别密切，可能比我们之间的关系还要铁。”

“我知道，我知道。”乐水唯恐盛年猜疑什么，忙不迭解释，“一般只是说了外面有流言，但他也强调了重来不可能和许妙妙有什么不正常的关系。他私下也和重来聊过，重来告诉了他真相……”

盛年心中一紧，忙问：“真相是？”

“许妙妙其实是和庄有田有婚外情，他其实是替庄有田扛雷……”乐水停顿了一下，观察了盛年脸色，“你不会不知道吧？”

原来管重来早就告诉了卢一般真相，只有她蒙在鼓里。果然是男人之间的友谊最牢靠，盛年甚至有几分嫉妒卢一般。她不是不希望管重来有一些关系密切的朋友，相反，她支持管重来广交朋友拓展人脉，但也不想管重来不管大事小事都瞒着她，而外界却已经人人皆知。

既然已经聊到了庄有田，盛年也能敏锐地察觉到她和乐水之间稍微疏远的关系在慢慢拉近，就顺势说道：“一般除了和重来关系不错外，听重来说，他和庄有田也处得很好，一般是个人才，人缘好，和谁都能一见如故。”

“你说得对，我就最佩服他这一点。我就不行，有时遇到不喜欢的人，不管他多有权有势多有用，就是提不起来兴趣，就想赶紧结束谈话。以前总觉得自己这种性格是个性，后来听一般一讲才知道，这叫智商不在线、情商不成熟的表现，哈哈！成大事者不拘小节，一个人如果控制不了自己的情绪，凭借自己的喜好行事，难免会错失许多机会。”乐水抿嘴一笑，提及卢一般时嘴角荡漾的笑意透露出她对卢一般无比的满意，“嫁给一般后，确确实实从他身上学到了许多东西，他就是我的良师益友。”

“他和庄有田还能聊得来，我确实挺佩服他，我一直觉得他和庄有田不是一类人。一般多文雅、多有格局的一个人，庄有田说白了就是一个大包工头……”盛年有意引导话题。

“一般也说过，他还是和重来更聊得来，但出于合作上的需要，还是要和庄有田多接触。他和庄有田好像在谈一个什么合作，金额还挺大，具体是什么我不太清楚，也没细问。”

盛年眼睛眨了几下，计上心头，“重来了解庄有田，他以前曾经被庄有田坑过一次，损失虽然不多，但差点被骗进监狱。后来他在庄有田的公司工作了两年多，居然都没有告诉我，怕我反对。男人总是不理解女人对他们的关心，认为是管他们，唉……我不是背后说人坏话，庄有田这个人城府特别深，也很会伪装，别让一般上了他的当。”

“啊，这样啊，那怎么办？”乐水有几分手足无措的样子，“要不我告诉一般，让他别和庄有田合作了？”

“不，不合适，现在他可能和庄有田已经谈得很深入了，你贸然一说，他也不会相信，还会怀疑有人暗中捣乱。这样，你什么都不要说，假装不知道，平常多关心他的一举一动，多试探着问问他和庄有田的合作方式以及内容。我呢，也从重来还有其他侧面多了解一下庄有田公司的现状。两相结合之下，可以随时获取第一手资料，防止一般上当，保证可以做到及时止损。”

“为什么不直接告诉他，让他多些警惕，或者可以直接中断和庄有田的合作？”乐水一时没跟上盛年的思路，当然，她在商业上一向不如盛年考虑长远。

“你觉得卢一般也好，管重来也好，在商业判断上，他们是相信自己多一些还是相信我们？”盛年愤愤不平，“管重来才加入荣光没多久，就想全盘推翻我们以前的设计和思路。你觉得他和卢一般，好吧，再加上崔恒语三个大直男，可以在女性产品的审美上有什么品味和出新的地方？男人，呵，男人，都是觉得自己了不起，尤其是在自己的女人面前，不能输上一分半点。”

第六十九章　女人联手的破坏力

盛年这么一说，乐水马上就接受了，“也是，我这些年在家里，从来没有过问过公司的事情。刚开始时还问，他会说不用我操心。后来再问，他说我不了解现在的情况。慢慢地，自己也就没有信心和勇气了。再到现在，其实也懒得再问了，就变成了家里的事情我做主，外面的事情他说了算，而且他也从来不用和我沟通。”

卢一般应该是从和谷黄失败的婚姻中学会了不少，用在了乐水身上，将乐水拴得死死的。

盛年心中主意既定，“行，就这么说定了，我们都躲在他们的背后，我负责从管重来那里打听一般的消息，你负责从一般身上了解管重来的动向。我们不是为了防范他们，是为了我们的荣光，毕竟荣光是我们创下的基业。也不是我们不相信他们的能力，而是有了我们在背后的助力，可以让荣光发展得更好。”

“好，一言为定！”乐水再次被盛年点燃了情绪，也是她在家里待得太久了，孩子可以放手后她静极思动的缘故，也有盛年重提当年创业经历让她大为感慨的原因，“是呀，荣光原本就是我们的荣光，如果真的不小心被他们几个不懂女性消费的臭男人毁了，就太可惜了。你说得对，他们男人都一向自负得很，就觉得事事比我们强，我就不信在女性消费品上面，他们会比我们的眼光和创意还好。好，我决定了，和你打配合，在背后辅佐他们。”

临走时，盛年再三强调不能让卢一般知道真相，否则会伤了他的自尊。卢一般知道了，就等于管重来知道了，到时她们就里外不是人了。

乐水一口答应，她了解卢一般，也清楚管重来现在和盛年微妙的关系。盛年也说了，如果管重来知道了真相，他提出离婚的可能性高达百分之八十以上。为了盛年的家庭幸福，她也不会向卢一般透露半分。而且她也打定了主意，躲在背后帮助卢一般和管重来，更有惊喜的效果。

乐水原本还不太了解荣光的现状，在卢一般的描述中，荣光现在一切运营良好，销售额节节上升，不出两三年就会完成全国的布局，成为广东，不，全国的独角兽，到时估值最少一百亿。

感觉是一幅无比美好的画卷，但听盛年一说才知道，荣光现在深陷泥潭之中，有巨大的资金缺口。如果不开拓渠道也没什么，按照现有的模式也能勉强支撑。但开发App、拓展全新渠道、全国加盟店的推广，一系列的活动已经展开，等于是骑虎难下了，只能硬着头皮走下去。

乐水不免有几分忧心忡忡，觉得自己在家里待得太久了，外面的世界已经天翻地覆。如果不是盛年告诉她，她还沉浸在世界无限美好、前景一片光明灿烂中，向往着财务自由可以全球各地随意旅游定居的明天。这些事情，卢一般一件也没有告诉她。她是喜欢岁月静好的生活，但却不想当什么都不知道的傻瓜。

她又不是没有经历过风浪，有抗打击能力，也有迎难而上的勇气。

告别盛年，回到家里，乐水一个人坐了半天，反思她和卢一般结婚以来的所作所为，发现她真的是太放纵太安逸也太相信卢一般了。现在她和外界的接触也好，包括身家性命以及所有经济来源，全都寄托在卢一般一人身上。先不说万一卢一般出现了意外会导致家庭崩溃，就是他破产了、公司倒闭了，甚至是欠了一屁股债，也会让家庭瞬间陷入绝境。

不行，不能再这么浑浑噩噩下去了，她可以当全职太太，但却只尽到了教子的责任，没有履行相夫的使命。她要帮助卢一般，不能让他一个人硬撑。

天色晚了，门一响，卢一般回来了。难得今天回来早，要是平常都得晚上十点多才到家。

“还没吃饭吧？”乐水见卢一般一脸疲惫，忙迎了过去，“正好我也没有做饭，一起出去吃点。走，吃你最爱吃的椰子鸡火锅。”

卢一般怜惜地抱了抱乐水，“要不在家简单吃一口得了，不太饿。出去你还得受累。”

见乐水坚持，卢一般只好由她。二人来到门口的椰子鸡火锅店，点了一个锅、几样菜，慢慢吃了起来。

“有多久没有在外面一起吃饭了？就我们两个人！”乐水想起白天和盛年的会面，不由得生发了感慨，“时间过得真快，转眼回家好几年了，好像荣光的成立就在昨天。盛年也学我回家相夫教子了，不知道她能坚持几年……”

卢一般下意识地多看了乐水几眼，“盛年找你了？现在她在家有时间了，你们可以多聚聚，聊聊天。也可以一起出去转转，别总是闷在家里。”

乐水眼皮微微一跳，立刻察觉到卢一般的试探之意，“没有，盛年打电话说想见见面，我说过段时间吧，最近心情不太好。”

“怎么又心情不好了？”卢一般暗中舒了一口气，他之前和管重来也说过，要尽量避免盛年和乐水私下过多接触，女人聚在一起就喜欢讨论男人，越讨论越没好事，还会猜疑他们在做什么，“要不你约上盛年出去散散心？国内去海南，国外去日韩都方便得很，又不远。”

卢一般和管重来私下约定，要防止盛年和乐水重新回到以前亲密无间的状态。她们两个人如果联合起来，会产生巨大的破坏力，甚至会对荣光的现状带来冲击。卢一般再三告诫管重来，千万不要对盛年和乐水的联手掉以轻心。崔恒语不足为虑，但盛年和乐水要是达成了一致，他们在荣光的规划和远景，就有可能毁于一旦。

管重来当然也知道女人在一起时间长了，肯定话题离不开丈夫、孩子和家庭，盛年和乐水还会有关于事业的话题，毕竟荣光是她们的心血。他也怕盛年和乐水一拍即合，又想回到荣光，他和卢一般的大好局面就不复存在了。

只是他不比卢一般有手腕，盛年又不像乐水那么温婉，她平常交际也多，到底出去见谁没见谁，他也不太清楚，就将希望寄托在乐水身上。他告诉卢一般，只要管好乐水，就能避免盛年和乐水再次联手。

卢一般没有发现乐水的异常，心中的怀疑一闪而过。

乐水摇了摇头，“不想出去散心，也不想和盛年一起去，我是不太想见她。”

“为什么？她又怎么惹你了？”卢一般暗暗高兴，乐水和盛年如果闹了不愉快才是好事，“你们都没见面，电话里也能吵架？”

“没吵架，就是打电话聊了一会儿，越聊越觉得聊不到一块儿去。感觉以前的盛年不见了，现在的盛年，变得很虚伪、很不真实，也不知道为什么。”乐水暗中观察卢一般的表情，见他微有喜色，虽然掩饰得很好，却还是能观察出来，“盛年说荣光现在这不好那不好，埋怨你们没有经营好荣光，还说荣光现在在你们手里陷入了严重的危机之中。听她的意思，荣光都快要不行了，我就很生气。你明明说荣光很好，盛年为什么非说不行，她到底是什么心态？”

卢一般心中一跳，盛年是在挑拨乐水，想让乐水关注荣光，他忙勉强一笑，“她说她的，你信你的就可以了。每个人对问题都有不同的看法，同样一件事情，悲观者看到的是绝望，乐观者看到的机遇，奋进者看到的是挑战。我不是说盛年是悲观者，她近来压力过大，可能情绪有些不稳定，过段时间就好了。你也别太在意了，盛年人真的不错，对荣光，对你，包括对我，都帮助很多。”

“荣光现在到底是个什么情况？”乐水顺势抛出了她真正的问题，“你和我交交底，一般，我总觉得盛年的话多少也有几分可信度。当然，也不是说你的话不可信……”

一向在乐水面前能言善辩的卢一般罕见地沉默了，他默默地放下筷子，望向了窗外，目光深沉，过了一会儿，他忽然叹息一声，“乐水，我也知道你不是不相信我，是想知道荣光的真相。在我进入荣光之前，我的主要精力和时间都用在我其他业务上面，但是现在，我大部分的心思全部花在了荣光上。这说明什么？说明对荣光寄予了厚望！”

乐水不说话，用期待的目光盯着卢一般，她就想测试一下卢一般，看看他能说出几分真话。说实话，若是以前，她对盛年的话会百分之百相信，现在却只是先信了一半。

“越是让你寄予厚望的，越是让你沉重。”卢一般坦然地迎上了乐水的目光，“正是我想将荣光打造成为你和我生命的荣光，所以才患得患失，不像从事其他行业一样轻松。因为其他行业输了就输了，大不了不干了，换个行业再来。但荣光不行，荣光是你的心血，是你一生的梦想所在。相信盛年也是出于同样的想法才觉得荣光举步维艰，因为她对荣光的期望太高了。实际上，荣光一切运营良好，渠道拓展顺利，但成长需要时间，不可能说一飞冲天就能飞起来。”

第七十章　最顶尖者都是男人

“就像我们对待孩子一样，自己的孩子，总觉得这里不行那里不行，实际上是因为在他身上寄托了全部的希望，所以才焦虑和着急。而别人家的孩子稍有一些成绩，就认为别人家的孩子特别优秀……我想，这就是盛年对荣光的现状判断有错觉的原因。”

不得不说，卢一般的解释合情合理，几乎无懈可击。但是……乐水太熟悉、太了解卢一般了，从还没有和谷黄离婚时起卢一般就有了一个习惯——当他对一件事情不确定时，会不由自主地加快眨眼频率。

开始时乐水并不相信谷黄的推断。当时她刚和卢一般确定恋爱关系，谷黄自称是出于好心让乐水多留意卢一般的小细节和小动作，可以从中发现卢一般哪些话真哪些话假。

乐水记在了心上，却一直没有实践，也是卢一般在她面前太淡定从容的缘故。但结婚之后，她有一次无意中又想起了谷黄的提醒，就开始暗中观察起卢一般，结果还真让她发现了端倪！

当时她正在和卢一般对话，讨论国家经济形势，从2010年后，中国经济的发展突飞猛进，三年一小变五年一大变，有时甚至才一年不回老家，再回去就找不到回家的路了。基础建设和制造业同步推进，日新月异，让人感觉就算停下前进的脚步，也会被时代的洪流推着前进。

乐水就向卢一般请教，未来中国的发展是继续房地产和制造业、互联网同步前进，还是房地产会逐渐放缓。她认为，房地产市场已经饱和，而未来将会以制造业、互联网和高科技为主。

卢一般名下的行业大多是比较初级的行业，在面临产业升级时并没有太多的准备和优势。他先是说房地产行业不会放缓，中国的城镇化率并不高，然后停顿了片刻，眼睛快速眨动了十几下。

是的，十几下，既快又隐蔽，如果不是乐水有过谷黄的提示，特意留意了卢一般的眼神——她终于亲眼见到了谷黄所说的现象，微微停顿之后的快速眨眼，是卢一般不自信和底气不足的表现。

后来又经过一段时间的相处，乐水更明确了一个事实——谷黄说得没错，在遇到不太确定或是不够自信的事情时，卢一般会用快速眨眼来掩饰内心的不安。

卢一般再厉害也是人，是人就会有缺点，就会有信心不足、无法掌控局势的时候。乐水很快就说服了自己，只要卢一般不背叛他，他快速眨眼的问题并不是问题。就像她，在惊慌或是不安的时候，会咬嘴唇、搓手，还有手心出汗等一系列反应。

乐水希望在爱情上永远不会出现卢一般背叛她的事情发生，她很珍惜握在手心的幸福。至于在事业上或是其他事情上，卢一般善意的谎言她也不会计较太多。

但是今天不同，今天她想知道盛年和卢一般关于荣光现状的说法谁对谁错，或者说谁的更符合真相。荣光是她的心血，她虽然不在荣光工作了，但对荣光的关注仍然在，希望荣光最终成长为行业的独角兽。

刚才卢一般的话和往常一样滴水不漏，但他几乎不可察觉的停顿以及快速眨眼的动作被乐水尽收眼底，乐水就知道卢一般撒谎了。

乐水内心闪过一丝不安。这些年来她太安逸、太放心卢一般了，对卢一般是绝对的信任。当然，卢一般对她也挺好，近乎毫无保留地迁就。只要是家里的事情，她决定了就行，他从来不会反驳。按说他们的婚姻美满而和谐，就像一条缓慢流淌的小溪，清澈见底，但今天的事件让小溪出现了转弯，并且溪水还慢慢变得混浊了几分。

乐水表面上不动声色，轻轻喝了一口椰汁，“如果有需要我的地方，你就尽管说，现在孩子可以离手了，我的时间也多了起来，而且我也在家里待烦了，想找些事情做……”

“怎么又想出来做事了？暂时没有需要你帮忙的地方。如果现阶段就需要惊动老婆大人，岂不是显得我很无能！哈哈！”卢一般又快速眨动了几下眼睛，“至少也要等上市之后再请你出山，才是我身为男人应有的本事。”

乐水笑了一笑，“看你紧张的，是怕我回荣光抢你的权不是？别想多了，我就是觉得该出来走走了。行，不回荣光就不回，但你得答应我，我要出去散散心、做做美容什么的，你不能拦着。”

“我不是一直劝你出去散心、做美容吗，什么时候拦过你？巴不得你越来越开心美丽。”卢一般暗中松了一口气。现在如果乐水回归荣光，将会激起轩然大波，不但会引发人事波动，甚至会有股权之争。在他的计划没有落地之前，乐水和盛年还是远离荣光为好。

饭后回到家里，乐水又说了一些要出去游玩的话，还说最近新认识了两个朋友，叫小可和大愉，从事的是饭店、服装等生意，但人很爽朗健谈，很聊得来。

听说不是盛年，卢一般就更放心了，问都没问小可和大愉是什么来路。

让乐水没想到的是，一周后，当她通过荣光的副总叶南摸清了荣光真正的状况后，顿时大吃一惊——盛年说得还算委婉，实际上现在的荣光已经岌岌可危了。

叶南进入荣光时，乐水正好离开。几乎所有人都认为乐水和叶南不熟，毕竟二人交集的时间不多。实际上叶南和乐水关系密切，二人一见如故，特别聊得来。

乐水回归家庭的头两年里，和叶南联系渐少，她沉醉于家庭生活，对公司的事情不再关心。叶南也就没有过多地打扰她。后来叶南步步高升，现在已经是公司仅次于郝进的副总了。

实际上除了没有股权之外，叶南在公司的威望和权力，比郝进还要强上许多。毕竟郝进过于年轻，资历不够。郝进对叶南也很尊敬，在许多事情上还要向她请教。

叶南在荣光除了和郝进关系不错之外，就是对乐水非常认可，然后是崔恒语，反倒和盛年关系一般。

乐水向叶南打听公司的现状，叶南自然义不容辞，向乐水说出了实情。除了资金问题之外，管重来和卢一般掌控了荣光之后，改变了盛年在产品上的设计思路，减少了科技附加，并且降低了面料质量，但同时售价没有降低，为了追求利润已经不惜走低成本的模式了。

看似一时提高了利润率，但质量降低其实是自杀行为。更重要的是，管重来和卢一般的直男思维并不能设计出深受女性消费者喜爱的产品，但他们还对自己的审美深信不疑，甚至还要将设计部的几个主力设计师换成男性。

叶南很担心，照此下去，荣光即便没有被资金短缺的问题拖死，也会被产品设计不符合市场而坑死。之前崔恒语还力阻管重来和卢一般更换设计师，后来不知道怎么受到了二人的蛊惑，也觉得还是男性设计师好。因为卢一般确实口才好，全球最好的服装设计师是男人，最好的厨师是男人，最好的医生是男人，凡是在大多数女性擅长的行业，做到最顶尖者必定都是男人，说明还是男人的眼光更卓越，同时男人也比女性更了解她们自己。

以叶南多年从事女性行业的经验判断，美体内衣尽管是高端女性消费品范畴，但还是在大众消费领域。她坚信，还是女人更了解女人，男人理解不了女性的身体构造以及怎样才是最舒服的穿戴体验，怎么可能设计出符合女性人体美的内衣？

听了叶南的反馈后，乐水当即和盛年通了电话。

盛年和乐水见面后，耐心等待了几天，让乐水有足够的时间消化信息。毕竟乐水在家里待的时间过长了，同时她也约了谷黄和郝进见面，说到了她和乐水的对话，她有一半以上的把握说服乐水加入她们的影子公司。

谷黄和郝进都很开心。

郝进还提议以后的影子公司开会，让崔恒语参加，被盛年和谷黄联合否定了。她们不是不相信崔恒语，而是觉得影子公司还是纯粹一些比较好，全是女人，比较容易彰显女性思维的优势。

接到乐水电话后，盛年才知道乐水在荣光还有一个暗线——也不能说是暗线。这些年来，乐水并没有通过叶南了解到荣光的什么动向。当然，在盛年退出荣光之前，荣光一切都在掌控之中，失控是在管重来加入并且和卢一般联手之后。

在盛年的安排下，几天后，影子公司的第一次会议秘密召开了。会议定在了深圳，为的是远离管重来和卢一般的视线。

乐水请假的理由是和小可、大愉一起去三亚散心，而盛年告诉管重来她要来深圳见一个多年的朋友，强调了是一个女性，管重来就没再多问。郝进和谷黄就简单了，郝进和崔恒语说了实话，而谷黄不用向任何人请假。

第七十一章　真正意义上的男女平等

既然演戏就要做足，乐水真的叫上了小可和大愉。小可和大愉自从上次认识了乐水和盛年之后，对二人印象特别好，主要也是二人从事的美体事业让她们心向往之。乐水一召唤，二人立刻放下手头工作就前往了。

在大梅沙，四个女人凑到了一起。小可和大愉在乐水的暗示和鼓动下，先去香港购物了。

四人中，谷黄年纪最大，身材却依然保持得不错。近年来，虽然她工作繁忙，但始终没有放下健身，并且美体内衣从不离身。先是穿自己的华年品牌，后来发现还是荣光的美体效果更胜一筹，就只穿荣光了。

盛年虽然三十多岁的年纪，但保养得好，主要是身材依然健美。多年来，她保持运动，当然也是受益于美体内衣。

乐水比以前稍微丰腴了几分，更有女人味道了。如果说以前的乐水像个瘦弱的小女生，现在的她丰润而知性，是轻熟的少妇。

郝进也由以前的面黄肌瘦变得丰满了不少，肤色红润而健康，是几个人中个子最高的一个。

“你们发现没有，从谷姐到我再到乐水和郝进，年纪越小个子越高，说明随着生活条件的改善，国人的身高也在提升中。”盛年站在遮阳伞下，踮起脚，手搭凉篷，皱着鼻子，要和乐水比身高。

其实盛年并不比乐水矮，只是乐水穿了高跟鞋而她没穿。不过她和乐水确实比郝进稍微矮了一点点，而谷黄又比她们稍矮半分。

谷黄不服气地哼了一声：“你们小时候没吃过什么苦。我小时候经常吃不饱饭，别说什么营养均衡了，吃饱就满足了，能长高才怪！后来我上了大学后，还长高了几厘米，哈哈！”

“不是吧，谷姐，我记得我从上了高中就没有再长过身体了……”郝进打量了一眼自己的身材，穿了比基尼的她露出了修长的大腿，“我觉得我的身高还是欠缺那么一点点，再长两三厘米到一米七就完美了。”

“别别别，女孩子长到一米七就很难找到对象了，北方还好，男人普通偏高。”乐水摇头一笑，“有的地方，好多男人都达不到一米七。你都一米七了，再穿一个五厘米的高跟鞋，至少要跟一个一米八五的男人站在一起才般配。当初我喜欢上卢一般，就是因为他个子够高。”

“为什么非要男人比女人高才般配？”郝进歪着头，一脸不解，“我觉得现在我们一直在追求男女平等，真正的男女平等是权利和义务上的对等，是女性心理成熟上的平等。比如说女人可以忍受在事业上不如自己的丈夫，可以接受身高比自己矮的丈夫，可以自己在外面创业成功，而丈夫在家里相妻教子，不会嫌弃他……也可以自己带孩子忙工作，可以自己拧瓶盖、开车、换灯泡、修理家具、搬东西，等等。凡是男人可以做的事情，女人也一样可以做，这才是真正意义上的男女平等。”

盛年、谷黄和乐水都张大了嘴巴，被郝进的一番理论震惊了。

盛年震惊是因为她虽然也知道郝进的思想比她更新潮，但却没想到郝进对男女平等的理解已经上升到了平权的高度。也是，现在许多伪女权主义者所要求的男女平等，实际上是建立在剥夺了男权并且践踏男权的基础之上，比如要求男方提供一切的物质保障，要房要车要养家，而她只管花钱不谈任何付出，甚至将生孩子当成了条件而要挟男方。

盛年所理解的男女平等，和郝进的说法非常接近。正因如此，她才对管重来一向尊重并理解，就连管重来离家出走半年多的事情，她也只是和管重来吵了一架，语重心长地谈了几次。她愿意相信夫妻之间是股份制合伙公司，组成家庭之后，夫妻双方对对方都有无限关爱的义务，但却是有限责任。在关爱用尽、爱情消耗一空后，责任也就无从谈起了。

盛年相信人心换人心，但也清楚人心并不完全可靠，还需要一个制度或者说约定俗成的规矩来约束双方。所以一个和谐而幸福的家庭，除了人尽其职之外，还要在爱的名义下，各自确定自己的权利和义务范围，关爱可以无限，责任必须明确。

最好的夫妻关系是：在家庭内，亲密无间，关爱无限，各自承担应尽的家庭义务；在家庭外，互相尊重，责任有限，各自发展各自的事业和人脉。夫妻关系的基础是感情和家庭，而不是事业。并不是说最亲密的夫妻就一定是配合默契的商业上的合作伙伴。无数的事实证明，许多夫妻店式的公司发展到一定规模之后，如果不优化公司结构，不引进专业的管理者，都难免陷入内斗之中。

作为20世纪70年代出生的谷黄，她一生所追求的男女平等就是女性可以在事业上和男人并驾齐驱，除此之外并没有更多的想法。没想到，比她年轻十多岁的郝进，在两性如何相处上，比她的理解都要深刻。

乐水也很欣赏郝进坚强独立的个性，不过她也有不同的想法："从某些方面来说，中国女性的地位确实提高了许多，别说和周边的日韩等国相比，地位高得不是一星半点，就是和欧美的女性相比也不得了。欧美国家的女性，喜欢一个男人，不会特别在意对方是不是有钱，能不能买房买车，不会预设经济上的前提条件，而是愿意和喜欢的人一起奋斗。但话又说回来，欧美对女性的保护也矫枉过正了。有些法律，比如男女单独在一起，只要女性指控男性性骚扰，就会立案就会调查，没有证据也要先拘留男性，在这件事情上，男性成了弱势群体了……"

谷黄哈哈一笑，"男性弱势个屁，十个男人九个色，没一个冤枉的。行了，不提宽泛的社会问题了，就聊聊那几个让我们伤心欲绝的臭男人吧。"

郝进不同意谷黄的说法："还好，还好啦，恒语没有让我伤心过，他算是一个好男人。"

"管重来和卢一般也算是好男人吗？对，还有庄有田。"谷黄斜着眼睛看向了盛年和乐水。

盛年见乐水脸色微变，还对卢一般感情深厚的乐水肯定听不得别人说卢一般的不好，忙说："先游泳，先开心，先放松，然后养足精神，再讨论荣光的事情。"

几个人玩了半天，发疯一样开心。她们也是都很久没有休假了，也没有聚在一起过。

夜幕降临了，一行四人又去酒吧坐了一会儿。其间有不少男人搭讪，还有一个男人非要谷黄的联系方式，被拒绝后赖着不走，对盛年、乐水和郝进三人视而不见。

让谷黄大为开心的同时，又无比感慨："臭小子，我看你是真没有眼色，放着几个大美女不勾搭，非要引诱我，是不是就我看上去比较有钱？"

对方倒也诚实："钱不钱的无所谓，我就喜欢你这款，主要是大姐看上去很成熟。现在的女人太幼稚，我自己都没有长大，再找一个比我还不懂事的女人，两个小孩子在一起过家家玩？"

郝进忍不住笑得前仰后合，"你是'90后'吧？你们'90后'男人都这么想得开了，想找一个年纪大一些的有钱的女人，可以少奋斗好多年是吧？”

小青年不服气地哼了一声：“只许你们‘90后’女生找‘70后’成功男人，就不许我们‘90后’男人找‘70后’成功女性？时代不同了，男女要平等。真正的男女平等，就是不在意对方的年龄和地位。有钱的男人可以娶小十几岁的老婆，有钱的女人为什么不能找小十几岁的老公？平等的价值就体现在对等之上。”

“理儿是这么个理儿，但是，你也不能看不到男女生理构造上的差别……”谷黄摆了摆手，“要是几年前，我还信你的鬼话，但是现在……滚一边去，有多远滚多远！你们男人愿意陪女人一起慢慢变老，但不会接受一开始就老了的女人！何况在生育问题上，哪个正当年的男人会娶一个已经失去生育能力的女人？别跟我扯什么真爱，你们男人都是天下乌鸦一般黑，没有一个好东西！”

小青年还不走。

盛年等人大笑。

几个人玩到深夜回到酒店，正好遇到了从香港回来的小可和大愉。二人抱怨在香港没买到什么心仪的东西。现在网络发达了，坐在家里就可以买到全球的产品，香港作为购物天堂的优势正在迅速丧失。她们决定剩下的几天不再去香港了，好好待在深圳，还是深圳阳光明媚、视野宽阔。

二人兴致勃勃，又问盛年和乐水美体内衣的事情。谷黄见众人兴致正高，无心睡觉，就带众人到了酒店的沙滩上，又要了几瓶酒，围坐在桌子前。

多了小可和大愉，就更热闹了。二人特别能说，叽叽喳喳说了半天，问了许多关于美体内衣的事情，越听越感兴趣，恨不得马上买一件穿在身上。

第七十二章　美丽是女人一生的事业

“虽然我很有钱，也有爱情，嗯，刘快还是很爱我的，是真爱，我能感觉出来。但钱买不到的事情还有很多，比如美貌和身材。”小可幽怨地叹息一声，“我如果能有你们一半的漂亮和身材，就不用担心刘快会嫌弃我，会再爱上别的女人了。”

谷黄当即就要说几句什么，被盛年拦住了，盛年示意她听完大愉的话再给二人上课。

大愉也是无奈地摇了摇头，“我和小可最大的遗憾就是长得不漂亮，身材也不好。长相上已经不可能改变了，就看能不能在身材管理上下下功夫了。身材好了，至少可以提高一半的美感，对吧？柳金对我虽然也是一片真心，但男人都有见异思迁的基因，你们教教我们，怎么样才能留住他们的心，不让他们见到别的漂亮女人就动心呢？”

盛年见谷黄眼睛一瞪又想说话，忙抢先说道：“你们觉得最好的婚姻状态是什么？”

小可看了大愉一眼，“我们从小就认识，对许多事情的看法也一样，我们都觉得一个家里面，只能一主一次，不管是男主女次还是女主男次，一个主外一个主内，一个强势一个弱势，一个太阳一个月亮，才是和谐共存的模式。”

盛年心中感慨，她和管重来是势均力敌的爱情，至少到目前为止还维系着平衡。谷黄和卢一般曾经也是势均力敌，后来变成了女强男弱，最终导致家庭解体。乐水现在是男强女弱，好在乐水有见识、有学识，并不是全职家庭妇女，并且她也有自己的想法和人生规划。

而郝进和崔恒语，目前来看虽然崔恒语稍微强大一些，对，是强大而不是强势，但从长远来看，郝进应该会逐渐提升家庭地位，虽然不一定会是女强男弱的态势，但至少也会是和她的家庭一样呈现势均力敌的状态。

而小可和大愉就是非常明显的女强男弱了。

盛年拉了谷黄一下，又抢在她的前面说："我觉得现在的婚姻可以分为三种模式：一是传统的男强女弱，男主外女主内，多以'70后'家庭为主。二是势均力敌，不管爱情还是事业，男女都拥有自己的见解和主张，以及自己的天地，夫妻二人相互需要又相互促进，并没有一方绝对依赖另一方，'80后'家庭有相当一部分是这样的组合。三是女强男弱，女主外男主内，女人拥有事业的成功和家庭的主导权，男人在家相妻教子。这一类家庭在'70后'、'80后'和'90后'中都有，但不管在哪个年龄段都是少数。不过'90后'中居多一些。当然，'90后'的家庭中三种模式都有，但应该还是男强女弱和势均力敌的多，女强男弱的少。"

"我比较推崇势均力敌，这才是真正的男女平等。"郝进冲小可和大愉点了点头，"但我也不反对你们的女强男弱的模式。家庭本来就一个两个人的小世界，只要一方心甘情愿，只要相亲相爱，没有什么是不可以的。不过我也不赞成你们非要用美貌来留住男人的想法，再漂亮的女人，时间久了男人也会看烦。能让两个人长久相处的，还是人品和理念，对，还有习惯。"

"对，郝进说得对，刘快和柳金喜欢的是你们的性格和人格魅力……"乐水赞同郝进的说法，她和郝进接触不多，以前还不觉得，今天一天下来，马上就喜欢上了郝进开朗真实的性格，"你们当然可以管理身材，美丽是女人一生的事业，但美丽不只说的是外表，还有内心和品格。回头让荣光为你们定制几款美体内衣，让你们比现在更美丽、更优秀。但美丽只是前提，内心的强大和自信，才是一个女人终生的美丽。"

"到底是文化人，说话就是不一样。"大愉连连点头，赞不绝口，"谢谢你乐水，你的话给了我很大的信心。不过我还是想请教你，你和卢一般结婚这些年来，你待在家里，就没有想过他会在外面拈花惹草什么的？你是百分之百相信他，还是假装没看见，睁一只眼闭一只眼？"

问题很犀利，盛年和谷黄都将目光投向了乐水，她们也想知道乐水的真实想法。

乐水愣了愣，说实话，她肯定有过担心，不担心就不是真爱了。一个女人爱一个男人的时候，绝对希望他对她也是百分之百的真心和忠心。刚结婚时，她也想过要严防卢一般，以及跟踪卢一般的行踪，后来卢一般察觉到了她的心思，一句话打消了她的疑虑。

"离婚一次的男人是块宝，离婚两次的男人是棵草！我结婚两次了，对于婚姻的理解比别人更透彻，认识也更深刻。我想永远当你的宝，不想当别人的草。"

乐水信了卢一般的话，因为卢一般确实在婚姻中受过伤。

直到现在，她也相信卢一般没有在感情上背叛她，但在事业上……她以前无比肯定，但是现在却忽然有些犹豫了。卢一般是不是真的要和管重来彻底掌控荣光，以达到他不可告人的目的？

但卢一般的真正目的到底是什么呢？

“我相信他没有外遇，在感情上对我忠诚。”乐水坚定地点了点头。

“这一点我也相信。”谷黄也赞同乐水的说法，“卢一般在男女问题上，还算有原则，可能和他事业心太重有关。有些男人会有一些稀奇古怪的爱好，比如喜欢古玩、喜欢天文、喜欢摄影、喜欢骑行，其实都是好事，至少他们的精力有了出口，不会去寻找艳遇。卢一般太热衷于事业了，就想着功成名就，就想着比过别人……”

“我真的很羡慕你们的家庭，不但有共同语言，还和谐美满……”大愉微有难堪之色，“虽然、虽然柳金对我也很好，我总觉得有些担心，有时和他没有什么共同语言，不是指生活上的，而是说事业上的。想和他商量一下接下来在事业上怎么规划，他一问三不知。有时遇到事业上的难题都没人商量，只能和小可说说话。”

谷黄摆了摆手，一副看透世事的淡然，“想多了，妹妹，男人哪里有十全十美的。你指望他在事业上对你有所帮助，或者想让他事业有成，就别想他能顾家并且听话。你想让他当贤夫良父，就别想他可以在事业上对你有用。换了女人也一样，哪个女人可以真正做到上得厅堂下得厨房？你见多了外面世界的浮华和诱惑，怎么还可能回到朴素，甘愿在人后蓬头垢面？”

小可尴尬地一笑，“意思是，我们只能接受他们两个的窝囊了？”

盛年暗暗摇头，人心都有贪婪的一面，得到了安逸，就又想进取；得到了事业，想要家庭美满；家庭美满了，又想事业兴旺；家庭和事业都顺心了，又想后代有出息并且超越自己；就算一切都满意了，还想在事业上做得更大，超越更多的同行，成为行业第一。总之，欲望无尽，烦恼就不断。

不过话又说回来，人生就是一个孜孜以求的过程，正是因为有了永无止境的上进之心，才让我们的世界变得更美好、更和谐。但有一点，如何平衡两者之间的关系至关重要。以平常心行非常之事，很多人做不到。

盛年轻轻拍了拍小可的胳膊，“你应该这么想，陪伴是最深情的告白，至少他可以时刻陪在你身边，不管你多忙多累，只要回家，就会有一缕温暖的灯光在等候你的归来。我建议你以后不要再和他商量公司的事情，一是他不知道怎么说，你会觉得他没用，他也会惭愧；二是如果他很聪明，很快学会了，就会起了替代你的想法。”

“替代就让他替代好了，我还想省事省心呢，可惜他是扶不起来的阿斗。”大愉急急辩解，脸微微涨红，“其实女人都有一定程度的依赖心理，开始时我觉得柳金什么都听我的话，挺好的，谁不想自己的男人听话？后来才发现，太听话的男人真不行，没一点主见，尤其是当你需要有人为你出主意的时候，你会对一个唯唯诺诺什么都不知道的丈夫烦透了……”

人心总有各种不满，总是觉得得不到的最好，得到了就不再珍惜，男人女人都一样。盛年想说什么，张了张嘴，却被谷黄抢先了。

“你们是身在福中不知福。当年我的前夫要是有你们现任的一半好，我也不会和他离婚了。可惜，他没本事有脾气，天天吃我的喝我的还不听话，觉得自己特别了不起……”话说一半，意识到了乐水就在身边，又嘿嘿一笑，“乐水你别往心里去，人是会变的，我说的是做我丈夫时的卢一般，不是你的现任卢一般。”

小可和大愉面面相觑，才知道谷黄和乐水之间还有这样的纠葛。乐水摇了摇头，大方地一笑，“我嫁给他就说明我接受了他的从前。从前并不重要，毕竟在我还没有遇到他之前，他的所作所为不用对我负责，他只需要对自己的良心、道德和法律负责就好。遇到我，一心为我负责，就是好男人。”

第七十三章　悔教夫婿觅封侯

“说得太好了！”小可连连鼓掌，“我刚结婚时总对刘快以前谈过好几个女朋友的事情生气，后来才慢慢想通了。他又不知道会不会遇到我，怎么可能在不认识我之前就会想着一心等我？我不也一样谈了好几个男朋友才遇到他？有时只有谈过不好的，才能知道谁是好的。”

“是呀，那你们还纠结什么呢？”郝进半天没说话，只是喝水呆呆地望着远处，“其实我们每个人的感情生活，各有各的幸福，也各有各的不足。仔细一想，人生哪里有完美的爱情和婚姻，因为我们自己就不完美。反过来，小可姐、大愉姐，你们会做家务吗？会做饭吗？”

小可和大愉一起摇头，“你看我们像是会做家务的人吗？”

“这就对了。”郝进会心地笑了，“如果你们既能赚钱又顾家，还能自己做家务，还要男人做什么？反过来，男人既能赚钱又会做饭，还里里外外一把手，女人对他来说价值又有多大？爱情和友情要的就是互补。”

“这么一说，我心里平衡了许多。”大愉拍了拍胸口，“算了，也别嫌弃我家柳金没本事了，男人有了本事心就野了。我赚的钱不少，人脉也够，需要的不就是一个顾家安稳并且听话的男人嘛，我才不会幻想会有一个既有钱又帅气还专一的男人死心塌地地爱我一人。就算我貌如天仙，以男人的德行，只要他足够优秀，身边的美女一多，他又能为我一个人守候多久？反过来想，如果我貌如天仙又有钱，身边的帅哥和才俊肯定也特别多，我也会挑花眼，喜欢一个又一个，是不是小可？”

小可迟疑片刻，又摇了摇头，“我还是觉得男人不管怎样，还是有一些想法比较好，总是附和女人，开始时觉得新鲜，自己有成熟感，时间长了就感觉无聊了。不行，我还是想培养培养刘快，不能让他再这么废柴下去了。”

谷黄毫不留情地打击了小可的想法，“小可，你千万别这么做，相信我，你把刘快培养成功的时候，就是你失去他的时候。尤其是这种在你面前低声下气惯了的男人，一旦他成功了，掌控了资源，会把你以前的好统统忘掉，放大一百倍一万倍你对他的半点不好，然后会对你施加猛烈的报复。凤凰男和孔雀女结婚后，往往下场都不会太好，更不用说你这种望夫成龙的。我记得有一首诗是怎么说的……”

“什么诗？”乐水也是一脸懵懂。

“闺中少妇不知愁，春日凝妆上翠楼。忽见陌头杨柳色，悔教夫婿觅封侯。”还是盛年记忆好，她也是平常受管重来的熏陶，“是王昌龄的《闺怨》，是说一个女子让夫君远行求取功名，结果一去不回，她后悔了。其实有时想想，我们在婚姻中到底想要的是什么，最终会决定我们的婚姻质量和幸福指数。”

“我想要一个听话顾家的丈夫。”谷黄第一个说道，“从一开始到现在，我的想法从来没有改变过。”

“我想要一个和我有共同语言、共同人生目标，相扶相携、共同成长的丈夫。”郝进第二个发表了看法。

“我想要一个既听话又顾家，还能在事业上帮我的丈夫。”小可双手托腮，一脸的向往和甜蜜，“刘快再多加一些卢一般的基因，就完美了。”

“我就想要一个顾家会照顾人的贤内助丈夫，能不能在事业上帮助我不勉强，只要他对我专一就足够了。”大愉想通了许多，“不能要求太多了，否则会痛苦的。毕竟我也没那么好，和配得上我的人在一起，才不会让老天嫉妒。”

“你呢，盛年？”几个人等了一会儿，见盛年不说话，异口同声地问道。

盛年双眼迷离地望向远处。远处灯火点点，海上隐约有灯光，近处有人在唱歌跳舞，也有人在哭泣。是呀，人类的悲欢从来都不相通，有人迷茫，有人清醒，有人欢笑，有人痛哭。

刚才每个人的想法，盛年听得清清楚楚，她更清楚自己想要的是什么。和她们不同的是，她的想法和郝进的更接近，但也有不同。

“我呀……”被众人一喊，盛年如梦方醒，歉意地一笑，“想起了从前的事情，走神了。我想要的是势均力敌的爱情和互相扶持的婚姻。如果更具体一些的话，我希望我和他可以在事业上同步，联合经营一家公司，联手打造一个幸福家庭……是不是要求得太多了？”

见几个人冲她大眼瞪小眼，盛年反倒不好意思地笑了，“我是想，每个人的爱情和际遇都不尽相同，所以要求肯定也会建立在自己爱情的基础之上。我和管重来是大学时代的爱情，我们基本上算是对方的初恋。彼此都是对方人生中第一个爱上的人，恰恰遇到，正好爱上，就结婚了，看似很唯美很浪漫，实际上却带着一定的宿命和魔咒。”

“好羡慕这样的爱情……”小可双手捧在胸前，一脸花痴状，“女人和男人不一样，女人就喜欢遇到一个人，她爱他，而他也正好爱她，他们就在一起，然后一辈子。从一而终，中途不换人，才是完美的爱情。”

“盛年的心情我能理解，认识得越早爱情越纯真，但在未来的人生中变数就越大。因为当时年纪小，而以后的成长道路上会遇到谁，遇到什么事情，谁也不知道，谁也不敢保证永远。最主要的是，双方对对方的认知会一直停留在当初的青涩年代，但人是会变的，走向社会后，生活的压力和方方面面的诱惑，会让你心目中的他（她）面目全非……”乐水想起了她的爱情，她和孙巍也是初恋，但是又能怎样？刚一毕业就移情别恋了。

而在她的同学中，大学时代的爱情走向社会后，最终结婚的没有几个。而结婚后能坚持到底的更是不知道能有几个。据她所知，已经有几对离婚了。

爱情和婚姻不同，婚姻是生活，是现实，是人生观和价值观的冲突，是能力的检验。就和同学之间在学校比学习成绩一样，往往到了社会后才发现，学习成绩和以后的成就并没有必然的联系。从小学到初中再到高中和大学，每个阶段你都会发现你遇到不同的人，遭遇不同的挑战，会有不同的失落。你和他相识于学校，步入社会，站在同一起跑线上起步，最终发现，你们之间的差距会越来越大。

如果二人同步前进还行，一个奔跑一个原地踏步，必然会产生矛盾。甚至是一个奔跑一个拖累，矛盾就更是不可调和了。

谷黄举起了右手，“我提议，大家都说说自己的爱情经历，好交流一下经验，防止以后遇到坏男人，以及不让现在身边的他一步步变成坏男人。”

盛年笑了，“我大概总结了一下，我们几个的爱情可以分为两种：一种是大学期间的爱情，比如我和谷姐，我的爱情还在维持，而谷姐的已经结束。一种是走向社会之后遇到的爱情，比如乐水和你们。”

郝进一脸好奇和不解，“其实这种划分很笼统很不科学，当然，我也想不到更好的划分方法。我就是想知道一件事情，三种模式的婚姻——男强女弱、女强男弱以及势均力敌，哪一种持续得更长久？”

“嘁，没有人做过统计，但我可以明确地告诉你，男强女弱的更长久，因为这是社会上七成以上的婚姻模式。”谷黄不屑地冷笑了，“男人一时半会儿改不了他们的大男子主义的心理，面对女性能力的提升和社会地位的提高，适应不了。”

“说到底，还得具体情况具体分析，就看你想在婚姻中扮演哪个角色了。只要心甘情愿，一切的付出都值得。不心甘情愿，半点的努力都觉得浪费。”乐水打了一个大大的哈欠，“不早了，明天再聊。”

小可和大愉低头说了几声什么，忽然大愉抬起头来，目光炯炯，“我和小可商量好了，想当荣光的加盟商，不知道是不是可以？”

谷黄看了盛年和乐水一眼，见二人都没有要说话的意思，只好接话：“你们真当自己是甩手掌柜了？好吧，我还是荣光的股东，我负责。可以，但以你们的实力，最好是直接负责一个区域，比如说你湖南你四川。这样大家都合适，既方便管理，以后发展壮大了，也可以保证你们的利益最大化……”

大愉又和小可低头商量了一会儿，说：“行，我们再考虑考虑，再考察一下市场。从明天起，我们就在深圳到处转转，就不影响你们开会了。看出来了，你们要研究怎么对付你们的丈夫，我们不用，我们牢牢地掌控了主动权。”

“我不是，我没有，别瞎说。”谷黄不知何时也学会了郝进的口头禅，“我一个单身女人，一心想的全是事业，男人这种生物最好远离我的人生，我已经不需要了。”

大愉和小可对视一眼，一起哈哈大笑。

第七十四章　事业和感情要有分界

次日，盛年等四人在深圳随处转了一转。她们都来过深圳多次，对深圳日新月异的变化也算熟悉了，先去了莲花山，又去了一趟樟木头镇，参观了当年何潮创立的利道快递的总部。

何潮是盛年比较佩服的一个人。他从物流起家，后来转到互联网和制造业，从1997时来到深圳，短短二十年间缔造了一个庞大的商业帝国，并且在后来的贸易战中帮助了许多同行，成为许多人眼中的平凡英雄。

下午回到深圳的酒店，几个人召开了第二次会议。

这一次由盛年主持。

“昨天讨论了关于爱情和家庭，今天开始正式说到事业了。婚姻和事业其实是密不可分的矛盾统一体，尤其是对我们四个人来说，婚姻和事业的联系太紧密了，完全不可能分割。”盛年刚刚洗完澡，只穿了浴袍的她，懒洋洋地躺在沙发上，一边磨指甲一边说，“现在荣光的现状，我们已经很清楚，崔恒语基本上控制不了局面。不怪他，他毕竟不是大股东，要怪就怪我和乐水，我们两个创始人放弃股份，转给自己的丈夫，其实是一种不负责任的偷懒行为。”

乐水忙说：“不不不，偷懒的是我，不是你，盛年，你是以退为进、欲擒故纵的缓兵之计，我和谷黄聊过了，我们支持你们的做法。”

“我和恒语也理解并支持你的决定。”郝进也急忙表态，“说实话，刚听到你要转让股份给管重来时，我很不理解，还觉得你没有担当，在最困难的时候抛弃荣光，是不负责任的表现。而且我也认为管重来和卢一般联手，肯定会把荣光弄死。后来还是恒语告诉我，现在荣光的现状虽然很危险，但如果换一个思路来看，不破不立，先破后立，也许可以让荣光置之死地而后生，而且还有一点……”

郝进的眼圈忽然湿润了，“恒语还说，虽然管重来对他很有敌意，怀疑他和盛年有什么暧昧关系，但他不想向管重来证明什么，只想挽救盛年的婚姻。如果管重来进入荣光，可以让盛年和管重来的关系恢复到以前，他甘愿冒险。我被他感动了，因为他说对一个人来说，不管是男人还是女人，事业和家庭同样重要。”

原来崔恒语还有这样的考虑，盛年也感动了，鼻子一红，“这么多年来，老崔就像一个对我百依百顺的大哥，事事让着我，处处照顾我，我亏欠他的实在太多。等你和老崔结婚时，我送你们一份大礼。”

提到崔恒语，乐水也感慨万千，“以前我还觉得老崔有点色，总是色眯眯地看着我，还想追我。现在想想，他确实是一个好人，天大的好人，对我和盛年既照顾又迁就。当时都是单身男女，他对我有想法也正常，说明我优秀他诚实嘛。如果不是遇到了卢一般，我说不定还真和他好上了。怪就怪他脸皮太薄了，哈哈！”

“你要是嫁给老崔，会比嫁给卢一般幸福一百倍。可惜，你没有机会了，让郝进捡了个天大的便宜。”谷黄虽然也看不上崔恒语，但和卢一般相比，她还是更认可崔恒语的为人，“怪就怪你太早给他发好人卡了。”

盛年摆了摆手，“不说这些以前的问题，说现在。老崔现在一个人不是管重来和卢一般的对手，加上郝进也不行，毕竟是小股东。现在的问题是，我相信管重来是一心想要发展好荣光，能力先不说，态度至少是端正的。不敢确定的是卢一般，他到底是想让荣光一步步壮大，还是另有什么算盘？卢一般的真实想法可能连乐水都不清楚。我总觉得，我们所有人中，只有卢一般是棋手，我们都是棋子。”

“管重来也蒙在鼓里？他不是和卢一般关系特别好吗？”郝进吐了吐舌头，“不好意思，本来不应该怀疑姐夫的，但现在形势危急。”

“没关系，我也不应该背后说卢一般的坏话，而且还是当着他前妻和现任妻子的面。”盛年也是俏皮地笑了笑，看向了乐水，“乐水，你别生气，也别多心，我是就事论事。放到以前，我从来没有怀疑过卢一般的居心，顶多就是他很精明很会算计，但都是正常的商业路数，无可厚非。包括前期和他的合作，也都挺愉快。只是随着时间的推移，慢慢发现，卢一般确实非同一般，他所图的恐怕并不是当荣光的一个股东，而是整个荣光……”

“你们应该还是小看卢一般了，他想的肯定不是荣光。荣光就算成为广东省哪怕是全国的独角兽公司，也满足不了他的胃口。”谷黄冷笑一声，“他想要的到底是什么我也不清楚，但你们一定要相信我对他的判断。他是一个极有耐心并且城府极深的人，会欺骗所有人，包括他最亲密的爱人。”

乐水的脸色不太好看，轻轻咳嗽一声，“谷姐、盛年，你们会不会对一般的成见太深了？他就算想要拿走荣光的控制权，也会是基于正常的商业手段，至少会是在合理合法的前提之下，也不能说他有多坏吧？”

“乐水，你是离他太近了，被他迷惑了。卢一般的手腕有多高明你们都想象不到！”谷黄越说越气，见乐水还想替卢一般辩护，忍不住又想教育乐水几句，却被盛年制止了。

盛年打断了谷黄的话，“谷姐别着急，乐水也别生气。不要看一个人说什么，而是要看他做什么。现在我们成立影子公司，要的就是在背后帮助荣光，帮助崔恒语、管重来和卢一般三个不太懂女人的大男人设计并生产出来更好的产品。记住了，这才是我们的根本出发点。在背后帮助荣光的过程中，如果发现了卢一般、管重来和崔恒语谁有不好的心思，包括事业和感情上的，我们要联手对付，团结一致，保证我们的正当权益！”

“对，保证我们的正当权益不受到半分损害，不能让男人赚了钱却不顾家，还在外面有人。”谷黄斜了乐水一眼，对乐水是非不分还是偏袒卢一般的想法极其不满，“乐水，如果不是我们帮你，你被卢一般卖了还傻呵呵地帮他数钱。”

“我有那么笨那么傻吗？呵呵！”乐水报以轻蔑的一笑。

“真不好说。”谷黄当即反驳，“你转让股份给卢一般时，有没有什么附加条件？”

公开的转让协议，谷黄、盛年作为股东当然知道，但二人私下所签的协议就不得而知了。盛年转让股份给管重来，私下有附加条款，她也向谷黄透露了。

乐水顿了一顿，“夫妻之间，如果什么都提防对方，爱情的信任基础没有了，我觉得婚姻也就没有存在的必要了。”

“啊，这么说，你什么附加条件都没有就将股权无偿转让给卢一般了？乐水，你真行。”谷黄气得都不知道说什么好了，摆了摆手，“我不想和你说话，盛年，你来。”

盛年也是颇感惊讶。不是说夫妻之间一定要提防对方，但在事关股权的大事上还是谨慎为好。夫妻之间讲究感情，但在商业上面还是要有商业原则，讲究商业规律。

盛年先是说了她转让股份给管重来时的附加条件：“乐水，我很信任重来，但是在感情上信任他不代表在能力上信任他。当然，我也相信他的人品，但你要知道，在商业中，千万不要用人性来考验人品，也不要用利益考验感情，这是不道德的行为。换了我们，我们也不敢保证在面对巨大的利益诱惑时不出卖自己的亲人。所以，感情的归感情，商业的归商业。为什么许多夫妻店只要一做大就会出现矛盾，就是因为感情和商业划分得不够清晰！”

“还有，你无条件将股权全部转让给他，不提附加条件，就等于没有给他压力，他会珍惜吗？你在恋爱中会马上答应一个求爱者吗？其实是同样的道理，太容易得到的东西人们往往都不会珍惜。还有一点，有附加条件就有了约束，也有利于在关键时候我们可以介入，不至于让我们辛辛苦苦创下的基业毁于一旦……”盛年苦口婆心，希望乐水在思考问题时可以从感情的旋涡中脱离出来，冷静而理性地分析一下局面，“乐水，你知道为什么男人之间的友情可以保持一辈子，而许多夫妻却走不到最后吗？就是因为友情会有一个界线，而夫妻由于关系过近，往往感情和事业都纠缠在一起，反而会引发很多冲突。我不是说夫妻之间不能合作干事业，而是干事业往往不是两个人的事情，不像家庭可以由两个人经营。事业涉及太多的人和事，涉及方方面面。”

乐水不说话，抿着嘴，倔强而不满，但眼神中的犀利和坚强却在慢慢消退……她的内心松动了。

第七十五章　过往的种种迹象

从认识卢一般到和他结婚，她自认是做出了人生中最正确的决定。虽然结婚时父母有过短暂的反对，但在她的坚持下还是妥协了。父母不希望她嫁给一个大她十几岁并且离过婚的男人，但又管不了她，只能由她。

乐水表面上柔弱，其实内心非常坚强，她认定的事情，不管别人怎么劝说都不会回头。正因为如此，在卢一般说服她要接手她在荣光的股份时，她原本犹豫过，也想过要签一个附加条款。但在谷黄强烈的反对以及盛年委婉的劝说下，反倒激发了她的逆反心理，什么条件都没提就转让了股份。

因为乐水认为盛年和谷黄质疑卢一般就是怀疑她的眼光和辨别力，就是不认可她对卢一般的选择，她很生气也很不满。盛年和谷黄也许在商业头脑上比她强，但在爱情上，她们怎么知道她和卢一般不是真爱？

也许是出于嫉妒吧。谷黄嫉妒卢一般重新收获了爱情，而盛年则是因为和谷黄关系密切，连带对她也有了一定程度的偏见。

主要也是卢一般在股份转让事件上表现出来的异乎寻常的平常心，让乐水认为卢一般绝对不是为了从她手中拿走本该属于她的一切，而是在替她分忧。反正他们结婚后就是一家人了，她的股份以及卢一般的产业都是二人共有的财产。相比卢一般庞大的资产，荣光的一部分股份又能值几个钱？

具体卢一般到底有多少钱，名下的产业又是什么布局，乐水只知其一不知其二。卢一般有几次主动向她说起，但都不具体，她就没有记住多少。主要也是卢一般每次都会告诉她，不用她操心太多，他的所有的一切都是她的，他们之间不分彼此。

随着时间的推移，乐水其实也慢慢发现了一些问题，卢一般总是话说得很漂亮，但往往是大而空，并不具体到实际层面。虽然家里的一切都安置得很好，但她还是隐隐感觉到哪里出了问题。

一是卢一般声称他的公司运转正常，而且还在开拓全新的业务，但明显卢一般自从进入荣光后，用在荣光上面的时间越来越多，用在自己公司上面的时间越来越少。哪里有正在开拓全新业务的公司越来越轻松、不用花时间和精力的道理，乐水开始时不好意思开口问，后来实在忍不住了，才问了一句。

卢一般的解释是他的公司招聘了几个专业的职业经理人，他的压力大减，有足够的时间和精力来服务荣光。他的想法是将荣光打造成为一个独角兽公司，所以接下来会一直为荣光全力以赴。

乐水又暂时相信了卢一般，但后来发生的一系列事情还是让她心中颇有担心，莫非卢一般真的出现了什么财务状况？

原本乐水想换房子，别墅虽然住得舒服，但离市区稍远，而且以后孩子要上幼儿园，市区内才有优质幼儿园和小学以及初高中。还有，她还想要一辆车。

卢一般原本答应得好好的，也带乐水在市区看了几次房子，看好了两三处。最后乐水拍板定下了一处二百多平方米的花园洋房，价格是八百多万元，再加上装修和一辆车，总共一千万元左右。

卢一般连说“便宜”，答应她一个月内资金全部到位，房子和车子都会摆在她面前。结果两个月过去了，没有了下文。三个月后，乐水实在等不及了，问了问，卢一般的答复是公司急需进一批货物，钱拿去周转了。顶多需要半年时间，周转之后就可以收益两百多万。乐水一想，半年多赚两百多万，房子也升值不了这么多，也就没有多想。但半年多过去了，一年过去了，卢一般似乎忘了房子和车子的事情，从来不再提起。

卢一般是一个很细心的人，他忘记的事情通常不会是无意忘记，而是有意不提。乐水也能感觉到她和卢一般之间因为房子和车子的事情，似乎有了一层隔阂。也是，她的所有底牌就是荣光的股份，全部交给了卢一般。卢一般有多少产业、资产多少，她其实一无所知，甚至她都不认识卢一般公司的任何人！

事情确实有些反常，也不应该。结婚一年多了，卢一般只带她去过一趟他公司总部，只在办公室坐了片刻，见了见他的助理就离开了。公司的其他人，包括副总和管理层，她一个也没有见到。

事后卢一般解释说不想让她操心太多，不愿意她受累。

其实就算没有盛年找她谈话的事情发生，没有今天的聚会，乐水也察觉到了一些什么迹象。只是她一直在试图说服自己，卢一般并没有故意隐瞒她，更没有欺骗她，他是真心不想让她为家庭之外的事情操心，他只想让她过岁月静好的生活，他只想自己负重前行。

但乐水毕竟不是傻子，有过见识和阅历，怎么可能感受不到卢一般话说得漂亮之余，有许多事情飘在空中没有落地？不说别的，就是房子和车子，从结婚到怀孕再到孩子出生一直都没有兑现，她心里不怀疑、没有想法才怪。

怀疑归怀疑，乐水还没有对卢一般上升到质疑阶段，她还是愿意相信卢一般只是资金周转的问题。毕竟对于经商来说，每一笔资金都很宝贵，尤其是可以带来巨大收益的资金。换了是她，也有可能会一次次放弃买房而拿钱去赚取唾手可得的利润。

后来发生了一件事情，让乐水对卢一般由怀疑上升到了质疑——她父亲病了，需要到上海医治。卢一般在上海有工厂、有业务、有合作伙伴，帮助父亲治病是易如反掌的事情。也正如乐水所料，当她向卢一般提出要求时，卢一般当即一口答应，还立马打了电话给上海的朋友，要求朋友安排好一切。

不料在父亲到了上海后，母亲打来电话哭诉，原本安排好的一切全没有，没有卢一般的朋友，也没有车接，他们被扔在了上海的街头！

乐水当即就爆炸了，如果她没有怀孕，她早就亲自前往上海陪同父母了。是卢一般再三请求她不要去也不用去，上海的朋友太多了，随便一个就可以安排得妥妥当当。

怎么会出现这样的事情？乐水质问卢一般，卢一般也慌神了，忙打了一顿电话，好不容易又换了一个朋友前去接应。等一切安排稳妥之后，半天时间过去了。

乐水想要卢一般给一个解释，卢一般开始时不肯说，后来被逼不过才说那个朋友出了点问题，半路上出了车祸，比较严重，没来得及联系他。

乐水不信，她认识卢一般的这个朋友，背着卢一般给他打了一个电话，得到的消息让她大吃一惊——对方告诉乐水，他是故意没有去接乐水的父母，因为他和卢一般的合作很不愉快。以前还好，卢一般总能及时付款，近一年多来总是欠款不付。催了多次，答应得挺好，总是不兑现。问他是不是出现了资金链问题，也说不是。

这一次卢一般委托他去接乐水父母，答应得好好的要提前一天付款，结果等他走到半路上快要接到乐水父母时，卢一般才说资金又出了点问题，可能还要晚几天。他知道病情耽误不得，但卢一般太气人，已经是第几十次骗他了，一气之下他掉头回去了。

怎么会出现这种状况？以乐水对卢一般的了解，如果不是真的没钱了，卢一般绝对不会欠债不还。卢一般既温文尔雅又好面子，事事讲规矩。她气愤之余责问卢一般为什么不告诉她真相。卢一般也没生气，慢条斯理地告诉乐水，其实他有钱还这个朋友，就是有心整治他一番，给他留个教训，因为他不孝。

他自己花天酒地，却任由父母在乡下住破烂的房屋，一分钱也不给父母。卢一般声称他最见不得不孝之人，暗中将欠他的钱给了他的父母。本想向他解释清楚，没想到他一怒之下不去接乐水的父母，他也就懒得再多说什么了。

要是以前，乐水会对卢一般的说辞深信不疑，但是现在她只信了一半。因为卢一般的每一次解释都过于完美，把他自己衬托得过于高大，乐水觉得卢一般的所作所为简直就是圣人一样的存在。

乐水对卢一般的质疑在和盛年见面之后，在她从叶南口中得知了荣光的真相之后，上升到了前所未有的高度！只是在质疑之余，她依然相信卢一般就算对她有所隐瞒，也是有不得已的苦衷，没有恶意。

谷黄暗中观察乐水的变化，知道时机快要成熟了，心中暗喜，“我以前不是说过卢一般套路你吗？是因为我在他身边安插了一个眼线，能知道他的一举一动。你猜怎么着？后来根据眼线提供的消息，他的事业顺风顺水，完全就是欣欣向荣的景象。甚至眼线还误导我，卢一般会有一个项目即将启动，回报率很高，少说也有百分之三十以上，她缺钱投资，希望我可以借给她一些钱。她跟了我好多年，我也没有多想，就借给了她。结果一借不还，到后来才知道卢一般的项目赔钱了，她的投资血本无归……”

“是什么时候的事情？”乐水心中大跳。

第七十六章　女人的包容是让眼泪灌溉的

“大概就在两年多前吧……她消失了一两个月后才又和我联系，哭得稀里哗啦的，说她被卢一般骗了。卢一般早就发现了她是我的眼线，收买了她。她相信了卢一般的承诺，假装没有背叛我，一直为我提供假情报。出于对卢一般的信任，她才投资了卢一般的项目，被骗后才知道，卢一般的资金出现了严重问题。他所谓的赚钱项目就是一个坑，就是为了融资骗钱。等于是她几年来从卢一般身上赚的钱不但全部投入进去，还欠了一大笔外债。”谷黄又忍不住讥讽了，“卢一般真是好手段，怎么了乐水，你想起什么来了？”

乐水是想起什么来了，谷黄所说的时间点正是卢一般再一次推迟买房买车的时间点。她坐不住了，种种迹象表明，卢一般要么是生意出现了重大问题，导致资金链出现断裂，要么是转移了资产。她内心松动的部分终于接近崩溃了，当即拿出了电话打给了卢一般。

谷黄吓了一跳，唯恐乐水情急之下露出马脚，想要制止她，被盛年拦住了。盛年摇了摇头，她相信乐水的理智。

“一般，我在三亚呢，真舒服，空气真清新，你听大海的声音，好不好听？”乐水将手机举了一举，海浪声远远传来，“也没什么事情，就是想你了，和你通个电话。想和说一件事情，我看中了一套海景房，哪里的海景房？当然是三亚的，你以为是新疆的？你到底有没有听我说话，怎么心不在焉的？不贵，下来才两百多万，真的特别好，我特别喜欢，你打款过来，我要买下来……”

盛年和谷黄、郝进对视一眼，乐水被她们说动了，开始进一步测试卢一般了。

“什么时候打？当然是现在了，我已经和开发商说好了，他帮我预留了一套位置最好户型最好的房子，要求马上付全款。什么？现在银行没开门，别逗了，你当我傻吗？你的网银一天可以转五百万！”乐水的声音提高了八度，“不行，我不管，我就现在要！别跟我说任何理由，我不听，我不听！”

盛年等人含蓄地笑了，乐水撒娇耍赖的时候，也很有韵味。

僵持了一会儿，乐水真生气了，冲电话大吼：“卢一般，这些年如果是我掌管荣光，我不至于连两百多万都拿不出来。嫁给你后，住你以前的房子，开你以前的车，生活质量从来没有提高半分，你公司的钱和荣光的分红，我从来没有见过一分！”

乐水气呼呼地挂断了电话，手拍胸口起伏了半天，才平静下来，歉意地一笑，“怎么样，刚才的演技还可以吧？不行不行，感觉有点浮夸，而且代入感太重了，应该不生气才对。”

盛年起身拉乐水坐下，“人的一生，谁还没有遇到过一两个不靠谱的人？没事，我们还年轻，还有改错的机会。现在你相信我和谷姐没有骗你了吧？”

“不信！你们都是坏人！”乐水刚露出笑容，忽然眼圈一红，放声大哭，“我恨你们，你们为什么要这么对我？我好不容易才让自己心里安定下来，你们打碎了我的美梦，我不理你们了。”

郝进有几分惊慌，站了起来，手足无措。谷黄却跷起了二郎腿，一脸不屑，“现在哭还不算太晚，当年我哭的次数比你多多了，比你伤心何止一百倍！现在不都过来了？都说男人的胸怀是让委屈撑大了，女人的包容是让眼泪灌溉的。”

盛年抱住郝进的肩膀，“没事，别紧张，她哭哭就好了。放心，乐水很有心理承受能力的，别看她比我柔弱，遇到大事时比我有韧性。”

乐水只哭了半分钟就突然止住了哭声，拿出手机一看，有一条卢一般的微信，她打开声音，播放了语音。

卢一般缓慢而沉稳的声音传来：“乐水，你别胡思乱想好不好？真的不是不买海景房，这么久了，你什么要求我没有满足你？你别生气了，啊，听话。最近我的全部精力都扑在了荣光上面，等荣光过了眼下的危险期，别说三亚的海景房了，就是新疆的海景房也给你买。荣光毕竟是你的心血，我不能辜负了你的信任，你容我缓缓好不好？我还在和重来、老崔开会，偷偷出来给你回复一下，我得赶紧进去了……”

依然是卢一般惯用的套路。现在乐水总算看清了卢一般的嘴脸，先是虚与委蛇，然后再抓住你最关心的地方拔高自己的劳苦功高，再将他的辛苦和努力都说成是为了你，最后再以工作紧张、事情太多为由中断，制造出他无比忙碌，为你甘愿付出一切的假象。

还新疆海景房！新疆有海吗？海景房的事情卢一般压根儿就没有往心里去，连想都没有多想一下！

乐水感觉心都要碎了，花那么长时间才看清一个人，代价太大了。她当年为什么就瞎了眼看上了卢一般？

“你别自责了，乐水，我当年眼瞎得比你还厉害。优秀的女人，总会遇到一个坏男人才能真正成长起来……”谷黄有几分不忍心，想劝乐水几句。

乐水却忽然表情坚定了几分，“我觉得卢一般完全没有挽救的可能了，他这些年的所作所为说明他习惯了欺骗所有人。现在的关键问题，一是如何阻止他和管重来带领荣光在错误的道路上越走越远；二是如何才能收回他的股份，将损失降到最低；三是如何避免他的重大投资失误给我带来的负面影响……”

郝进立刻对乐水刮目相看。怪不得盛年一直不肯放弃乐水，原来乐水确实除柔弱之外还有坚强的一面。刚才的三点，条理清晰，招招切中要害，确实不简单。尤其是能在伤心欲绝之下迅速平复心情、调整状态，一般人还真做不到。

盛年心中大定，乐水还是当年和她一起创业的乐水，乐水脸上瞬间迸发的智慧光芒说明家庭生活并没有磨灭她的理想。她劝慰乐水说：“第一个问题不用太过担心，荣光还有谷姐和崔恒语，以及管重来也只是在卢一般的蒙蔽之下和他联合，等他认清了卢一般的真面目后，我相信他也会选择和我们站在一起的。再不济的话，我的股份转让协议有附加条款，可以强行收回。第二个问题就比较棘手了，毕竟是你和卢一般之间的事情，我建议可以慢慢来，不要操之过急。第三个问题也是同样的麻烦，和第二个问题可以归在一起解决。”

盛年不知道是该庆幸乐水对卢一般的绝对信任，还是该悲哀女人有时在爱情和婚姻中真的很盲目，她半是安慰半是出主意：“接下来我们几个人分工一下。乐水，你负责弄清卢一般的资产情况，如果真的和我们推测的一样，出现了重大亏空，你应该尽快切割清楚，不要受到连累。因为你确实完全不知情，不应该承担连带责任。同时，想办法拿回荣光的股份。我主要负责和管重来的较量，希望通过他进一步了解到卢一般的动向，并且说服他成为我们的助力。如果不行，我会强行收回股权，前提是在卢一般暴露之后，管重来还执迷不悟的话。我还有渠道可以了解到庄有田和卢一般的互动。据可靠消息，卢一般正在和庄有田频繁接触，似乎是想和庄有田合作什么项目……”

“我呢我呢？”郝进兴奋不已，感觉像是当间谍一样开心，“我负责什么？恒语不是坏人，他又听话，我是不是就没有事情可做了？”

“当然不是。”盛年如同指挥若定的将军，她能看出郝进跃跃欲试的心情，“你的任务也很重要，主要是稳定荣光管理层和中层的军心，不能让他们动摇。现在有些副总以及总监对管重来和卢一般怨声载道，对荣光的未来信心不足。管重来和卢一般不以为然，想要全部替换他们，简直是疯了！”

郝进举起了拳头，“收到！我和包括叶南在内的荣光的元老管理层关系都不错，我会好好和他们聊聊，不让他们动摇。他们才是荣光的基石。”

荣光从事的行业比较特殊，培养出来优秀的管理层很不容易，需要时间和精力。管重来和卢一般如果换掉中层，会让荣光大失血。

谷黄不等盛年开口，就先笑了，“你们都分配了任务，不用说我也知道，我的使命就是为荣光输血，保证荣光不会失血而死，对吧？这个才是最艰巨的任务。这么说吧，我的现金流虽然还算健康，但谁的钱都不是大风刮来的，到处都需要资金。我是因为看好你们才看好荣光的，所以你们放心，我肯定会拿出一部分资金来应对荣光的不时之需。不过我也是生意人，到时该怎么算回报就得怎么算，没问题吧？”

“当然没问题了。”盛年、乐水和郝进一起点头。

几个人又商量一番，才回去睡下。

第七十七章　不同的风景

接下来几天里，几个人一边游玩，一边继续讨论荣光的事情，最终达成了共识：她们以谷黄的华年为支点，暗中帮助荣光设计最新款式的产品，同时分别出击，各个击破，希望可以一举拿下荣光的控制权，并且揭露卢一般的真面目。

回到广州后，郝进刚回公司，就迎面遇到了卢一般。

卢一般笑眯眯地冲郝进挥了挥手，“去哪里了？听恒语说你回老家了，不过看晒黑的样子，像是去海南度假了。”

郝进心中一惊。卢一般眼睛真毒，当然她也知道，卢一般有试探的成分。她粲然一笑，“我可没有那份闲心去度假，回老家帮爸妈干了几天农活晒黑了。是不是乐水姐去度假了？”

“是，也是巧了，她刚从三亚回来，你就从老家回来了，给人的感觉好像你们商量好了似的。”卢一般有意无意地瞄了郝进几眼，“你有时间多陪陪乐水，她最近心情不太好。下次她再去哪里度假，我让她叫上你。老崔不放人的话，我跟他说。不能总让你们工作不休假不是！女孩子，要开心要快乐要见多识广才好。”

要不是和谷黄认识很久了，郝进还真会被卢一般的一番话所打动。

晚上，郝进和崔恒语一起吃过晚饭，告诉他她们最终达成的共识。崔恒语点头表示赞成，“我在前面冲锋陷阵支持你们，你们在背后摇旗呐喊为我打气。”

崔恒语以为他可以正面抵挡一阵管重来和卢一般的联手，不料随后的一次会议上，一个回合就败下阵来。也不是他软弱，而是二人准备充分，联合了被他们拉拢的几个管理层一起朝崔恒语发难。

一番交锋之后，崔恒语势单力薄，败下阵来。尽管他反对管重来和卢一般的决议，但还是被二人强行通过了。

决议是为了缓解荣光现在的资金压力，暂停向上游供货商回款，并且要求下游经销商先打来预付款再发货。

此举还没有公布之前，就引发公司内部有识之士的强烈不满。叶南在向管重来和卢一般反映意见无果后愤而辞职。二人也没有挽留，任由叶南走人。

叶南作为荣光的元老之一，在荣光拥有极高的威望和号召力，她的离职导致荣光人心浮动，一时上下人心惶惶。

决策公布后，又引发了经销商的一致反对。现在是渠道为王的时代，还有人敢向下游的经销商预收货款，简直是作死的行为。想当年曾经有一款名震一时的VCD采取过相同的方法，作为一个品牌运营商，凭借品牌强大的号召力，向上游拖欠货款向下游预收货款，左右逢源，因为有“央视标王”的品牌加持，一时风头无两，风光无限。

后来出现了品牌危机，顿时崩盘，全盘皆输。

时代不同了，现在的市场机制已经很成熟了，消费者不会再盲目地相信广告追捧的一个品牌，更不用说荣光的品牌价值正在推广阶段，还不足以形成品牌号召力。于是就引发了经销商的集体抵制。

面对来势汹汹的各方压力，管重来和卢一般丝毫没有妥协的意思，反倒继续加大力度，似乎荣光不愁销售一样。盛年等人看在眼里急在心里，但时机未到，又不好介入，只好暗中继续推动她们的计划。

今年的秋天，感觉是格外的寒冷，还不到11月份，就已经有了深秋的凉意。

管重来坐在露台上，踌躇满志地俯视下面的人流，顿时生发了“舍我取谁”的豪迈。他的对面坐着卢一般和庄有田，还有许妙妙。

近段时间来，经过一系列的动作，到目前为止基本上全盘掌控了荣光。卢一般说接下来就要大展宏图了，管重来有几分兴奋。他想要的就是让荣光在他的点拨之下变石为金，迅速转危为安不说，还可以突破现在的瓶颈，一飞冲天，到时不知道盛年会怎么仰视他的能力！

尽管动作幅度稍微大了一些，引发了一些动荡，但卢一般说了，不破不立，任何新秩序的建立都是从破坏旧秩序开始的。不打掉荣光以前所谓元老的懒惰和不思进取，就没有办法让荣光重新焕发生机。

在管重来的引荐下，卢一般和庄有田很快就成了好友，二人不但交情莫逆，还达成了合作的共识。今天的聚会，就是由卢一般发起，约他和庄有田共商大计。

卢一般和庄有田有什么合作，管重来不得而知，但隐隐听许妙妙提过，似乎二人是想在金融上联手，想做资本运作。他就有几分不解，荣光是实业，怎么又玩起资本了？

还有一点让管重来有几分纳闷的是，最近许妙妙有些不对劲，总是一副心事重重的样子，还经常走神。他问她几次是不是家里出了什么变故，她说没有，但她闪烁其词的样子，分明是有事。

许妙妙和庄有田的关系也颇让管重来头疼。庄有田是离婚了，目前是单身。许妙妙现在和孙巍的感情也不好，接近破裂边缘，但毕竟还在婚内。如果不是庄有田几次三番恳求他帮忙打掩护，他才懒得管他们的闲事。

他也和庄有田私下谈过，问庄有田到底是什么想法。如果不是真心喜欢许妙妙，就断了关系。如果真想和她在一起，就等她离婚。庄有田的回答也是模棱两可："一切随缘吧。"

模棱两可的背后其实是庄有田并不想娶许妙妙，但又舍不得和她分开，就暂时维持着眼下的关系。作为男人，管重来当然了解庄有田的心理。现在庄有田只有许妙妙一个女友，说明他对许妙妙也有感情。

直到昨天许妙妙才告诉管重来，她和孙巍离婚了。二人经过一段时间的谈判，最终还是决定分道扬镳，不用再互相折磨了。管重来觉得离婚对许妙妙来说是解脱，两个不相爱并且互相猜疑、嫌弃的人生活在一起，是痛苦也是伤害。

孩子归了孙巍，二人也没有多少财产，就简单分割了一下。

离婚后的许妙妙很快恢复了状态，变得神采飞扬起来。但她和庄有田的关系却没有进一步发展，似乎还倒退了。反正据管重来观察，二人约会的次数大幅减少，甚至连联系的频率也在迅速降低。

男人都这样，越是得不到的就越觉得美好，等近在咫尺唾手可得时，就不觉得珍惜了。

今天本来没叫许妙妙参加，许妙妙却主动要来。管重来不好自作主张，问了庄有田。庄有田点头同意，他才叫她。现在他夹在二人中间，比以前还难受。

庄有田若无其事地剪断了雪茄嘴，点着后抽了起来，还有意吐出了一个圈儿，"抽了半辈子烟才知道还是雪茄好抽，人生就是一个一步步攀登的过程，每上升一个台阶，就会有不同的风景。"

管重来很看不惯庄有田抽烟时的装腔作势。本来就不会抽雪茄，也不喜欢雪茄的味道，就因为有一次和一群人聚会时，有人说抽雪茄才显得有品位有气派，他在公众场合从此就开始只抽雪茄不抽别的烟了。实际上管重来心里再清楚不过，没人的时候，庄有田还是喜欢抽原来的牌子。

还有，庄有田本来只喜欢喝白酒和啤酒，后来出入高端场合多了，听别人说喝红酒才显身份，也就只喝红酒了。只可惜他都分不出来十块和一千块的红酒有什么不同。有些人就是喜欢附庸风雅，但又不具备相应的鉴赏力和品位，就变味了。

除了雪茄、红酒之外，庄有田还特别喜欢打高尔夫。说实话，他的球技实在太臭，却乐此不疲，还以不少高尔夫高手为偶像。有时他还会在朋友圈发一些打高尔夫、喝红酒、抽雪茄的照片，好像有了以上三样就是成功人士，就走向了人生巅峰一样。

没文化真可怕。人生来一双眼睛两只耳朵一张嘴，就是让人多看多听少说。管重来虽然和庄有田交情莫逆，但对庄有田不懂装懂，还刻意洗清自己以前习惯的做法很是鄙夷。庄有田是山东人，从小爱吃面食。来到广州后，为了入乡随俗，也强迫自己去喜欢米饭。但后来发现他无论如何都喜欢不了米饭，又怕吃馒头被人笑话，在外面吃饭时总是强忍着不吃主食。

后来管重来注意到了他的问题所在，告诉他，在欧美等发达国家，主食都以面食为主，米饭是亚洲、非洲人民的主食……从此以后，庄有田就开始大吃面食，而且每次和人吃饭点主食时，点了面条、水饺或是其他面食之后都会强调一句，怪不得欧美国家的人都胖，主要原因是他们吃面食太多。如果吃米饭，就苗条了。仿佛生怕别人不知道他吃面食是和欧美国家的民众保持了同样的习惯。

过于表露外在以及在意别人看法的人，是内心缺乏自信以及自卑的表现，也有文化底蕴不够的原因。

不过男人之间的友谊，向来是求同存异，除了喜欢装腔作势之外，庄有田的优点也不少。管重来还是很欣赏庄有田的诚实、认真和义气。只是对于他对许妙妙的态度，颇有几分不满。

第七十八章　以结果为导向

许妙妙挥了挥手："呛死了，别人都不抽，你就不能少抽几口？雾霾天气，有你们抽烟的人一半的原因。"

"夸张了，过分了。"庄有田嘿嘿一笑，又用力抽了一口，"抽烟、喝酒、品茶，男人的三大乐趣，你不能剥夺了我的自由。"

"不，我觉得男人的三大乐趣应该是事业、家庭和孩子……"卢一般微微一笑，一副"智者乐水，仁者乐山"的从容，"有了事业，才能安身立命；安身立命之后，才有能力照顾家庭；家庭经营和谐了，才能培养好下一代。"

"男人的三大乐趣应该是立德、立功、立言，所谓'太上有立德，其次有立功，其次有立言，虽久不废，此之谓不朽……'"管重来抬头望天，微有感慨，"男人这一辈子，最上等的是树立德行，次一等的是建立功业，再次一等的是树立言论，这三点，我恐怕是都做不到了。"

庄有田和卢一般面面相觑，过了半晌庄有田才嘿嘿一笑，"文化人就是不一样，说的都是我们听不懂的。什么立德、立功、立言，还是抽烟、喝酒和品茶实在，来，喝茶，喝茶。"

卢一般却是听懂了管重来的话，他摇了摇头，"重来你想太多了，人活一辈子，说复杂也复杂，想简单也简单。立德是圣人的事情，立功是伟人的事情，立言是文人的事情，我们不过是俗人，经营好公司，回报社会照顾家人，就足够了。来，聊点俗事，说说荣光的问题……"

管重来揉了揉太阳穴，荣光的事情近来解决了一部分，内部调整容易，但最困难的融资部分却很难。他现在已经无能为力了，毕竟他经商时间短，人脉和资源远不如卢一般，"你又有什么新的想法了？"

两天前，他和卢一般碰头时聊到了融资问题，他明确表示自己已经没有办法了，不认识投资人，也没有融资渠道。公司内部管理的事情他在行，但对外的事情就只能由卢一般出面了。

管重来和卢一般、崔恒语三人分工明确：管重来是董事长，负责全局；卢一般是总经理，负责对外融资和业务拓展；崔恒语是副总，负责公司技术、设计和品牌推广。

“当然有了，我什么时候让你失望过。”卢一般自信满满地一笑，“为什么我近来和有田接触频繁，就是为了荣光的融资，现在我和有田已经达成了共识，等下介绍一个人和你认识。不出意外，今天就能搞定荣光资金困难的问题，哈哈！”

“真的？”意外之喜来得太突然，管重来有点不太敢相信，惊喜一声，“只要解决了资金困难，荣光就能一飞冲天了，到时看看盛年、谷黄她们还敢不敢小瞧我们一眼！”

“还有乐水……”卢一般声音低沉了几分，“你们不要以为乐水对我百依百顺，不，她有自己的想法，而且很坚定。如果我做不好荣光，她也会看不起我，我也会辜负她的信任。对了重来，你没有察觉最近盛年哪里有点不对？”

“没有哇，挺好的，她在家里很安稳，没什么想要折腾的迹象……怎么了，你有什么发现？”管重来太了解卢一般了，卢一般如果不是察觉到了什么，肯定不会有此一问。

“我总感觉盛年、乐水还有谷黄她们，最近在密谋什么事情……”卢一般想起最近乐水经常走神的表现，虽然乐水掩饰得很好，但却逃不过他的眼睛。再联想到乐水上次去三亚和郝进回老家以及盛年去广州的时间正好重叠，不由得他不怀疑她们其实是聚会去了。

尽管后来乐水有意无意拿出去三亚的机票，以假装让他报销为由让他看了一眼，他却知道机票可以打出来，但是不是登机就不知道了。

“不会吧？不会，不可能。”管重来连连摇头，他相信盛年，“盛年如果和她们谋划什么事情，肯定会告诉我，我和她的关系，一直很密切，从来没有过芥蒂……对了，上次她试探问我离婚怎么分割财产的事情，应该是怀疑我和妙妙有什么暧昧关系。还好，被我糊弄过关了，后来也就没有再提过。”

许妙妙心想，你哪里是糊弄过关了，分明是我和盛年私下聊过之后，她相信了我才放过了你，别以为你多有本事……不过想归想，她只是若无其事地剔了剔指甲，假装没她什么事情。

其实今天一开始她原本不想参加会议，后来一想和盛年的约定，还是来了。上次见面之后，她和盛年又接触过几次，越聊越投机，在许多问题的看法上一致，她和盛年反倒成了好朋友。

盛年劝她及早离开庄有田，以她对庄有田为人的判断，他不会娶她，就算她离婚了，庄有田也会以各种理由推托。许妙妙还不信，结果等她真的离婚了才信了盛年的了不起，庄有田对她态度大变，由热络变成了冷漠。

男人果然是好东西的不多，许妙妙恨得咬牙切齿。尽管她离婚的原因并不全是因为庄有田，但她爱庄有田，希望可以和他共度余生。现在看来是不可能的了，既然庄有田无情，就别怪她无义，她就是要听听他们在商量些什么，然后将消息告诉盛年，也不枉盛年对她的一番帮助和开导。

卢一般警惕地看了许妙妙一眼，“你不要太大意了，重来。女人的嫉妒心是很重的，而且一旦怀疑你了，除非真的有证据证明你的清白，否则疑心会一直在。”他又看向了许妙妙，“妙妙，盛年有没有找你谈过？”

“……谈过。”许妙妙本想否认，一想以卢一般的洞察力，与其隐瞒还不如实话实说，“就谈过一次，她含蓄地问我是不是和管重来有什么不正当男女关系，我告诉她我的外遇对象是庄有田，她就放心地走了。”

“这样啊，怪不得。”管重来点了点头。

“这就对了。”卢一般也放心了。

“你可真让人省心。”庄有田不满地苦笑一下，“行了，回到荣光的融资问题上。重来，最近我和一般一直在寻求解决融资问题的方法，本来想早早告诉你，一般说等有了结果再说。他说你是一个以结果为导向的人，不在意过程，我也就没有及时和你通气，你别见怪。”

管重来摆了摆手，心里有了几分不安。原来盛年已经私下和许妙妙接触过了，他却毫不知情，不知为何忽然就多了几分疑虑。

“如果荣光的资金问题真能解决了，你们就是荣光的大功臣。不过有田你积极参与荣光的事情，是也想投资荣光吗？”许妙妙的问题，也是管重来想要知道的问题。

“不不不，我一是出于兄弟的情义，帮重来和一般；二是想借机也解决能伦地基工程的资金问题，地主家也没有余粮，我也缺钱呀……”庄有田看了看表，“怎么还不来，这个老于，每次都迟到，从来没有正点过一次。”

管重来的心思还在恍惚中，以前不觉得盛年有什么事情会瞒着他，现在忽然觉得盛年的形象模糊遥远了许多。好吧，虽然他也有许多事情瞒着盛年，但从原则上讲，他从来没有背叛过她，更没有想过要算计她。

“来了，来了。”

正想得入神时，听到庄有田和卢一般热切的声音，众人纷纷起身迎了上去，他也机械地跟着跟上，和来人握手。

是一个五十岁出头的男人，不，严格来说是光头男人。由于头顶中间缺少头发的地方太多，他索性剃光了头发，光洁照人。

如果不是光头，他长得倒精神。虽然五十多岁年纪，但由于保养不错，气色很好，浓眉大眼，颇有几分威势。走路虎虎生风，说话嗓门洪亮。

“管重来是吧？说起来我们算是老朋友了，我能有今天，也多亏了你。一直说要当面感谢你，但总是忙得屁股朝天没有机会。最近和有田达成了协议，正好过来签合同，再和你见面聊聊，也算是了了一桩心事。”来人紧紧握住管重来的手，用力摇动，“算是当年我欠你们的债，今天加倍偿还你们了……”

管重来感觉神思飘忽，听清了对方在说些什么，精神却总是无法集中。他盯着对方的鼻子看了半天，才感觉视线清晰起来，“于……总？我们以前见过吗？”

“没见过，但我的 App 是你开发的，你忘了？当年你和有田在城中村的一个农家院里面，用了四个多月的时间开发出了一款一经推向市场就火爆一时的软件，也成就了我的今天，我必须向你当面表示感谢！”于老板拍了拍管重来的肩膀，“怎么，有田没有和你说是我要来？我于之用呀！”

于之用？于老板？管重来的记忆慢慢复苏了，想起了那个遥远的夏天，在城中村中艰难度过了近两百天的亡命生涯，对，就像是亡命一样。

第七十九章　必须问个清楚

怎么是他？一瞬间管重来心中的怒火冲天而起，当年害自己最狠的人就是所谓于老板了，现在他活生生地站在自己面前，自己不是应该报复应该痛打他一顿吗？

一旁的庄有田见管重来脸色不对，忙一拉管重来的胳膊，“重来，过去的事情就过去了，现在于老板是大金主，是金主爸爸，荣光能不能过关就全靠他了。”

管重来心中的怒火迅速退却，恢复了应有的冷静，他哈哈一笑，用力抱了一下于之用，“原来你就是大名鼎鼎的于老板，幸会，欢迎！”

卢一般赞许地点了点头，每一个成大事的男人，心里都有一条大江大河。卢一般原先还担心管重来会当场翻脸，现在看来还是低估了他，管重来比以前成熟多了。

重新落座后，于老板的目光在许妙妙身上停留许久，嘿嘿一笑，“谁的？”

卢一般悄悄指了指庄有田，于老板哈哈一笑，“有眼光，绝色。”

许妙妙不悦地将脸扭到一边。

“谈正事，谈正事！”庄有田忙拉回话题，“前期工作我和一般已经和于老板有过大量的沟通，基本上达成了共识，于老板出资五千万注入荣光，帮荣光开拓市场……”

“条件呢？”管重来朝许妙妙使了个眼色。

许妙妙跟随管重来工作多年，对管重来的暗示心领神会，当即打开手机搜索关于于老板的公司和新闻。庄有田立刻发现了二人的小动作，摆了摆手，“不用麻烦百度了，我来介绍一下于老板的业务范围……当年拿到重来编写的 App 后，于老板注册成立了一个融资公司，很快就成为业内名列前茅的资本运营公司，现在公司账上的现金有十几亿，每年光是利息收入就高达一亿以上。”

“就是 P2P 吧？”自己编写的 App 自己能不清楚？管重来不以为然地笑了笑，“还以为于老板真的是自己有钱，原来还是拿别人的钱在投资。现在 P2P 暴雷的很多，一般，你们了解于老板公司的财务状况吗？还有，于老板热心地帮助荣光，肯定不是为了补偿当年的事情。如果他有这份心，早就出现了，也不用等到现在，所以他的条件肯定很苛刻了……”

于老板脸色一沉，“重来，以前的事情都过去了，你还揪着不放，是不是太小心眼儿了？我只要有钱，你管我是谁的钱，谁的钱都可以救荣光。我帮荣光，一半是因为对当年事情的愧疚，一半是为了利益。我的条件也不高，债转股……”

债转股的意思是如果荣光借了于老板一笔钱到时还不上，就要拿股权来抵账。按理说，也是融资时常见的操作手法，并没有可指责之处。不过当于老板拿出合同，管重来只看了一眼就顿时脸色大变。

合同的条款也不是很苛刻，但触发债转股的条件却很低，基本上可以说是一份相当于将整个荣光以极低价格卖给于老板的合同。

管重来强压心头怒火。合同将荣光的估值压低了一半有余，如果不是他认识卢一般和庄有田多年，他会怀疑是二人串通了于老板有意贱卖荣光。

可是荣光也有卢一般的股份，卢一般不会拿着自己的钱开玩笑。只是管重来实在想不通：如此一眼就可以看出问题的合同，为什么卢一般和庄有田还要谈？

于老板又拿出一份合同，扔给了庄有田，“有田，你的合同，条件和荣光的差不多，你看看，没问题就可以签了。”

卢一般挪了挪椅子，离管重来近了几分，小声在他耳边说：“重来，你先别生气，合同的问题之前没有告诉你，不是刻意瞒你，而是想给你一个惊喜……”

管重来没好气地说：“惊吓还差不多，当我傻不是？”

卢一般拉过管重来，离开众人，来到栏杆处，“真的不是有意瞒你，而是怕你因为对于老板有偏见而搅黄了事情。实际上，于老板的合同表面上苛刻，但对于已经走投无路的荣光来说，依然是救命稻草。表面上是于老板捡了一个大便宜，实际上他是不了解荣光的现状，只要他的资金一到位，荣光马上就可以焕发生机。到时销量大涨，资金迅速回流，直接按照利率还他就是了，他别想进入荣光。”

管重来当然也知道如果按照最好的打算，确实如卢一般所说的一样，一切顺利的话，于老板的资金会助荣光起飞。但是谁敢保证中间一定不会出什么差错，哪里有百分之百的事情？以卢一般的老到和庄有田的老练，他们会不知道其中的风险？

管重来的思维又落到了庄有田的公司上，“有田的公司也急需资金？”

卢一般点头，“资金缺口很大。”

“他融资的条件和荣光一样？”管重来不是十分相信，他离开能伦地基工程时，公司现金流还很充足。

“比荣光的还苛刻，基本上没有收回能伦地基工程的可能了……”卢一般痛心地摇了摇头，“但也没有办法，现在房地产不太景气，为了活命，只能如此了。好在断臂求生，至少可以有机会从头再来。”

“怎么会？”管重来想得简单，“如果公司真的开不下去了，索性直接卖了不就行了，何必非要签什么对赌协议？”

“重来，在资本运作层面，你还是书生意气了一些，呵呵，嘿嘿。”卢一般干笑几声，回身看了看正在热聊的庄有田和于老板，“有田不想再干工程了，欠了一堆债，想要直接脱身也不容易，就以引进融资为由，让于老板注入资金。于老板的资金也是从平台上融来的投资人的钱，不管是赚还是赔，总要有一个合理合法的说法不是？投资庄有田的公司赔了，最后公司破产了，平台还不起钱了，也在合法的范围之内，毕竟投资都是有赔有赚的……”

管重来片刻间明白了什么，“有田和于老板联手做局，想要以能伦地基公司为壳，转移资金？”尽管不是很懂资本运作的套路，但这些年来听盛年说多了，他也非常明白其中的原理。无非是于老板投资能伦地基工程，钱到位后，能伦工程投入开发一个项目，然后项目失利，钱通过各种渠道流出能伦地基工程。至于是去了正当地方还是落入个人口袋，就不得而知了。

然后能伦地基工程宣布破产，于老板承认投资失败，但亏损的是成千上万的投资人的钱，又不是他自己的钱。当然，也极有可能亏损的钱大部分装进了他的口袋。不用说，庄有田也可以分一部分。

配合于老板演出瞒天过海之计，庄有田还可以分一杯羹。如果不配合，能伦地基工程一样破产倒闭，他可能颗粒无收。两相权衡之下，还是和于老板合作，至少可以保证有肉汤喝。

难道说，能伦工程真的到了难以为继的地步？他才离开多久，公司怎么会亏空成这个样子？按照正常的运营，不至于沦落到破产倒闭的地步。肯定背后发生了什么巨大的变故，管重来觉得事情不像表面上那么简单。以他对庄有田的了解，庄有田好不容易有了今天，不会做出贸然投资风险项目的事情，莫非他被人坑了？

不行，得找庄有田问个清楚。

刚转身，却又被卢一般拉住了。卢一般摇了摇头，“给有田留个面子，别当面问，他不好意思。你肯定觉得能伦地基工程一切运转良好是吧？其实不是，早在两年前，危机就埋下了。”

“是的，卢总说得对，其实他一直瞒着你，也不让我告诉你真相……”许妙妙不请自来，她一拢头发，神情落寞地一笑，“公司早在两年就出现了资金断裂的危机，当时市场还好，但庄有田好赌，经常开车去周围的地市赌博，输了不少钱。没钱还债时，于老板就出现了，借给他不少钱，他就用公司的股权来抵押。后来见于老板的融资平台赚钱快，就想跟着于老板一起干，于老板就答应给他股份……后来好像是用一点点的股份置换了能伦地基工程的百分之三十以上的股份还是多少，我记不清了，反正也无所谓了，公司马上就要完蛋了。”

管重来惊出了一身冷汗。当年名震一时的能伦地基工程居然说倒就倒了，而且还玩了一手金蝉脱壳。他想不明白为什么不好好经营公司非要去赌，赌还不算，还要坑骗投资人的钱。现在的融资平台的投资人，好多都不是什么有钱人，他们赚钱不容易，几千几万元，可能就是全部身家，放在平台上，就想赚取一点利息收益。如果按照于老板的玩法，会让投资者血本无归。正应了一句话，你图别人的利息，别人想要的是你的本金。

管重来越想越愤怒，于老板之前那样对他和庄有田，庄有田居然还相信他，不是与虎谋皮又是什么？不行，他不能任由庄有田沦陷下去，也不能拿这种伤天害理的资金，他双眼冒火，“卢一般，你和我说实话，你想让于老板投资荣光，是不是也和庄有田一样，想玩死荣光，自己套现一笔然后走人？”

第八十章　拼了全身的力气

卢一般愕然地看着管重来，过了半天才又释然地笑了，“重来，你怎么会这么想我？我之所以告诉你庄有田和于老板合作的秘密，就是我心里坦荡，没有私心。你别忘了，荣光也是我的产业，是乐水托付给我让我打造成独角兽公司的梦想，我无论如何也不可能卖掉。因为它不仅仅是我和乐水爱情的见证，也是我们兄弟友谊的桥梁，最主要的是，我非常看好美体内衣行业的未来。我不能也不可能为了眼前的利益牺牲光辉灿烂的未来。”

卢一般的话是很激昂，也很有感染力，管重来却不再像以前一样相信他。不知为何，他总觉得卢一般和庄有田在背后联手做了什么事情，不让他知道的事情肯定不止一件。整个事件都是由卢一般和庄有田一手推动，他完全被蒙在鼓里。这种感觉非常不好。

而且自从经他介绍，卢一般认识了庄有田之后，他们之间就完全转入了单向联系，许多事情都不叫他，只告诉他结果，当他是什么了？好吧，退一万步讲，能伦地基工程的事情可以不用让他知道，反正也和他没有什么关系了，但荣光的事情等有了结果才告诉他，卢一般是不是忘了谁才是荣光的最大股东！

管重来真的生气了，“别说了，这事我不能同意。万一出现了纰漏，我就是荣光的罪人，没法向盛年交差。这件事情必须要开股东会议研究决定，不但要让老崔、谷黄和郝进参加，还要让盛年和乐水也列席，必须先听取他们的意见再做出决定。”

“重来，你疯啦！”卢一般终于急了，一把抓住了管重来的胳膊，“开什么股东会议，我们两个加在一起就是绝对控股的大股东，就算他们全部反对也没用。还有千万不能让盛年和乐水知道，她们肯定会坚决反对，一反对就错过了最佳时机。她们又不知道荣光的现状有多少危机，等她们明白过来，等我们说服她们，一切都晚了。而且就算她们及时醒悟，看清了形势，让她们参与进来，也显示不出我们的能力不是？到时她们还会认为如果没有她们，我们什么事情都做不成……重来，你怎么这么傻，这么好的机会你非要让给别人。对荣光来说，过了眼前的一关，以后就进入了快车道，就像三大战役一样，谁主导谁名垂青史。”

卢一般一番慷慨激昂的说辞以为能够说服管重来，不料管重来依然固执己见，他连连摇头，“不行，不能瞒着盛年和乐水她们，必须让她们知道并且同意之后才能签字。你别劝了，一般，在这件事情上，我不会让步。”

卢一般叹息一声，“好吧，既然说服不了你，我也就不勉强了，合同不签了，荣光的股份我回头还给乐水好了，你也还给盛年，继续相妻教子更适合你。我以后会把主要精力用在自己公司的业务上。唉，何苦来哉，拼了全身的力气，奋力一跃，牺牲了自己许多的利益，只为了打造我们共同的荣光，到最后，却被你怀疑我有私心。重来，我公司的业务是荣光产值的十几倍，我会贪图荣光目前的利益？伤心，真的伤心了。”

卢一般眼圈红了，转身离去。

管重来又不忍心了，想要叫住卢一般，却被许妙妙拉了一把。

许妙妙微微摇头，侧身，用低低的声音说：“忍住，别被他的表演骗了，他和庄有田都不可信。重来，你是好人，和他们不一样。你千万别上他们的当，据我所知，庄有田赌博，输掉整个公司，背后有卢一般的影子……”

管重来震惊得目瞪口呆，“为什么？卢一般为什么要这么做？”

“我也不知道，庄有田知道真相，我有几次想问个明白，庄有田就是不告诉我。现在他最相信的人是卢一般，对我们都有提防。”许妙妙以前是受盛年所托，想要弄清真相，现在她目睹了许多不寒而栗的内幕，才知道谁好谁坏，“我虽然和孙巍离婚了，但还是希望他不被公司的事情牵连，劝他早些离开公司，可惜，他不听……”

“今天的事情，你听我的安排……”见庄有田和于老板冲他们招手，许妙妙轻轻一拉管重来，“等下你的手机会响，你接听电话后就说是盛年让你赶紧回家，你不要听他们挽留，赶紧走，回家后，和盛年坦白一切。”

“我……”管重来一时犹豫，下不定决心。

还好，让许妙妙放心的是，等她和管重来回到卢一般等人的面前时，卢一般没有再提荣光融资的事情，应该是他已经和于老板达成了共识。于老板也是只聊无关紧要的话题，当着管重来的面和庄有田签了合同，然后于老板起身告辞了。

临走时，于老板紧紧握住管重来的手，声音很洪亮、很爽朗：“重来，你的名字起得好，寄托了朴素的愿望。但是人生没有重来的机会，错过了这一次，真的不会再有下一次。说实话，当年我拿着你写好的 App 找人投资，最终有人出资一千万投我，我以 App 入股，占了百分之五十一的股份。你肯定很生气，本来 App 是你的作品，你不但分文未得，还成就了我，是不是？不过你应该这样想，App 在你手里，可能就是分文不值的废物点心，到了我手里，就变成了宝。为什么呢？因为一个东西有没有价值，不看它本身，要看它有没有放对地方。你自己好好想想，从跟着庄有田写 App，再到跟着他干工程，再到跟着你老婆做美体内衣，你的每一步成功，都是跟对了人的缘故。”

管重来望着于老板远去的背影，半天没有动上半分，直到卢一般轻轻推了推他。

“该回去了，天色不早了。”

管重来没有直接回家，被卢一般和庄有田拉着去了一家很有情调的餐厅吃饭。尽管知道他们还是想继续说服管重来，但许妙妙顾不上那么多了，以还有事情为由提出告辞。

正想让她离开的卢一般和庄有田自然没有挽留。

离开几个人后，许妙妙立刻和盛年取得了联系。盛年当即召集了谷黄、乐水和郝进，以及出走荣光的叶南，召开了一次紧急会议。

崔恒语也想参加，盛年没让，觉得还是让崔恒语坐镇荣光比较好。万一卢一般和管重来回去后发现异常，崔恒语还可以抵挡一阵子。

崔恒语既无语又无奈，声称他受到了不平等待遇，强烈呼吁男女平等，不能歧视男性。盛年没理他，由他卖乖耍宝。

紧急会议在一处隐蔽的咖啡厅召开。

盛年主持了会议。

“现在形势已经非常危急了，如果不是管重来的坚持，就在不久前，荣光已经被卢一般他们卖掉了！”盛年非常气愤，卢一般的所作所为绝对没安好心，背后必然有不可告人的目的，她看了乐水一眼，“以现在的形势来看，我们来不及徐徐图之了，必须快刀斩乱麻……乐水，你有什么想法？”

乐水低头不语，神情落寞而忧郁，过了半天才抬头，“我暗中调查了一下，卢一般名下的几家公司，要么严重亏损，要么已经注销，要么卖掉了，他的资金出现了巨大漏洞，有理由怀疑他是想借机卖掉荣光，然后从中大捞一笔……对不起，荣光落到今天的地步，都是我的错。我不该一开始那么信任卢一般，还让他进入了荣光，以至于酿成今天的大错！”

乐水站了起来，眼泪哗哗直流，深深鞠躬，“如果能够挽回损失，清除了卢一般，我愿意付出任何代价。”

郝进忙扶住了乐水，“别这样，乐水姐，也不能怪你，人是会变的。就像老崔，现在看上去憨厚老实，我也不敢保证他以后会一辈子对我好。谁的一生中还不遇到几个坏人？别太自责了，我们都没怪你。”

还好崔恒语没在，否则不知道无辜受害的他会是什么表情。

“坐下，乐水！”盛年拿出了当年的气势，“在困难面前，自责和后悔是最没用的逃避，迎难而上才是正确的做法。现在我们需要商量的是怎么应对目前的困局。你们想过没有，如果卢一般真的说服了管重来，管重来也同意的话，荣光就失控了……”

乐水坐不住了，站了起来，“不行，我要去和卢一般当面对质，警告他不要乱来，我要收回我的股份。”

“现在不是硬来的时候……小心狗急跳墙！”谷黄瞪了乐水一眼，“虽然我现在批评你有点事后诸葛亮的意思，但以前我也不是没有提醒过你。现在都晚了，乐水。不要觉得你还能左右得了卢一般，在一个赌徒眼里，没有什么家人和爱情，他输红眼的话，别说荣光了，连你都会被他卖掉。来，我们核对一下我们调查的消息，看看是不是属实……”

第八十一章　公司和人品全部破产

根据谷黄托人对卢一般名下资产的调查显示，卢一般负债累累，已经破产，具体欠债多少并不清楚，但可以肯定的是为数不少，估计上亿元。除了卖掉的几家公司之外，剩余的几家都是资不抵债，随时会倒闭。

也就是说，卢一般名下资产中，荣光是唯一一个有前景的优质资产。

乐水点头，认可谷黄调查的结论。根据她从方方面面汇总的信息显示，卢一般确实已经山穷水尽了。她很痛恨自己对卢一般毫无保留的信任，从感情上是应该，但站在商业的立场上，她应该有自己的判断才对。

只是人都是感情动物，正是因为在感情上对卢一般的信任，才导致了对他在所有方面的完全信任。在得知卢一般的财务真相后，乐水几近崩溃！她不知道卢一般为什么会落到这般田地，也不知道是什么原因让他的产业满盘皆输，她只是知道她和孩子以后的生活只能全部寄托在荣光身上了。如果荣光也被卢一般玩倒闭了，未来的生活将会非常艰难。

不排除流落街头的可能。

怎么会这样，怎么会变成现在的局面？到底是她太笨太幼稚了，还是卢一般太阴险狡诈、城府高深了？乐水相信卢一般在感情上对她真诚，但为什么在事业上就不能对她坦诚一些呢？卢一般到底在怕什么，怕她分他的财产还是怕她为他出谋划策？

不，都不是，卢一般是怕她继续在商业上成长，只想让她当一个全职太太。他骨子里改不了大男子主义的性格，不想重蹈谷黄的覆辙。实际上在卢一般极度自信的表面之下，依然掩藏着深深的自卑，生怕再一次遇到一个和谷黄一样有能力的妻子。

乐水越想越是悲痛，禁不住眼泪长流，泣不成声，“对不起，真的对不起，我错了，我错得太离谱了……”

郝进慌了手脚，不知道该怎么劝乐水。盛年摇了摇头，示意不用管她。果然，乐水一个人伏在桌子上哭了片刻，就停止了哭泣，“现在可以肯定的是，卢一般已经彻底破产了，不管是公司还是人品。我们所要做的、可以做的就是如何保全荣光。幸好，盛年姐还留了一手，可以随时收回管重来的股份。”

“恐怕没那么简单。而且事情发展到现在的地步，不是硬碰硬就可以解决的问题了。我严重怀疑卢一般名下的荣光股份已经抵押出去了……”盛年若有所思地想了想，“最好的办法是将计就计，不但要解决荣光的资金短缺问题，还要将卢一般清除出荣光，并且要举报于老板，打击这种诈骗犯的嚣张气焰，为民除害。”

“怎么将计就计？我能做些什么？”许妙妙兴奋了，“我负责对付庄有田，他对不起我，说等我离婚了要娶我，结果言而无信，骗子，人渣，流氓！”

女人爱一个人的时候是真爱，恨一个人的时候也是真恨，盛年含蓄地笑了笑，对谷黄说：“谷姐，你觉得呢？”

“你不用觉得我觉得，你觉得你觉得就可以了。”话一出口，她忽然愣住了，随即哈哈大笑，“我也不落后你们‘80后’和‘90后’对吧？刚才的话也很新潮很有创意，对不对？”

盛年啼笑皆非，都什么时候了谷黄还有心思琢磨这些？她环顾众人一眼，“我有一个办法，不知道你们是不是同意……”

众人都围了过来，以盛年为中心，形成了一个圈。

第二天一早，谷黄就来到了荣光，她带着审计师，提出要审核调阅荣光近半年来的财务状况，行使她身为股东的权利。卢一般想阻止，却无济于事，崔恒语和郝进同意，管重来没有表态。

不是管重来不表态，而是管重来没来公司。

昨晚卢一般和庄有田又拉着管重来谈了半天，管重来由开始时的坚持不同意到后来的微有松动，总算没有让卢一般白费口舌。原本以为今天一早上班后，再加一把劲就可以让管重来签了合同，不料管重来却因为盛年的重病而请假在家。

盛年和谷黄她们开完会回家就病了，病得还很严重，咳嗽发烧——盛年不是装病，为了让自己真病，她对自己下了狠手。

这些年来盛年创业，拼搏忙碌，身体一直很好，这一病吓坏了管重来，因为来势太凶猛了。他一早就陪盛年去了医院，检查后医生说盛年的病是自限性疾病，是由于过于劳累和疲惫，身体为了休息而采取了生病措施，强行限制再过度使用身体。

医生见管重来白白胖胖、气色不错，就板着脸批评他应该多关心自己的妻子，都累成这样了，天知道为这个家付出了多少。你看看你，养得这么白净，肯定家里家外什么活儿都不干是吧？

管重来被说得无地自容，跑前跑后帮盛年安置妥当，盛年却非说要回家。他不肯，说要让盛年住院观察。盛年不肯住院，说要回娘家看看，她好久没回家了。

管重来无奈，只好由她，开车带着盛年回了娘家。

依然是以前破旧的房子，阴暗而潮湿，狭窄而拘束。让管重来没想到的是，除了盛年的父母之外，盛气也在。

盛气在卢一般的上海工厂干了两年多，是他毕业以来从事最久的一份工作，而且还谈了一个对象，娶回了家。只不过从工厂回来广州之后，盛气又恢复了以前好吃懒做的德行，天天在家里待着，不上班不赚钱。倒是他娶来的媳妇冼慧不嫌弃他，出去打工养家，既能干又肯吃苦，还贤惠，确实是名副其实。

和冼慧结婚后，盛气老实了许多，不再敲诈许妙妙，就只啃老了。后来生了一个儿子，父母开心得不行，算是后继有人了，也愿意让盛气啃老，反正他们的退休金也够花了，平常很节省。

盛年还是时不时地接济一下他们，尽管她还是对父母微有怨气，妹妹之死是她心中永远的痛。但父母毕竟是父母，该尽的孝道必须要尽。

近年来随着父母年事渐高，他们也就没有更多的精力和盛年闹腾。随着孙子的出生，他们的大部分精力都用在了照看孙子上，除了偶尔向盛年要钱之外，其他鸡毛蒜皮的事情也少多了。

见盛年和管重来到来，父母依然是淡淡的样子，不过父亲对待管重来比以前的态度好了几分。几年的历练让管重来成熟稳重了许多，举手投足间也有了几分成功人士的气派，让父亲感受到了一丝威压。

管重来对待盛年父母还是一如从前，态度恭敬中带着亲热，只是他并不正眼瞧盛气一眼。他最看不起好吃懒做、没有上进心的男人，男人不努力，难道要等女人养活？

现在的盛气就是靠父母和老婆养活，每天除了吃饭睡觉之外，就是打游戏、做做白日梦。

“姐，你怎么病了，是不是姐夫天天不管你？”盛气阴阳怪气地叫了一声，“姐夫，收收你的花心，你现在年纪也不小了，别再和外面的女人瞎搞了，好好回家跟姐姐过日子多好。姐姐为了这个家，付了多少你又不是不知道。”

“住嘴！你姐夫对我对这个家尽心尽力，你没资格也没有理由说他。”盛年不满地瞪了盛气一眼，“赶紧倒水去，还要我这个客人动手？”

盛气穿着睡衣和拖鞋，懒洋洋地站了起来，“哎呀，家里的桶装水正好用完了，姐夫，你有没有送水到家的App，对，点开，下单，让他们送水过来。”

管重来假装不知道盛气是想占他便宜，下单付款。其间几个微信进来，是卢一般，催促他尽快回公司上班，他没回复，眼神复杂地看了盛年一眼。

盛年察觉到了管重来的心神不定，故意说：“要是公司有事，你先去吧，有盛气在，我没事的。”

“什么叫有我在，姐，你现在是管家的人，姐夫不管谁管？你忘了刚才你还说自己是客人来着。”盛气扶起盛年，见盛年无比虚弱，“姐夫，你到底是怎么个情况，姐姐怎么病成这个样子了，你做了什么天怒人怨的事情让她受罪？你给她一份爱，她给你一个家。你给她一份支持，她还你一个荣光。你还想要她怎样？难道你想给她一份冷落，让她还你一个骨灰盒？”

“你瞎说什么呢？”父亲怒了，打了盛气一巴掌，“多大的人了，说话没脑子吗？”

“爸！”盛气气不过，“你是不知道，姐夫他在外面有人了，所以才会对姐姐这样。现在他侵占了姐姐的股份，又有了别的女人，巴不得姐姐生病早死早解脱。男人不都是想升官发财死老婆吗？管重来，别以为我不知道你的歹毒心思。”

盛年想说话，管重来伸手制止了她，他已不再是当年没本事、有脾气的小青年。在盛年父母惊愕不解的目光中，他镇静自若地笑了笑。“盛气，你是遇到过我和许妙妙在酒店里一起从房间出来，就以为我们是不正当男女关系，告诉你，还真不是！许妙妙现在离婚了，她想嫁给庄有田，但庄有田不想娶她。我当时和她一起出来的房间，庄有田就在里面。我和你姐经历了这么多年的风风雨雨，在我落魄的时候，她没有放弃我，在她生病的时候，我不会不管她！”

第八十二章　商业意图上的不同步

管重来的一番话掷地有声，盛年心中暖流充满，无比欣慰。管重来不管是有什么心思或是想法，他一心想要的是出人头地，是成功。尽管有时方法不太对，而且操之过急，但至少他坚守了底线和做人的原则，不会在感情上背叛她，在婚姻中伤害她。

“吹吧，假的吧？你和许妙妙会没事？没事你和她怎么都是我一开口就给我钱？没做亏心事，不怕鬼敲门！”盛气才不信管重来的话，“姐，你别听他胡扯狡辩，他和许妙妙肯定睡过了……”

“啪！”

盛年扬手打了盛气一个耳光，“盛气，够了！重来给你钱，是可怜你，不想你连饭都吃不上。许妙妙给你钱，也是看你太没出息，就当打发要饭的，就当做好事了。你还没有自知之明，以为自己抓住了别人的把柄。你知不知道你已经犯法了？如果他们报警的话，你至少要被判五年以上！”

其实许妙妙当初给盛气钱，确实隐藏了等以后时机成熟时报警抓人的心思——到了一定数额就可以判定为敲诈罪了。只是后来许妙妙和盛年认识之后，才慢慢打消了念头。盛气还以为他真的抓住了别人的把柄，却不知道已经走在了悬崖边上，只差一步就摔下去了。

盛年有时既痛恨盛气的贪心，又可怜他的无知。有些人总以为无知者无畏，其实是无知者最可悲。有时死了都还不知道是怎么死的，还以为自己升天了呢。

盛气被打蒙了，捂着脸咧着嘴，愣了半晌忽然笑了，“姐，打一巴掌一万元怎么样？”

盛年都不知道该说什么好了，拉过盛气坐下，“盛气，重来也在，你现在跟我说实话，如果说得满意了，我给你一万元。”

盛气见钱眼开，“姐，你想知道什么事情尽管问，我绝对不会隐瞒一丝一毫。就算姐夫想用更多的钱堵住我的嘴，我也不会听他的。”

管重来不以为然地笑了笑，才不理会盛气的激将法。他是有一些事情瞒着盛年，但在感情和婚姻上他没有做出任何对不起盛年的事情。

盛年激烈地咳嗽了几声，喝了一口水才平息了几分，“盛气，你在卢一般上海的工厂干了两年，你觉得他的工厂效益怎么样？”

管重来心中一紧，原来盛年回家的真正用意在卢一般身上，真是一个心思缜密的女人。若是以前，他会很生气、很不满盛年对他的欺骗，虽然也不能说是欺骗，但至少她对他有所隐瞒，但此时他和盛年一样，也想知道真相。

最近卢一般一系列反常的举动，让管重来对卢一般坚定的信任和支持产生了动摇。

虽然昨晚卢一般和庄有田一番苦口婆心的劝告，让他又有了松动，认为以目前荣光的现状，值得赌上一次。不赌是死，赌了大不了还是一死，并且还有一丝生机，为什么不赌？死马当活马医的前提不就是反正都是一死吗？

连死都不怕，还怕赌一次生吗？

如果不是今天盛年突然生病需要他照顾，他去了公司，说不定就被卢一般拉着签字了。现在他有几分怀疑盛年的病来得突然并且来势汹汹，不像巧合，像是有意为之。

又一想，就算盛年是故意生病，也是苦肉计，他也应该领情。想想这么多年来盛年为了他、为了这个家，付出了多少心血，拼到连生病都没有时间的地步，他还有什么理由指责盛年？

盛气一愣，“姐，怎么又说起上海的工厂了？唉，别提了，表面上上海的工厂是卢一般的，其实他只是小股东，大股东是他的合伙人。后来他又陆续卖掉了股份，在我回来时，他可能连百分之十的股份都没有了。负责安排我工作的刘工是卢一般的人，我刚去的时候他还挺受重用，后来随着卢一般的股份越来越少，他也就被边缘化了……”

管重来察觉到了问题的关键点：“上海工厂的效益还不错，卢一般为什么要退股？”

“缺钱呗，这么简单的道理，你这个大老板会不懂？换了你，你赌输了几个亿，别人追债要你的命，你会不会卖了荣光的股份？命重要还是钱重要？傻子！”盛气白了管重来一眼，忽然哈哈大笑，“等后来刘工实在干不下去辞职的时候，我请他吃饭，他喝多了才对我说，卢一般不是个好东西，放着好好的事业不做，非要去玩什么资本运作，结果赔了不少钱。在卖上海工厂的股份之前，他名下许多产业的股份都卖了，他已经破产了。”

“啊？”管重来终于震惊了。从他认识卢一般以来，卢一般给他的印象一直是从容不迫、气度不凡，并且非常有钱，实力雄厚到让人不知道他到底有多少产业、多少资产的地步。有时卢一般半是吹嘘半是认真地说，连他自己都记不清楚自己参股的公司有多少家，只能记住控股的几个大公司。

接触卢一般久了，会让人觉得他手眼通天、样样精通，名下的产业涉及方方面面，但有许多公司他只是幕后控制，像是传说中的隐形掌门人。有几次管重来半开玩笑半是认真地问卢一般，有没有统计过他的身家到底有多少亿，卢一般的回答让他至今记忆犹新。

“财富到了一定程度就只是一个数字了，完全没有任何意义！我现在不去计算我到底有多少亿的身家，我只考虑我能创造多少财富，为社会做多大贡献！”

当时的一番话顿时让管重来肃然起敬。

却万万没有想到，无比光鲜、风光无限的卢一般，已经到了破产倒闭的边缘，不，不是边缘，而是正在快速坠下深渊。

不过管重来还是不太相信盛气的话，盛气太没有诚信了，他拍了拍盛气的肩膀，“盛气，你说实话，你对卢一般的事情到底知道多少？”

盛气一抖肩膀，甩掉管重来的手，“知道得不多，但也够用了。怎么着，你想了解哪方面的？”他扬了扬手机，“微信、支付宝、龙支付，都支持转账。”

盛年气得扬手要打，被管重来拦住了。管重来当即转了一万元给盛气，“盛年，你别管，这是我和他之间的事情。好了盛气，钱给你了，可以说实话了。记住，必须是实话。”

“放心，我又和卢一般不熟，和他没有什么利益关系，他既没有得罪我，又没有给我好处，我的立场很公正。以下，都是我听来的，不代表我个人意见，也没有求证是真是假，我说你听，相不相信，你自己看着办。”

盛气在上海工厂期间，除了和刘工关系不错之外，还和一些基层的女工来往密切。其中有一个叫余果的女工和他最聊得来，还一度谈了一段时间恋爱。

余果来自卢一般的家乡，父母就是卢一般父母的邻居。卢一般父母还在农村，他很少回家，倒是不时地给父母打款，父母也以卢一般为荣。

最近两年卢一般给家里的钱越来越少。父母一向大方，村里谁家有病有灾的，他们都会给钱。因为卢一般给的钱实在太多，他们平常又很少花钱，所以存了不少。

卢一般是个孝子，通常只要父母开口，都会满足要求。余果说开始时钱越给越少，父母还没有什么想法，因为钱够用。后来卢一般的几个亲戚陆续生病，父母把钱都拿去给亲戚治病，手中的钱花光了，就冲卢一般再要，卢一般虽然也打款过来，但比以前少了许多。

钱不够亲戚后续治病，父母又开口要，卢一般却迟迟没有打钱过来，后来好不容易打过来，却只是原定的三分之一。父母很生气，指责卢一般忘本。卢一般也没有什么解释，后来又陆续打了几笔，数额都不大。

余果就对盛气说，卢一般肯定是没钱了。以她对卢一般的了解，他既好面子又孝顺，父母要钱肯定不会小气。但比以前少了许多，说明他真的是特别缺钱。

管重来听了久久无语。

卢一般的孝顺他早就知道，不得不说他对父母以及对盛年父母的态度，或多或少受到了卢一般的影响。卢一般说过，生我养我者父母，恩情比天大，只要是人就应该孝养父母。连父母的钱都不能如期如数打过去，卢一般真的是到了山穷水尽的地步了吗？

如果卢一般告诉他实话，不管是哪家公司破产，或是被资本运作所累，甚至是因为赌博输掉了全部身家，管重来也愿意帮他，愿意和他共渡难关。但卢一般不说实话，就让他意识到了问题所在——卢一般为荣光融资，绝对不像他表面上所说是为了荣光的未来，而是另有所图。

婚姻是股份制合伙公司，夫妻二人最怕的是感情上的背叛和欺骗。同样，股份制公司，股东之间最担心的是商业意图上的不同步，以及心思各异。

第八十三章　突破原则和底线

盛年见管重来黯然无语，神情慌乱，知道他信了大半。虽然她已经知道了卢一般的大部分真相，但从她嘴里说出来和从盛气嘴里说出来，效果完全不同。盛气是很无赖甚至很垃圾，但他只贪财不会编造谎言，更不会编故事。他所说的一切，管重来会本能地相信，而不会有抵触心理。

“不过我也挺佩服卢一般。卢一般不但孝顺，还专一，他工厂里面有许多女工喜欢他、仰慕他，他都不感兴趣，只爱乐水一个人。这一点你得向他学习，姐夫，你什么时候和卢一般一样专一，你就能成大事了。”盛气反过来拍了拍管重来的肩膀，一副语重心长的样子，“别看我不着调、不靠谱，但是结婚之后，我只爱冼慧一个人，再也不会喜欢上别的女人。姐夫，你说实话，你和许妙妙到底有没有一腿？”

“滚！”管重来推开盛气，“没心思和你说这些没用的，我和你姐还有更重要的事情要办。盛年，关于卢一般的事情，你到底还知道多少？”

“很多。”盛年很冷静、很认真，“前提是，你得怀疑卢一般之后，才能真正听得进去。”

“我想听。”管重来咬牙做出了决定，“你现在都告诉我。”

“我可能会带有对卢一般的偏见，你还是听乐水和谷黄、郝进怎么说吧。”盛年打了一个电话，“和她们说好了，今晚见面。你现在上班去吧，别让卢一般怀疑你。”

“我不想见他。”管重来书生意气发作，“太气人了，骗了我这么久，还差点坑了我。”

“不，你还必须见他，因为我们要对他的阴谋将计就计。”盛年拉住了管重来的手，“重来，现在荣光到底是生存还是死亡，就全寄托在你身上了。你必须做好两件事：一是让卢一般相信你不知道他的真正意图，没有和我、谷黄、乐水她们达成共识；二是你必须促成于老板和卢一般的合作……”

"我不明白……"管重来有几分糊涂，"明明是一个陷阱，为什么还要跳进去？"

"只要运作得当，有时陷阱会成为跳板。"盛年勉强一笑，她憔悴的笑容满是疲惫和期待，"谷姐她们和我的意见一致。现在的荣光面临着生死存亡的选择，挺过去了天地广阔，挺不过去破产倒闭。因为卢一般信任你，他的所有图谋虽然都掩盖在'一切为了荣光的明天'的谎言之下，你可以假装相信他，和他一起推动融资，我和谷姐、乐水还有郝进、老崔，在背后当你的助力，争取借力打力，让荣光起飞。"

"我……能行吗？"管重来底气不足，"我怕我再面对卢一般时会露馅儿。我不会演戏，没有办法像他一样装得那么像。"

"你不用演，就告诉他你同意融资就行了。"盛年神秘地一笑，"剩下的事情，就由我来处理。"

就在盛年和管重来商定大事的时候，乐水在家里也进行了一场大扫除。

乐水找出了卢一般近几年来的合同和票据，又梳理了一下家中几年来的开支，并且做出了一个财务报表，足足忙了大半天。

下午，乐水又翻出了结婚证，出神半天，流了一会儿眼泪，又擦干，然后翻出了几张名片——都是卢一般名下公司的副总，平静地打出了几个电话。

放下电话，乐水又愣神半晌，打开电脑，敲下了一行字：离婚协议书。

写完协议书，乐水又打电话给小可和大愉，约她们和自己一起去见郝进。

谷黄也一样忙碌。她先是让人调查了卢一般的负债情况，又和卢一般的几个合作方通了电话，最后又叫来华年美体内衣的负责人一起开会，要求加大、加快吸收加盟商的步伐。随后她又叫来财务，让财务不管想什么办法，都要拿出五千万的资金以随时备用。

郝进单独约了叶南，聊了大半天，最后达成了共识，由叶南召集先期从荣光出走的部分高管和总监，联合成立一家公司，负责江南区域的经销，相当于长江以南的总代理。

黄昏时分，谷黄和乐水、小可、大愉与郝进、叶南碰面。有了郝进和叶南谈好的基础，小可和大愉愉快地接受了条件，成为江北区域的总代理。谷黄承诺，荣光和华年分别定位为中高端和中低端市场，两个品牌有互补性，江南和江北的代理商会同时经销两家的产品，前期她会拿出五千万元的补贴，其中荣光三千万，华年两千万。

并不是说谷黄偏向荣光，而是荣光定位高端，利润比华年高。虽然她持有的华年股份比例更高，但她很清楚，只有荣光品牌做起来了，才能带动华年，更不用说她本身也是荣光的大股东。

而且盛年和乐水也一致同意，等荣光渡过难关后，会提升谷黄在荣光的持股比例。毕竟，她为荣光付出的也不少。

一切准备就绪，晚上，盛年拖着病体和几个人见了一面，得知计划进展顺利后，病也好了大半。

晚上，荣光公司，管重来的办公室灯火通明，除了谷黄之外，几大股东全部到位。

崔恒语环视众人一眼，手中有一份合同："谷姐的授权书，授权我全权代表她行使股东权，所以我的一票相当我和她加在一起的两票。好了，现在开会。"

卢一般淡然一笑。只要说服了管重来，崔恒语、谷黄和郝进三人的股份加在一起也不足以改变局面。经过昨天的一再说服，相信管重来已经动摇，毕竟在巨大的利益面前，鲜有人可以坚持所谓的原则。

在卢一般看来，有时原则和底线就是被用来突破的。

想起刚才和管重来的谈判，卢一般心中更笃定了几分，再望向崔恒语时的眼神，像是看一个死人一样充满了怜悯和无奈。

就在一个多小时前，他和管重来总算达成了共识，管重来接受于老板的融资条件，同意签字，好处是他个人会在事成之后收到于老板五百万元的费用。

卢一般相信管重来领会到了他的意思。虽然管重来和他是荣光的最大股东，但毕竟还有谷黄、崔恒语和郝进等股东，他们为荣光做出了巨大的贡献，理应在正当的股权分红之外，再额外获得一部分报酬，算是补偿他们的辛苦劳动。还有一点，万一荣光融资之后没有渡过难关，五百万也足够保证未来相当长一段时间内的生活了。这也是出于对家庭的爱和对妻儿老小的长远考虑。

管重来原本坚决的态度，最后终于妥协了。卢一般唯恐夜长梦多，提议立刻召开股东会议落实下来，省得管重来回家之后被盛年一鼓动再次变卦。

管重来也同意了。

眼见即将大功告成，卢一般心情激荡。想起近两年来所受的折磨，终于要结束非人的生活了，他几乎压抑不住内心的喜悦之情。

"投票吧，我赞成。"卢一般一改以前不动声色的大将之风，第一个抛出了底牌，"荣光现在的情况就像已经病入膏肓的人，但得的不是不治之症，可以救活，就等神药了。如果再拖下去，等神药到了也无力回天了。所以大家也别纠结了，赶紧投票决定吧。"

“我反对。”郝进和崔恒语交流了一下眼神，很坚定，“虽然我知道我的反对票没什么分量，但还是要表明态度。”

崔恒语举起手中的授权书，“我和谷黄都投反对票。”

对于盛年等人在背后的所作所为，崔恒语只知其一不知其二，郝进也没有和他说得特别详细，不是想隐瞒，而是时间上来不及。当然，也有郝进担心让崔恒语知道太多而过于镇静不能配合演戏的考虑。

崔恒语只知道盛年等人一直在努力争取其他方面的资金，但收效不大，而卢一般步步紧逼，他在正面战场孤掌难鸣，已经支撑不下去了，心中顿生悲壮之感。想起当年在一间不起眼的办公室里，朴实的盛年和朴素的乐水以及老实巴交的他，三个人决定创业时，谁能想到有一天自己辛辛苦苦打下的江山，会拱手让给不相干的人来发号施令……

崔恒语感觉鼻子发酸、嗓子发涩，呆呆地望向天花板，不让眼泪流出来，心中默默在想：“盛年、乐水，我尽力了。谋事在人，成事在天，如果荣光因此而死的话，我们谁也不要责怪对方，我们没有选错合作对象，怪就怪选错了结婚对象。”

“该你了，重来，你是至关重要的一票。”卢一般看向管重来，心情微有波动，又稍有紧张，万一管重来临时反悔的话，就前功尽弃了，于是他就多加了一句，“荣光的命运，以及许多人的命运，都掌控在你的手中。我记得你常说的一句话是，听取大多数人的意见，和少数人开会，最后自己做决定。真正改变时代的人，还是极少数具有先见之明的有识之士。”

第八十四章　大师的崛起之路

“我同意。”管重来没让卢一般等太久，似乎是他被卢一般说服了一样，他高高举起拳头，“向死而生，置之死地而后生，大丈夫当有所为有所不为，干就是了。”

“好！”卢一般心中一块巨石落地，感觉像是放下背负了许久的包袱，险些没有兴奋得大叫起来，“好，既然股东会议通过了决议，就立刻执行。荣光等不及了，再耗下去，我们就都是荣光的罪人。”

崔恒语一脸灰白，愤而摔门出去，“我保留意见，不参与你们的协议。是死是活，我听天由命。”

郝进赶紧追了出去。

管重来张了张嘴，话到嘴边还是没有说出口。由他们去吧，不到时候不能告诉他们真相，毕竟卢一般警惕性太高了，手腕也太厉害了。只有让卢一般相信自己还是他的同盟，戏才能演下去，并且要演得像。

管重来接过卢一般递来的协议书，简单看了几眼，签上了自己的名字，卢一般也签字完毕，放到一边。

“等下让崔恒语、郝进和谷黄都签字，就算正式生效了。明天以后，于老板的资金就可以源源不断地进来了，到时荣光就会起死回生。对了重来，你给我一个私人账户，最好盛年也不知道的，钱由你一人掌控比较自由一些。”

“你也有乐水不知道的账户？”管重来想起了盛年再三交代的问题，心里虽然微有紧张，但还是努力保持了平静，“唉，说实话我觉得挺紧张的，第一次办坏事，特别不安。而且于老板又有过说话不算数的前科，我真的挺担心他不能兑现承诺。几年前的五十万都没有给我，今天的五百万他会打款吗？”

“肯定会，放心好了，毕竟以前是他自己的钱，现在是别人的钱，花别人的钱不心疼，哈哈！”卢一般见办公室中没有别人，就离管重来更近了几分，“我当然有只有自己才知道的秘密账户了。男人嘛，总有一些开支不想让妻子知道。你完全可以理解的，对不对？”

“我还得多向你学习才行，我所有的账户盛年都知道，每个月只有几万元的花销可以自己做主。不对，一般，你和乐水那么恩爱，为什么要有自己的小金库？是不是在外面养人了？要不你也花不了多少钱！”

“没有，没有，我不像庄有田一样花，我对乐水很专一。但专一并不表明我没有自己的秘密账户，男人一定要有自己的秘密和底牌，秘密账户就是我的底牌。我不想有一天我输得一无所有时，乐水和孩子要跟着我到大街上去要饭。要是那样的话，我还不如去死！”卢一般眼中忽然泛起了泪花，“我承认，在有些事情上我没有和乐水说实话，但我对她的爱是真心的，可能有些事情我做得也过分了，伤害了她，但在感情上从来没有背叛过她。希望有一天她知道真相后，可以原谅我作为一个男人有自私但好面子的一面。”

“你到底做什么对不起她的事情了？”管重来的心情慢慢平息下来，感觉卢一般像是卸下了心中巨大的负担，正是乘虚而入的好时机。他起身关紧了办公室的门，又泡了一壶茶，“来，坐一会儿，说说话。”

卢一般确实如释重负，债务像一座大山一样压得他抬不起头、喘不过气。两年多来，他在人前欢笑，在人群中谈笑风生，而在背后，几次痛不欲生，无数个夜晚难以入眠。

一切，始于和于老板初识的春风沉醉的夜晚。

卢一般其实和于老板相识于两年前，并不是由庄有田现在介绍才认识。当时是在一个朋友的饭局上，于老板是中心人物，谈笑风生，谈金融是商业的最高阶段，资本运作可以轻而易举地赚钱。从互联网出现后，几年相当于实业十几年的发展历程来看，未来早晚会出现互联网和金融结合的产业，发展速度会是互联网的十几倍。

以前一家工厂，几十年可能才会造就几个富翁，现在一个互联网公司，几年就能催生几十个富翁。而未来的互联网和金融的结合，几年就能诞生几百上千个富翁。而刚刚露出苗头的数字币如果以后可以推广的话，会在一夜之间出现无数个亿万富翁。

而未来的亿万富翁，肯定就在在座的众人之中。

卢一般听得热血沸腾。虽然他也算是不折不扣的富翁，但在于老板，不，当时被人称为“于大师”的眼中，不过是初出茅庐的穷小子，完全不值一提。

当时的于老板还是于大师，以能够帮人看相和测吉凶祸福行走江湖，拥趸无数。

在周围别有用心的人有意无意的吹捧下，名声越来越响，并且越传越神乎其神。正是靠着蒙上了一层神秘色彩的名声，于大师才得以在无数政商名流之间游刃有余，得心应手。

其时的于大师已经以于老板的身份拿到了管重来所写的 App，然后再靠于大师的身份到处招摇撞骗来融资。在认识卢一般时，于大师还差一千多万元资金，就有心拉卢一般下水。

卢一般是一个慢性子，虽然被于大师说得热血沸腾，但要做出投资的决定，还需要认真考察并且研究一番。结果等卢一般考察结束觉得可行时，于大师已经融资完毕，不再需要资金了，并且启动了公司，他就只能望之兴叹了。

不过变成了于老板的于大师并没有放弃卢一般，他觉得卢一般还是可以再拯救一下，就继续和卢一般交往。在没钱时，于大师所谈的都是帮人消灾解难，让人如何赚钱发达的话题。而在他创业时，好像忘记了自己本是超凡脱俗的大师身份，张口闭口都是自己如何赚钱，从一个超脱世外的高人跌落到了尘埃之中，成为一个满身铜臭味的商人。

卢一般也很喜欢和于老板来往，不仅因为于老板很健谈，天文地理无所不知，养生、命运、功德等等张口就来，而且对于经商、运营以及人性也颇多研究，涉猎广泛。他阅人无数，如于老板一样方方面面都有魅力的人并不多见。

主要也是于老板所从事的行业让卢一般大感兴趣，因为他刚认识于老板时，还是大师的于老板明显没什么钱，虽然天天混迹于名流之中，显然就是想掏名流们的腰包。但是现在的于老板大不相同了，不管是说话的气势还是出手，和以前的他一个天上一个地下。

这就说明了一点，于老板赚钱的速度和他所吹的牛、夸下的海口一样，飞速上涨。才短短半年时间，卢一般就感觉于老板的资产可以和他平起平坐了。又三个月后，他就发现自己已经追不上于老板的脚步，难以望其项背了。

卢一般不免懊悔当初由于过于谨慎而错失投资良机。当时一千万元投入就可以持股百分之二十，以现在于老板公司的估值计算，已经上涨了数十倍有余。这哪里是赚钱，简直就是印钞。

于老板看出了卢一般的心思，告诉他，以钱生钱才最快。做实业固然好，但增值慢，稍有不慎就会赔得血本无归。不如将重资产变卖之后，投入他的平台之上，他给他百分之二十的利息回报。

卢一般以前从来不想高额回报的投资，他做实业多年，知道利润率有多少。除非有百分之四十以上的利润才敢开出百分之二十的回报，但现在哪个行业敢说有百分之四十以上的利润？

但和于老板认识久了，亲眼见到于老板发迹的过程，他信了。他在研究了于老板的平台向普通投资人融资的项目后发现，最少也可以做到百分之十的利息，而且期限只有一个月。于老板告诉他，平台只放短期贷，从有闲钱的人手中融资，向急需用钱的人放款，中间赚取利息差价，成本就是公司的运营费用，不需要再投入，是旱涝保收的庄家。

而急需用钱的人大多借钱用来美容、医疗和日常消费，是小额贷，数目不大，还款难度不大，偿还比例很高，大多数都可以按时还款。只要借款人的数量足够大，比如十万人，平均每人借款一万元，就是十亿元，中间产生的利息差就是几千万元。

要知道，几千万元的利息差可能就是一个月的事情。

卢一般被彻底震撼了，他才知道原来高明的赚钱手法可以这么玩。想想他的一些公司，一年到头无数人累死累活，到头来利润还不到一千万元。他决定卖掉公司，将资金投入于老板的平台上，坐收利息。

陆续卖掉了几家小公司，几百万投入进去后，很快就收到了几十万的利息。卢一般很兴奋，继续加大投入。在一年间，他卖掉了名下一半以上的产业，陆续将上亿的资金投入于老板的平台之上，梦想着可以不劳而获，每年坐收上千万元的利息，比做什么产业不强？

之所以一直瞒着乐水，是卢一般试探过乐水。乐水对做实业有执念，认为实业才是国家的基础，制造业才是国家的根本。金融固然重要，但也要有实业和制造业为前提，要不就是空中楼阁。

第八十五章　赌徒心理

卢一般一时没能说服乐水，就索性瞒过了她。他觉得若论商业上的经验，乐水和他完全不在一个层面上。他创业两次，经商数十年，岂是只有一次创业经历、一两年经商经验的乐水所能相比？更不用说乐水作为女人，有天然的缺陷和不足。

但是让卢一般万万没有想到的是，就在他将全部本金和利息加在一起再次投入平台之中，又卖掉名下的一部分股份时，出现了重大意外——于老板的几个项目出现了重大失误，应收款项无法回收，他的投资血本无归！

卢一般暴跳如雷，一开始怀疑是于老板私下吞了他的投资，后来查账后发现确实是放出去的钱收不回来，不仅仅是他的投资如此，还包括平台其他的投资，总数足足在五六亿元以上。

大半辈子积攒的一大半的资产肉包子打狗——一去不回，卢一般不急才怪。他和于老板一再碰面商议对策，商量来商量去，也没有别的办法。平台放出去的项目，有赔有赚，赚了是运气，赔了认倒霉，要不还能绑了对方让对方还钱不成？

不久后，于老板主动找到卢一般，神秘兮兮地告诉他，他在帮浙江一家企业融一笔资金。对方公司实力雄厚，急需一笔资金扩张，然后上市，开出了百分之二十五的高息，如果卢一般有钱，可以投一部分，他愿意分给卢一般一部分份额。

对于一些赚钱的可能性极高的项目，分份额就等于直接分利润给你。卢一般输红了眼，为了翻本，当即又将名下的其他公司和股份卖掉大部分，凑够了一亿元，全部投了进去。按照他的设想，一次是百分之二十五的收益，接连投资十几个类似的项目，就可以弥补以前的损失了。

所有的赌徒在输钱之后都有强烈的要翻本的欲望，并且都认为自己一定能够成功。卢一般本来是一个特别谨慎的人，做出任何投资决定之前，都会再三考察市场，但在轻松赚取高额利润的诱惑下，他心态失衡了。

急于回血的心理让卢一般再一次投资失误——也不能怪他过于迫切，实际上他投资的项目也不是骗局，于老板自己也投进去不少。但有时人真的有气运，所谓“时来天地皆同力，运去英雄不自由”，投资的浙江企业也确实上市成功了，但上市就跌破了发行价，随后一路下跌，跌得卢一般心惊胆战、生不如死。

是的，卢一般连死的心都有了。他一生唯谨慎，才打下了一片江山拥有了亿万身家，结果两次投资失误就全部扔了进去。人生还有如此风骚洒脱的操作，他都服了自己了，怎么会犯以前想都不会想到的错误？他到底是怎么了？难道是因为遇到于老板就遇到了克星？

卢一般确实很爱乐水，但他并不想让乐水知道他的全部资产。和谷黄不幸的婚姻让他意识到一点，男人必须掌控绝对的主动权和安全感，而主动权和安全感来源于财产。所以，他爱乐水但不会让乐水知道他到底有多少钱，但他可以保证不会背叛乐水。如果乐水不背叛他，他会尽己所能保证乐水一生岁月静好。

但是卢一般并没有认真想过，乐水到底是不是真的想要毫不知情但生活无忧的人生。而他所想拥有的绝对的主动权和安全感，是以牺牲乐水的知情权以及完全依附于他为前提。

夫妻之间本该是平等交流、平等生活，他将自己的意志强加在乐水身上，还自以为是为了她好。

投资失败后，卢一般更不能让乐水知道他已经失去了一切，如果乐水知道了，肯定会离开他。他又想当然地以自己的想法来推测别人的决定。他只想想方设法挽回损失，等他再有钱了，再告诉乐水也不迟。

他名下的股份就只有荣光一个优质资产了，就和于老板商量如何利用荣光大做文章，好打一个翻身仗。于老板组了一个局，叫上了庄有田，庄有田告诉卢一般一个利用自己公司套取现金的方法。

庄有田的能伦地基工程营收还不错，报表也好看，但庄有田好赌，输了不少。他不想再干工程了，太累太麻烦，赚钱慢，想卖了公司，又卖不了好价格。就以公司投资了一个大项目为由，提出融资，联合于老板的平台，许以厚利，发布到网上。

结果还真融了不少钱，当资金超过了公司的估值后，庄有田打算以项目失败为由不再还钱，反正抵押了公司的股份，就当是高价卖了公司。上次见面，庄有田就是和于老板敲定了最后的合作。

于老板为卢一般所出的主意如出一辙。以荣光的股权作抵押，将报表做得漂亮一些，前景描绘得光辉灿烂一些，利息开得高一些，发布之后，总会有投资人愿意投入。等投资超过预期，就可以以荣光发展失利为由，拒不还款，以股权抵债，反正到时股权也不值几个钱。而荣光又是轻资产公司，靠的是品牌和创意，本身的资产也没有多少。

拿到钱后，具体经手的卢一般和管重来可以分大头，于老板自然也少不了好处。至于崔恒语、谷黄和郝进几个股东，随便扔一些给他们就是了，反正他们也不知道背后到底融资多少又亏损多少。卢一般的如意算盘是，利用荣光拿到钱后，先存一笔，足够保证乐水母女下半辈子的生活，剩下的部分他再用来创业，不信他第三次创业不能再次成功。

他有足够的把握再一次实现腾飞的梦想。

但在腾飞之前，还得借助荣光作为跳板。对不起了，乐水，他不是有意辜负她的信任，实在是现在山穷水尽了，只能拿荣光来当成诱饵，瞒天过海了。

尽管很爱乐水，卢一般对乐水的感觉也是既复杂又害怕。复杂的是，他清楚乐水的能力，所以才千方百计地说服乐水回家，让她安心地相夫教子。如果乐水继续留在荣光，早晚有一天她会大获成功，说不定她会是第二个谷黄。

他害怕的是，乐水比他年轻，而且长得漂亮，如果她和外界接触过多，难免会有各种各样的诱惑。万一乐水被别的男人吸引要离他而去，他岂不是成了别人的笑柄？尤其是他和谷黄共同的朋友，不知会嘲笑他多久！

卢一般对乐水的爱和关怀，建立在他掌控一切的绝对的主动权和安全感的前提之下。他并没有想过这其实是一种自私和自卑的表现，缺少自信和心胸。其实许多人不知道的是，卢一般在和谷黄结婚之后的创业，并不是他的首次创业，而是第二次创业。他的第一次创业是在老家。

早在上高中时，卢一般为了贴补家用，发现了电子商务的商机，在县城上高中的他利用信息不对称，代理一些乡亲的农产品通过网络销售出去。一开始时还真赚了一些钱，赢得了乡亲们的交口称赞，让他父母大感光荣。他也觉得面上有光，走路的气势都不一样了。

后来接连几笔生意失利，导致损失惨重，原本对他笑脸相迎的乡亲一个个全部变了脸，要么让他赔钱，要么对他冷嘲热讽，讽刺他癞蛤蟆想吃天鹅肉，反正一时之间他在村里抬不起头来，如丧家之犬。

此事在卢一般心中种下了深深的执念，他发誓以后一定要出人头地，要让所有看不起他的人都对他刮目相看。谁敢轻视他一眼，他要让对方后悔一辈子。

过于敏感加上过度自卑，养成了卢一般好面子、争强好胜的心理，也埋下了他凡事都过于谨慎唯恐有半分闪失的习惯。再有和谷黄失败婚姻的阴影，更让他表面上能说会道，特别会照顾别人情绪，实际上是一个没有安全感、事事必须掌控一切才能睡得安稳的人。

本来他不想告诉管重来他的真实想法，想让管重来当他的一个棋子，用过即扔。但后来发现不行，管重来表面上没有主见，实际上很有想法，并且见多识广，在学识上比他认识的任何一人都强。他懂得多见得广，只是实际经验少一些而已。

但正是因为管重来读书多，对许多事情就算没有经历过，也能看出一二。如果再让他深入研究下去，很快就可以察觉到他的伎俩。他在荣光最大的助力就是管重来，如果管重来对他失望，不再相信他，他在荣光就失去了话语权。

思来想去，他最终决定跟管重来坦白——他相信所有男人都和他一样，在家庭的财政大权和绝对领导权上，都不会放手，都要一手掌控。再有管重来也是一直生活在盛年的阴影之下，在接手了盛年的股份进入荣光之后，才逐渐培养出来男人气概。可见男人还是要掌权掌钱，才能彰显男人魅力。但是管重来并不像他一样在家里处于绝对主导地位，盛年的阴影还是无处不在，毕竟荣光是盛年和乐水创立的公司。

第八十六章　一路成长

如果他们转手将荣光卖掉，各自得了一大笔钱，再利用这笔钱去创业成功，那么他们就会成为绝对的主导者。就像当年他和谷黄分手拿走了谷黄三分之一的资产一样，他借鸡生蛋，再由蛋生鸡，最后别人看到的只是他当下的成就，至于最早的鸡来自哪里，谁会关心？

果然如卢一般猜测的一样，管重来一点就透，毕竟是读书人，从书中看到了太多的人情世故。尤其是当他许诺管重来，他至少可以分到五百万元之后，管重来的态度由暧昧立刻变得明确了。

卢一般挑选了一些可以说出来的心路历程和管重来分享，一些不能与人言的内心的隐蔽部分，自然就自动过滤不提了。之所以和管重来聊这么多，也是想加深一下二人之间的感情，让管重来对他更多一些信任和理解，也好让管重来在接下来一系列的事情上都积极配合他的举措。

夜深了，卢一般站了起来，拍了拍管重来的肩膀，“兄弟，成败在此一举，明天和于老板正式签订协议。荣光虽然失败了，我们却可以借此重生。牺牲一个荣光，成就了我们两个人的事业，我们以后再加倍回报盛年和乐水，也算对得起她们了，是吧？其实我们也是为了她们好，不想让她们有太多的担心。毕竟，该我们男人承担的生活的磨难，只能由我们男人承担，何必让女人再有无谓的困扰……”

不得不说，卢一般的话确实很到位也很有煽动性，如果不是已经知道了卢一般的本来面目，管重来会再一次被他迷惑。虽然知道卢一般其实已经输得一无所有了，他还是不得不承认，卢一般的话依然在有些地方打动了他，险些让他当真。

回家后，盛年还没有睡，显然是在等他。管重来有几分担心，“盛年，你的计划真的可以阻止卢一般的计谋得逞？我怎么觉得只要签了协议，就等于失去了控制权？”

盛年理解管重来的担心，安慰他说："不要紧，放心好了，我早就安排好了。你只需要假装什么都不知道就好，在表面上继续配合卢一般的工作。"又想起了乐水，她叹息一声，"就是乐水太可惜了，她已经决定离婚了。"

"啊？卢一般虽然骗了她，但在感情上并没有背叛她，她应该再给卢一般一次机会！"管重来也是大为惋惜。

"夫妻之间最基本的信任基础没有了，再生活在一起会很痛苦。卢一般习惯了什么事情都自己掌控，你让乐水以后怎么相信他？两个人在一起，除了感情上忠诚之外，在事业上也要携手共进。"盛年抱住了管重来，"就像我们，我生孩子时，你赚钱养家。我创业时，你在家守候。在人生的不同阶段，两个人总要互相扶携才是最好的夫妻关系。"

管重来也是一时感慨道："谢谢你盛年，谢谢你一路教我成长，包容我的错误，迁就我的无能。以前我总觉得男人就应该承担家庭所有的重担，现在才知道，既然夫妻一体，男人是要承担重担，也要让女人知道他在努力在奋进，而不是隐瞒。不管是出于什么目的的隐瞒，哪怕是善意的，也是欺骗。"

"这就对了。"盛年心中充满幸福，"总觉得男人应该承担一切的想法，其实还是大男子主义在作祟。难道女人就不能和男人一样承受生活的压力？女人哪一点不如男人？其实在许多时候，女人比男人更坚强、更能忍耐。"

"是，你比我更厉害、更有眼光，行了吧？"管重来开心地笑了，"等这件事情过去后，我们再生一个宝宝，儿女双全才是幸福家庭嘛！"

"不生，身体是我的，我有生育自主权。"盛年假装板起脸，"以后如果你不听我的话，不赚钱让我花，不给我买包包买房买车，就不给你生孩子。"

"你这是从哪里学来的生孩子警告？把生孩子当成条件，你这是无理取闹。"管重来知道盛年在逗他，就配合她演戏。他也知道现在的一些女孩子动不动就以生孩子相要挟来获取各种利益，将女人与生俱来的生孩子的能力当成谋生以及谋取利益的手段。

总有一些女孩子一方面厌恶物化女性，另一方面又以自己天生的生育功能来当成筹码，自己物化自己，真是可笑、可悲又可怜。

"不是无理取闹，是追求绝对的男女平等。上次我路过一个养鸡场，主人告诉我，一个养鸡场几十只母鸡有一只公鸡就可以了。我当时就生气了，骂他物化女性，不尊重女权，应该一只母鸡配一只公鸡才行。他当时就傻了，对我佩服得五体投地。"

“是他被你吓傻了吧？一只母鸡配一只公鸡，你还吃什么鸡蛋，吃鸡毛还差不多，哈哈！”管重来终于露出了久违的笑容。

很快，荣光和于老板的融资协议签订。

第一天签好协议，第二天谷黄的资金就打了进来，随后又由叶南、小可、大愉联合一些朋友，召开了一次盛大的发布会，签署了代理商合作协议。

卢一般原本打算等资金到位之后，就和管重来联手抽走资金，再做成亏空的假象。但却没想到，谷黄的动作够快，迅速打进来三千万元。有了谷黄的三千万元，再加上于老板的资金，荣光现金流无比充足。

更让卢一般始料不及的是，崔恒语拿出了几款新设计出来的产品，要求加快投产。结果生产出来的产品，经过推广和江北、江南两家代理商的推销，销量大好。

与此同时，谷黄也加大了对华年加盟商的推进力度，同时宣布，华年和荣光的加盟商渠道合二为一，荣光可以无偿使用华年的加盟商渠道。

此消息一出，荣光的销量进一步提升。

卢一般怎么也没有想到，荣光的声势会上涨得如此迅速，简直是迅雷不及掩耳，让他来不及有所动作，简直就是眼花缭乱，目不暇接。

更让他郁闷的是，正当他想和管重来一起商量一下如何转移资金时，管重来忽然病倒了，请假要去国外休养，盛年也要陪他一同前去。

由于管重来在荣光是最大的股东，他一走，公司上下非要乱套不可。都以为管重来会委托崔恒语暂时代理他的职权，不料却是由盛年宣布，由乐水代为行使管重来董事长的权力。

卢一般大吃一惊。

乐水突然出山，之前没有丝毫征兆，她也没有和他商量。他心中闪过一丝不祥的预感，似乎一切都没有按照既定的方向走下去，而是开始有了偏差，难道是哪里出现了差错？

想和管重来好好聊聊，却被管重来告知他已经到了国外，开启度假休养模式，要和外界断绝联系一段时间。

卢一般又找到乐水，要和乐水好好聊聊到底发生了什么事情。乐水也正有意要和卢一般好好谈谈，二人就在管重来的办公室坐了下来。

“感觉有些不太适应，我们应该在家里谈才对。”卢一般仰视坐在椅子上的乐水，总感觉不太舒服，乐水的姿态太高了，“乐水，你能不能坐在沙发上和我说话？”

乐水摇了摇头，表情严肃，没有一丝笑意，“今天谈的是公事，就得公事公办。”

“真的要这么严肃？”卢一般努力挤出一丝笑意，想要感染乐水，却没有丝毫效果，只好收回，“行，你现在是管重来和盛年的全权代表，你是老大，你说了算。”

乐水依然没有笑，“一般，我们认识好几年了，结婚也有两三年了。本来我认为我们可以一直幸福下去，你主外，我主内，过上一年半载，再生一个儿子，买一栋大房子，前面露台后面花园，阳光明媚，鸟语花香，岁月静美而悠长……”

卢一般心中大跳，乐水的表情是前所未有的认真。他有几分心慌，“乐水，你想要的一切马上就可以实现，再给我两年时间好吗？余生很长，我只需要再有两年就能为你安排好一切。”

“我信你……”乐水的声音忽然温柔了几分，她从管重来高高的椅子上下来，来到卢一般身边，握住了他的手，“一般，我很心疼你，你最近太忙太累了，感觉衰老了好几岁，眼袋都出来了。现在荣光步入了正轨，你休息一段时间好吗？别像重来一样都累病了。”

“现在正是关键期，我不能休息，要是休息的话，谁帮你管理荣光？”卢一般重新感觉到了乐水的温暖，一颗心又落地了，“我才不放心让你一个人经营荣光，太累了，我怕你累坏了。”

“不会，有老崔和郝进帮我，还有谷黄……”乐水见卢一般还是不肯和她说实话，心越来越沉，“一般，你真的不肯为我哪怕只是短时间放弃眼前的利益吗？”

第八十七章　另一面人设

卢一般心中又是一跳，乐水怎么时好时不好的，她肯定有什么事情，“你说的是什么傻话，我的利益不就是你的利益吗？我们原本就是一体的。”

“不，不是。”乐水的神色又严厉了几分，“一般，你真的太傻了，也太天真了。你知道为什么盛年和管重来要去国外休养吗？”

“不是管重来病了吗？”

“是，管重来是病了，但不是身体有病，是心里有病，他得的是心病。”乐水忽然重重地推了卢一般一把，“你是不是觉得管重来憨厚老实好骗，你是不是觉得你把他玩弄于股掌之间？错，大错特错！你和他密谋的一切，他全部告诉了盛年，也告诉了我。他们两口子出国，就是为了远离荣光，好给你暗中出手的机会。然后你会被发现，被抓，而管重来远在国外，可以推得干干净净，全是你一个人的过错！”

卢一般顿时惊吓出一身冷汗，瞪大双眼站起身来。

他一是不敢相信乐水居然对他和管重来密谋的事清清楚楚，二是更不敢相信乐水所说的一切，管重来会将一切都告诉了别人，并且还有意扔下他不管，一个人跑到国外？不，不可能，管重来不是这样的人，他不可能放弃即将到手的五百万元！

乐水不给卢一般深思的机会，继续咄咄逼人地说：“一般，你有时很聪明，聪明到算无遗漏的程度。但有时又很傻，因为聪明反被聪明误。你以为可以将管重来控制在手，你却忘了一点，管重来和盛年感情特别深，对一个深爱妻子的男人来说，是选择妻子还是朋友，你觉得他会犹豫吗？就像你，如果有人让你在我和他之间选择一个，你会选择谁？”

“当然是你了！”至此，卢一般已然信了一大半，“乐水，你的意思是？”

“我的意思已经很直白了，你要是还不明白，当我没说好了。”乐水生气了，起身来到窗前，“不要以为你和于老板联手做的事情有多高明、多天衣无缝，盛年早就察觉了。所以她才说服了管重来，管重来出卖了你，躲到了国外，就等你出手留下铁证后好人赃俱获。你还傻乎乎地打算一个人转移资金是不是？”

卢一般汗都出来了。乐水在家里休息的时间过长，都让他忘记了乐水也曾经在商场上叱咤风云。主要也是他被自己的经验蒙蔽了双眼，一厢情愿地认为乐水只是他听话的妻子和孩子的母亲，却忘记了她还有职场女强人的人设。

乐水见她步步紧逼，迅速突破卢一般心理防线的战术奏效，继续加大了攻势：“一般，你知道你现在应该怎么做吗？”

卢一般平常是一个非常镇静和有涵养的人，但今天，面对乐水一反常态的进攻，他失去了以往的自信，主要还是他现在确实没有镇静的底气。即将破产的他只有依靠荣光翻身，而荣光又是乐水的产业，一如他当年凭借谷黄三分之一的离婚资产才得以创业成功一样。

而且乐水已经完全知道了背后的一切，打了他一个措手不及，让他惊慌失措之余，不免就乱了阵脚。如果是别人还好说，他还可以深呼吸几口强行稳定心神，但在乐水面前他失控了。因为他心中始终有一根刺在隐隐作痛，在提醒他一个想要忘记却又时刻想起的事实——荣光毕竟是乐水的荣光！

“我……”卢一般愣了愣，想要擦汗，又觉得太露怯了，努力一笑，想要缓和一下气氛，“还请老婆大人示下。”

“啪！”

乐水扔过一份股权转让协议书，“签字，把你名下的股权全部转到我的名下，然后也去国外休养。我来替你收拾残局，打扫烂摊子，等梳理清楚了一切，你想要再回荣光也没问题。”

卢一般有些跟不上乐水的思路，“你收拾和我收拾有什么不同吗？我们夫妻一体，不管出什么事情，都是我们两个人的事情。”

“不一样，完全不一样。你收拾，管重来可以将所有的问题都推到你的身上。我收拾，他们至少会相信我出于公心，也相信我为了弥补你犯下的错误会全力以赴。快，别犹豫了，现在签字，马上订机票。”

卢一般总觉得哪里不对，但又说不上来，想要冷静一下，乐水的手机就响了。

乐水接听了电话，她特意打开了免提，是盛年的声音。

“乐水，进展怎么样？我们姐妹一场，我不忍心看着卢一般在错误的道路上越走越远。如果你真能收回股份，愿意回荣光，带领荣光重新回到轨道上，我愿意原谅卢一般，不追究他的责任。他能及时回头的话，也希望你再给他一次机会，不要和他离婚。他本质上不是一个不可饶恕的坏人，他还有善良的一面……”

“我知道了，盛年，谢谢你！我会处理好的，请你相信我！”

乐水挂断了电话，直视卢一般双眼，“一般，两条路，要么主动签字，要么被我强行收回。主动签字，不但可以让我原谅你的所作所为，也可以让盛年他们不再追究你的责任。要是被我强行收回的话，一般，你不但会让我失望，也会让盛年和所有人失望。从此你会被盛年他们拉黑，并且会远离他们的圈子，被他们孤立。”

“你呢？你会怎么对我？”卢一般的心理防线已经接近全面崩溃。

“我会和你离婚，记恨你一辈子。”乐水咬了咬嘴唇，“爱有多深，恨就有多深。你欺骗我这么久，不主动认错，不主动承担错误，没有一个男人应有的担当和勇气，你觉得我还会爱你，还会需要你吗？”

卢一般汗如雨下，好多年了，他从来没有像今天这样尴尬和难堪。他才知道，他所有的伪装和坚强，所有的镇静和自信，因为他对乐水的隐瞒被识破而无处隐藏，并且都化成嘲弄、自卑。

“乐、乐水，我破产的事情，你也都知道了？”卢一般忽地站了起来，急急地说，“你听我解释，我是不想让你知道生活的艰辛，我是想……”

“不用说了，签字才能证明你是不是真的有悔改之心。我不会再听你说什么，只看你做什么。”乐水将协议书推到卢一般面前，“你欺骗我很多年，我只给你一分钟的弥补时间。”

卢一般拿起笔，手都在颤抖。签吧，不舍得前面所做的全部努力，功亏一篑的感觉实在是太糟糕了。不签吧，真有可能是一切都毁于一旦，不但会丢掉荣光，还会失去乐水，失去家庭，失去自己的人生荣光。

乐水一颗心也高高悬起。如果卢一般真的破釜沉舟，非要不签字，她没有办法收回股权，打离婚官司的话，不知道要耗时多久，但肯定是持久战，伤筋动骨。如果他签字了，一切都好解决了。

乐水故作镇静，盯着手表，“还有半分钟。”

“二十秒！”

“十秒！”

乐水近乎绝望了。卢一般难道真的心坚如铁不肯签字吗？等他恢复了清醒和冷静，再想明白事情的前因后果后，再想解决就会比现在麻烦许多。如果他真的一条路走到黑，打官司还是小事，必然会影响荣光腾飞的大事。

乐水心中喟叹一声，对不起了，一般，别怪我骗你，我确实是不得已才出此下策。当然，也有报复你的心理，毕竟你骗了我那么久。

在最后一秒，卢一般还是没有恢复清醒，巨大的冲击让他的大脑接近短路。他想要冷静地分析一下事情的来龙去脉，但他几乎无法呼吸、无法思索。一抬头，迎上了乐水绝望而哀怨的眼神，一瞬间他心软了，签上了自己的名字。

乐水收回协议书，轻轻地放到一边，见卢一般失魂落魄的样子，不免又有几分心疼。她看了一眼桌子上的离婚协议书，拿过一张报纸盖住，“一般，你去休假一段时间吧，别再操心公司的事情了。等你回来，我们再商量关于我们婚姻和事业的下一步。”

“好的。”卢一般失神地走出了办公室，来到了院中，被明媚的阳光一照，顿时又清醒了几分。不对，乐水只告诉他她已经知道了他所有隐瞒的一切，但并没有告诉他她到底是什么立场，和谁保持一致。他总觉得刚才的签字太草率了，少了深思熟虑的过程。

回身一看，乐水站在窗前正在俯视他，神情沉静，仿佛什么都没有发生。不知为何，卢一般蓦然觉得乐水正在迅速离他远去，像一朵云倏忽飞远，再也回不到从前。

在乐水的带领下，荣光和华年联手开拓市场。由于小可、大愉和叶南的加入，进展迅速，短短一周内，各地纷纷传来喜讯。原先停滞不前的加盟商推进工作，获得了突破性进展，已经有二十个城市四十家加盟商到位。

第八十八章　打造属于自己一生的荣光

其实之前已经做好了大量的前期工作，就是因为资金问题而陷入停顿。资金一到，所有问题就都迎刃而解。在崔恒语和郝进的配合下，荣光重新调整了管理架构。

半个月后，盛年和管重来从国外回来。盛年拿着管重来签好的股份转让协议书，重回荣光，和乐水坐在一起，重掌荣光大权。

“成功三年，崩盘三天，中国的民营企业平均寿命是三年，美国是八年，而日本是十三年。为什么会有这么大的差距？起家靠产品，壮大靠制度，企业本来就是一家依靠各种制度捆绑在一起的盈利组织。国内的民营企业寿命短，就是因为制度不健全，对规则和规章缺少足够的敬畏之心。”盛年最近思索了许多，觉得有必要和公司上下达成共识，“即日起，我和乐水重回荣光，并且保证在未来会和荣光不离不弃，力争将荣光打造成为中国女性的美丽基地。同时，我们也要订立一个必须人人严格遵守的公司章程，让荣光的管理规范化、合理化、制度化……”

盛年讲了许多，随后乐水又说了一番。

“我觉得婚姻分为三等：一等婚姻是相互成就，双方都会因为另一半的出现而变得更好、更强、更幸福。二等婚姻是相互尊重，即便理念不认同、生活方式不同步，但也能相敬如宾，不会争吵，也不会成为对方的拖累。而末等婚姻也就是三等婚姻是相互折磨，相互拖累，相互拆台，你是我的眼中钉，我是你的肉中刺，谁看谁都不顺眼，恨不得对方赶紧去死，但还是要为了各种原因维持所谓的面子，人前还要假装恩爱。”乐水感慨良多，在几个人之中，她的婚姻最幸福，也最不幸，“公司和婚姻也是一样，希望荣光会是一等公司，可以共同打造属于我们每个人的人生荣光。”

谷黄也参加了会议，不过没怎么说话，散会后她才来到乐水面前，拍了拍乐水的肩膀，语气有几分沉重，“乐水，我有点后悔当初没有拼尽全力破坏你和卢一般的感情了，才让他伤害你这么深。”

乐水摇了摇头，“人生有许多路，只有自己走过了才会知道路是平坦还是坎坷。如果当初你破坏了我和卢一般的感情，我只会记恨你一辈子。谢谢你谷姐，我现在才知道，有时看清一个人，真的需要很长的时间和很高的代价。”

盛年知道最近乐水和卢一般正在闹离婚，乐水想离，卢一般不同意，二人陷入了僵局。卢一般现在失业在家，天天喝酒，要靠乐水养活。乐水并不嫌弃他，希望他过一段时间可以重新出山，但卢一般受不了再次当上家庭妇男，天天发牢骚、抱怨。

一个男人成功时和落魄时可以相差多少？一般人看不到如此巨大的反差，乐水却是亲眼所见。她想象不到以前镇静自若、谈吐有趣的卢一般，赋闲在家之后，会变得暴躁、易怒、多疑，甚至还喜欢流泪。

和以前判若两人！

男人强大的自信来源于强大的事业的支持，没有事业的男人会陷入黑暗和彷徨之中。

乐水很苦恼。她忍受不了卢一般对她的欺骗，以及他好赌的心理，结果居然输掉了所有资产，还差点赌上了荣光。她和他之间已经失去了信任的基础，再在一起也没有什么意义，她很难再相信他所说的每一句话。

谷黄还想再说什么，被盛年拉到了一边。盛年摇了摇头，“就像当初乐水非要嫁给卢一般一样，她最终和他是继续下去还是分开，由她自己做决定好了。”

于老板怎么也没有想到，和卢一般商量好的事情会突然发生天大的变故——卢一般被踢出了荣光。好在他和荣光所签的合同有一个期限，半年内不还钱，他就有权让荣光以股权抵债。他不相信荣光可以在半年之后就有资金回笼。

半年后，当于老板拿着协议上门收债时，荣光不但还清了所有本金，连利息也是一分不少。于老板大吃一惊，不敢相信荣光现在的发展势头这么好。

盛年解答了他的疑问：“其实荣光前期工作早已准备完毕，就是资金问题卡了很久。多亏你的及时雨，荣光才运转起来。荣光就是一架在海上飞翔的飞机，快要没油了，又没有可以降落的机场，你的资金就是空中加油机。当然了，你的资金进来，是想吞并荣光。我们利用你的资金，是为了发展荣光。最后谁胜谁负，就看谁的布局更周密，跑得更快了。谢谢你于老板，你坑了许多人，也总算做了一次好事，帮助荣光飞得更远，也让许多爱美的女性从此可以用上舒适的美体内衣。”

于老板愤然离开荣光，联系了卢一般，想问清到底是怎么一回事。

卢一般有气无力地回答：“于老板，我上他们的当了，他们做好一个局让我跳，我没看清就真的跳下去了。当然，也不是我真的眼瞎，是谷黄太狡猾、太坏了。她假装没有流动资金了，在融资款到了后，又立刻追投了几千万，让荣光一下子就飞了起来。而乐水也利用我对她的感情，逼我签了股份转让协议书。签完后我就后悔了，但后悔也晚了。后来才知道，管重来也早就背叛了我，他们联合乐水演了一出好戏，只有我一个人傻呵呵地看戏，被蒙在鼓里……”

于老板冷笑了，“都说你善于利用人性、玩弄人心，结果最后被乐水学会，用在了你的身上，卢一般，你表面上不一般，其实内里就是一个一般人。算了，就当我不认识你。虽然没有如愿拿下荣光，但投资荣光的款项还是让我赚了不少利息。你这一辈子算是废了，认命吧。”

又一个月后，卢一般感觉自己荒废得实在太久了，正想出去走走时，忽然就接到了庄有田的电话。

“一般，有没有钱借我点？我现在急需钱。”庄有田的声音很急。

你急需？我还缺呢！卢一般没好气，“没钱，连命都快没了，还有个屁钱！”

“真的不骗你，兄弟，我又被于老板坑了。妈的，果然是又……我他妈为什么狗不改了吃屎？我被他坑过一次，居然还信他第二次，真是傻到天上了。”

“怎么被坑了？”卢一般心中一跳。

按照协议，资金打到庄有田公司后，庄有田将资金再转到项目上，然后再将资金转出，最后项目亏损，连累公司的股权被于老板收走。中间一个关键的环节是资金转出的去向是于老板指定的公司。

谁知资金转到了于老板指定的公司后，对方公司迅速转移出去，并且申请了破产。庄有田的公司股权被于老板收走后，他也没有拿到应得的钱。再找于老板，于老板不认账，说是庄有田和对方公司签订的协议，和他无关，他不认识对方公司。

庄有田公司没有了，钱又没捞到，还被债主追债，只能跑路。但连跑路的钱都没有，只能冲卢一般借。

卢一般听了心惊肉跳，幸好当初乐水及时拿回了股权，才让他没有和庄有田一样被于老板坑得连哭都找不到地方。这个于老板简直太黑了，别说良心了，连人心都没了。

三天后，传来了庄有田落网的消息，消息是乐水告诉卢一般的。

“庄有田落网了，于老板畏罪潜逃，不过已经锁定了他的位置，被抓住只是时间问题。”乐水直视卢一般的双眼，“知道庄有田为什么被抓、于老板为什么要逃吗？因为管重来配合警方破解了于老板融资平台的核心数据，得到了一手资料。管重来当初在写 App 时，留了后手。想不到吧？你算计别人，别人也会算计你，最终还是人算不如天算。卢一般，如果不是我救了你，你现在已经坐牢了。”

卢一般仰天长叹，久久无语。

一周后，卢一般在离婚协议书上签字，净身出门。走时也没有通知乐水，负手而去，不知去向。此后数年，卢一般下落不明。有人说他在终南山出家了，也有人说他当了和尚，还有人说在国外见到了他，甚至有人说他死了。

众说纷纭，却没有一人有确凿的证据。从此卢一般就此消失在乐水的生命里，不管乐水给他微信留言多少次，再也没有回复一句。

他的微信倒是一直都在，也没有拉黑乐水，只是朋友圈永远停留在了出走的那一天。

当天的朋友圈，卢一般发了一句诗：“仰天大笑出门去，我辈岂是蓬蒿人！”

开始的一段时间里，乐水找了卢一般一年半。在确认卢一般不想再露面后，她就清楚，除非卢一般东山再起，否则他是不会再出现在她的面前了。他永远过不了他的心理关，放不下所谓的自尊和面子。没有事业，他就认为失去了一切，家庭不足以支撑他人前人后的风光。他就是这样一个极度好面子、极其敏感又自私的人。如果他有管重来能屈能伸的心胸，也不至于钻进牛角尖中出不来。

慢慢地，乐水也就死了心，从伤心失望到慢慢释然，并最终淡然。人生来来去去，无非聚散。现在的她，一心扑在事业上，因为荣光现在蒸蒸日上，呈现勃勃生机。

于老板在庄有田落网后不久也被抓获，二人都被判了刑。管重来却没有大仇得报的快感，只是感慨一个人如果习惯了赚快钱、走夜路，他很难再踏实地做实业，光明正大地走在阳光下。管重来很庆幸他到今天还保持着足够的清醒与理智，就是因为有一个好妻子盛年。

一个男人有一个好妻子，首先不会犯生活作风上面的错误，其次不会在经济上犯罪，最后也不会触犯刑法。女人是大地、是海洋，可以承载一切、包容一切，也能生长一切、孕育一切。

在最近一段时间里，管重来重拾本业——为盛年开车，充当盛年的司机、保镖、助理，辅佐盛年打开各大渠道。现在，他丝毫不觉得为妻子服务是什么丢人的事情。想起在家中，盛年为他洗袜子内衣，为他洗脚，为他做饭，她何曾觉得为他做这么多会有损她一个董事长的尊严？家庭是两个人共同营造的一个小世界，在小世界里面，没有主次之分，也没有强弱，只需要各尽所能，共同营造小世界的美好家园。

在为盛年开车半年后，管重来被谷黄聘请为华年公司的总经理。管重来还有几分不想去，他想多跟在盛年身边一段时间，可以多学学盛年的管理理念以及对美体内衣的认知。真正和盛年一起工作时他才意识到，自己要跟盛年学习的地方还很多。

但谷黄却不给他时间，她希望管重来尽快走马上任。借助两家联合的东风，华年的发展态势良好，她忙不过来，急需管重来挑起重担。

管重来到华年上任之后，荣光的人事调整也落下了帷幕——盛年依然是董事长，乐水担任总经理，郝进任副总兼设计总监，崔恒语任副总兼技术总监，在创业时就进入荣光的另一名元老余星星任副总兼市场总监。

荣光不但资金充足，还兵强马壮，前景大好，进入了良性循环的发展轨道。最让盛年欣慰的是，在她们的带动下，越来越多的女性开始注意自身修养的提高，除了身体管理之外，还着力于提升气质和知识。美丽和学习才是女人一生的事业。

郝进和崔恒语结婚的时候，谷黄送了一份大礼——一辆宝马汽车。她很感谢认识崔恒语和郝进之后为她带来的改变，希望郝进开着宝马一路奔驰欢笑，而不要当坐在宝马后座哭泣的女人。

在盛年怀孕之后，她也想送盛年一份大礼，被盛年拒绝了。盛年为自己定了一个小目标，在怀孕期间继续上班，生孩子之后三个月出山，中间只休息四个月。因为现在荣光离不开她，她也舍不得荣光。

盛年怀孕期间还为谷黄介绍了一个大学教授刘笑天。刘笑天丧妻多年未娶，由于一心做学问，有些书生意气。不料他和谷黄一见之下，二人竟然互生好感。刘笑天喜欢谷黄的飒爽豪气，谷黄欣赏刘笑天的学问渊博。

最后二人确定了恋爱关系。

乐水在刘笑天的介绍下，认识了他的学生洛小天。洛小天像是管重来和卢一般的综合体，既有书生意气的一面，又有商人的眼光，并且他有时跳脱活泼，有时又深沉，性格多变。但有一点，他骨子里朴实淳厚。

乐水和洛小天认识后，开始时并没有什么激情，慢慢地被洛小天吸引了。在交往了半年后才确定了恋爱关系，然后敲定了婚期。

谷黄得知后，非要和乐水同一天结婚，乐水没办法只好答应。

在谷黄和乐水的共同婚礼上，宾客如云，大多是荣光的加盟商和客户。在众人簇拥下的乐水和谷黄人比花娇，喜笑颜开。

谷黄挽着刘笑天的胳膊，对敬酒的宾客连连摆手，“从现在起开始戒酒，以后要养生了，做一个简单的人。老刘说了，人活的就是感觉，就是精神层面的追求。物质再多再丰富，如果精神不充实，就会空虚，就会出现问题。他教会了我许多东西，是我的良师益友，下半辈子就跟他学知识了。”

刘笑天一脸和蔼的笑容，“其实我是理论派，你是实战派，有些道理我看似比你懂，但如果你真的明白之后，会比我更透彻。”

“啥？你说的是啥意思，我怎么没听明白？不行，你得给我讲讲。”

“今天的场合不合适，等回去讲。”刘笑天哭笑不得。

乐水和洛小天站在一起无比般配，洛小天比她高了半头有余，身材不错，长相周正，他向盛年等人敬酒。

“以前总听人说好饭不嫌晚，我不信，都开饭半天了，过去吃肯定都是剩饭剩菜了。但遇到了乐水之后我才知道，听来的看来的都是纸上谈兵，人生只有自己亲身经历了，才知道好坏深浅。感谢所有人，遇到乐水是我一生幸运和幸福的开始。智者乐水，仁者乐山；智者动，仁者静；智者乐，仁者寿。从此做一个智者加仁者。”

谷黄和刘笑天走了过来，两对新人站在了一起。

刘笑天冲盛年点了点头，又看了看郝进，无限感慨：“你们是一群好姐妹，从‘70后’到‘80后’和‘90后’，在事业和家庭的矛盾中，在时代的大潮中，先是迷失了自己，又重新找回了方向。在男主女次还是女主男次的选择中，重新调整了心态，适应了时代，各自找到了位置，也找到了属于自己的人生荣光。你们的经历，让我有了新的研究课题，就是时代的发展在带来了机遇的同时，也产生了新的挑战。越来越多的女性参与到了社会之中，并且许多女性由于自身的优秀而事业有成的同时，如何维护家庭，会面临着比男性更多的难题。男人如何看待有一个成功的妻子，并且能否适应在妻子的光芒下安心辅佐妻子甚至当一名家庭妇男，更是一个值得深思的社会课题……”

盛年举起了酒杯，“期待刘教授的研究课题早日面世，给我们提供一个可以借鉴的范本，也让我们女性在更多地参与到社会建设的过程中时，不再受到更多的排斥、非议、责难和来自家庭的重重压力。祝愿每 一个女人都将美丽当成自己一生的事业来经营，除了管理好自己的身体之外，更要经营好自己的家庭和人生，打造属于自己一生的荣光！”

众人举杯相庆，在清脆的碰杯声中，时代的巨轮又前进了一大步。